本书为国家社科基金青年项目"传统七言古诗体制及其演变研究"(批准号:15CZW029)
南阳师范学院文学院中国语言文学重点学科建设项目经费资助

张培阳 著

传统七言古诗体制及其演变

中华书局

图书在版编目(CIP)数据

传统七言古诗体制及其演变/张培阳著. —北京:中华书局,2024.12.—ISBN 978-7-101-16913-3

Ⅰ.I207.227

中国国家版本馆CIP数据核字第2024YU1713号

书　　名	传统七言古诗体制及其演变
著　　者	张培阳
责任编辑	陈　乔
装帧设计	刘　丽
责任印制	韩馨雨
出版发行	中华书局
	（北京市丰台区太平桥西里38号　100073）
	http://www.zhbc.com.cn
	E-mail:zhbc@zhbc.com.cn
印　　刷	三河市中晟雅豪印务有限公司
版　　次	2024年12月第1版
	2024年12月第1次印刷
规　　格	开本/920×1250毫米　1/32
	印张12¼　插页2　字数300千字
国际书号	ISBN 978-7-101-16913-3
定　　价	68.00元

目 录

凡 例 ·· 1
绪 论 ·· 1
  一、歌行、七古界域辨析
     ——以李白"歌行"诗为例 ·· 1
  二、传统七古与真正七古的鉴别 ··· 7
  三、传统七古体制的十二个要素 ··· 13
  四、本书的研究方法、思路与创新 ·· 20

第一章 言数 ·· 28
  一、纯七言、近七言和骚体的种类
     ——七古言数分类之一 ·· 28
  二、杂言的种类
     ——七古言数分类之二 ·· 37
  三、七古言数的历史发展及其特点 ·· 45
  四、杂言七古归入七古原因新说 ··· 55
  五、小结 ·· 64

第二章 篇幅 ·· 67
  一、转韵七古篇幅的分类 ·· 67
  二、一韵七古篇幅的分类 ·· 73
  三、转韵七古篇幅的历史发展及其特点 ··································· 78
  四、一韵七古篇幅的历史发展及其特点

——兼论与转韵七古篇幅的异同 …………………… 89
　五、小结 …………………………………………………… 95
第三章　一韵与转韵 …………………………………………… 98
　一、一韵七古与转韵七古 …………………………………… 98
　二、一韵七古与转韵七古的历史发展 …………………… 104
　三、七古用韵与篇幅的关系 ……………………………… 112
　四、小结 …………………………………………………… 117
第四章　首句押韵与否 ……………………………………… 119
　一、七古首句押韵与否的分类 …………………………… 119
　二、七古首句押韵与否的历史发展及其特点 …………… 126
　三、七古首句不押韵原因蠡测 …………………………… 132
　四、小结 …………………………………………………… 137
第五章　用韵疏密 …………………………………………… 139
　一、七古用韵疏密的分类 ………………………………… 139
　二、七古用韵疏密的历史发展 …………………………… 150
　三、七古用韵疏密的几个特点 …………………………… 162
　四、小结 …………………………………………………… 167
第六章　平仄韵交替与否 …………………………………… 169
　一、转韵七古平仄韵交替与否的分类 …………………… 169
　二、转韵七古平仄韵交替与否的历史发展 ……………… 180
　三、转韵七古平仄韵交替与否的几个特点 ……………… 189
　四、小结 …………………………………………………… 196
第七章　节长 ………………………………………………… 199
　一、七古节长的分类 ……………………………………… 199
　二、七古节长的历史发展 ………………………………… 205
　三、七古节长的几个问题 ………………………………… 215
　四、小结 …………………………………………………… 221

第八章 奇数句 …… 224
一、奇数句七古的界定和渊源 …… 224
二、奇数句与用韵的对应关系 …… 229
三、奇数句七古的分类 …… 233
四、奇数句七古在历代的发展演变 …… 240
五、小结 …… 244

第九章 联锦 …… 246
一、联锦的界定、渊源和余波 …… 246
二、不视为联锦的几种情况 …… 251
三、七古联锦的形成和分类
　　——以卢骆诗为中心 …… 255
四、七古联锦的兴衰和特点 …… 263
五、小结 …… 270

第十章 上句末字用声 …… 273
一、概念界定、考察对象和体式渊源 …… 273
二、一韵七古上句末字用声规律 …… 279
三、转韵七古上句末字用声规律 …… 285
四、七古上句末字用声的发展和特点 …… 290
五、小结 …… 299

第十一章 对仗 …… 301
一、七古对仗的存在、界定和位置 …… 301
二、一韵七古对仗的历史发展 …… 309
三、转韵七古对仗的历史发展 …… 317
四、七古对仗与平仄的照应关系
　　——以李白诗为例 …… 324
五、小结 …… 331

第十二章 平仄 …… 334

一、七古平仄的声律标准和统计方法 …………………… 334
二、一韵七古的平仄演变 …………………………………… 341
三、转韵七古的平仄演变 …………………………………… 348
四、古今七古声调论反思 …………………………………… 358
五、小结 ……………………………………………………… 367

主要参考文献 ………………………………………………… 370
附　录：论七古绝句五十首并序 …………………………… 377
后　记 ………………………………………………………… 382

凡 例

一、古人所谓七古，除了真正的七古诗外，还笼统地包含了七言转韵律体、七言一韵新体、七言拗体（也可称七言古律，以七言八句者为多）三大类。有鉴于此，本书特将以上四类研究对象合称为"传统七古"，而有别于真正的七古。不过，为免行文繁复，在具体的行文中，除书名、章名或其它有必要之处外，一般仍将"传统七古"径称为"七古"，识者鉴诸。

二、先秦迄晚唐，七古诗之发展，大致可分为晋以前、南北朝、初唐、中唐、盛唐和晚唐六大段。具体到各个章节，因其体制发展演变的差异，以上分期偶亦仅有五段或略有分合者。前者如第四章对于首句用韵的考察，即仅设五段，因南北朝之前，七古均为句句押韵，故无检视首句入韵与否之必要，后者如第六章对于平仄韵交替与否的考察，则大致以刘宋以前为第一段，齐梁陈隋为第二段等。

三、本书对于七古体制及其演变之考察，颇注意点、面结合之法。所谓点者，即以七古主要作家为主，如刘宋之鲍照，梁陈之江总，盛唐之李白、杜甫、李颀、王维、高适、岑参，中唐之韩愈、白居易，晚唐之李商隐、温庭筠，此或近于古人所言之"纲举目张"者。所谓面者，则对一代或一段之七古诗，作穷尽性的搜罗、整理与分析，不遗巨细，此或近于古人所言之"竭泽而渔"者。

四、七古体制要素，究竟有多少种，古人无有明言者。参照前论，并验以心，窃以为七古体制至少当有以下十二事：一是言数。二是篇幅。三是一韵与转韵。四是首句用韵。五是用韵疏密。六是平仄韵交替与否。七是节长。八是奇数句与否。九是联锦。十是上句末字用声。十一是对仗。十二是平仄。其中三、四、五均属用韵之格，而六则兼有用韵与用声之特点。执此而求七古体制，可得大半矣。

五、本书之研究，虽不避内容、风格之谈，但其根本，仍在体制本身之探求，而与时下纵论体制者，往往多作向壁虚造之言，求之作品实际，则多格格不入有异。要言之，本书之研究方法，大抵与语言学相近，但又不受其限，而时与文学相表里，如中唐、盛唐杂言七古种类之盛，即与当时诗风之恢宏阔大有关，而为初唐、晚唐所不及。

六、本书之论述，约有二事，与今之文学考索，颇异其趣，而与今之语言学研究亦不尽相同。一为表格之运用，常有绵延不绝之势，本书之所以采之，不过取其一目了然，简明适用而已。二为诗例之尽举，亦殊有乱花迷眼之虞，此虽非今日论文者之常态，然古人诗格、诗律、诗话之谈，颇惯用之，即王力先生《汉语诗律学》一书亦无不然，大抵取其足以"当场印证"也。

七、本书所引之诗甚侈，为免注不胜注，在此一并交待如右：其中所引唐之前诗，皆以逯钦立《先秦汉魏晋南北朝诗》（中华书局1983年版）为据；所引唐人诗，则以彭定求等《全唐诗》（15册本，中华书局1999年版）是从；所引唐宋词，则分别以曾昭岷等《全唐五代词》（中华书局1999年版）、唐圭璋《全宋词》（中华书局1965年版）二书为准。各书文本如有小疵，则随文注明。

八、本书第十章，所谓上句末字用声之"仄平交替"，既包括仄、平交替，也包括平、仄交替。第十二章所谓"平仄"，实为"平仄搭配"之省称，具体到诗律，则有是否为律句、为对、为粘之别。就七古诗而言，所谓平仄，当以律句与否之考察为主，因其声律水平不高，律句尚多有不合，而奢谈对、粘，只会不切实际。

九、为便行文，本文所谓以前、以后、以上、以下、以内、以外者，均包括本级，如晋以前、晚唐以前、四十句以上，即包含晋代、晚唐、四十句言之。所谓之前、之后、之上、之下、之内、之外者，均不包括本级，如唐之前、南北朝之前、九言之上、首句之外，即不包含唐、南北朝、九言、首句而言之。读者察焉。

绪　论

关于传统七古的体制研究,过去,曾大量存在于各式各样的诗话、诗评类著作里,如《文章辨体序说》将柏梁体的体制特征概括为"每人一句,句皆有韵,通二十五句,共出一韵,盖如后人联句而无只句与不对偶也"。① 类似的批评,虽然不乏真知灼见,可惜大多只是只言片语,不成系统,缺乏集中而充分的探讨。第一部从语言学角度,全面列举和分析传统七古体制特点的论著,应属王力《汉语诗律学》一书。此书虽非专论七言古诗体制,但书中开辟了整章的篇幅用以论证古今不甚重视的"古体诗"的体制特点,实属开创之举,而所谓的"古体诗",其中就包括传统七古一种。② 书中的相关观点或时有可商,但就传统七古体制的研究方法而论,如纯体式的考察,归纳法的运用,例证的充分列举等,则不失为一种正确而有效的途径。

一、歌行、七古界域辨析
——以李白"歌行"诗为例

中国诗歌批评史上,乐府、歌行、七古三种诗体的内涵,往往纠缠

---

① 吴讷《文章辨体序说》,《文章辨体序说·文体明辨序说》本,人民文学出版社1962年版,第32页。
② 王力《汉语诗律学》,上海教育出版社1979年版,第304—507页。

不清,尤其是歌行与七古。为了使本文的研究对象更为明晰,在此拟以李白"歌行"诗为例,对歌行与七古的界域稍作辨析。

据笔者所见,古今有关歌行与七古关系的研究,主要有以下两种看法:一者认为歌行即七古,两者可以混用,为主流看法。元明以来,众多诗话如胡应麟《诗薮》云"七言古诗,概曰歌行",①胡震亨《唐音癸签》云"七言古诗……又或名歌行",②诗选本如高棅《唐诗品汇》、王士禛《古诗选》、沈德潜《唐诗别裁》,诗总集如彭定求《全唐诗》(所收各家诗,多按古体、近体顺序编排),或七古、歌行混称,③或于七言古诗或古诗下,不加区别而收有各类歌行,④均是这种观点的体现。影响所及,今天的各类著作、论文、文学史、诗选、辞典等,持此种观点者,亦甚多,此已广为人知,兹不赘举。二者认为歌行有自己的体式特点,不宜等同于七古,持此观点者不多。较著者,如明人吴讷《文章辨体序说》认为"歌行则放情长言,古诗则循守法度",因而两者的"句语格调亦不能同"。⑤ 清人陈仅《竹林答问》以为"(七言)古诗及歌行,自是两种"。⑥ 今人林心治《歌行含义的衍变兼论歌行之体格——唐歌行诗体论之三》虽主张"将歌行体归入七言古诗",但也认为歌行应该有自己的特征:1. 以七言和七杂言相间为基本句式。

----

① 胡应麟《诗薮》内编卷三,上海古籍出版社1979年版,第41页。
② 胡震亨《唐音癸签》卷一,上海古籍出版社1981年版,第1页。
③ 如高棅《唐诗品汇》一书,"七言古诗"下,又析出"歌行长篇"一目,此处所谓"歌行"概即"七古"之谓。见《唐诗品汇》上册,上海古籍出版社1982年版,第271页。
④ 如《全唐诗》李颀卷二(七古卷),即收有《古从军行》一首,而按本文后面的论证,此诗当属于"七古转韵律体"。参《全唐诗》(全十五册)第二册,中华书局1999年版,第1348页。
⑤ 吴讷《文章辨体序说》,《文章辨体序说·文体明辨序说》本,人民文学出版社1962年版,第32页。
⑥ 陈仅《竹林答问》,《诗问四种》本,齐鲁书社1985年版,第292页。

2. 多取乐府民歌常用句式与修辞手法,或引律入古,骈散间行。3. 章法结构上注重复沓层递。4. 仿乐府"依乐名篇"的命题方式,以歌行篇吟曲咏等为题。5. 叙事咏物,铺张扬厉。① 葛晓音《初盛唐七言歌行的发展——兼论歌行的形成及其与七古的分野》认为歌行是一种流动性较强的诗体,以杜甫为分水岭,其先后依回于七言乐府与七言古诗之间,从而与两者有着约定俗成的分野。② 李中华、李会《唐代七古、七言歌行辨体》认为七古与歌行两种在渊源、体式、风貌三方面均有所不同。③

以下拟以李白"歌行"诗为例,对上面的第一种意见,即歌行与七古关系的主流看法,作一个集中而细微的审视。本文所谓李白"歌行"诗,为避免争议,主要以诗题中带有"歌""行""歌行"等三种典型"歌行"为限。披览所及,最终共得李白诗以"歌""行""歌行"等命名者109首。④ 其中"歌"71首,如《天马歌》《西岳云台歌送丹丘子》《同族弟金城尉叔卿烛照山水壁画歌》《白云歌送刘十六归山》《怀仙歌》等;"行"32首,如《前有一樽酒行二首》《野田黄雀行》《北风行》等;"歌行"6首,如《鞠歌行》《怨歌行》等。

纵观这109首诗,其中既有五言古绝,如《相逢行》(相逢红尘内)、⑤《秋浦歌十七首》(其十三)者。这样的诗,共有6首,试看《秋浦歌十七首》(其四)一首:

---

① 林心治《歌行含义的衍变兼论歌行之体格——唐歌行诗体论之三》,《渝州大学学报》,1998年第2期。
② 葛晓音《初盛唐七言歌行的发展——兼论歌行的形成及其与七古的分野》,《文学遗产》,1997年第5期。
③ 李中华、李会《唐代七古、七言歌行辨体》,《光明日报》,2003年11月12日。
④ 不包括疑伪之作《笑歌行》《悲歌行》《草书歌行》等和可能为非乐府命名方式的《五月东鲁行答汶上君》《军行》等。
⑤ 李白另有一首《相逢行》为五古,即首句为"朝骑五花马"者。

两鬓入秋浦，一朝飒已衰。猿声催白发，长短尽成丝。

此为五言四句诗，其中第二句为孤平，不合声律，故为一首五言古绝。以上所举皆为平韵五言古绝，仄韵者，则有《估客行》《秋浦歌十七首》（其五）等。

　　也有五言律绝，如《秋浦歌十七首》（其三）（其七）等，这样的诗，共有10首，试看著名的《秋浦歌十七首》（其十五）一首：

　　白发三千丈，缘愁似个长。不知明镜里，何处得秋霜。

此诗各句均为律句，①且对、粘皆合，通篇为五言四句，故为一首严整的五言律绝。

　　既有七言古绝，如《永王东巡歌十一首》（其一）、《上皇西巡南京歌十首》（其四）者，这样的诗，共有13首，试看《少年行二首》（其二）一首：

　　五陵年少金市东，银鞍白马度春风。落花踏尽游何处，笑入胡姬酒肆中。

此诗首句为尾三平，且前两句失对，通篇为七言四句，一韵到底，故为一首常规的七言古绝。

　　也有七言律绝，如《永王东巡歌十一首》（其二）、《上皇西巡南京歌十首》（其一）者，这样的诗，共有12首，试看经典之作《峨眉山月歌》一首：

　　峨眉山月半轮秋，影入平羌江水流。夜发清溪向三峡，思君不见下渝州。

此诗为七言四句，通篇一韵到底，其中各句均为律句，且对、粘亦无一

---

① 本文所用律句标准，参拙文《近体律句考——以唐五律为中心》，《文学遗产》，2013年第3期。

不合,故为一首严谨的七言律绝。

既有五言古诗,如《长干行二首》《古朗月行》《长歌行》者,这样的诗,共有23首,试看《短歌行》一首:

> 白日何短短,百年苦易满。苍穹浩茫茫,万劫太极长。麻姑垂两鬓,一半已成霜。天公见玉女,大笑亿千场。吾欲揽六龙,回车挂扶桑。北斗酌美酒,劝龙各一觞。富贵非所愿,与人驻颜光。

此诗为五言转韵诗,全诗共两节,首节两句押上声旱部,末节十二句押平声阳部。首节首句所用平仄为"仄仄平仄仄",为非常规之律句,末节诸句,则时时间有非律句,如"苍穹浩茫茫""万劫太极长""吾欲揽六龙""回车挂扶桑""劝龙各一觞""与人驻颜光"等皆是,且"北斗酌美酒""富贵非所愿"两句所用格式亦为不常用的"仄仄平仄仄"。此外,后节十二句中间四联亦无对偶,故此诗当为一首正统的五言古诗。

也有介于五言古诗与五言律体之间,前人所谓"古律"者,①即五言六句《秋浦歌十七首》(其十)一首,"千千石楠树,万万女贞林。山山白鹭满,涧涧白猿吟。君莫向秋浦,猿声碎客心",其中中间一联虽用了对仗,但前两联有失粘之病,故可称为古律。或近乎可称为五律者,这样的诗,计有2首,如《从军行》一首:

> 从军玉门道,逐虏金微山。笛奏梅花曲,刀开明月环。鼓声鸣海上,兵气拥云间。愿斩单于首,长驱静铁关。

此诗为五言八句,通篇一韵到底押平声删部,其中各句,除第二句"逐

---

① 郭绍虞《沧浪诗话校释》,人民文学出版社1961年版,第74页。

虏金微山"为尾三平外,①其余7句均为常规律句,且中两联属对工整,故全诗基本上可看作一首五言律诗。另外一首的情况也大致如此,即《秋浦歌十七首》(其二)一首,其中中两联对仗,且全诗除第二句"秋浦猿夜愁"为特殊律句外,其余七句均为常规律句,同时对、粘亦均无不合。②

乃至完全合律的散体五言短律,这样的诗,共有2首,如《子夜吴歌·冬歌》一首:

> 明朝驿使发,一夜絮征袍。素手抽针冷,那堪把剪刀。裁缝寄远道,几日到临洮。

此诗为五言六句,其中各句无不为常规律句,且对、粘均合,惟中间一联不曾对仗,故称之为"散体五言短律"。这种创制,与李白本人所作散体五律《夜泊牛渚怀古》等并无不同,即中间若干联不对仗,而全诗均为律句,且对、粘均合。

最后,当然还有七言古诗,这样的诗,共有40首,如《荆州歌》《司马将军歌》《襄阳歌》《劳劳亭歌》《上留田行》《春日行》《日出行》《江夏行》《鞠歌行》《幽歌行上新平长史兄粲》,诸如此类,因为例子比较常见,也广为人知,故不另作分析。

综上可知,李白109首以"歌""行""歌行"命名的诗,从言数的角度来看,其中既有七言之作,如七言古绝、七言律绝和七言古诗等,这些诗,共有65首;也有五言之什,如五言古绝、五言律绝、五言古诗、五言古律、近五言律诗、五言短律等,这些诗,共有44首。从律与

---

① "尾三平"或"三平调"不可一概视为非律句,从南朝到晚唐,诗人所作近体诗,对于此种平仄句式有一个不甚相避到少用乃至渐渐不用的过程。详参拙文《近体律句考——以唐五律为中心》,《文学遗产》,2013年第3期;《近体诗律研究》下编第三章《论三平》,博士论文,南开大学,2013年。
② 详参拙文《李白"以古行律"表微》,《河南师范大学学报》,2015年第1期。

非律的角度来看,其中既有古体之作,如五言古绝、七言古绝、五言古诗、七言古诗等,这些诗,共有82首;也有五言律绝、七言律绝、近五言律诗、散体五言短律等,这些诗,共有26首;还有介于上述律与不律之间的五言古律者,即《秋浦歌十七首》(其十)1首。足见,所谓歌行体虽多七古之作,如上所述,李白歌行类诗,七古一种最多,共有40首,但绝不能把歌行等同于七言古诗,这一点不仅与李白诗的实际创作情况不合,与其他唐代诗人的创作实际也多格格不入。

那么,作为诗体名,"歌行"一词的具体内涵到底是什么呢?这是一个复杂的问题,限于篇幅,在此不拟具体展开,但可以借用一下笔者数年前的一个判断,即"大抵而言,'歌行'之作为体裁名,概始于元、白,其义约等于'新题乐府',此后几经变化,到明代遂沦为'七古'之代称。这种讹变殊不可取,因为同系音乐文学的乐府、歌行,不仅有古体,也有律体,它们与七古实属两类不同的诗体范畴"。① 总而言之,欲理解"歌行"的真正内涵:一是要追源溯流,梳理其作为"诗体"类名称内涵在历代的演变。二是对其最初的含义,即作为音乐文学"乐府"的一种命名方式,要有一个充分的认识。如此之后,对于"歌行"作为一种诗体名存在的得失利弊,才能做出较为准确的评估。

二、传统七古与真正七古的鉴别

对于七古,界定的人也许不多,但其大致范围,清楚的人应该不少。传统所谓七古,最主要的,无非就是齐言七古、杂言七古和骚体七古三类。如著名唐诗选本《唐诗别裁》"七言古诗"一目下,就收有

---

① 参见拙文《论七言转韵律体的体制特征——兼及律体的判定标准》,《文学遗产》,2016年第2期。

齐言七古,如孟浩然《夜归鹿门歌》、王维《桃源行》、李白《乌夜啼》、杜甫《饮中八仙歌》等,杂言七古,如高适《燕歌行》、崔颢《孟门行》、杜甫《天育骠骑歌》等,骚体七古,如李白《鸣皋歌送岑征君》、岑参《胡笳歌送颜真卿使赴河陇》等。①

问题是,古今人所视为"七言古诗"之"古诗"者,有一部分并非是什么古诗,而是与所谓的"律诗""近体""今体"相接近。与人们平时"贵古贱今"的文化心态正相反,其中误解,则多因有意无意地"以今例古"而起。

常被古今人误为"七言古诗"的第一类诗,为七言一韵新体。这类诗始于齐梁,而绵延至初唐,甚至盛唐。请看沈德潜《古诗源》一书收录的以下两首南朝诗:

　　　　乌夜啼　　　庾信
促柱繁弦非子夜。歌声舞态异前溪。御史府中何处宿。洛阳城头那得栖。弹琴蜀郡卓家女。织锦秦川窦氏妻。讵不自惊长泪落。到头啼乌恒夜啼。

　　　　闺怨篇　　　江总
寂寂青楼大道边。纷纷白雪绮窗前。池上鸳鸯不独自。帐中苏合还空然。屏风有意障明月。灯火无情照独眠。辽西水冻春应少。蓟北鸿来路几千。愿君关山及早度。念妾桃李片时妍。②

其中庾信一首,全诗八句,一韵到底押平韵,中间两联对仗,惟第四、第八两句为非律句;江总一首,全诗十句,一韵到底押平韵,中间三联

---

① 沈德潜《唐诗别裁》,岳麓书社1998年版,第114—160页。
② 沈德潜《古诗源》,中华书局1963年版,第347、334页。

均对仗,惟最后两句为非律句,两诗均是典型的"新体诗"。因此,将它们简单武断地视为"古诗"或"古体"并不合适。降及初、盛唐,类似的新体诗,而被收入古体卷的例子也不乏其例。如《全唐诗》所编张说诗共五卷,除了首卷为乐章之作外,其余四卷则按古、律体大致作了区分,其中第一卷为古体之作,包括五、七古等,第二卷为五律、七律之作,第三卷为五排之作,第四卷为绝句之作。问题是,后四卷中的首卷,却收有2首张说近于七排的新体之作,分别是《赠崔二安平公乐世词》《遥同蔡起居偃松篇》。其中前者仅第二、第三联失粘,其余无论声律,还是对仗,均符合近体的要求;后者也大抵如此,即全诗十句,皆为律句,对、粘亦合,中两联对仗,惟最后两联略有失粘而已。类似的例子,还有盛唐人高适的《寄宿田家》、李白的《别山僧》等,也都是近于七排的诗歌,而被收入古体卷。①

以上所论者,主要是七言一韵新体的平韵之作,实际上七言仄韵新体一种,②也多有被误认作古体或编入古体卷的。如王维《寒食城东即事》一首,"清溪一道穿桃李,演漾绿蒲涵白芷。溪上人家凡几家,落花半落东流水。蹴鞠屡过飞鸟上,秋千竞出垂杨里。少年分日作遨游,不用清明兼上巳",此诗为七言八句,一韵到底押仄韵,其中除第二联不甚对仗,③第二、第三联失粘外,已经非常接近一首仄韵七言律诗。而像这样的诗,却被《全唐诗》收入王维的古体卷内。同

---

① 其中高适《寄宿田家》一首,《全唐诗》收入高适诗古体卷部分;李白《别山僧》一首,《唐诗品汇》收入"七言古诗"内,见高棅《唐诗品汇》上册,上海古籍出版社1982年版,第293页。
② 按过去的主流观念,近体仅限于用平声韵,实则,其中自有仄韵近体一种,所谓仄韵新体,即为其前导也。详见拙文《仄韵近体格律考述》,《文学遗产》网络版,2014年第1期。
③ 唐人尤其是初、盛人的经典五律之作,第二联偶亦有不对仗者,如王勃《送杜少府之任蜀州》、张九龄《望月怀远》、孟浩然《与诸子登岘山》、李白《送友人》、杜甫《月夜》等。

样的例子,还有高适的《九日酬颜少府》《题李别驾壁》等,试看《九日酬颜少府》一首:

> 檐前白日应可惜,篱下黄花为谁有。行子迎霜未授衣,主人得钱始沽酒。苏秦憔悴人多厌,蔡泽栖迟世看丑。纵使登高只断肠,不如独坐空搔首。

此诗为七言八句,一韵到底押上声有部,其中中两联严格对仗,通篇基本都是律句,且对、粘均合,惟第四句为一句非律句。联想到当时,平韵七言律诗的非律句尚未完全汰尽,①将这样的诗,视作七言仄韵新体是完全合适的。

常被古今人误为"七言古诗"的第二类诗,为七言转韵律体。经笔者考证,从齐梁到中唐,新体、近体之作,不但有人所常知的平韵之辞,也有人们不甚了了的仄韵之作,②更有古今人几乎一无所知的转韵之什。③ 如李白《捣衣篇》一首,全诗共七节,对仗方面,各节均能按要求对仗,平仄方面,除第四节的第三句为一句特殊律句外,其余均为常规律句,且通篇对、粘皆合,即除第二节为一个律联之外,其余六节或为一首平韵七言律绝,或为一首仄韵七言律绝。又如李颀《古从军行》一首:

> 白日登山望烽火,黄昏饮马傍交河。行人刁斗风沙暗,公主琵琶幽怨多。野云万里无城郭,雨雪纷纷连大漠。胡雁哀鸣夜夜飞,胡儿眼泪双双落。闻道玉门犹被遮,应将性命逐轻车。年年战骨埋荒外,空见蒲桃入汉家。

---

① 如常被视作七律的王维《辋川别业》《听百舌鸟》二诗,也都还存在着非律句,前者为"优娄比丘经论学"一句,后者为"未央宫中花里栖"一句。
② 详见拙文《仄韵近体格律考述》,《文学遗产》网络版,2014年第1期。
③ 详参拙文《论七言转韵律体的体制特征——兼及律体的判定标准》,《文学遗产》,2016年第2期。

此诗为转韵诗,全诗共三节,每节四句,通篇共十二句,无一为非律句,且各节对、粘均合,同时前两个四句节的后联,均能按要求对仗。因此,全诗是一首完全合律的七言转韵近体。

再看权德舆《和李中丞慈恩寺清上人院牡丹花歌》一首:

> 澹荡韶光三月中,牡丹偏自占春风。时过宝地寻香径,已见新花出故丛。曲水亭西杏园北,浓芳深院红霞色。擢秀全胜珠树林,结根幸在青莲域。艳蕊鲜房次第开,含烟洗露照苍苔。庞眉倚杖禅僧起,轻翅萦枝舞蝶来。独坐南台时共美,闲行古刹情何已。花间一曲奏阳春,应为芬芳比君子。

此诗亦转韵诗,全诗共四节,每节四句,其中每一句,均为律句,且对、粘均合,同时,前三个四句节的后一联,也均能按要求对仗。因此,此诗同样是一首完全合律的七言转韵近体。

对于上述七言转韵新体和七言转韵近体(两种合称为"七言转韵律体")的存在,论者或以为应慎用"转韵律体"的概念,①但却提不出任何有力的证据,只是淹没在古今人的主流意见和权威判断里,甚至连基本的格律常识都没有。比如,论者举以证明律体只能一韵到底的古今言论里,除宋人李之仪一例外(此例拙文先已引用),其余者,如陈仅《竹林答问》、赵翼《瓯北诗话》等,或直陈五古、七古一韵与转韵之作的实际创作情况,或称赞梅村古诗转韵之作尤妙(言下之意,吴梅村一韵古诗不如转韵古诗),诸如此类,与律体能否转韵有何关系?所引《文镜秘府论》两则,不过就一般的作诗技巧而论,其中后者可能还涉及到是否出韵的问题,诸如此类,与律体能否转韵又有何关系?至于,谢榛《四溟诗话》所引杨万里"不许出韵"的话,王力说的"出韵是近体诗的大忌",所谓"出韵",乃是相对按部押韵而言,根本

---

① 吴淑玲《慎用"转韵律体"概念》,《文学遗产》,2017年第4期。

与能否转韵无涉。综上,论者连基本的文献都看不明白,焉能以金针度人?

事实上,要验证"转韵律体"的提出是否科学,最重要的,也是最根本的,不外乎以下两种途径:一是追问律体之"律"的本质是什么。二是考察南北朝到中唐的诗歌声律演进轨迹,而无论其为平韵、仄韵,还是转韵。① 实际的情况,大抵是这样的,自永明体以来,当时人所作之诗,无论是五言,还是七言,甚或比较整齐的杂言,无论是平韵,还是仄韵,甚或是转韵,他们均一以贯之地追求声律并运用声律,而无明显的厚此薄彼之心。这种情况,自齐梁发端,而一直持续到中、晚唐,其中仄韵近体到晚唐尚有,转韵律体则大抵到中唐权德舆等人而止。至于近体,后来为何几乎只剩下平韵近体一种,那已是中晚唐之后的事了。我们不能以后代的既成事实,想当然地套用在前人身上,这也就是本文前面所说的"以今例古"的毛病。

综上所述,无非是想说明,我们一般认为的"七言古诗",实际上混杂着两类性质上更接近律体的格律诗:一是七言一韵新体,二是七言转韵律体。因为按照"七古"或"七言古诗"的字面意思,这两类并无多少"古"的因素,所以我们将它们和真正的七古合在一起,统一称作"传统七古"。虽然,本书的研究对象并不排斥上述两类,但还是郑重地说明一下为好,毕竟名正才能言顺。

此外,关于本书的研究对象,还应该作三点简要的说明:一是,关于七言拗体一类,诸如崔颢《黄鹤楼》、李白《鹦鹉洲》,杜甫35首拗体之作如《题郑县亭子》《黄草》《即事》等,②也在本书的考察范围之

---

① 对于这两点,拙文《论七言转韵律体的体制特征——兼及律体的判定标准》第四部分,实均已有所涉及。
② 杜甫35首拗体七律,详见拙文《七律定型及其渊源新考》,《井冈山大学学报》,2017年第1期。

内。对于这种"半古半律"之作,到底归为古体还是近体合适,古人大抵在两可之间。视为古体者,如胡应麟评崔颢上举一篇者道"崔颢黄鹤,歌行短章耳",①而胡氏所谓"歌行"大抵即等同于"七言古诗";视为近体者,如浦起龙《读杜心解》一书将杜甫的大部分拗体七律均名列"七律"一目下。② 有鉴于此,也为了扩大研究视野,本文特将其纳入考察范围之内。二是,唐之前的七言一韵四句(七言绝句的前身)诗,同样在本书的考察范围之内,至于入唐之后的七言一韵四句诗,则绝不羼入。③ 因为南北朝时,作为七言新体之一的七言一韵四句虽有零星出现,但尚未从各体中颖脱而独立,对其进行观照,有助于总体把握七言诗由南朝向唐代过渡的态势。对于这类诗,前人确实也有将其当作"古体""歌行"的,如胡应麟在论及七绝前身时,就曾说过"六朝短古,概曰歌行"一类的话。④ 三是,传统意义上说的七古与真正的七古确实有别,已如前论,但是,为了避免行文累赘,本书除有必要之外,多数仍将"传统七古"径称为"七古",而如果欲表示不包含"七言一韵新体""七言转韵律体"等几类的七言古诗,则大致以"真正的七古"名之。

三、传统七古体制的十二个要素

关于七言古诗的体制要素,究竟应该有多少种,古今似未有明确归纳者,只是在各类行文中,偶尔流露出某种要素意识。如马茂元

---

① 胡应麟《诗薮》内编卷六,上海古籍出版社1979年版,第82页。
② 浦起龙《读杜心解》第三册,中华书局1961年版,第597—681页。
③ 不过像王勃《寒夜怀友杂体二首》这样的两句一转韵的七言四句诗,岑参《入蒲关先寄秦中故人》这样的句句押韵的七言一韵四句诗,也在本书的考察范围之内。
④ 胡应麟《诗薮》内编卷六,上海古籍出版社1979年版,第105页。

《唐诗选·前言》里,从卢照邻《长安古意》、张若虚《春江花月夜》诸诗概括而出的"语言的流利宛转,音节的和谐铿锵,灵活地运用对仗,有规律地转韵"等特点,①其中就大致包含了联锦、平仄、对仗、节长和转韵等五项。又如王锡九《唐代的七言古诗》一书《序论》直接或间接提到的言数、一韵与转韵、用韵疏密、节长、联锦、奇数句、上句末字用声、对仗、平仄等。② 当然,更为重要的是,王力《汉语诗律学》一书第二章《古体诗》直接或间接涉及的言数、一韵与转韵、首句用韵、平仄韵交替与否、用韵疏密、节长、奇数句、上句末字用声等。③

结合前人之论,同时,通过先秦迄晚唐大量七古诗的披览和体认,窃以为,古今七言古诗的体制要素,大致应包含以下十二项:一是言数。二是篇幅。三是一韵与转韵。四是首句入韵与否。五是用韵疏密。六是平仄韵交替与否。七是节长。八是使用奇数句与否。九是联锦。十是上句末字用声。十一是对仗。十二是平仄。其中第三、第四、第五项均与用韵有关,但各有所属,宜分别论列,第六项,则兼有用韵与用声之性质。以下就上述十二种要素的一些重要特点,稍事绍介如下。

就言数而言,七言古诗可分为纯七言古诗、近七言古诗、杂言七古和骚体七古四大类。④ 其中近七古一种,顾名思义,大致用来指称,全诗仅存在一两处(一般是一处)特殊之格,而基本由整齐之七言组成者,至于特殊之格的表现形式,大略则有以下几种:一是,多一主题句,如李白《游游行且猎篇》。二是,多一九言句,如李商隐《韩碑》。三是,两三言与单句七言相配成双,如李贺《巫山高》。四是,

---

① 马茂元《唐诗选·前言》,人民文学出版社 1960 年版,第 14 页。
② 王锡九《唐代的七言古诗》,江苏教育出版社 1991 年版,第 18—25 页。
③ 王力《汉语诗律学》,上海教育出版社 1979 年版,第 304—507 页。
④ 此处以"言数"而分出四种,主要是针对前三种而言,骚体七古较为特殊,只是随类相附。

多一"君不见(或君不觉、君莫笑等)+三言、五言、六言、七言某一种"的格式,如高适《燕歌行》等。杂言七古,最常见的有五七言、三七言和三五七言三种。此外,尚有几十种不同的组合形式。骚体七古,主要以七言诗中存在"兮"字为典型标志,根据七古、骚体、古文各种文体参与程度的不同,骚体七古还可分为四类,不一一。

就篇幅而言,一韵七古与转韵七古实不尽相同。以纯七古为例,一韵七古其短者,有两句的,此类多出于歌谣语谚,文人之作极为少见,有四句者,如前举岑参句句押韵之《入蒲关先寄秦中故人》,其长者,有五十句的《赠崔立之评事》,有六十六句的《寄卢仝》等,而均为韩愈一人所独有,足见其人才力之横绝,最长者,则当推郑嵎《津阳门诗》一首,全篇多达200句,于有唐一代,堪称空前绝后。转韵七古最短者,为四句之作,如王勃《寒夜怀友杂体二首》之类,其长者,则有卢照邻《长安古意》、骆宾王《代女道士王灵妃赠道士李荣》、白居易《琵琶行》《长恨歌》等。如以杂古论之,其长者,则有骆宾王《帝京篇》《畴昔篇》等。以骚体七古论之,其长者,则有韦庄《秦妇吟》等。

就一韵到底与否而言,七言古诗有一韵与转韵两大宗,其中一韵又有平韵与仄韵之别。以纯七古为例,刘宋鲍照之前,七古仄韵、转韵之作颇为罕见,前者如晋代王嘉《白帝子歌》之类不过一二见,后者最早见于汉乐府《鸡鸣歌》一首,而以平韵七古为主,其著者,如曹丕等人的《燕歌行》系列,即均为平韵之作。鲍照时,仄韵、转韵七古仍不多见。降及齐梁,遂以转韵为繁,其中江总今存17首纯七古,转韵者共计12首,如《宛转歌》等,而平韵仅4首,如《芳树》等,仄韵更仅1首,即《闺怨篇二首》(其二),当时文人七古用韵情况之一斑,略见于此。入唐以后,平韵七言虽再次兴盛,不过,多于新体、近体见之,七言古诗仍以转韵为主,平韵次之,仄韵最少,此后至晚唐,形势大抵如此,惟韩愈、白居易二人为旁逸斜出。

就首句用韵与否而言,无论古、近体,七言本以首句入韵为常,五言则反之,此点大抵亦适用于七言古诗。其一韵到底,首句不入韵者,颇为稀有,如有首句不入韵的,则多因对仗而起,如庾信《乌夜啼》、王维《不遇咏》等,或因叠字、叠词之使用,如崔颢《黄鹤楼》、白居易《花前叹》等。转韵七古,各节首句入韵与否,并其不入韵之原因,大抵亦与一韵七古相同。惟其首节后之各节,首句之不入韵者,更为少见,诸如江总《新入姬人应令诗》、杜甫《观公孙大娘弟子舞剑器行》等,其中,前者第二节首句不入韵,后者末节首句不入韵,从先秦到唐代,不过数见而已。

就用韵疏密而言,古今七古约可分为半句押韵、句句押韵、隔句押韵与连续押韵四类。其中半句押韵,多出于歌谣语谚,与一般文人制作有异。连续押韵一种,用韵疏密大致介于句句押韵与隔句押韵之间,从疏到密,还可以分为连押1处,连押2处,连押3处等。句句押韵,大抵以平韵七古为多,次为转韵七古,仄韵七古极少。简言之,刘宋鲍照之前,七古多为平韵句句押韵之作,鲍照以后,渐以隔句押韵为主,句句押韵日益稀见,而多数又限于某些特定题材,如舞曲歌辞"白纻歌"系列等。盛唐以后,诗人们重举汉魏旗帜,影响所及,句句押韵之作,又有所抬头,而以李白、杜甫、韩愈、李贺、李咸用等人为最。至于连续押韵七古一种,虽始于南朝,真正的遍地开花则要等到盛唐以后。

就平仄韵交替与否而言,转韵七古大致可分为平仄韵严格交替、平仄韵不严格交替、平仄韵不交替等三类。齐梁以来,转韵七古大抵无不以平仄韵交替为主,而辅之以平仄韵不严格交替,平仄韵不交替甚少。其中平仄韵不严格交替者,主要以连押两个平声韵部或两个仄声韵部为主,连押三个平声韵部或三个仄声韵部等,颇为稀见。连押平声韵部或连押仄声韵部,大致可以盛唐为界,盛唐之前,多以连押平声韵部为主,盛唐之后,则以连押仄声韵部居多,盛唐则连押平声韵部与连押仄声韵部大抵持平。以上情形,主要就大势而言,或有因人而异者,也只是少数或个例。

就节长而言,转韵七古诸节约可分为短节、中节和长节三大类,其中短节者为二句节、三句节和四句节,中节者为五句节、六句节、七句节和八句节,长节者为九句以上之节长。以纯七古而论,古今转韵七古,大抵以短节之二句节和四句节与中节之六句节和八句节为主,而尤以四句节最为常遇。此外,偶亦有十句节、十二句节、十四句节、十六句节、十八句节、二十句节等,不过数量不多而已。同时,偶数节之外,时而亦有奇数句节,如三句节、五句节、七句节、十三句节、十五句节等,此类数量,较之十句节以上之节长,数量更为罕有。具体到各个时期,盛唐、中唐的节长种类最为丰富,晚唐次之,初唐最少,南北朝与晋以前则介于初、晚唐之间,此种表现大抵与诗风雄健恢宏与否,关系较为密切。

就使用奇数句与否而言,七言古诗,可大致分为有奇数句和无奇数句两类。其中无奇数句者,乃古今七古之常态,无需多论。奇数句七古,因其观照视角有异,分类亦不同。其中,就言数而论,可分为纯七言奇数句七古与杂言奇数句七古;就用韵而言,可分为一韵奇数句七古与转韵奇数句七古;就奇数句之多少而言,则又可分为一句到数句不等之奇数句七古。以纯七古而论,奇数句七古与用韵关系甚密,通常有奇数句之七古,多为连续押韵、句句押韵之用韵较为稠密者,反之则不一定。总而言之,刘宋鲍照以前奇数句之出现,大抵多流于自然,鲍照以后,隔句押韵风行诗坛,诗句多以双句一联为常,自此以后,奇数句之使用,则不复有自然之态,而颇具奇崛之效果。

就联锦而言,七言古诗约可分为使用联锦之七古与不使用联锦之七古两类。其中,使用联锦之七古,从南朝到晚唐,时有所见,而大致可分为七类:其中,按字数分,则有一字、二字、三字甚至七字之联锦;按词类分,则以纯粹之名词居多,偶亦有动词、代词,以及"动词+名词"等组合;按通变分,则有不变与变化两类,所谓变化者,可改易、增减一两字,亦可颠倒语序等;按位置分,则有节间联锦与节内联锦两大类,而终以两大类之蝉联而下者最为典型;按组合分,约有单起单承、双起合承、双起双承、合起双承、三起三承等五类;按数量分,其少者,有一二处,而以一处为多,其多者,则有7处,乃至12处者,不一而足。按隐显分,则以节间、组合、二字以上之联锦,最为显豁。

就上句末字用声而言,平韵七古、仄韵七古与转韵七古三类所遵守的规则不尽相同。其中平韵七古,除首句入韵为平声不计外,其余上句末字均须为仄声,如韩愈《山石》等;仄韵七古的上句末字用声,则大抵以仄平交替为主,如韩琮《春愁》等;转韵七古的上句末字用声规则,则为以上两种规则之综合,即其中平韵节上句末字用声规则,一如平韵七古,仄韵节上句末字用声规则,一如仄韵七古,如卢照邻《长安古意》等。所谓"仄平交替",既包括"仄、平交替",如高适《九日酬颜少府》等,也包括"平、仄交替",如杜甫《观公孙大娘弟子舞剑器行》的第二节,而终以前者居多。简言之,以上三类规则,大抵以平韵七古为严,转韵七古次之,仄韵最差。

就对仗而言,以律体为参照,七言古诗之对仗可分为硬性之对仗和富余之对仗两大类。其中一韵七古,硬性要求的对仗位置,大抵为除首、尾联之外的中间若干联。转韵七古,硬性要求的对仗位置,四句节之上者,如六句节、八句节、十句节等,与一韵七古无异,四句节者,如非位于诗歌之篇末,则其后一联须对仗,至于二句节,则无对仗之硬性要求。古今七古,依要求位置使用骈偶与否,约可分为三类:一是按要求位置对仗,二是不尽按要求位置对仗,三是不按要求位置对仗。简言之,齐梁以降之律体诗,无论一韵,还是转韵,大抵以按要求位置对仗者为主,反之,非律体者,则以不尽按要求位置对仗和不按要求位置对仗者居多。足见,诗歌按要求对仗与否与其声律水平的高低关系甚深。

就平仄而言,一韵七古与转韵七古的演变进程稍有不同。以纯七古为例，南北朝之前，七古声律大抵出于自然，其表现有三：一是从先秦到两晋，作品平仄并无明显的演进之迹；二是同作者或同组作品的合律程度往往互有高低；三是合律率为历段最低。刘宋时，声律说虽未风行，但鲍照相关诗歌的声律，较之前代已有提高，这种情况是否出于偶然，还须结合其五言的声律水平来考察。齐梁之后，由于声律说的风行，合律率不断提高，并在初唐达到巅峰。降及盛唐，无论是一韵七古，还是转韵七古，由于受复古风气沾染，传统七古，尤其是转韵七古，遂一分为二，从而形成了古、今体并存的局面。此后经中唐，到晚唐，诗人所作七古渐转向较为纯粹的七古，韩愈为其代表。

最后，拟以高适诗为例，对上述七言古诗的十二个体制要素，作一番统一的展示，试看《燕歌行》一首：

> 汉家烟尘在东北，汉将辞家破残贼。男儿本自重横行，天子非常赐颜色。摐金伐鼓下榆关，旌旆逶迤碣石间。校尉羽书飞瀚海，单于猎火照狼山。山川萧条极边土，胡骑凭陵杂风雨。战士军前半死生，美人帐下犹歌舞。大漠穷秋塞草腓，孤城落日斗兵稀。身当恩遇恒轻敌，力尽关山未解围。铁衣远戍辛勤久，玉箸应啼别离后。少妇城南欲断肠，征人蓟北空回首。边庭飘摇那可度，绝域苍茫更何有。杀气三时作阵云，寒声一夜传刁斗。相看白刃血纷纷，死节从来岂顾勋。君不见沙场征战苦，至今犹忆李将军。

此诗为近七言古诗；篇幅约有七言28句；为转韵，且为隔句押韵，其中前十六句，每四句为一节，从第十七句到第二十四句押一韵又为一节，末四句再为一节，每节首句均入韵，各节之间为严格的平仄韵交替；全诗共有五个四句节，一个八句节；略有联锦特点，即第二节和第三节之间，重叠了"山"字；不存在奇数句；上句末字用声，富有规律，而毫无乖违之处；硬性要求对仗的地方，各节均能按要求以骈俪出之,即第一节后两句,第二节后两句,第三节后两句,第四节后两句,第五节中间四句,均为对仗之格;平仄方面,全诗仅有非律句三句,即"汉家烟尘在东北""山川萧条极边土""边庭飘摇那可度"。从这首诗对于对仗和平仄的运用来看,它应该是一首七言转韵新体诗。

四、本书的研究方法、思路与创新

本书用以研究七古体制的方法,与时下一般古代文学之研究体制者不尽相同,而与传统语言学所用方法,较为接近。换言之,本书研究七古体制,虽然不回避与七古体制生成、变迁有关的诗歌思想、诗歌风格等方面的考察,但主要还在于七古体制本身的探索和论述。具体来说,本书所用研究方法,主要有以下几种。

一是竭泽而渔法。本书的研究时限,大约始于先秦,而止于晚唐。就这一两千年的七古发展史而言,文中主要以逯钦立《先秦汉魏晋南北朝诗》和彭定求等《全唐诗》二书为基础,对这两大段时期的七言古诗进行了全面的翻检。其中举凡文人之作,如曹丕《燕歌行二首》《临高台》《陌上桑》《大墙上蒿行》《艳歌何尝行》《月重轮行》《歌》等;乐府之什,如汉鼓吹曲辞《战城南》《有所思》《上邪》、乐府古辞《乌生》《鸡鸣歌》,晋鼓吹曲辞《晋鼓吹曲二十二首·大晋承运期》、舞曲歌辞《晋宣武舞歌四首·惟圣皇篇》《白纻舞歌诗三首》等;民间谣谚,如先秦《楚童谣》《子产诵》《童谣》(天王出游)、汉代《桓帝初城上乌童谣》《太学中谣》《时人为折氏谚》《三府为朱震语》等;骚体七古,如刘邦《大风》、项羽《歌》、刘彻《秋风辞》、张衡《四愁诗》、傅玄《拟四愁诗四首》、李白《鸣皋歌送岑征君》、岑参《胡笳歌送颜真卿使赴河陇》等,无不在网罗和审视之内。

二是点面结合法。除了系统搜罗相关研究文本,本书在具体论证时,往往还采取了主次有别、突出重点的写法。如鲍照之于刘宋一朝,江总之于齐梁陈隋,李白、杜甫、李颀、王维、高适、岑参之于盛唐,韩愈、白居易之于中唐,李商隐、温庭筠之于晚唐等。诸家之作,无论是在文学史上,还是在七古史上,均具有无可替代的作用。

三是定量统计法。就七古体制发展的六个时期而言,由于各段七古创作数量的差异悬殊,有时单纯的数量对比,并不能如实地反映相关阶段的体制特征。因此,对相关阶段的考察,进行一定程度的定量统计和分析是很有必要的。比如,就用韵疏密一端而言,中唐纯七古句句押韵的数量并不少,总量远超刘宋之前,但从各自的比例来看,句句押韵显然并非中唐的主流押韵方式,而难与刘宋之前七古多为句句押韵相提并论。

四是分析法。本书所用分析法,既有对某些体制要素的分析,如对一首诗对仗分布位置的分析,是不是能按要求位置对仗,如不能严格按要求位置对仗,数量有多少,所缺者主要在何处。又如对一首诗平仄的分析,哪些是常规律句,哪些是非正式律句,哪些是非律句,这些各自的数量有多少,占全诗的比例几何,具体对于律句与非律句的判断,有时候又会涉及对某些疑难字声的判断等。也有对某些现象或规律的分析,如纯七古无论是一韵到底者,还是转韵,大抵均以首句入韵为主,但是偶尔也有首句不入韵的。其中,解释和分析这些首句不入韵的原因,便是本书的重要任务之一。概言之,古今七古首句不入韵者,多数均与首联使用对仗有关,其次则与叠字、叠词的使用有关。

五是归纳法。这是本书研究七古体制及其演变广泛运用的一种方法。其中,小到对某一七古体制特点的分类,如将转韵七古各节所押之韵,归纳为平仄韵严格交替、平仄韵不严格交替和平仄韵不交替三种,将七古的篇幅归纳为短篇、中篇、长篇和超长篇四类等;大到对某一时期某一体制特点的实践差异的概括等,如转韵七古发展到盛唐,出现了古、今体并存的局面,其中王维七古偏于用今体,岑参七古偏于用古体,而李颀、李白等人则介于上述两类之间,诸如此类,均离不开统计分析之后归纳法的运用。

六是例证法。例证法,也是本书广泛使用的一种方法,所谓凡有所立,必有所据,既有所据,则有所征。如本书将转韵七古各节押韵概括为平仄韵严格交替、平仄韵不严格交替和平仄韵不交替三种,为了证明这种分类的科学性,文中对三种类别的相关诗例进行了广泛的征引。征引时,尽量兼顾到各个时期和不同诗人在其中的表现。此外,对于七古言数、篇幅、一韵与转韵、首句用韵与否、用韵疏密、节长等的分类和论证,也都离不开例证法的运用。

本书的研究思路,除了分别以言数、篇幅、一韵与否、首句用韵与否、用韵疏密、平仄韵交替与否、节长、奇数句、联锦、上句末字用声、对仗和平仄等十二个要素为纲,对传统七古体制特点及其演变,作全面而系统的观照之外,各章的写法,大致遵循了这样的理路,即首先以详尽的体制分类和全面的体制发展及其特点考察为主。如"用韵疏密"一章,第一部分,将七古用韵分为半句押韵、句句押韵、隔句押韵和连续押韵四大类,其中根据句句押韵七古、隔句押韵七古和连续押韵七古三类的转韵与否,又各将它们一分为二;第二部分,以上述句句押韵、隔句押韵和连续押韵的分类为纬,以七古的六个发展时期,即魏晋宋齐、梁陈隋、初唐、盛唐、中唐和晚唐为经,对古今七古用韵疏密的发展演变过程,进行了细微而全面的呈现。第三部分,则在上述两部分的基础上,提炼出一些具有共通性的原则、规律或特点。如半句押韵七古,多出于歌谣语谚一类极短之作,而不限于先秦、两汉、魏晋、南北朝与隋唐。又如唐以后句句押韵一种,诗人们虽时有所用,但大多为平韵七古句句押韵,转韵七古句句押韵、仄韵七古句句押韵,均极为少见,个中原因,实与早期句句押韵之作多为平韵七古句句押韵有关。

根据各章研究对象和研究内容的差异，本书在进行相应的体制分类之前，有时也会追溯和探求某种体制特点的渊源和余波。如联锦的运用，七古之前，《诗经》一书中，《周南·关雎》《邶风·静女》《魏风·葛屦》《邶风·匏有苦叶》《秦风·驷驖》等篇的联锦用心，已时有所见。降至汉魏南朝，五古大家之作，如曹植《赠白马王彪诗》、陶渊明《归园田居》（其二）（其三）（其四）、《拟挽歌辞三首》（其三），乐府民歌之什，如《西洲曲》等，对于联锦的运用，也颇为典型。至于五古、七古之外，晚唐以来《调笑令》《忆秦娥》等词调中的联锦特点，则可以视作此前联锦发展的余波。又如七古的上句末字用声规则，其中平韵七古规则的来历，远源可追溯至齐梁时期"四声八病"的"上尾"说，近源则可追溯至齐梁之后的平韵近体格律；仄韵七古上句末字用声规则的来历，与平韵七古实有不同，其远源可追溯至同为"四声八病"之一的"鹤膝"说，近源则可追溯至经唐人之手后成熟、定型的仄韵近体格律。至于转韵七古一种，上句末字用声规则的渊源，则不妨说是上述两种渊源的合流。

除了论述某种七古体制的分类、发展和特点外，有时，本书也会对各种体制要素之间的关系作一整体的观照。如文中关于奇数句的存在与用韵疏密关系的考察。大而言之，存在奇数句的七古，一般用韵无不是较为稠密者，其中连句押韵的，如杜甫《虎牙行》、韩愈《李花赠张十一署》等；句句押韵的，如杜甫《荆南兵马使太常卿赵公大食刀歌》、韩愈《刘生》等。反之，用韵较为稠密的七古，则不一定存在奇数句，尤其是连句押韵者，如杜甫《哀王孙》《乐游园歌》、韩愈《芍药歌》《昼月》等，句句押韵者，则有韩愈《赠郑兵曹》《送区弘南归》等。此外，关于一韵与转韵等用韵方式与七古篇幅长短关系的考察，关于是否按要求位置对仗与七古声律水平之间关系的考察，也都体现了如上一种理路。

要而言之，本书对于古今七古体制及其发展演变的探索，约有以下三点贡献。

第一，明确了七古体制的十二个要素，同时，对每一种体制要素的分类、发展和特点，进行了详尽的列举和考察。如从言数的角度，将七言古诗分为纯七古、近七古、杂言七古和骚体七古四大类。其中近七古，根据特殊之处的不同，又可分为四小类：一是多一主题句者，如高适《赋得还山吟送沈四山人》等；二是多一九言句者，如杜甫《莫相疑行》等；三是两个三言大致合成一个七言句而与另一个七言句配成一联者，如白居易《就花枝》等；四是多一"君不见（君不闻、君不觉、君莫爱、君莫笑等）+某言"句式者，如孟浩然《送王七尉松滋得阳台云》等。杂言七古，因言数参差，组合变化甚繁，种类则多达数十种，而以五七言、三七言、三五七言三种最为常见。以李白而论，其中既有常见的五七言，如《杨叛儿》等；三七言，如《梁园吟》等；三五七言，如《临江王节士歌》等；也有偶尔一用的六七言、七九言、七十一言、三七九言、三七十一言、四五七言、五七九言、五七十言、五七十一言、三四五七言、三五七九言、四五七九言、六七八九言等，共计有25种之多。骚体七古，根据骚体、七古、古文等各种文体渗透程度的不同，也可分为四类：一为更接近骚体的骚体七古，如王维《双黄鹄歌送别》等。二为更接近纯七古或近七古的骚体七古，如刘希夷《捣衣篇》等。三为言数变化较大，而又不掺杂偶数言，类于杂言七古的骚体七古，如韦应物《行路难》等。四为言数变化更大，包括使用一些偶数言，类于古文的骚体七古，如李白《幽涧泉》等。分类既定，文中又将古今七古言数的变化发展分为六个时期，其中纯七言一种，除晋以前不占优势以外，其余五个阶段，均为四类之冠，只是比例略有消长而已。近七言一种，数量历段均不多，多数居于末位，仅在盛唐时，而稍胜于骚体七古。骚体七古，历来亦不甚多，大抵徘徊在第三和第四位之间，而以第三位为主。杂言一类，乃晋以前的主流体式，晋之后，其数量和地位，虽不如纯七言，但均能保持在第二名,实力不容小视。

　　第二,厘清了若干七古体制要素之间的相互关系。如前举用韵疏密与奇数句存在与否的关系。又如用韵方式与七古篇幅之间,据笔者所考,也有一定的对应规律,即同一时期或同一诗人,其转韵七古的篇幅往往要长于一韵七古。究其原因,大概与转韵诗,韵部既多,可供选择的字词较为丰富,便于腾挪运用有关。反之,一韵到底诗,由于单个韵部的字,相对有限,如果付诸短、中篇尚可,但一旦要创作长篇,便难免有疲于应付之感。再如,各位诗人所作七古诗,其中对仗与平仄的分布特点,往往也有十分密切的关系,即诗人所作七古诗,若能按要求的位置对仗,那么,其声律水平往往也就较高,反之亦然。如李白《采莲曲》《凤吹笙曲》《捣衣篇》诸作,其中《采莲曲》一首首节后联对仗,《凤吹笙曲》一首前三个四句节的后联皆对仗,《捣衣篇》一首前五个四句节的后联皆对仗,诸如此类,均能按要求的位置对仗,故其声律水平也就较高,即其中《采莲曲》一首,仅1句非律句,《凤吹笙曲》通篇16句亦仅1句非律句,《捣衣篇》全诗26句,并无1句非律句,而仅有2处非正式律句,且通篇各节对、粘多合。反之,李白《走笔赠独孤驸马》《驾去温泉后赠杨山人》等诗,由于均未能或不尽能按要求的位置对仗,故其声律水平也就较低,其中前者通篇共12句,而有3句非律句,后者通篇共16句,除有5句非正式律句外,尚有6句非律句。类似的对应关系,当然不止于李白,比如王维大部分的转韵纯七古均能按要求对仗,所以其诗歌的声律水平也就较高,如《老将行》《桃源行》《洛阳女儿行》等。反之,岑参大部分的转韵纯七古均不能或不尽能按要求对仗,所以其诗歌的合律程度也就较为低下,如《与独孤渐道别长句兼呈严八侍御》《送费子归武昌》等。

　　第三,纠正了不少与传统七古体制有关的偏颇之见。如元明以来,在五、七言两分的大前提下,"杂言七古"一种,之所以被划入"七古"，而非"五古"，显然与"五七言杂古"是否能获得大发展，是否与七古有亲缘关系这种泛泛之谈无关，①而与大部分杂言七古，均以七言为主导，七言在其中起着一种居中调节、引领众言的作用有关。其表现形式主要有二：一是七言位居众言之中，上可连接八、九、十、十一言等，下可沟通三、四、五、六言等，有用之处最多。即相对五言而论，七言与诸言组合而成的杂言七古，如三七言、六七言、七九言、三七九言、七十言、七十一言、二七九言、三七十一言、六七八九言等，无论是种类，还是数量，显然均要远胜于前者的一种3首，一种即为三五言。二是，就某一首具体诗歌而论，七言在其中的数量和篇幅，往往也居于诸言之首，非五言等所能相比。这一点无论是就初、盛、中、晚唐各个阶段的大势而言，还是就古今七古大家，如李、杜、韩，七古名家，如李颀、王维、高适、岑参、白居易等来说，都是如此。② 又如，关于七古平仄的研究，古今也存在着不少缺陷。其中，或立论颇多武断之处。比如王士禛以为"七言古自有平仄。若平韵到底者，断不可杂以律句。其要在第五字必平"，"第四字必仄"，事实上，经笔者考证，无论是平韵七古上句的第四、第五字必为"仄平"，还是平韵七古断不可杂以律句等，均不可信，反例堪称举不胜举。或声律标准往往不足为据。如王士禛等人之所以坚信像韩愈《谒衡岳庙遂宿岳寺题门楼》、欧阳修《啼鸟》等这样的诗，"断无非律句"。一则因为他们所认定的律句标准过于狭隘。二则因为他们所持以衡量七古的律句依据，有双重标准的嫌疑。蒋寅《韩愈七古声调之分析》③一文的律句标准也不甚科学。其中据以统计韩愈七古的律句标准：一是忽略了

---

① 葛晓音《中古七言体式的转型——兼论"杂古"归入"七古"类的原因》，《北京大学学报》，2008年第2期。
② 详见本书第一章《言数》第四部分"杂言七古归入七古原因新说"。
③ 蒋寅《韩愈七古声调之分析》，《周口师范高等专科学校学报》，2002年第1期。

古今常用的"仄仄平平仄平仄"一种。二是并未包括"平仄平平仄仄仄"一种,从而与文中所交待的律句标准,即"律句与非律句的区别主要以声眼(二、四、六字)用字为准"相矛盾。①

---

① 详见本书第十二章《平仄》第四部分"古今七古声调论反思"。

第一章 言数

元明以来的诗体编排,"七言古诗"或"七古"一目下,其中往往既有齐整的七言古诗,也有接近齐整的七言古诗,既有包含七言,而间杂三、五、九言等的七言古诗,也有包含七言而中间又间杂若干"兮"字的骚体七古。几部比较经典的唐诗选本,如高棅《唐诗品汇》、沈德潜《唐诗别裁》、蘅塘退士《唐诗三百首》等的体式编排,均是如此。① 总而言之,相对六大诗体的其它五类,即五言古诗、五言律诗、七言律诗、五言绝句、七言绝句的整齐划一来说,"七言古诗"是最为参差不齐而变化多端的。

一、纯七言、近七言和骚体的种类
——七古言数分类之一

依笔者之见,在言数方面,古今所有七言古诗约可分为四大类,

---

① 蘅塘退士《唐诗三百首》"七言古诗"首篇陈子昂《登幽州台歌》,乃是一首五六言的骚体,并无"七言"之实,本不该载录,揣其选入之由,不外有二:一则,此篇乃唐贤名作,且陈氏于复古有功,其今存诗作并无典型七古,故以此代之,以示"黄金铸子昂"之意。二则,《唐诗三百首》之前,沈德潜《唐诗别裁》"七言古诗"一目下,已赫然收有此首,不过,沈氏在此诗题旁曾明言"不另列杂言一体,因附七言古内"。可见,蘅塘退士之做法,亦不过一循旧例而已。见蘅塘退士编,陈婉俊补注《唐诗三百首》,中华书局1984年版,第31—105页。

第一章 言数

分别是纯七言、近七言、杂言和骚体。其中纯七言一种，顾名思义，全篇均应为齐整的七言句，这一点并不难理解。这类诗，依其转韵与否，又可分为两类：一是一韵纯七古，一是转韵纯七古，略举两诗以见之，前者如为王夫之称作"古今无两"[①]的曹丕《燕歌行二首》（其一）一首：

> 秋风萧瑟天气凉。草木摇落露为霜。群燕辞归雁南翔。念君客游多思肠。慊慊思归恋故乡。君何淹留寄他方。贱妾茕茕守空房。忧来思君不敢忘。不觉泪下沾衣裳。援琴鸣弦发清商。短歌微吟不能长。明月皎皎照我床。星汉西流夜未央。牵牛织女遥相望。尔独何辜限河梁。

后者如被沈德潜许为"何许骀宕"[②]的萧衍《东飞伯劳歌》一首：

> 东飞伯劳西飞燕。黄姑织女时相见。谁家女儿对门居。开颜发艳照里闾。南窗北牖挂明光。罗帷绮帐脂粉香。女儿年几十五六。窈窕无双颜如玉。三春已暮花从风。空留可怜谁与同。

上引两诗通篇均为整齐的七言，毫无二致，此外，前诗通篇押一个韵部，后诗凡四换韵，故分别为一韵纯七古与转韵纯七古。

所谓"近七言"，特指全篇除了偶尔有一两处特殊之句外，其余则基本上为齐整的七言句。这类诗，主要有以下几种表现形式：一是，于整齐的七言句之外，多一主题句。这一主题句或引出主角，或直奔主旨，作用在于领起全篇。如李白《行行游且猎篇》一首：

> 边城儿，生年不读一字书，但将游猎夸轻趫。胡马秋肥宜白

[①] 王夫之《古诗评选》，上海古籍出版社2011年版，第18页。
[②] 沈德潜《古诗源》卷十二，中华书局1963年版，第291页。

草,骑来蹑影何矜骄。金鞭拂雪挥鸣鞘,半酣呼鹰出远郊。弓弯满月不虚发,双鸧迸落连飞髇。海边观者皆辟易,猛气英风振沙碛。儒生不及游侠人,白首下帷复何益。

同样的例子还有高适《赋得还山吟送沈四山人》、王建《乌夜啼》《空城雀》等。

二是,两句三言大致合成一七言句,并与另一句七言句组成偶数句,①除此之外,全篇其余之处均为齐整的七言句。如李贺《巫山高》一首:

> 碧丛丛,高插天,大江翻澜神曳烟。楚魂寻梦风飔然,晓风飞雨生苔钱。瑶姬一去一千年,丁香筇竹啼老猿。古祠近月蟾桂寒,椒花坠红湿云间。

其中前两句三言,即"碧丛丛,高插天"不妨看作一七言句,而与"大江翻澜神曳烟"组成一对偶数句。类似的例子还有李白《观元丹丘坐巫山屏风》、王维《寄崇梵僧》、白居易《就花枝》等。其实,词调中,这种两个三言与一个七言的等值互换更为常见。如《渔歌子》一调,名义上虽为三七言,五句,但第三、第四句两个三言,实由一句七言摊破而来。如此,全调与通常所谓的七言绝句,即四句齐整之七言,便十分逼近。如张志和《渔父歌》(西塞山前白鹭飞)一首:

> 西塞山前白鹭飞,桃花流水鳜鱼肥。青箬笠,绿蓑衣,斜风细雨不须归。

其中"青箬笠,绿蓑衣"两句,大抵即相当于一句七言,因此,全词离一般之七言绝句并不远。

---

① 倘两句三言本身组成一个双句,如白居易《日渐长赠周殷二判官》"日渐长,春尚早。墙头半露红萼枝,池岸新铺绿芽草",则暂不视为近七言古诗,毕竟,七古里存在奇数句的篇章并不多,也非常规之制。

又如《鹧鸪天》一调,其下片前两句三言,也不妨视作一七言句的替身。试看辛弃疾《鹧鸪天·代人赋》一首:

晚日寒鸦一片愁。柳塘新绿却温柔。若教眼底无离恨,不信人间有白头。　　肠已断,泪难收。相思重上小红楼。情知已被山遮断,频倚阑干不自由。

其中下片的两个三言句,即"肠已断,泪难收",近乎一七言句。因此,全词恰似一首齐整的七言八句诗。同样的词调还有《捣练子》《天仙子》等。

三是,通篇在整齐的七言句之外,有一个九言句。如李商隐《韩碑》一首:

元和天子神武姿,彼何人哉轩与羲。誓将上雪列圣耻,坐法宫中朝四夷。淮西有贼五十载,封狼生貙貙生羆。不据山河据平地,长戈利矛日可麾。帝得圣相相曰度,贼斫不死神扶持。腰悬相印作都统,阴风惨淡天王旗。愬武古通作牙爪,仪曹外郎载笔随。行军司马智且勇,十四万众犹虎貔。入蔡缚贼献太庙,功无与让恩不訾。帝曰汝度功第一,汝从事愈宜为辞。愈拜稽首蹈且舞,金石刻画臣能为。古者世称大手笔,此事不系于职司。当仁自古有不让,言讫屡颔天子颐。公退斋戒坐小阁,濡染大笔何淋漓。点窜尧典舜典字,涂改清庙生民诗。文成破体书在纸,清晨再拜铺丹墀。表曰臣愈昧死上,咏神圣功书之碑。碑高三丈字如斗,负以灵鳌蟠以螭。句奇语重喻者少,谗之天子言其私。长绳百尺拽碑倒,粗砂大石相磨治。公之斯文若元气,先时已入人肝脾。汤盘孔鼎有述作,今无其器存其辞。呜呼圣皇及圣相,相与烜赫流淳熙。公之斯文不示后,曷与三五相攀追。愿书万本诵万过,口角流沫右手胝。传之七十有二代,以为封禅玉检明堂基。

此诗共五十二句,其中前五十一句,一概为七言,惟末句,即"以为封禅玉检明堂基"为一九言句,故可视为一首近七言古诗。类似的例子还有高适《同河南李少尹毕员外宅夜饮时洛阳告捷遂作春酒歌》、杜甫《莫相疑行》、岑参《青门歌送东台张判官》、韩愈《忆昨行和张十一》、白居易《缭绫念女工之劳也》、李贺《致酒行》、杜牧《郭处士击瓯歌》等。

四是,通篇在齐整的七言句之外,间以一句"君不见(君不闻、君不觉、君莫爱、君莫笑等)+某言"的句式。其中,"某言"可以是一个三言句,如高适《行路难二首》(其二)一首:

　　君不见富家翁,旧时贫贱谁比数。一朝金多结豪贵,万事胜人健如虎。子孙成行满眼前,妻能管弦妾能舞。自矜一身忽如此,却笑傍人独愁苦。东邻少年安所如,席门穷巷出无车。有才不肯学干谒,何用年年空读书。

同样的例子还有岑参《函谷关歌送刘评事使关西》等,相对而言,这种情况不多。

也可以是一个五言句,如吴均《行路难五首》(其五)一首:

　　君不见上林苑中客。冰罗雾縠象牙席。尽是得意忘言者。探肠见胆无所惜。白酒甜盐甘如乳。绿筋皎镜华如碧。少年持名不肯尝。安知白驹应过隙。博山炉中百和香。郁金苏合及都梁。逶迤好气佳容貌。经过青琐历紫房。已入中山冯后帐。复上皇帝班姬床。班姬失宠颜不开。奉帚供养长信台。日暮耿耿不能寐。秋风切切四面来。玉阶行路生细草。金炉香炭变成灰。得意失意须臾顷。非君方寸逆所裁。

类似的例子还有鲍照《拟行路难十八首》(其十七)、高适《燕歌行》、杜甫《白丝行》等。

也可以是一个六言句,如岑参《梁园歌送河南王说判官》一首:

> 君不见梁孝王修竹园,颓墙隐辚势仍存。娇娥曼脸成草蔓,罗帷珠帘空竹根。大梁一旦人代改,秋月春风不相待。池中几度雁新来,洲上千年鹤应在。梁园二月梨花飞,却似梁王雪下时。当时置酒延枚叟,肯料平台狐兔走。万事翻覆如浮云,昔人空在今人口。单父古来称宓生,只今为政有吾兄。辎轩若过梁园道,应傍琴台闻政声。

其中首句"君不见梁孝王修竹园",即为一个"君不见+六言"的句式,与"君不见"搭配一个或三言,或五言,或七言等相比,这种结构方式并不多见。

还可以是一个七言句,如孟浩然《送王七尉松滋得阳台云》一首:

> 君不见巫山神女作行云,霏红沓翠晓氛氲。婵娟流入楚王梦,倏忽还随零雨分。空中飞去复飞来,朝朝暮暮下阳台。愁君此去为仙尉,便逐行云去不回。

其中,首句"君不见巫山神女作行云",即为一个"君不见+七言"的句式。类似的例子,还有张说《邺都引》、王翰《古蛾眉怨》、韦应物《骊山行》、白居易《醉后走笔酬刘五主簿长句之赠兼简张大贾二十四先辈昆季》等。

以上所举,三字领多为"君不见",偶尔也有以"君不觉"领之的,如杜甫《惜别行送刘仆射判官》;或以"君莫笑"领之的,如杜甫《今夕行》;或以"君莫爱"领之的,如岑参《范公丛竹歌》。再者,上举四例,"君不见"等所领,多见于篇首,也有见于篇末或接近篇末的,如高适《燕歌行》、陆龟蒙《鹤媒歌》等。此外,偶尔也有见于篇中的,如高适《邯郸少年行》、杜牧《郭处士击瓯歌》、温庭筠《达摩支曲》等。

骚体七古与寻常骚体最大的不同,在于诗中存在一定的七言句,这里的七言句,既包括一般的七言句,如李白《梦游天姥吟留别》"烟涛微茫信难求",同时,为了表明骚体与七古之间的渊源和联系,也包括连"兮"在内的七言句,如李白《临路歌》"游扶桑兮挂石袂"。至于,像王维《赠徐中书望终南山歌》"晚下兮紫微,怅尘事兮多违。驻马兮双树,望青山兮不归"这样的骚体诗,通篇连"兮"在内也无一句七言句,则暂不列入七古考察范围之内。

根据骚体和七古各自所占比例的不同,骚体七古可大致分为四类。其中第一类更接近一般的骚体,不妨称之为"纯骚体七古",而以王维的相关创作为代表。试看王维《奉和圣制天长节赐宰臣歌应制》一首:

> 太阳升兮照万方,开阊阖兮临玉堂,俨冕旒兮垂衣裳。金天净兮丽三光,彤庭曙兮延八荒。德合天兮礼神遍,灵芝生兮庆云见。唐尧后兮稷契臣,匡宇宙兮华胥人。尽九服兮皆四邻,乾降瑞兮坤降珍。

此诗共十一句,每一句的结构均为"三言+兮+三言",与一般的骚体已经无异。严格来说,此类诗实不宜计为七古,只是因为每句包括"兮"在内共有七个字,本文才暂将其纳入七古探讨范围之内。

又如王维《双黄鹄歌送别》一首:

> 天路来兮双黄鹄,云上飞兮水上宿,抚翼和鸣整羽族。不得已,忽分飞,家在玉京朝紫微,主人临水送将归。悲笳嘹唳垂舞衣,宾欲散兮复相依。几往返兮极浦,尚裴回兮落晖。岸上火兮相迎,将夜入兮边城。鞍马归兮佳人散,怅离忧兮独含情。

此诗,除了有4句一般的七言句,即"抚翼和鸣整羽族""家在玉京朝紫微""主人临水送将归""悲笳嘹唳垂舞衣",和2句三言句,即"不得已""忽分飞"之外,其余每句无论是六字,还是七字,均在中间间以一"兮"字,骚体的体式也十分明显,故可将其归为纯骚体七古。类似的例子还有卢照邻《狱中学骚体》《释疾文三首》(其一)、陈子昂《彩树歌》、宋之问《高山引》、韦应物《萼绿华歌》等。

总的来看,以下第二类、第三类和第四类更接近一般的七言古诗,但因其所用句式在齐整和奇偶方面的不同,还可以进一步予以区分。

第二类是,全诗基本上为整齐或接近整齐的七言句,而在某些地方间以一"兮"字。① 这方面以岑参的相关创作最为典型。且看岑参《胡笳歌送颜真卿使赴河陇》一首:

> 君不闻胡笳声最悲,紫髯绿眼胡人吹。吹之一曲犹未了,愁杀楼兰征戍儿。凉秋八月萧关道,北风吹断天山草。昆仑山南月欲斜,胡人向月吹胡笳。胡笳怨兮将送君,秦山遥望陇山云。边城夜夜多愁梦,向月胡笳谁喜闻。

总的来看,此诗与一般的近七言古诗已经非常接近,通篇除首句以"君不闻+五言"的形式出之之外,其余均为齐整的七言句,仅其中第四节的首句"胡笳怨兮将送君",使用了典型的骚体结构方式,故本文还是将其划为骚体七古。

又如岑参《凉州馆中与诸判官夜集》一首:

> 弯弯月出挂城头,城头月出照梁州。凉州七里十万家,胡人半解弹琵琶。琵琶一曲肠堪断,风萧萧兮夜漫漫。河西幕中多故人,故人别来三五春。花门楼前见秋草,岂能贫贱相看老。一生大笑能几回,斗酒相逢须醉倒。

此诗大体上与一般的纯七言古诗也无异,只是因为第六句"风萧萧兮夜漫漫",中间间以一"兮"字,略具骚意,所以可归入骚体七古。以

---

① 像李贺《神弦》"神兮长在有无间"这样带"兮"的句子,与一般的骚体句不同,故不视为骚体七古。

上两首骚体七古,准确一点的,或者可称作"齐言"或"近齐言骚体七古"。类似的例子还有刘希夷《捣衣篇》《北邙篇》、王昌龄《奉赠张荆州》、杜甫《乾元中寓居同谷县作歌七首》、李贺《白虎行》等。

第三类是,全诗基本上为言数参差不齐,但又不存在四、六、八言等偶数言句,而在其中的某几处,间以骚体式句子的七言古诗。如鲍照《拟行路难十八首》(其十四)一首:

> 君不见少壮从军去。白首流离不得还。故乡窅窅日夜隔。音尘断绝阻河关。朔风萧条白云飞。胡笳哀急边气寒。听此愁人兮奈何。登山远望得留颜。将死胡马迹。宁见妻子难。男儿生世轗轲欲何道。绵忧摧抑起长叹。

此诗除了第七句"听此愁人兮奈何"为骚体句外,其余者,更多的是七言句,如"白首流离不得还""故乡窅窅日夜隔",也有五言句,如"将死胡马迹",或者九言句,如"男儿生世轗轲欲何道"。诸如此类,不妨称作"奇数杂言骚体七古"。类似的例子,还有韦应物《行路难》、刘禹锡《九华山歌》等。

第四类,是全诗为言数参差不齐,包括使用了一些接近散文的偶数句式,同时,在诗中的某些地方,存在一定骚体句的七言古诗。如杜甫《桃竹杖引赠章留后》一首:

> 江心蟠石生桃竹,苍波喷浸尺度足。斩根削皮如紫玉,江妃水仙惜不得。梓潼使君开一束,满堂宾客皆叹息。怜我老病赠两茎,出入爪甲铿有声。老夫复欲东南征,乘涛鼓枻白帝城。路幽必为鬼神夺,拔剑或与蛟龙争。重为告曰:杖兮杖兮,尔之生也甚正直,慎勿见水踊跃学变化为龙。使我不得尔之扶持,灭迹于君山湖上之青峰。噫,风尘澒洞兮豺虎咬人,忽失双杖兮吾将曷从。

此诗共三节,前两节共十二句虽然是齐整的七言句,但最后一节,自"重为告曰"始,或四言,或七言,或八言,或十言,或十一言,不一而足,句式极尽变化。此外,某些句子,尤其是最后两句,即"风尘顷洞兮豺虎咬人""忽失双杖兮吾将曷从",乃典型骚体句。因而,不妨将这类诗称作"散文式骚体七古"。李白的相关创作,堪称这方面的典范。请看李白《远别离》一首:

> 远别离,古有皇英之二女,乃在洞庭之南,潇湘之浦。海水直下万里深,谁人不言此离苦。日惨惨兮云冥冥,猩猩啼烟兮鬼啸雨。我纵言之将何补,皇穹窃恐不照余之忠诚。云凭凭兮欲吼怒,尧舜当之亦禅禹。君失臣兮龙为鱼,权归臣兮鼠变虎。或言尧幽囚,舜野死,九疑联绵皆相似,重瞳孤坟竟何是。帝子泣兮绿云间,随风波兮去无还。恸哭兮远望,见苍梧之深山。苍梧山崩湘水绝,竹上之泪乃可灭。

此诗除了"日惨惨兮云冥冥""猩猩啼烟兮鬼啸雨"等 8 句骚体句之外,其余或三言,如"远别离",或四言,如"潇湘之浦",或五言,如"或言尧幽囚",或六言,如"乃在洞庭之南",或七言,如"海水直下万里深",或十言,如"皇穹窃恐不照余之忠诚",可谓参差纵横,变化难测,也属于散文式骚体七古。类似的例子还有李白《幽涧泉》《久别离》《梦游天姥吟留别》等。

二、杂言的种类
——七古言数分类之二

　　杂言七古的种类十分丰富,也比较复杂,故专辟一节予以论述。总的来看,杂言七古约可分为以下四组。首先,是杂言七古中最常见的一组。其中,有三七言,如萧纲《江南弄三首·采莲曲》一首:

> 桂楫兰桡浮碧水。江花玉面两相似。莲疏藕折香风起。香风起。白日低。采莲曲。使君迷。

其中前三句如"桂楫兰桡浮碧水"等均为七言,后四句如"香风起"等均为三言,故通篇为三七言诗。类似的例子还有曹植《平陵东行》、沈佺期《凤箫曲》、万齐融《仗剑行》、元结《石鱼湖上醉歌》、顾云《天威行》等。

有五七言,如崔颢《孟门行》一首:

> 黄雀衔黄花,翩翩傍檐隙。本拟报君恩,如何反弹射。金罍美酒满座春,平原爱才多众宾。满堂尽是忠义士,何意得有谀谀人。谀言反覆那可道,能令君心不自保。北园新栽桃李枝,根株未固何转移。成阴结实君自取,若问傍人那得知。

其中,除前四句如"黄雀衔黄花"等为五言外,其余十句均为七言,故通篇为五七言诗。类似的例子还有萧子显《从军行》、骆宾王《畴昔篇》、孟浩然《鹦鹉洲送王九之江左》、戎昱《苦辛行》、李商隐《代赠》等。

还有三五七言,如薛逢《镊白曲》一首:

> 去年镊白鬓,镜里犹堪认年少。今年镊白发,两眼昏昏手战跳。满酌浓醑假颜色,颜色不扬翻自笑。少年曾读古人书,本期独善安有馀。虽盖长安一片瓦,未遑卒岁容宁居。前年依亚成都府,月请俸缗六十五。妻儿骨肉愁欲来,偏梁阁道归得否?长安六月尘亘天,池塘鼎沸林欲燃。合家恸哭出门送,独驱匹马陵山巅。到官只是推诚信,终日兢兢幸无咎。丞相知怜为小心,忽然奏佩专城印。专城俸入一倍多,况兼职禄霜峨峨。山妻稚女悉迎到,时列绿樽酎酒歌。醉来便向樽前倒,风月满头丝皓皓。虽然减得阃门忧,又加去国五年老。五年老,知奈何?来日少,

去日多。金锤锤碎黄金镈,更唱樽前老去歌。

其中,除"五年老""知奈何""来日少""去日多"数句为三言,"去年镊白鬓""去年镊白鬓"两句为五言外,其余一例为七言,故通篇为三五七言诗。类似的例子还有江总《长相思二首》、宋之问《王子乔》、张九龄《奉和圣制温泉歌》、刘方平《代宛转歌二首》、温庭筠《罩鱼歌》等。

其次,是上述三种言数,即三、五、七言与九言的搭配组合。相对而言,这种组合的出现概率要逊于上一组,但却高于后面将要介绍的一组。依次而论,其中有七九言,如韦应物《夏冰歌》一首:

出自玄泉杳杳之深井,汲在朱明赫赫之炎辰。九天含露未销铄,闾阖初开赐贵人。碎如坠琼方截璐,粉壁生寒象筵布。玉壶纨扇亦玲珑,座有丽人色俱素。咫尺炎凉变四时,出门焦灼君讵知。肥羊甘醴心闷闷,饮此莹然何所思。当念阑干凿者苦,腊月深井汗如雨。

其中除后十二句一例为七言外,开篇"出自玄泉杳杳之深井""汲在朱明赫赫之炎辰"即为两个九言,故通篇为七九言诗。类似的例子还有李白《同族弟金城尉叔卿烛照山水壁画歌》、杜甫《天育骠骑歌》、白居易《画竹歌》等。

有三七九言,如白居易《海漫漫戒求仙也》一首:

海漫漫,直下无底傍无边。云涛烟浪最深处,人传中有三神山。山上多生不死药,服之羽化为天仙。秦皇汉武信此语,方士年年采药去。蓬莱今古但闻名,烟水茫茫无觅处。海漫漫,风浩浩,眼穿不见蓬莱岛。不见蓬莱不敢归,童男丱女舟中老。徐福文成多诳诞,上元太一虚祈祷。君看骊山顶上茂陵头,毕竟悲风吹蔓草。何况玄元圣祖五千言,不言药,不言仙,不言白日升青天。

其中除"海漫漫""风浩浩""不言药""不言仙"等5句为三言,"直下无底傍无边""云涛烟浪最深处"等16句为七言外,尚有九言"君看骊山顶上茂陵头""何况玄元圣祖五千言"等2句,故通篇为三七九言诗。类似的例子,还有白居易《送春归》、李白《襄阳歌》《寄远十一首》(其八)等。

有五七九言,如鲍照《拟行路难十八首》(其七)一首:

> 愁思忽而至。跨马出北门。举头四顾望。但见松柏荆棘郁樽樽。中有一鸟名杜鹃。言是古时蜀帝魂。声音哀苦鸣不息。羽毛憔悴似人髡。飞走树间啄虫蚁。岂意往日天子尊。念此死生变化非常理。中心恻怆不能言。

其中,除前三句"愁思忽而至""跨马出北门""举头四顾望"为五言,"中有一鸟名杜鹃""言是古时蜀帝魂"等为七言外,第四句"但见松柏荆棘郁樽樽"、第十一句"念此死生变化非常理"即为两句九言,故通篇为五七九言诗。类似的例子还有杜甫《戏作花卿歌》、韦应物《鼙鼓行》、韩愈《醉留东野》等。

还有三五七九言,如王维《黄雀痴》一首:

> 黄雀痴,黄雀痴,谓言青毂是我儿。一一口衔食,养得成毛衣。到大啁啾解游飏,各自东西南北飞。薄暮空巢上,羁雌独自归。凤凰九雏亦如此,慎莫愁思憔悴损容辉。

其中,三言如"黄雀痴",五言如"一一口衔食",七言如"谓言青毂是我儿",九言如"慎莫愁思憔悴损容辉",故通篇为三五七九言诗。类似的例子还有李白《忆旧游寄谯郡元参军》、杜甫《入奏行赠西山检察使窦侍御》、白居易《王夫子》等。

再次,是上述四种言数,即三言、五言、七言、九言与九言之上奇

数言搭配而成的组合。这种情况,并不多见,姑举数例以见之。两种言数相配的,有七十一言,如杜甫《短歌行赠王郎司直》一首:

> 王郎酒酣拔剑斫地歌莫哀,我能拔尔抑塞磊落之奇才。豫章翻风白日动,鲸鱼跋浪沧溟开。且脱佩剑休裴回。西得诸侯棹锦水,欲向何门趿珠履。仲宣楼头春色深,青眼高歌望吾子。眼中之人吾老矣。①

其中前两句"王郎酒酣拔剑斫地歌莫哀""我能拔尔抑塞磊落之奇才"均为十一言,其余均为七言句,因而全诗为七十一言。

三种言数相配的,有五七十一言,如李白《有所思》一首:

> 我思仙人乃在碧海之东隅。海寒多天风,白波连山倒蓬壶。长鲸喷涌不可涉,抚心茫茫泪如珠。西来青鸟东飞去,愿寄一书谢麻姑。

其中首句"我思仙人乃在碧海之东隅"即为十一言,第二句"海寒多天风"为五言,其余一例为七言,故全诗为五七十一言。

以上所举两种,言数最高的为十一言,甚至还有十三言的,试看韩愈《奉酬卢给事云夫四兄曲江荷花行见寄并呈上钱七兄阁老张十八助教》一首:

> 曲江千顷秋波净,平铺红云盖明镜。大明宫中给事归,走马来看立不正。遗我明珠九十六,寒光映骨睡骊目。我今官闲得婆娑,问言何处芙蓉多。撑舟昆明度云锦,脚敲两舷叫吴歌。太白山高三百里,负雪崔嵬插花里。玉山前却不复来,曲江汀滢水平杯。我时相思不觉一回首,天门九扇相当开。上界真人足官

---

① 《全唐诗》此诗标点有误,兹据此诗用韵重加点断。见《全唐诗》(全十五册)第四册,中华书局1999年版,第2322页。

府,岂如散仙鞭笞鸾凤终日相追陪。

其中第十五句"我时相思不觉一回首"为九言,末句"岂如散仙鞭笞鸾凤终日相追陪"即为十三言,余则均为七言,故全诗为七九十三言。此外还有三七十一言的,如李白《飞龙引二首》(其二);三五七十一言的,如韦应物《鸟引雏》;五七九十一言的,如韦应物《长安道》;三五七九十三言的,如李白《杂言用投丹阳知己兼奉宣慰判官》①等。

最后,是上述奇数言数与某些偶数言数,如四言、六言、八言等相间而成的组合。这种情况也不多见。其中,两种言数相配较为常见的是四七言,如李贺《春昼》一首:

> 朱城报春更漏转,光风催兰吹小殿。草细堪梳,柳长如线。卷衣秦帝,扫粉赵燕。日含画幕,蜂上罗荐。平阳花坞,河阳花县。越妇支机,吴蚕作茧。菱汀系带,荷塘倚扇。江南有情,塞北无恨。

其中,除前两句"朱城报春更漏转""光风催兰吹小殿"为七言外,其余即一例为四言,故全诗为四七言。同样的例子还有王嘉《歌》、韩偓《金陵》等。

三种言数相配较为常见的是三四七言,如曹植《当来日大难》一首:

> 日苦短。乐有馀。乃置玉樽办东厨。广情故。心相于。阖门置酒。和乐欣欣。游马后来。辕车解轮。今日同堂。出门异乡。别易会难。各尽杯觞。

其中除第一、第二、第四、第五句为三言,第二句为七言,其余即一例为四言,故全诗为三四七言。同样的例子还有韩愈《东方半明》、吴融

---

① 李白此诗第八句之五言原缺两字。

《李周弹筝歌》等。

四种言数相配较为常见的有三四五七言,如吴融《赠方干处士歌》一首:

> 把笔尽为诗,何人敌夫子?句满天下口,名聒天下耳。不识朝,不识市,旷逍遥,闲徙倚。一杯酒,无万事;一叶舟,无千里。衣裳白云,坐卧流水。霜落风高忽相忆,惠然见过留一夕。一夕听吟十数篇,水榭林萝为岑寂。拂旦舍我亦不辞,携筇径去随所适。随所适,无处觅。云半片,鹤一只。

其中除前四句为五言,第五至第十二句、最后四句为三言,第十五、十六、十七、十八、十九、二十句为七言外,第十三、十四句"衣裳白云""坐卧流水"即为四言,故通篇为三四五七言诗。同样的例子还有曹丕《陌上桑》、李贺《箜篌引》等。

五种言数相配较为常见的有三四五六七言,如陆机《日重光行》一首:

> 日重光。奈何天回薄。日重光。冉冉其游如飞征。日重光。今我日华华之盛。日重光。倏忽过。亦安停。日重光。盛往衰。亦必来。日重光。譬如四时。固恒相催。日重光。惟命有分可营。日重光。但惆怅才志。日重光。身没之后无遗名。

其中有三言如"倏忽过",有四言如"譬如四时",有五言如"奈何天回薄",有六言如"惟命有分可营",有七言如"冉冉其游如飞征",故通篇为三四五六七言。同样的例子还有《魏鼓吹曲十二首·屠柳城》、李贺《苦昼短》等。

六种言数相配较为常见的有三四五六七八言,如曹丕《大墙上蒿行》一首:

阳春无不长成。草木群类随大风起。零落若何翩翩。中心独立一何茕。四时舍我驱驰。今我隐约欲何为。人生居天壤间。忽如飞鸟栖枯枝。我今隐约欲何为。适君身体所服。何不恣君口腹所尝。冬被貂䩺温暖。夏当服绮罗轻凉。行力自苦。我将欲何为。不及君少壮之时。乘坚车。策肥马良。上有沧浪之天。今我难得久来视。下有蠕蠕之地。今我难得久来履。何不恣意遨游。从君所喜。带我宝剑。今尔何为自低卬。悲丽平壮观。白如积雪。利如秋霜。駃犀标首。玉琢中央。帝王所服。辟除凶殃。御左右奈何致福祥。吴之辟闾。越之步光。楚之龙泉。韩有墨阳。苗山之铤。羊头之钢。知名前代。咸自谓丽且美。曾不如君剑良。绮难忘。冠青云之崔嵬。纤罗为缨。饰以翠翰。既美且轻。表容仪。俯仰垂光荣。宋之章甫。齐之高冠。亦自谓美。盖何足观。排金铺。坐玉堂。风尘不起。天气清凉。奏桓瑟。舞赵倡。女娥长歌。声协宫商。感心动耳。荡气回肠。酌桂酒。鲙鲤鲂。与佳人期为乐康。前奉玉卮。为我行觞。今日乐不可忘。乐未央。为乐常苦迟。岁月逝。忽若飞。何为自苦。使我心悲。

其中，三言如"乘坚车"，四言如"行力自苦"，五言如"我将欲何为"，六言如"阳春无不长成"，七言如"中心独立一何茕"，八言如"草木群类随大风起"，故通篇为三四五六七八言诗。类似的例子，还有曹丕《艳歌何尝行》《魏鼓吹曲十二曲·定武功》等。

以上四组杂言分类，在计算言数时，一般不包括"君不见"和"乱曰"这种三字领或二字领，前者如杜甫《徐卿二子歌》计为七十言，而非三七十言，后者如《晋宣武舞歌四首·穷武篇》计为三四五七言，而非二三四五七言，因为它们与一般的三言或二言不尽相同，有时不妨看作是独立于篇制之外的一种格式。

三、七古言数的历史发展及其特点

此部分拟运用定量分析的方法,对先秦迄晚唐七古言数的历史发展作一番全面的巡览。研究的方法,以统计分析为主,并适时加以归纳和总结。考察的对象,涵盖所有传统七言古诗,其中既包括明清以来习以为常的七言古诗,也包括介于古、律之间的七言诗。考察的时期,大致分为晋以前、南北朝、初唐、盛唐、中唐和晚唐六个阶段。考察的范围,每个阶段主要选择10位代表诗人的全部相关作品进行观照,其中因先秦到两晋七古家数甚少,故另添魏乐府和晋乐府两目,附于"诗人"之目下,并对其中的相关作品予以审视。考察的名目,大致分为纯七言、近七言、杂言和骚体四大类,其中杂言一类体式较为多样,故又别立最常见的三七言、五七言和三五七言一组三种,其余不甚常见者,则一并以"其它"一目名之。至于"其它"一目下的一些具体情况,请参考表后的相关分析。

表一 晋以前七古言数分布情况表 (单位:首)

言数 诗人	纯七言	近七言	杂言				骚体	总计
			三七	五七	三五七	其它		
曹 丕	2	0	0	0	0	6	0	8
曹 植	0	0	1	0	0	3	3	7
魏乐府	1	0	2	0	0	6	0	9
傅 玄	1	0	1	0	0	6	8	16
夏侯湛	0	0	0	0	0	0	3	3
陆 机	1	0	12	0	0	2	0	15
张 载	0	0	0	0	0	0	4	4
晋乐府	3	0	2	0	0	5	0	10

续表

言数 诗人	纯七言	近七言	杂言				骚体	总计
			三七	五七	三五七	其它		
王　嘉	5	0	0	0	0	1	0	6
湛方生	0	0	0	0	0	0	3	3
总　计	13	0	18	0	0	29	21	81
			47					

上表所谓魏、晋乐府，主要是指这两代的郊庙歌辞、燕射歌辞、鼓吹曲辞和舞曲歌辞等，而不包括多数为一两句或两三句的杂歌谣辞等。总的来看，晋以前七古言数的分布，主要有以下四个特点：一是，以杂言为主，骚体次之，纯七言较少，近七言则未见。其中杂言计有47首，比例为所有诗歌的58.02%，骚体计有21首，比例为25.93%，纯七言计有13首，比例为16.05%，近七言无之，比例为0。

二是，杂言中，以"其它"一类最多，其次为三七言，而无五七言和三五七言。其中"其它"计有29首，比例为所有杂言的61.70%，三七言计有18首，比例为38.30%，五七言和三五七言均无之，比例同为0。

三是，"其它"一类中，以三四五七言一种最为常见，计有9首；其次为三四五六七八言，计有3首；其次为四七言、三四七言、四五言、四五六七言、三四五六七言等5种，每种各计有2首；此外，尚有七八言、五六七言、三五六七言、五六七八言等共7种，每种均仅有1首。总的来看，这一时期"其它"一类，多以奇、偶言数相间成篇，而几无例外。

四是，具体到各个诗人的创作情况：一方面，既有一致的地方，如除王嘉外，其余人的相关创作，纯七言均不占优，又如半数左右的诗人均有骚体七古的创作，而尤以夏侯湛、张载、湛方生三位为甚；另一方面，也有一定的差异，如夏侯湛、张载、湛方生有骚体，而无纯七言和杂言两类,曹植有杂言和骚体两类,而无纯七言,曹丕、魏乐府、陆机、晋乐府、王嘉有纯七言和杂言两类,而无骚体,至于傅玄纯七言、杂言和骚体则兼而有之。

表二 南北朝七古言数分布情况表 （单位:首）

言数 诗人	纯七言	近七言	杂言				骚体	总计
			三七	五七	三五七	其它		
鲍 照	10	3	5	8	2	3	1	32
萧 衍	5	0	7	0	0	0	0	12
沈 约	6	0	4	0	0	1	5	16
萧子显	7	0	0	2	0	0	0	9
萧 纲	14	0	3	7	0	0	2	26
萧 绎	13	0	0	0	0	0	1	14
庾 信	6	0	0	0	0	0	0	6
江 总	17	0	0	0	2	0	0	19
陈叔宝	5	0	0	1	3	0	0	9
杨 广	5	0	0	2	0	0	0	7
总 计	88	3	19	20	7	4	9	150
			50					

由上表可知,南北朝七言古诗的言数分布,主要有以下四个特点:一是,以纯七言为主,其次是杂言,其次是骚体,其次是近七言。其中纯七言计有88首,比例为58.67%,杂言计有50首,比例为33.33%,骚体计有9首,比例为6%,近七言计有3首,比例为2%。相较于上一期而言,近七言从无有到此时终于有了星星之火,纯七言则从排名第三一跃而成为第一,反之,杂言和骚体两类的比例则均有不小的下降。

二是,杂言各类50首诗中,以五七言和三七言为主,两类大抵旗鼓相当,前者计有20首,比例为40%,后者计有19首,比例为38%,其次是三五七言,计有7首,比例为14%,这三种类别之外,"其它"仅区区4首,比例也仅8%。这种发展变化,有三点值得注意:一则,五七言从之前的空白,一下子成了杂言中的主要类别,而与三七言并驾齐驱。二则,三五七言也从此前的寂寥,转而有了不小的发展,这种变化,虽不如五七言之壮大,但也预示着它在将来的一席之地。三则,与五七言和三五七言相反,"其它"一类则从之前的主流地位迅速地转为潜流,其蓬勃生机的重新焕发,要一直等到将近一百年后的盛唐。

三是,"其它"一类中,仅有两种,一为五七九言,计有3首,均为鲍照一人所作,分别为《拟行路难十八首》(其二)(其七)(其十三),一为三五六七言,仅1首,即沈约《八咏诗·被褐守山东》。可见,此时"其它"一类,不但数量、种类均急遽减少,作者群体的分布也极其有限。

四是,具体到各个诗人,就言数的种类而言,以鲍照的最为齐全,而四类兼备,其次为沈约和萧纲,均兼具纯七言、杂言和骚体三类,其它除萧绎兼具纯七言和骚体两类、庾信仅有纯七言一类外,均兼有纯七言和杂言两类;就各类言数的地位而言,除前面的鲍照、萧衍和沈约三位之外,其余之人,从萧子显开始,每人所作的纯七言均能达到七古总数量的一半以上,其中,萧子显14首中,有13首纯七言,庾信6首中,则全部为纯七言之作。

表三　初唐七古言数分布情况表　(单位:首)

言数 诗人	纯七言	近七言	杂言				骚体	总计
			三七	五七	三五七	其它		
上官仪	1	0	0	0	2	0	0	3
骆宾王	1	0	1	2	1	0	0	5
卢照邻	2	1	0	0	0	0	5	8

续表

言数\诗人	纯七言	近七言	杂言				骚体	总计
			三七	五七	三五七	其它		
李峤	1	1	1	0	0	0	0	3
乔知之	2	0	0	1	1	0	0	4
王勃	3	0	0	0	5	0	0	8
刘希夷	7	0	0	2	0	0	2	11
沈佺期	2	0	2	0	0	0	1	5
宋之问	6	0	0	4	1	0	3	14
张说	9	1	1	0	0	1	1	13
总计	34	3	5	9	10	1	12	74
			25					

由上表可知,初唐七言古诗的言数分布,主要有以下三个特点:一是,以纯七言为主,其次是杂言,其次是骚体,最后是近七言。其中纯七言计有34首,比例为45.95%,杂言计有25首,比例为33.78%,骚体计有12首,比例为16.22%,近七言计有3首,比例为4.05%。总的来看,相较上一期,四类言数的排序和地位虽无改变,但彼此之间的差距则多数缩小了,即纯七言的比例有所下降,而近七言和骚体,尤其是后者的比例则有相应的提高。

二是,杂言25首诗中,主要以三五七言、五七言和三七言为主,三种中,又以三五七言和五七言两种最多,其中三五七言计有10首,五七言计有9首,三七言计有5首,比例分别为40%、36%和20%,至于"其它"一类,无论是数量还是比例,均继续走低,数量仅有1首,比例为4%,这首诗是张说的《送尹补阙元凯琴歌》,为三四五六七九言。

三是,具体到各个诗人,就言数种类而言,除张说纯七言、近七言、杂言和骚体四类兼备外,其余或兼具三类,或仅具两类,兼具三类者,则多为兼具纯七言、杂言和骚体三类,如刘希夷、沈佺期、宋之问等,也有兼具纯七言、近七言和骚体,如卢照邻,或兼具纯七言、近七言和杂言,如李峤,仅具两类者,则均为纯七言和杂言,如上官仪、骆宾王、乔知之、王勃等;就言数地位而言,可大致分为三组,而以第三组为主流,一组为纯七言与其它三类的数量大抵相当,如乔知之,一组为纯七言的数量大于其它三类,如刘希夷和张说,一组为纯七言的数量少于其它三类,如上官仪、骆宾王等七位。

表四　盛唐七古言数分布情况表　（单位:首）

言数 诗人	纯七言	近七言	杂言				骚体	总计
			三七	五七	三五七	其它		
王　翰	4	1	0	0	0	0	0	5
孟浩然	4	1	0	1	0	0	0	6
李　颀	25	0	2	7	1	0	0	35
王昌龄	1	0	1	2	0	0	1	5
高　适	15	6	2	8	1	0	0	32
王　维	14	1	1	6	1	1	8	32
李　白	51	5	10	35	17	28	9	155
崔　颢	9	1	1	1	0	0	0	12
杜　甫	135	16	2	7	3	9	8	180
岑　参	27	5	4	11	1	0	4	52
总　计	285	36	23	78	24	38	30	514
			163					

由上表可知,盛唐七言古诗的言数分布,主要有以下四个特点:一是,以纯七言为主,其次是杂言,其次是近七言,骚体最少。其中纯七言计有285首,比例为55.45%,杂言计有163首,比例为31.71%,近七

言计有36首,比例为7%,骚体计有30首,比例为5.84%。相较上一期而言,四类中,纯七言和杂言虽仍是七古诗中的主要部分,但比例有升有降,而近七言则从之前的末位晋升为第三,反之,骚体一类则退居最后。

二是,杂言中,五七言占有绝对的优势,"其它"一类次之,三七言和三五七言两类大抵持平。其中五七言,计有78首,比例为47.85%,"其它"一类计有38首,比例为23.31%,三五七言计有24首,比例为14.72%,三七言计有23首,比例为14.11%。相较而言,五七言在这一阶段终于摆脱了与三五七言并驾的命运,成为一枝独秀,而"其它"一类,继上两期的消沉之后,在此又有所开拓,相反,三五七言和三七言的比例则均有所下调。

三是,"其它"一类,主要集中于李、杜两人身上,王维不过一首,即三五七九言的《黄雀痴》,其他人则均无之。李、杜二人,杜甫之作中,"其它"一类共有8种,其中有七九言、七十言、七十一言,也有二七九言、五六七言、五七九言,还有二五七八言、三五七九言等。李白之作中,"其它"一类共有22种,其中有六七言、七九言、七十一言,也有三七九言、三七十一言、四五七言、五七九言、五七十言、五七十一言,也有三四五七言、三五七九言、四五七九言、六七八九言,也有三四五七九言、三五七八九言、三五七九十言、三五七九十三言,还有三四五七八九言、四五六七九十一言、三四五七八九十一言等,诸如此类。总的来看,盛唐人杂言"其它"一类主要集中于李杜身上,而尤以李白为甚,足见二公七古鞭笞纵横之气魄。

四是,具体到各个诗人,除了李白和王昌龄主要以杂言为主,其他诗人则均以纯七言为主,而且其中像王翰、孟浩然、李颀、崔颢、杜甫、岑参等六人的纯七言数量均已占到了总数的一半以上。再者,杂言之作,各个诗人均主要集中于三七言、五七言和三五七言三大种,惟李、杜对"其它"一类七古有着较为广泛的兴趣,此点已见前述。此外，相较前几期而言，近七言在这一时期有着更为广泛的分布，表中所列 10 位诗人仅李颀和王昌龄未曾染指，至于骚体的分布面，与前几期相比，则无甚差异。

表五　中唐七古言数分布情况表　（单位：首）

言数 诗人	纯七言	近七言	杂言				骚体	总计
			三七	五七	三五七	其它		
刘长卿	10	1	2	13	1	0	1	28
钱　起	15	1	0	6	0	0	0	22
韩　翃	16	1	1	8	1	00	0	27
韦应物	6	3	2	8	3	11	4	37
权德舆	17	0	1	2	2	1	2	25
王　建	50	2	10	3	2	2	0	69
韩　愈	49	3	0	4	1	7	4	68
白居易	37	7	30	11	9	22	17	133
刘禹锡	34	0	2	1	3	0	1	41
李　贺	69	4	6	5	4	10	1	99
总　计	303	22	54	61	26	53	30	549
			194					

由上表可知，中唐七言古诗的言数分布，主要有以下几个特点：一是，以纯七言为主，其次是杂言，其次是骚体，近七言最少。其中纯七言计有 303 首，比例为 55.19%，杂言计有 194 首，比例为 35.34%，骚体计有 30 首，比例为 5.46%，近七言计有 22 首，比例为 4.01%。相较上一期而言，四类中，纯七言的比例大抵与上一期持平，杂言的比例有所上升，骚体、近七言则反之，此外，近七言再一次退居末位，数量上稍逊于骚体。

二是，杂言中，五七言最多，三七言次之，"其它"再次之，三五七言最少。其中五七言,计有 61 首,比例为 31.44%,三七言计有 54 首,比例为 27.84%,"其它"一类计有 53 首,比例为 27.32%,三五七言计有 26 首,比例为 13.40%。比较来说,此时五七言虽仍居诸种之首,但地位已经有所下降,三七言则由之前的叨陪末座,一跃而成为第二,其中白居易的贡献尤大,同时"其它"一类也稍有提升,惟三五七言大抵与上一期持平。

三是,"其它"一类,参与的诗人更多了,计有韦应物、权德舆、王建、韩愈、白居易、李贺等六位。其中韦应物"其它"一类共有 8 种体式,分别是四七言、七九言、五七九言、三五七十一言、五七九十一言、三四五七十言和三五七九十言等。权德舆"其它"1 首,为三五六七言。王建"其它"2 首,一为四七言,一为三四七言。韩愈"其它"7 首,共有 7 种体式,分别为三四七言、五七九言、七九十三言、一五七九言、三四五七九十一言、三六七八十十一言、三四五六七九十三言等。白居易"其它"22 首,共有 12 种体式,如七九言、三七九言、三五七九言等。李贺"其它"10 首,共有 8 种体式,依次是四七言、三四七言、三七八言、四六七言、三四五言、三四五六七言、三四五七九言、三四五六七九言等。总而言之,此时杂言"其它"一类,体式之丰富虽逊于盛唐,但分布诗人之广泛,则在后者之上。

四是,具体到各个诗人,除了刘长卿、韦应物、白居易三人以杂言为主,其他七人则均以纯七言居多,而且七人的纯七言数量均在总数的一半以上。再者,杂言之作,除钱起仅使用五七言一种,刘长卿、韩翃、刘禹锡三人均只有常规的三七言、五七言和三五七言三种,韩愈无三七言一种外,其他五人均四类俱全。最后,近七言的总数虽不如上一期,但分布也十分广泛,而大抵与上期持平。至于骚体,无论是数量,还是分布面,在相关诗人的创作中,也都略有提升。

表六　晚唐七古言数分布情况表　（单位:首）

言数 诗人	纯七言	近七言	杂言				骚体	总计
			三七	五七	三五七	其它		
杜　牧	7	0	0	4	0	1	0	12
李商隐	15	1	0	4	0	0	0	20
温庭筠	45	2	0	1	2	1	0	51
薛　逢	4	0	2	1	1	0	0	8
陆龟蒙	9	1	2	2	0	3	5	22
韦　庄	6	0	0	0	0	0	2	8
韩　偓	16	0	1	0	0	2	1	20
李咸用	17	0	2	2	1	4	0	26
吴　融	3	0	2	1	0	5	0	11
王　毂	6	0	0	0	0	0	1	7
总　计	128	4	9	15	5	15	9	185
			44					

由上表可知,晚唐七言古诗的言数分布,约有以下四个特点:一是,以纯七言为主,杂言次之,骚体再次之,近七言仍最少。其中纯七言计有128首,比例为69.19%,杂言计有44首,比例为23.78%,骚体计有9首,比例为4.86%,近七言计有4首,比例为2.16%。相较上一期而言,四类中,纯七言比例有了大幅上升,而为历段最高,反之,杂言、骚体、近七言的比例,则均有不同程度的下降,而以杂言一类最为明显。

二是,杂言中,五七言与"其它"并列首位,三七言次之,三五七言最少。其中五七言,计有15首,比例为34.09%,"其它"一类计有15首,比例也为34.09%,三七言计有9首,比例为20.45%,三五七言计有5首,比例为11.36%。相较而言,此时五七言的比例略有上涨,但是提升最大的是"其它"一类，而三七言和三五七言则均有不同程度的下降，尤其是前者。

三是，"其它"一类中，参与创作的诗人，仍有六位，不过数量已有不小的回落，当然，这主要是由此期七古数量较少所决定。具体来说，杜牧"其它"1首，为五七十一言。温庭筠"其它"1首，为三四七言。陆龟蒙"其它"3首，共有2种体式，分别是三四七言和三四五七言。韩偓"其它"2首，亦有2种体式，分别是四七言和三六七言。李咸用"其它"4首，共有3种体式，依次是三四六七言、四五六七言、四五七九言。吴融"其它"4首，共有4种体式，依次是三四七言、三四五七言、三五六七言和三四五七八九十言。总的来看，此时"其它"一类，无论是数量，还是体式，均不如前两个时期，尤其是体式远不如盛、中唐时期之纵横变化。

四是，具体到各位诗人，除了吴融以杂言为主外，其他九人均以纯七言居多，而且九人中，除薛逢的纯七言仅占其所有七古诗的一半外，其余八人的纯七言均占到了总数的一半以上。其次，杂言之什，韦庄和王毂两人均无之，李商隐仅五七言一种，杜牧仅五七言和"其它"两种，韩偓仅三七言和"其它"两种，温庭筠、薛逢和陆龟蒙虽均兼具三种，但三人的情况实不尽一样，四类兼具者，仅李咸用和吴融两人。至于近七言和骚体，此时均已急剧收缩，而成了一种点缀。

四、杂言七古归入七古原因新说

元明以来的诗体编排，往往有"七言古诗"或"七古"一目，其中所包含的诗歌，大抵就有本文前述之纯七古、近七古、杂言和骚体四类，这种约定俗成的做法，几乎已经成为一种共识。如著名唐诗选本《唐诗三百首》"七言古诗"一目下，就有纯七古，如李颀《送陈章甫》、王维《桃源行》、韩愈《山石》等，近七古，如高适《燕歌行》、岑参《走马川行奉送封大夫出师西征》等,杂言七古,如元结《石鱼湖上醉歌》、杜甫《兵车行》等,骚体七古,如李白《梦游天姥吟留别》等。① 至于,古人为何要将"杂言七古"②划入"七古",确实是一个值得探讨的问题。对此,葛晓音先生在《中古七言体式的转型——兼论"杂古"归入"七古"类的原因》一文中,曾试图给出答案,其中大意不外乎:五七言杂古乃杂言古诗的主流,与七古的亲缘关系最为突出……这就是"杂古"归入"七古"的基本原因。③ 此种论证逻辑,不免粗率。按正常的理解,中国古典诗歌不外乎五、七言两大宗,常见的诗体分类,如五言古诗、七言古诗、五言律诗、七言律诗、五言绝句、七言绝句等,就是以五、七言为准绳而加以细分的。因此,在两分法的大前提下,以上问题应该重点讨论的是,"杂言七古"为何不归入"五古",而被划在了"七古"。这才是问题的关捩所在。

　　窃以为,就诗体本身而言,古人之所以把"杂言七古"就近划入"七古",最根本的原因,无非以下两个。一是,七言位居众言之中,下可连接三言、四言、五言、六言,上可沟通八言、九言、十言、十一言、十三言等,在诸言相会而成的各类杂言诗中,七言可用之处最多,五言实不能与之相比。这一点,只要统计和区分一下杂言诗④以"言"分类的各种体式,便可晓然。即不计五七言、三五七言等五言和七言均有参与的体式,而分别统计使用了五言,而无七言的杂言体式有几类,有多少数量,使用了七言,而无五言的杂言体式又有几类,有多少数量。无征不立,兹不妨以盛唐六位七古名家诗为例,稍事对比并

---

① 衡塘退士编,陈婉俊补注《唐诗三百首》,中华书局1984年版,第31—105页。
② 这里说的"杂言",也可以包括近七古和骚体七古。
③ 葛晓音《中古七言体式的转型——兼论"杂古"归入"七古"类的原因》,《北京大学学报》,2008年第2期。
④ 此处和后面所说的"杂言",均不限于杂言七古,即包含不含七言的其它杂言诗,如三五言,但暂不包括近七古和骚体七古,以免纷繁。

举例。

先说李颀。李颀今存杂言诗共 10 首,其中除五七言和三五七言 8 首外,虽有 1 首使用五言,且不存在七言的杂言诗,即三五言的《采莲》:

> 越溪女,越溪莲。齐菡萏,双婵娟。嬉游向何处,采摘且同船。浩唱发容与,清波生漪涟。时逢岛屿泊,几伴鸳鸯眠。襟袖既盈溢,馨香亦相传。薄暮归去来,芷罗生碧烟。

其中前四句为三言,后十句为五言,通篇为三五言诗。但是,也有 2 首只有七言,而无五言的三七言,如《郑樱桃歌》等,试看《绝缨歌》一首:

> 楚王宴客章华台,章华美人善歌舞。玉颜艳艳空相向,满堂目成不得语。红烛灭,芳酒阑,罗衣半醉春夜寒,绝缨解带一为欢。君王赦过不之罪,暗中珠翠鸣珊珊。宁爱贤,不爱色,青娥买死谁能识,果却一军全社稷。

其中第五、第六、第十一、第十二句为三言,其余均为七言句,通篇为三七言。

次说王维。王维今存杂言诗共 10 首,其中除五七言、三五七言、三五七九言三种 8 首外,虽有 1 首使用五言,且不存在七言的杂言诗,即三五言的《赠裴迪》:

> 不相见,不相见来久。日日泉水头,常忆同携手。携手本同心,复叹忽分襟。相忆今如此,相思深不深。

其中除首句为三言外,其余 7 句均为五言,通篇为三五言诗。但是,也有 1 首不存在五言的三七言,即《寄崇梵僧》一首:

> 崇梵僧,崇梵僧,秋归覆釜春不还。落花啼鸟纷纷乱,涧户

山窗寂寂闲。峡里谁知有人事,郡中遥望空云山。

其中前两句即为三言,后五句为七言,通篇为三七言。

　　次说高适。高适今存杂言诗共 11 首,其中除五七言、三五七言两种 9 首外,并无使用五言,而不存在七言的杂言诗,但是,其中却有 2 首不存在五言的三七言,如《塞下曲》等,且看《咏马鞭》一首:

　　　　龙竹养根凡几年,工人截之为长鞭,一节一目皆天然。珠重重,星连连。绕指柔,纯金坚。绳不直,规不圆。把向空中捎一声,良马有心日驰千。

其中第四到第九句均为三言,其余五句则为七言,通篇为三七言诗。

　　次说李白。李白今存杂言共有 91 首,其中除五七言、三五七言、三五七九言、五六七八九言、三四五七言、三四五七八九言、三四五八九十一言、三四五七九言、四五六七九十一言、三五七八九言、四五七言、五七十一言、五七九言、四五七九言、五七十言、三五七九十言、三五七九十三言等 17 种 72 首外,虽有 1 首使用了五言,且不存在七言的杂言诗,即三五言的《君马黄》一首:

　　　　君马黄,我马白。马色虽不同,人心本无隔。共作游冶盘,双行洛阳陌。长剑既照曜,高冠何艳赫。各有千金裘,俱为五侯客。猛虎落陷阱,壮夫时屈厄。相知在急难,独好亦何益。

其中前两句为三言,后面十二句均为五言,通篇为三五言诗。但是,不存在五言,而使用了七言的杂言诗更多,而有 7 种 18 首之巨。其中,数量最多的是三七言,共有 10 首,如《长相思》《元丹丘歌》《扶风豪士歌》等,其次为三七九言,共有 3 首,如《襄阳歌》等。试看《代美人愁镜二首》(其二)一首:

　　　　美人赠此盘龙之宝镜,烛我金缕之罗衣。时将红袖拂明月,为惜普照之馀晖。影中金鹊飞不灭,台下青鸾思独绝。稿砧一别若箭弦,去有日,来无年。狂风吹却妾心断,玉箸并堕菱花前。

其中倒数第三、第四两句为三言,首句为九言,其余七句,均一例为七言,通篇为三七九言诗。此外,七九言、三七十一言、六七言、七十一言和六七八九言,也各有1首,分别是《同族弟金城尉叔卿烛照山水壁画歌》《飞龙引二首》(其二)《野田黄雀行》《宣州谢朓楼饯别校书叔云》《鞠歌行》等。

再说杜甫。杜甫今存杂言诗共有21首,其中除五七言、三五七言、五六七言、五七九言、三五七九言、二五七八言等6种15首外,并无使用了五言,而不存在七言的杂言诗,但其中却有使用了七言,而不存在五言的杂言诗5种6首。其中,七九言的,如《天育骠骑歌》一首:

吾闻天子之马走千里,今之画图无乃是。是何意态雄且杰,骏尾萧梢朔风起。毛为绿缥两耳黄,眼有紫焰双瞳方。矫矫龙性合变化,卓立天骨森开张。伊昔太仆张景顺,监牧攻驹阅清峻。遂令大奴守天育,别养骥子怜神俊。当时四十万匹马,张公叹其材尽下。故独写真传世人,见之座右久更新。年多物化空形影,呜呼健步无由骋。如今岂无騕褭与骅骝,时无王良伯乐死即休。

此诗首句和最后两句为九言,其余十七句则均为七言,通篇为七九言。此外,又有七十言的,如《徐卿二子歌》,二七九言的,如《茅屋为秋风所破歌》,七十一言的,如《短歌行赠王郎司直》,三七言的,如《蚕谷行》等。

最后说岑参。岑参今存七言诗共16首,其中除五七言、三五七言等2种12首外,也无使用了五言,而不存在七言的杂言诗,反之,使用七言,而不存在五言的杂言诗则有1种4首,即三七言的《玉门关盖将军歌》《赠西岳山人李冈》等。试看《西亭子送李司马》一首:

> 高高亭子郡城西,直上千尺与云齐。盘崖缘壁试攀跻,群山向下飞鸟低。使君五马天半嘶,丝绳玉壶为君提。坐来一望无端倪,红花绿柳莺乱啼。千家万井连回谿,酒行未醉闻暮鸡,点笔操纸为君题。为君题,惜解携。草萋萋,没马蹄。①

其中除最后四句为三言外,其余均为七言句,通篇为三七言。

综上所述,杂言诗中,使用七言,而不存在五言的一类,并不稀见,有六家诗为证,共有 9 种 33 首。9 种分别为三七言、六七言、七九言、三七九言、七十言、七十一言、二七九言、三七十一言、六七八九言。反观,使用五言,而不存在七言的一类,则仅有 1 种 3 首,1 种即三五言。两相对照之下,杂言诗里七言居中调合,作用之明显,地位之显赫,可窥一斑。这就是古今为什么把"杂言七古"就近归为"七古",而不划为"五古"的根本原因之一。

二是,就某一首具体的诗歌而言,七言在其中的占比,往往也居于诸言之冠,而非五言所能相提并论。这一点是就古今杂言诗(主要是杂言七古)的大势而言的,出现少数例外,无论是诗歌,如韩愈《琴操十首·别鹄操》等,还是诗人,如李商隐等,均是正常现象。为了对这一问题有一个充分的认识,以下拟对初、盛、中、晚唐的相关作品,作一个集中而全面的列举和分析。列举和分析,主要以五七言、三五七言两大类为主,并兼及同时具有五言和七言的其它杂言诗。四段中,初唐七古无甚名家,作品也均不多,故对表中所列诗人予以全部考察;盛唐以杜甫为代表;中唐以白居易为代表;晚唐杂言作品亦均无多,故也对表中所列十位诗人予以全部考察。

---

① 《全唐诗》(全十五册)点断此诗,将"红花绿柳莺乱啼,千家万井连回谿"分属两小节,似有不妥,此两句乃"坐望"所见,宜相连,兹特改之。四个三言,宜自为一小节,依前各小节例,"携"字处特不用句号。详见《全唐诗》(全十五册)第三册,中华书局 1999 年版,第 2067 页。

先说初唐。初唐段今存五七言、三五七言等同时具有五、七言的诗歌共20首。其中固然也有五言和七言句数一样多的诗歌,如宋之问《初宿淮口》、张说《送尹补阙元凯琴歌》。甚至还有以五言为主,而七言并不占优的诗歌,如上官仪《八咏应制二首》等,这样的诗,共有5首。试看乔知之《倡女行》一首:

> 石榴酒,葡萄浆。兰桂芳,茱萸香。愿君驻金鞍,暂此共年芳。愿君解罗襦,一醉同匡床。文君正新寡,结念在歌倡。昨宵绮帐迎韩寿,今朝罗袖引潘郎。莫吹羌笛惊邻里,不用琵琶喧洞房。且歌新夜曲,莫弄楚明光。此曲怨且艳,哀音断人肠。

此诗为三五言,其中三言计有4句,五言计有10句,而七言则仅4句,从全诗来看,七言并无明显的优势。类似的例子,还有刘希夷《江南曲八首》(其六)《代秦女赠行人》等。

不过,以上两种情况显然并不是此段杂言诗创作的主流。真正的主流,乃是往往以七言为主导的杂言诗。这样的诗,共有13首,如骆宾王《帝京篇》一首,全诗共98句,其中三言仅2句,五言虽有32句,但七言更是它的两倍,而有64句之多;《艳情代郭氏答卢照邻》一首,全诗共64句,而五言仅2句,不过一陪衬而已,七言则高达62句。又如宋之问《龙门应制》一首,全诗共42句,其中五言亦不过4句,七言则有38句之巨;《桂州三月三日》一首,全诗共40句,五言的数量虽比前诗好些,而有8句,但和七言的32句相比,差距同样不小。此外,诸如乔知之《羸骏篇》、王勃《采莲曲》《临高台》等,无一不是七言的优势甚于五言者。

再说杜甫。杜甫今存五七言、三五七言等同时具有五、七言的杂言诗共15首。其中固然也有五言和七言句数一样多的诗歌,如《丈人山》,但是,余下的14首,并无一首为五言之句数多于七言者,而是一例为以七言为主的诗歌。如三五七言的《奉先刘少府新画山水障歌》,全诗共有36句,其中三言仅2句,几可忽略不计,五言虽有12句,但七言更多,而有22句。又如五七言的《醉时歌》一首,全诗共有28句,其中五言仅寥寥4句,而七言则有24句之富。又如五六七言《逼仄行赠毕曜》一首,全诗共有26句,其中六言仅2句,五言与之同,而七言却有22句之多。又如五七九言的《李潮八分小篆歌》一首,全诗共有28句,其中九言仅1句,五言也不多,为4句,但七言则有23句之巨,几乎充盈于整首诗里。又如三五七九言的《入奏行赠西山检察使窦侍御》一首,全诗共有29句,而五言不过一点缀,仅有1句,三言、九言各有3句,而七言则有22句之侈。再看,篇幅不甚长的《戏作花卿歌》一首:

　　成都猛将有花卿,学语小儿知姓名。用如快鹘风火生,见贼唯多身始轻。绵州副使著柘黄,我卿扫除即日平。子章髑髅血模糊,手提掷还崔大夫。李侯重有此节度,人道我卿绝世无。既称绝世无,天子何不唤取守京都。

此诗为五七九言,其中五言和九言,仅各1句,亦不过一陪衬而已,其余10句则一例为七言。诸如此类,无一不是以七言为主,而间以三、五、九诸言等。

　　再说白居易。白居易今存五七言、三五七言等同时具有五、七言的杂言共28首。① 其中固然也有五言和七言句数一样的诗歌,这样的诗,共有3首,如《除官赴阙留赠微之》《能无愧》等。甚至还有以五言为主,而七言并不占优的诗歌,这样的诗,共有6首,如《朱藤杖紫骢吟》《挽歌词》《啄木曲》等。但是,以七言为主导的诗歌,仍占有绝大多数,这样的诗,共有19首。如五七言《井底引银瓶止淫奔也》一首,全诗共有34句,五言仅4句,而七言则高达30句。又如三五

---

① 不计古文之意浓郁的《齿落辞》一首,其中句法多有异于一般之诗歌者。

七言《送张山人归嵩阳》一首,全诗共有20句,其中三言仅1句,五言也仅2句,七言则有17句之巨。又如三五七九言《王夫子》一首,全诗共有22句,其中三言2句,九言1句,五言亦仅1句,而七言则有18句之多。又如三五七八十一言《秦吉了哀冤民也》一首,全诗共21句,其中八言、十一言各仅1句,三言3句,五言仅4句,而七言则有12句。再看《山鹧鸪》一首:

> 山鹧鸪,朝朝暮暮啼复啼,啼时露白风凄凄。黄茅冈头秋日晚,苦竹岭下寒月低。畲田有粟何不啄,石楠有枝何不栖。迢迢不缓复不急,楼上舟中声暗入。梦乡迁客展转卧,抱儿寡妇彷徨立。山鹧鸪,尔本此乡鸟,生不辞巢不别群,何苦声声啼到晓。啼到晓,唯能愁北人,南人惯闻如不闻。

此诗为三五七言,全诗共18句,其中三言仅3句,五言更少,仅2句,七言最多,共有13句。综上,足窥七言一种在白居易杂言诗里的作用和地位。

最后说晚唐。晚唐段,表中10位主要诗人今存五七言、三五七言等同时具有五、七言的杂言诗共28首。[1] 其中固然也有五言和七言句数不相上下的诗歌,这样的诗,计有2首,如陆龟蒙《水国诗》等。甚至还有以五言为主,而七言并不占优的诗歌,这样的诗,计有7首,其中李商隐一人就占了3首,分别是《代赠》《海上谣》《景阳宫井双桐》。类似之作,还有杜牧《池州送孟迟先辈》、温庭筠《罩鱼歌》等。即使如此,以七言为主的杂言诗,仍是这一时期的主力军。这样的诗,共有19首。如杜牧《自宣州赴官入京路逢裴坦判官归宣州因题赠》、李商隐《李夫人三首》(其三)、温庭筠《春野行》等。试看温庭筠《苏小小歌》一首:

---

[1] 其中韦庄、韩偓、王毂三人无相关诗歌可供考察。

买莲莫破券,买酒莫解金。酒里春容抱离恨,水中莲子怀芳心。吴宫女儿腰似束,家在钱唐小江曲。一自檀郎逐便风,门前春水年年绿。

此诗为五七言诗,其中五言仅2句,而七言共有6句,优势大于五言。以上所举数首,篇幅均不甚长,故七言即使有优势,与五言的差距亦不甚明显。试看以下几首,如陆龟蒙五七言《江湖散人歌》一首,全诗共78句,其中五言虽有20句,但是七言则高达58句之多。又如薛逢三五七言《镊白曲》一首,全诗共有36句,其中三言仅4句,五言更是仅2句,而七言则有30句之富。又如李咸用四五七九言《富贵曲》一首,全诗共28句,其中四言仅2句,五言与九言更是仅各1句,而七言则占据了全诗大部分的篇幅,而有24句。又如吴融三四五七八九十言《风雨吟》一首,全诗共有43句,其中八、九言仅各1句,三、四、十言仅各2句,五言亦仅3句,七言则有32句之富。其中悬殊,可以想见。类似的例子,还有不少,如薛逢《追昔行》、李咸用《送人》、吴融《太湖石歌》等。

通过以上的列举和分析,五、七言在杂言诗里的地位之一斑,已不难窥视。在考察的四段中,纵然有个别例子五言占比与七言持平,乃至五言占比胜于七言者,然而却非大势所趋。实际的情况是,大部分诗人的大部分杂言七古,无不以七言为主,而使七言鹤立于诸言之中,所谓"诸言",当然也包括五言。这就是古今为什么将"杂言七古"就近划归"七古",而不纳入"五古"的又一根本原因。

五、小结

古人所谓"七言古诗",大致包括纯七古、近七古、杂言七古和骚体七古四类。其中,纯七古,顾名思义,全诗应由齐整的七言组合而成。近七古,大体上与纯七古相接近,惟全诗偶尔会有一两处特殊句,一般只有一处。其表现形式主要有以下几种:一是,全诗于整齐七言句外,多一主题句,如王建《乌夜啼》等。二是,略相当于一个七言句的两个三言,与另一句七言组成一联,如李贺《巫山高》等。三是,于整齐七言句外,多一九言句,如李商隐《韩碑》等。四是于整齐七言句外,间以一"君不见(或君不闻等)+某言"的句式,某言可以是三言、五言、六言、七言的任何一种。骚体七古,根据各种文体的显晦程度,也可分为四类:一是接近骚体的七古。二是接近纯七古或近七古,偶在某句句中间一"兮"字的七古。三是言数变化较多,而又不掺杂偶数言的骚体七古。四是言数变化最大,包括使用偶数言,类于散文的骚体七古。

杂言七古,实属七古中最为变化不测的一种。其类别,约可分为四组。第一组,是最为常见的几种体式,分别是三七言、五七言和三五七言,其中五七言尤为常见。第二组,是三、五、七言中的一种或几种与九言组合而成的一个系列。其中有七九言,有三七九言,有五七九言,还有三五七九言等。第三组,是上述四种言数的一种或几种,与九言之上的奇数言相间而成的体式。相对而言,这一系列不如第二组常见,其中有七十言,有五、七、十一言,也有七、九、十三言等。第四组,是上述三、五、七、九言、十一、十三等奇数言的一种或几种与某些偶数言,如四言、六言、八言、十言等组合而成的体式。其中有四七言、三四七言、三四五七言、三四五六七言、三四五六七八言等,诸如此类,不一而足。以上四组杂言分类,在计算言数时,均不包括"君不见""乱曰"这种三字领或二字领,将它们看作独立于篇制之外的一种格式,应该更为合适。

先秦迄晚唐,七古言数的发展历史,大致可分为晋以前、南北朝、初唐、盛唐、中唐和晚唐六段。其中纯七言一种,除晋以前不占优势以外,其余五个阶段,均为四类之冠,只是比例有所消长而已,大致而言,其占比当以晚唐为最高,次为南北朝,最低为初唐,盛唐与中唐则大抵持平而介于南北朝与初唐之间。近七言一种,数量历段均不多,多数居于末位,仅在盛唐时,而稍胜于骚体七古。骚体七古,历来亦不甚多,大抵徘徊在第三和第四位之间,而以第三位为主。杂言一类,乃晋以前的主流体式,晋之后,其数量和地位,虽不如纯七言,但均能保持第二的位置,势头不容小视。析而言之,晋以前之杂言,主要以三七言和"其它"一类居多,而无五七言和三五七言。南北朝时,五七言一跃而成为诸言之首,同时三七言亦颇强劲。初唐则以三五七言最多,五七言次之,"其它"类较少。初唐之后,则无不以五七言为侈,"其它"一类次之,三七言与三五七言或持平,或前者更胜一筹。

在两分法的大前提下,古人之所以将"杂言七古"就近划归"七古",而非"五古",其原因不外以下两点:一是七言位居众言之中,下可连接三言、四言、五言、六言,上可交通八言、九言、十言、十一言等,可用之处最多,地位也更为显赫。具体言之,盛唐六位七古名家所作杂言诗(不限于杂言七古),使用了七言而无五言者,共有三七言、六七言、七九言、三七九言、七十言、七十一言、二七九言、三七十一言、六七八九言等 9 种 33 首。反观,使用五言而无七言者,则仅有三五言 1 种 3 首。这种差距不可谓不悬殊。二是,就某一首具体的诗歌而言,七言在杂言诗中的数量,往往也居诸言之首,而起着主导作用。从初唐到晚唐,其中固然也有个别五、七言持平,或五言胜于七言的例子,但这种情形,毕竟只是少数,而非大势所趋。以上就是元明以来,将"杂言七古"就近划为"七古",而非"五古"的根本原因所在。

第二章　篇幅

相对于用韵、节长、平仄等研究而言,古今关于七古篇幅的探讨,可谓几近于无。虽然,批评者在针对某一首具体的诗歌时,偶尔也会流露出一些篇幅意识,如胡应麟说王勃《滕王阁》一诗"初唐短歌""八句为章",①其中"短歌""八句"云云,便是就篇幅而发。甚而,在编排诗选时,有时也会有意识地加以区分,如高棅在排比"七言古诗"部分时,曾在第十三卷卷末,以附录的形式,设立"歌行长篇"一目。②不过,这种用心,毕竟比较零碎,不成系统,很难说,对于七古篇幅的分类,七古篇幅的发展历程及其特点等,能够给读者一个较为全面而清晰的答案。

一、转韵七古篇幅的分类

七言古诗的篇幅,转韵七古和一韵七古有所区别,宜分开讨论。讨论时,两种仍主要以纯七言古诗为例,近七古、杂言七古和骚体的篇幅,不妨以此类推。纵观古今所有转韵七言古诗,其篇幅可大致分为短篇、中篇、长篇和超长篇四大类,其中短篇的长度大约在两句和十二句之间,中篇为十二句之上,二十四句以下者,长篇为二十四句

---

① 胡应麟《诗薮》内编卷三,上海古籍出版社1979年版,第51页。
② 高棅《唐诗品汇》上册,上海古籍出版社1982年版,第271页。

之上,四十句之下者,超长篇为四十句以上者。总的来看,四种篇幅类别,古今诗人多以短篇为主,而辅之以中篇,长篇较少,超长篇更为罕有。

一般来说,短篇中,最常见的篇幅是八句和十二句。八句者,如汤惠休《白纻歌三首》(其一)一首:

> 琴瑟未调心已悲。任罗胜绮强自持。忍思一舞望所思。将转未转恒如疑。桃花水上春风出。舞袖逶迤鸾照日。徘徊鹤转情艳逸。君为迎歌心如一。

类似的例子,还有宋之问《军中人日登高赠房明府》、储光羲《新丰主人》、张继《郓城西楼吟》、皮日休《石榴歌》等。

十二句者,如沈佺期《古歌》一首:

> 落叶流风向玉台,夜寒秋思洞房开。水晶帘外金波下,云母窗前银汉回。玉阶阴阴苔藓色,君王履綦难再得。璇闺窈窕秋夜长,绣户徘徊明月光。燕姬彩帐芙蓉色,秦女金炉兰麝香。北斗七星横夜半,清歌一曲断君肠。

类似的例子,还有江总《内殿赋新诗》、王翰《春女行》、刘商《随阳雁歌送兄南游》、唐彦谦《叙别》等。

次常见的,有十句者,如崔颢《长安道》一首:

> 长安甲第高入云,谁家居住霍将军。日晚朝回拥宾从,路傍揖拜何纷纷。莫言炙手手可热,须臾火尽灰亦灭。莫言贫贱即可欺,人生富贵自有时。一朝天子赐颜色,世上悠悠应始知。

类似的例子,还有陈叔宝《东飞伯劳歌》、岑参《火山云歌送别》、司空曙《拟百劳歌》、王毂《吹笙引》等。

此外,偶尔也有通篇仅四句者,如熊甫《别歌》、萧纲《乌栖曲》、王勃《寒夜怀友杂体二首》、王建《古宫怨》等;或者六句者,如汉乐府

《鸡鸣歌》、李白《乌夜啼》、李贺《河南府试十二月乐词·十一月》等。

中篇各类,最常见的是十六句、二十句和二十四句三种。其中十六句者,如戴叔伦《相思曲》一首:

> 高楼重重闭明月,肠断仙郎隔年别。紫箫横笛寂无声,独向瑶窗坐愁绝。鱼沉雁杳天涯路,始信人间别离苦。恨满牙床翡翠衾,怨折金钗凤皇股。井深辘轳嗟绠短,衣带相思日应缓。将刀斫水水复连,挥刃割情情不断。落红乱逐东流水,一点芳心为君死。妾身愿作巫山云,飞入仙郎梦魂里。

类似的例子,还有晋舞曲歌辞《白纻舞歌诗三首》(其一)、张说《城南亭作》、万楚《小山歌》、温庭筠《夜宴谣》等。

二十句者,如储光羲《同张侍御宴北楼》一首:

> 今之太守古诸侯,出入双旌垂七旒。朝览干戈时听讼,暮延宾客复登楼。西山漠漠崦嵫色,北渚沉沉江汉流。良宵清净方高会,绣服光辉联皂盖。鱼龙恍惚阶墀下,云雾杳冥窗户外。水灵慷慨行泣珠,游女飘摇思解佩。苍苍低月半遥城,落落疏星满太清。不分开襟悲楚奏,愿言吹笛退胡兵。轩后青丘埋獫狁,周王白羽扫欃枪。期君武节朝龙阙,余亦翱翔归玉京。

类似的例子,还有吴均《行路难五首》(其一)、张说《时乐鸟篇》、王季友《酬李十六岐》、韦庄《南阳小将张彦硖口镇税人场射虎歌》等。

二十四句者,如唐彦谦《蟹》一首:

> 湖田十月清霜堕,晚稻初香蟹如虎。扳罾拖网取赛多,篾篓挑将水边货。纵横连爪一尺长,秀凝铁色含湖光。蝤蛑石蟹已曾食,使我一见惊非常。买之最厌黄髯老,偿价十钱尚嫌少。漫夸丰味过蝤蛑,尖脐犹胜团脐好。充盘煮熟堆琳琅,橙膏酱渫调堪尝。一斗擘开红玉满,双螯哆出琼酥香。岸头沽得泥封酒,细

嚼频斟弗停手。西风张翰苦思鲈,如斯丰味能知否?物之可爱
尤可憎,尝闻取刺于青蝇。无肠公子固称美,弗使当道禁横行。

类似的例子,还有宋之问《明河篇》、李颀《放歌行答从弟墨卿》、刘禹锡《秋萤引》、陆龟蒙《五歌·刈获》等。

此外,也有十四句者,如鲍照《拟行路难十八首》(其十二)、李白《对雪醉后赠王历阳》、钱起《病鹤篇》、温庭筠《汉皇迎春词》等;十八句者,如江总《新入姬人应令诗》、岑参《轮台歌奉送封大夫出师西征》、钱起《片玉篇》、李商隐《烧香曲》等。最少的是二十二句,如萧绎《燕歌行》、李颀《王母歌》、刘商《赋得射雉歌送杨协律表弟赴婚期》等。

长篇中,较常见的是二十八句和三十句者。二十八句的,如王翰《饮马长城窟行》一首:

> 长安少年无远图,一生惟羡执金吾。麒麟前殿拜天子,走马西击长城胡。胡沙猎猎吹人面,汉虏相逢不相见。遥闻鼙鼓动地来,传道单于夜犹战。此时顾恩宁顾身,为君一行摧万人。壮士挥戈回白日,单于溅血染朱轮。回来饮马长城窟,长安道傍多白骨。问之耆老何代人,云是秦王筑城卒。黄昏塞北无人烟,鬼哭啾啾声沸天。无罪见诛功不赏,孤魂流落此城边。当昔秦王按剑起,诸侯膝行不敢视。富国强兵二十年,筑怨兴徭九千里。秦王筑城何太愚,天实亡秦非北胡。一朝祸起萧墙内,渭水咸阳不复都。

类似的例子,还有刘希夷《公子行》、刘长卿《疲兵篇》、薛逢《灵台家兄古镜歌》等。

三十句的,如刘禹锡《吐绶鸟词》一首:

> 越山有鸟翔寥廓,嗉中天绶光若若。越人偶见而奇之,因名

第二章　篇幅

吐绶江南知。四明天姥神仙地，朱鸟星精钟异气。赤玉雕成彪炳毛，红绡翦出玲珑翅。湖烟始开山日高，迎风吐绶盘花缘。临波似染琅玕草，映叶疑开阿母桃。花红草绿人间事，未若灵禽自然贵。鹤吐明珠暂报恩，鹊衔金印空为瑞。春和秋霁野花开，玩景寻芳处处来。翠幕雕笼非所慕，珠丸柘弹莫相猜。栖月啼烟凌缥缈，高林先见金霞晓。三山仙路寄遥情，刷羽扬翘欲上征。不学碧鸡依井络，愿随青鸟向层城。太液池中有黄鹄，怜君长向高枝宿。如何一借羊角风，来听箫韶九成曲。

类似的例子，还有李白《当涂赵炎少府粉图山水歌》、韩愈《赠侯喜》、温庭筠《醉歌》等。

此外，也有二十六句的，如杜甫《观公孙大娘弟子舞剑器行》、戎昱《赠别张驸马》等；三十二句的，如李颀《送刘四赴夏县》、权德舆《薄命篇》等；三十六句的，如刘禹锡《伤秦姝行》、李商隐《河阳诗》等；三十八句的，如江总《宛转歌》、崔颢《江畔老人愁》等；最为少见的，是三十四句一种，如王建《荆门行》《赠李长史歌》等。

超长篇中，相对有点优势的是四十句和四十八句。四十句者，如杜甫《丹青引赠曹将军霸》、窦庠《金山行》、薛逢《邻相反行》等。试看薛逢《邻相反行》一首：

东家有儿年十五，只向田园独辛苦。夜开沟水绕稻田，晓叱耕牛垦堉土。西家有儿才弱龄，仪容清峭云鹤形。涉书猎史无早暮，坐期朱紫如拾青。东家西家两相诮，西儿笑东东又笑。西云养志与荣名，彼此相非不同调。东家自云虽苦辛，躬耕早暮及所亲。男春女爨二十载，堂上未为衰老人。朝机暮织还充体，馀者到兄还及弟。春秋伏腊长在家，不许妻奴暂违礼。尔今二十方读书，十年取第三十馀。往来途路长离别，几人便得升公车。纵令得官身须老，衔恤终天向谁道？百年骨肉归下泉，万里枌榆长秋草。我今躬耕奉所天,耘锄刈获当少年。面上笑添今日喜,肩头薪续厨中烟。纵使此身头雪白,又有儿孙还稼穑。家藏一卷古孝经,世世相传皆得力。为报西家知不知,何须谩笑东家儿。生前不得供甘滑,殁后扬名徒尔为。

四十八句的,如杜甫《洗兵马》等。此外,偶尔也有四十二句的,如刘商《姑苏怀古送秀才下第归江南》等;四十六句的,如杜甫《暮秋枉裴道州手札率尔遣兴寄近呈苏涣侍御》等;五十二句的,如崔颢《邯郸宫人怨》等;六十八句的,如卢照邻《长安古意》等;七十二句的,如李商隐《偶成转韵七十二句赠四同舍》等;甚至八十八句的,如白居易《琵琶行》等;一百句的,如骆宾王《代女道士王灵妃赠道士李荣》等;一百二十句的,如白居易《长恨歌》等。

以上主要就转韵七古的主流——偶数篇幅而论,就十分少见的奇数篇幅来说,其中,相对稍常见的,有七句者,如李白《乌栖曲》一首:

  姑苏台上乌栖时,吴王宫里醉西施。吴歌楚舞欢未毕,青山欲衔半边日。银箭金壶漏水多,起看秋月坠江波。东方渐高奈乐何。

类似的例子,还有鲍照《代白纻曲二首》(其二)、李贺《河南府试十二月乐词·四月》等。

又有十一句者,如韦应物《古剑行》一首:

  千年土中两刃铁,土蚀不入金星灭。沉沉青脊鳞甲满,蛟龙无足蛇尾断,忽欲飞动中有灵。豪士得之敌国宝,仇家举意半夜鸣。小儿女子不可近,龙蛇变化此中隐。夏云奔走雷阗阗,恐成霹雳飞上天。

类似的例子,还有王建《白纻歌二首》(其二)、李贺《苦篁调啸引》等。

又有二十一句者，如杜甫《杜鹃行》一首：

> 古时杜宇称望帝，魂作杜鹃何微细。跳枝窜叶树木中，抢伴瞥捩雌随雄。毛衣惨黑貌憔悴，众鸟安肯相尊崇。隳形不敢栖华屋，短翮唯愿巢深丛。穿皮啄朽觜欲秃，苦饥始得食一虫。谁言养雏不自哺，此语亦足为愚蒙。声音咽咽如有谓，号啼略与婴儿同。口干垂血转迫促，似欲上诉于苍穹。蜀人闻之皆起立，至今敩学效遗风，乃知变化不可穷。岂知昔日居深宫，嫔嫱左右如花红。

类似的例子，还有杜甫《王兵马使二角鹰》《魏将军歌》等。

此外，尚有九句者，如王建《白纻歌二首》（其二）等；十三句者，如韩愈《鸣雁》等；十五句者，如李贺《秦王饮酒》等；十七句者，如李白《侍从宜春苑奉诏赋龙池柳色初青听新莺百啭歌》等；十九句者，如韩愈《李花赠张十一署》等；二十七句者，如杜甫《苏端薛复筵简薛华醉歌》等；二十九句者，如韩愈《八月十五夜赠张功曹》等。

二、一韵七古篇幅的分类

依上述转韵七古之例，一韵七古的篇幅也可大致分为短篇、中篇、长篇和超长篇四大类。其中短篇者最为常见，中篇相对较少，长篇和超长篇更为稀罕。以下亦分别加以介绍和列举，析举时，仍以纯七言古诗为准，余者仿此。

一韵七古的短篇，最常见的是八句、四句和六句三种。其中八句者，如李白《送族弟绾从军安西》一首：

> 汉家兵马乘北风，鼓行而西破犬戎。尔随汉将出门去，剪虏若草收奇功。君王按剑望边色，旄头已落胡天空。匈奴系颈数应尽，明年应入蒲萄宫。

类似的例子,还有萧纲《乌夜啼》、刘希夷《江南曲八首》(其八)、杜甫《悲陈陶》、韦应物《学仙二首》(其一)、韦庄《捣练篇》等。

四句者,如王建《宛转词》一首:

> 宛宛转转胜上纱,红红绿绿苑中花。纷纷泊泊夜飞鸦,寂寂寞寞离人家。

类似的例子,还有晋杂歌谣辞《大风谣》、鲍照《夜听妓诗二首》(其二)、包融《武陵桃源送人》、岑参《入蒲关先寄秦中故人》、权德舆《安语》等。

六句者,如王嘉《皇娥歌》一首:

> 天清地旷浩茫茫。万象回薄化无方。洽天荡荡望沧沧。乘桴摇漾著日傍。当期何所至穷桑。心知和乐悦未央。

类似的例子,还有萧子显《春别诗四首》(其二)、李白《金陵酒肆留别》、白居易《重题西明寺牡丹》、李群玉《醒起独酌怀友》等。

此外,还有十句者,如晋舞曲歌辞《白纻舞歌诗三首》(其三)、李白《劳劳亭歌》、温庭筠《七夕》等;十二句者,如陆机《燕歌行》、杜甫《释闷》、韦庄《上春词》等;两句者,如晋西曲歌《女儿子二曲》、赵整《谏歌》、郭文《金雄诗》等。两句者,几乎也是一韵七古篇幅中之最短者,这类诗多数出自乐府语谚,如前举第一题即是,偶尔也见于文人之作,不过唐以后,有名有姓者,基本就再未见到此类创作了。

中篇者,相对常见一点的有二十句者,如韩愈《山石》一首:

> 山石荦确行径微,黄昏到寺蝙蝠飞。升堂坐阶新雨足,芭蕉叶大支子肥。僧言古壁佛画好,以火来照所见稀。铺床拂席置羹饭,疏粝亦足饱我饥。夜深静卧百虫绝,清月出岭光入扉。天明独去无道路,出入高下穷烟霏。山红涧碧纷烂漫,时见松枥皆十围。当流赤足蹋涧石,水声激激风吹衣。人生如此自可乐,岂

必局束为人鞿。嗟哉吾党二三子,安得至老不更归。

类似的例子,还有杜甫《哀江头》、白居易《池上作》等。

还有二十二句者,如杜甫《寄韩谏议》一首:

> 今我不乐思岳阳,身欲奋飞病在床。美人娟娟隔秋水,濯足洞庭望八荒。鸿飞冥冥日月白,青枫叶赤天雨霜。玉京群帝集北斗,或骑骐驎翳凤皇。芙蓉旌旗烟雾乐,影动倒景摇潇湘。星宫之君醉琼浆,羽人稀少不在旁。似闻昨者赤松子,恐是汉代韩张良。昔随刘氏定长安,帷幄未改神惨伤。国家成败吾岂敢,色难腥腐餐风香。周南留滞古所惜,南极老人应寿昌。美人胡为隔秋水,焉得置之贡玉堂。

类似的例子,还有韩愈《雪后寄崔二十六丞公》、李咸用《升天行》等。

还有十四句者,如白居易《和微之诗二十三首·和自劝二首》(其二)一首:

> 急景凋年急于水,念此揽衣中夜起。门无宿客共谁言,暖酒挑灯对妻子。身饮数杯妻一酸,馀酌分张与儿女。微酣静坐未能眠,风霰萧萧打窗纸。自问有何才与术,入为丞郎出刺史。争知寿命短复长,岂得营营心不止。请看韦孔与钱崔,半月之间四人死。

类似的例子,还有李白《醉后答丁十八以诗讥余捶碎黄鹤楼》、韩愈《李花二首》(其二)等。此外,还有十八句者,如沈君攸《桂楫泛河中》、刘禹锡《踏潮歌》等;十六句者,如高适《寄宿田家》、白居易《和微之诗二十三首·和雨中花》等;二十四句者,如杜甫《忆昔行》、杜牧《题桐叶》等。

长篇者,如二十六句、二十八句、三十句、三十二句、三十四句等几种出现的概率,相差无多,至于三十六句和三十八句的,则暂未见。

兹举一两首,以备一体,二十八句者,如杜甫《哀王孙》一首:

> 长安城头头白乌,夜飞延秋门上呼。又向人家啄大屋,屋底达官走避胡。金鞭断折九马死,骨肉不待同驰驱。腰下宝玦青珊瑚,可怜王孙泣路隅。问之不肯道姓名,但道困苦乞为奴。已经百日窜荆棘,身上无有完肌肤。高帝子孙尽隆准,龙种自与常人殊。豺狼在邑龙在野。王孙善保千金躯。不敢长语临交衢,且为王孙立斯须。昨夜东风吹血腥,东来橐驼满旧都。朔方健儿好身手,昔何勇锐今何愚。窃闻天子已传位,圣德北服南单于。花门剺面请雪耻,慎勿出口他人狙。哀哉王孙慎勿疏,五陵佳气无时无。

三十二句者,如韩愈《谒衡岳庙遂宿岳寺题门楼》一首:

> 五岳祭秩皆三公,四方环镇嵩当中。火维地荒足妖怪,天假神柄专其雄。喷云泄雾藏半腹,虽有绝顶谁能穷。我来正逢秋雨节,阴气晦昧无清风。潜心默祷若有应,岂非正直能感通。须臾静扫众峰出,仰见突兀撑青空。紫盖连延接天柱,石廪腾掷堆祝融。森然魄动下马拜,松柏一径趋灵宫。粉墙丹柱动光彩,鬼物图画填青红。升阶伛偻荐脯酒,欲以菲薄明其衷。庙令老人识神意,睢盱侦伺能鞠躬。手持杯珓导我掷,云此最吉馀难同。窜逐蛮荒幸不死,衣食才足甘长终。侯王将相望久绝,神纵欲福难为功。夜投佛寺上高阁,星月掩映云朣胧。猿鸣钟动不知曙,杲杲寒日生于东。

前者的例子,还有白居易《达哉乐天行》等;后者的例子,还有杜甫《岳麓山道林二寺行》等。此外,二十六句的,如刘禹锡《唐侍御寄游道林岳麓二寺诗并沈中丞姚员外所和见征继作》、杜牧《大雨行》;三十句的,如韩愈《华山女》、刘禹锡《和牛相公南溪醉歌见寄》;三十四句的,如庾信《杨柳歌》、杜甫《可叹》。

超长篇者,最常见的是四十句一种,如韩愈《寒食日出游》一首:

> 李花初发君始病,我往看君花转盛。走马城西惆怅归,不忍千株雪相映。迩来又见桃与梨,交开红白如争竞。可怜物色阻携手,空展霜缣吟九咏。纷纷落尽泥与尘,不共新妆比端正。桐华最晚今已繁,君不强起时难更。关山远别固其理,寸步难见始知命。忆昔与君同贬官,夜渡洞庭看斗柄。岂料生还得一处,引袖拭泪悲且庆。各言生死两追随,直置心亲无貌敬。念君又署南荒吏,路指鬼门幽且夐。三公尽是知音人,曷不荐贤陛下圣。囊空瓶倒谁救之,我今一食日还并。自然忧气损天和,安得康强保天性。断鹤两翅鸣何哀,絷骥四足气空横。今朝寒食行野外,绿杨匝岸蒲生迸。宋玉庭边不见人,轻浪参差鱼动镜。自嗟孤贱足瑕疵,特见放纵荷宽政。饮酒宁嫌盏底深,题诗尚倚笔锋劲。明宵故欲相就醉,有月莫愁当火令。

类似的例子,还有韩愈《送区弘南归》、白居易《和微之诗二十三首·和酬郑侍御东阳春闷放怀追越游见寄》等。此外,四十八句的,如李商隐《安平公诗》等;五十句的,如韩愈《赠崔立之评事》等。甚至还有通篇六十六句的,如韩愈《寄卢仝》等。目前所见,唐以前最长的一韵纯七古,当推郑嵎《津阳门诗》一首,通篇共有200句之富,诗长不录。

以上所论,主要是一韵七古的主流篇幅,即偶数篇幅。此外,这类诗,偶尔也有一些奇数篇幅,其中,相对最常见的是五句一种,如杜甫《曲江三章章五句》(其三)一首:

> 自断此生休问天,杜曲幸有桑麻田,故将移住南山边。短衣匹马随李广,看射猛虎终残年。

类似的例子,还有曹叡《燕歌行》、张率《白纻歌九首》(其一)、李白

《荆州歌》、钱起《山中寄时校书》等。次常见的,为七句者,如鲍照《代白纻舞歌词四首》(其一)、韩愈《昼月》等;三句者,如王嘉《歌三首》(其三)、陆法和《谶诗二首》(其一)等;十七句者,如杜甫《虎牙行》、李咸用《谢僧寄茶》等。再者,还有九句者,如韩愈《岣嵝山》,十一句者,如李咸用《鸡鸣曲》,十三句者,如杜甫《晚晴》,十五句者,如岑参《敦煌太守歌》,三十一句者,如韩愈《刘生诗》,四十五句者,如王昌龄《箜篌引》,甚至还有五十九句者,如韩愈《陆浑山火和皇甫湜用其韵》。

三、转韵七古篇幅的历史发展及其特点

此部分拟对转韵七古篇幅从先秦至晚唐的发展演变作一个系统的观照。研究的方法,以计量分析为主,并适时加以总结。考察的对象,暂以较为齐整的七言古诗,即纯七古为准。考察的时期,同样分为先秦迄晋、南北朝、初唐、盛唐、中唐和晚唐六段。考察的范围,因先秦到两晋的纯七言古诗甚少,故全部予以考察,其余五期,则分别选择10位代表诗人的全部诗歌予以审视。考察的名目,主要分为短篇、中篇、长篇和超长篇四大类。各类之下又有具体的篇幅,其中短篇有四句、六句、八句、十句和十二句五种,五种之外,五句、七句等奇数篇幅因较为少见,故汇为一处,以"余"字名之,略有各种偶数篇幅之余之义;中篇有十四句、十六句、十八句、二十句、二十二句和二十四句六种,六种之外,尚有十三句、十五句、十七句等奇数篇幅,亦统一以"余"字名之;长篇和超长篇两类,不再细分具体篇幅,个中原因,一则此两类的数量,尤其是后者,各时期均十分稀有,二则表格空间有限,实难一一纳入。不过,以上四处的具体篇幅和诗作,数量既少,翻检为难,似有必要在各表之后的分析中,予以拈出,以示郑重。

据统计,晋以前的转韵纯七言古诗仅7首,其中四句2首,分别为熊甫《别歌》、晋杂歌谣辞《越谣歌》,六句1首,为汉乐府《鸡鸣

歌》,七句1首,为《歌三首》(其一),十二句1首,为《陇上为陈安歌》,十六句2首,为晋舞曲歌辞《白纻舞歌诗三首》(其一)(其二)。由上可见:一是,由于此时转韵纯七言古诗的总数稀少,所以篇幅的种类并不多,仅5种。二是,各种篇幅中,四句和十六句者,具有一定的优势。三是,在这些篇幅中,主要以偶数篇幅为主,计有6首,奇数篇幅颇寥寥,仅有1首。四是,篇幅四大类中,主要以短篇为主,计有5首,中篇为辅,计有2首,而无长篇和超长篇之作。

表一　南北朝转韵纯七言古诗篇幅分布情况表　(单位:首)

篇幅 诗人	短篇						中篇							长篇	超长篇	总计
	4	6	8	10	12	余	14	16	18	20	22	24	余			
鲍　照	0	1	0	0	0	1	1	0	0	0	0	0	0	0	0	3
萧　衍	0	0	0	1	0	0	1	0	0	0	0	0	0	0	0	2
吴　均	0	0	0	0	0	0	0	0	0	1	1	0	0	0	0	2
萧子显	3	0	0	0	0	0	0	0	0	0	0	0	0	0	0	3
萧　纲	4	0	0	2	0	0	0	0	0	0	0	0	0	0	0	6
萧　绎	3	0	0	0	0	0	0	0	0	0	1	0	0	0	0	4
徐　陵	2	0	0	0	0	0	0	0	1	0	0	0	0	0	0	3
江　总	1	0	2	1	1	0	3	1	1	0	0	0	1	1	0	12
陈叔宝	3	0	0	1	0	0	0	0	0	0	0	0	0	0	0	4
杨　广	0	0	2	0	0	0	0	0	0	0	0	0	0	0	0	2
总　计	16	1	4	5	1	1	3	1	2	1	2	0	1	1	0	41
	28						12									

由表中可知,南北朝转韵纯七言古诗的篇幅分布,主要有以下四个特点:一是,篇幅种类共有12种,依次为四句、六句、七句、八句、十句、十二句、十四句、十六句、十八句、二十句、二十二句和三十八句,较之上一期的5种,种类数量的提高,主要与作品总数的增长有关。二是,各种篇幅中,以四句者最多,计有16首,十句者次之,计有5首,

八句者再次之,计有4首,十四句、十六句、二十句者三种再次之,各计有3首,二十二句者再次之,计有2首,其余五种最少,分别各有1首。三是,在这些篇幅中,偶数篇幅占有绝对的优势,而甚于上一期,奇数篇幅仅1首,全诗共七句,为鲍照《代白纻曲二首》(其二)。四是,在四大类篇幅中,仍以短篇为主,而辅以中篇,长篇虽由此出现,但亦仅区区1首,超长篇则未见。具体言之,短篇6种中,共有作品28首,比例为68.29%,与上期相差无几。中篇5种中,共有作品12首,比例为28.57%,与上期相比,所差更微。长篇1首,为江总《宛转歌》,通篇共有三十八句。

表二　初唐转韵纯七言古诗篇幅分布情况表　（单位:首）

篇幅 诗人	短篇						中篇							长篇	超长篇	总计
	4	6	8	10	12	余	14	16	18	20	22	24	余			
上官仪	0	0	0	0	0	0	0	0	1	0	0	0	0	0	0	1
骆宾王	0	0	0	0	0	0	0	0	0	0	0	0	0	0	1	1
卢照邻	0	0	0	0	0	0	0	0	0	0	0	1	0	0	1	2
李　峤	0	0	0	1	0	0	0	0	0	0	0	0	0	0	0	1
乔知之	0	0	0	0	1	0	0	0	0	1	0	0	0	0	0	2
王　勃	2	0	1	0	0	0	0	0	0	0	0	0	0	0	0	3
刘希夷	0	0	2	0	0	0	0	0	0	0	0	0	0	3	0	5
沈佺期	0	0	0	0	2	0	0	0	0	0	0	0	0	0	0	2
宋之问	0	0	5	0	0	0	0	0	0	1	0	0	0	0	0	6
张　说	0	0	2	0	0	0	0	1	0	2	0	0	0	1	1	7
总　计	2	0	10	1	3	0	0	1	1	2	0	3	0	4	3	30
	16						7									

由表中可知,初唐转韵纯七言古诗的篇幅分布,主要有以下四个特点:一是,篇幅种类共有13种,依次为四句、八句、十句、十二句、十六句、十八句、二十句、二十四句、二十六句、二十八句、四十二句、六十

八句和一百句。诗歌总数的回落,并未使此时的篇幅种类有所减少,相较而言,这一期少了六句、七句和十四句、二十二句、三十八句等5种,而多了二十四句、二十六句、二十八句、四十二句、六十八句和一百句等6种,所增者,几乎一例为长篇和超长篇。二是,各种篇幅中,主要以八句为主,计有10首,次为十二句和二十四句,各计有3首,次为四句、二十句、二十六句、二十八句4种,各计有2首,最后为余下的6种,六种各仅有1首。相较上一期,此时最大的特点,是篇幅的主流终于从四句中挣脱出来,而转为是其两倍的八句,其中,似乎也预示着转韵七古篇幅在未来的日子里,将有所增长。三是,在这些篇幅中,为清一色的偶数篇幅,奇数篇幅则未见。四是,在四类篇幅中,虽仍以短篇为主,中篇为辅,其中短篇计有16首,比例约为一半强,中篇计有7首,比例约为五分之一强,但两者的比例,尤其是短篇,均有一定的下降。反之,长篇的数量和比例则均有所增长,4首分别为刘希夷《捣衣篇》《公子行》《代悲白头翁》、张说《同赵侍御乾湖作》,其中前两首均为二十八句,后两首均为二十六句。同时,超长篇更是从之前的一片荒芜中焕发出生机,即此时共有超长篇3首,这一数字仅次于盛唐的4首,而优于中、晚唐的各2首,3首诗分别为四十二句的张说《安乐郡主花烛行》、六十八句的卢照邻《长安古意》和一百句的骆宾王《代女道士王灵妃赠道士李荣》。

表三 盛唐转韵纯七言古诗篇幅分布情况表 (单位:首)

篇幅 诗人	短篇						中篇							长篇	超长篇	总计
	4	6	8	10	12	余	14	16	18	20	22	24	余			
王翰	0	0	0	0	1	0	0	0	0	0	0	0	0	3	0	4
孟浩然	0	0	3	0	0	0	0	1	0	0	0	0	0	0	0	4
李颀	0	0	2	0	3	7	0	3	2	4	1	1	0	2	0	25
孙逖	0	0	3	0	0	0	0	0	0	0	0	0	0	0	0	3

续表

篇幅 诗人	短篇						中篇							长篇	超长篇	总计
	4	6	8	10	12	余	14	16	18	20	22	24	余			
高 适	0	0	2	1	3	0	0	1	1	1	0	1	0	1	0	11
王 维	0	0	0	1	3	0	0	2	0	1	0	1	0	2	0	10
李 白	0	2	12	3	5	1	2	4	1	2	1	0	1	2	0	36
崔 颢	0	0	1	0	1	0	1	0	0	1	0	0	0	2	1	7
杜 甫	0	0	23	0	7	1	0	12	1	4	0	6	4	4	3	65
岑 参	0	0	7	2	2	0	0	4	2	2	0	1	0	2	0	22
总 计	0	2	53	11	28	2	3	27	7	15	2	10	5	18	4	187
	96						69									

由表中可知,盛唐转韵纯七言古诗的篇幅分布,主要有以下几个特点:一是,就篇幅种类而言,共有 24 种之多,其中短、中篇的偶数篇幅,除无四句一种外,其余六句、八句等 10 种则均有之。此外,还有七句、十七句、二十一句、二十六句、二十七句、二十八句、三十句、三十二句、三十六句、三十八句、四十句、四十六句、四十八句和五十二句等 14 种。相较之前几个时期而言,此时的篇幅种类更加丰富,这当然与此时的诗歌风气较为阔大,作品也较多关系密切。二是,在各种篇幅中,以八句者最为常见,计有 53 首,次为十二句,计有 28 首,次为十六句,计有 27 首,次为二十句,计有 15 首,次为二十四句和三十句,各计有 5 首,次为三十二句,计有 4 首,次为十四句、二十一句、二十六句和二十八句,各计有 3 首,其余的 13 种,则较为罕见,相关作品仅 1—2 首,四句未见。三是,在这些篇幅中,偶数篇幅的作品数量高达 180 首,仍具有绝对优势。相反,奇数篇幅则仅有 7 首而不甚显,但相较于初唐的无有,也算是盛唐人的一种特色。其中七句者共 2 首,分别为李白《乌栖曲》、杜甫《后苦寒行二首》(其二),十七句者

也有 2 首,分别为李白《侍从宜春苑奉诏赋龙池柳色初青听新莺百啭歌》、杜甫《戏为双松图歌》,二十一句者有 3 首,分别为杜甫《王兵马使二角鹰》《魏将军歌》《杜鹃行》。四是,四类篇幅中,短篇的比例,和上期相似,也在一半强左右徘徊,但仍是四类中的主流。此外,长篇和超长篇的比例虽有不小幅度的下降,但数量并不少,其中长篇共有 18 首,分别是二十六句的王翰《赋得明星玉女坛送廉察尉华阴》、李白《捣衣篇》、杜甫《观公孙大娘弟子舞剑器行》,二十七句的杜甫《苏端薛复筵简薛华醉歌》,二十八句的王翰《饮马长城窟行》、杜甫《渼陂行》、岑参《卫节度赤骠马歌》,三十句的王翰《飞燕篇》、李颀《别梁锽》、王维《老将行》、李白《当涂赵炎少府粉图山水歌》、崔颢《渭城少年行》,三十二句的李颀《送刘四赴夏县》、高适《秋胡行》、王维《桃源行》、杜甫《荆南兵马使太常卿赵公大食刀歌》,三十六句的岑参《与独孤渐道别长句兼呈严八侍御》,三十八句的崔颢《江畔老人愁》等。超长篇共有 4 首,分别是四十句的杜甫《丹青引赠曹将军霸》,四十六句的杜甫《暮秋枉裴道州手札率尔遣兴寄近呈苏涣侍御》,四十八句的杜甫《洗兵马》,五十二句的崔颢《邯郸宫人怨》等。相反,中篇无论是数量,计 69 首,还是比例,为 36.90%,则均有不小的提升。

表四 中唐转韵纯七言古诗篇幅分布情况表 (单位:首)

篇幅 诗人	短篇						中篇							长篇	超长篇	总计
	4	6	8	10	12	余	14	16	18	20	22	24	余			
刘长卿	0	0	0	0	3	0	3	0	0	2	1	0	0	1	0	10
钱起	0	0	2	1	4	0	3	2	2	0	0	0	0	0	0	14
韩翃	0	0	2	0	4	0	2	3	1	2	1	0	0	0	0	15
韦应物	0	0	0	1	1	0	1	1	1	0	0	0	0	0	0	5
权德舆	0	0	1	0	1	0	1	2	1	2	0	1	0	3	0	12

续表

篇幅 诗人	短篇						中篇							长篇	超长篇	总计
	4	6	8	10	12	余	14	16	18	20	22	24	余			
王建	2	1	5	7	10	2	3	6	2	1	0	1	1	1	0	42
韩愈	0	1	0	2	0	0	0	2	0	3	0	0	2	6	0	16
白居易	0	0	1	0	2	0	0	1	2	2	0	0	0	2	2	12
刘禹锡	0	0	4	1	2	1	2	2	1	5	1	4	0	7	0	29
李贺	1	1	19	8	12	4	2	7	2	1	5	1	1	1	0	59
总计	3	3	34	21	38	7	13	28	10	17	5	9	4	20	2	214
	106						86									

由上表可知,中唐转韵纯七言古诗的篇幅分布,主要有以下四个特点:一是,篇幅种类,继上一期的大增长之后,又有所扩展,共计有 27 种之多,其中除上一期的十七句、二十一句、二十七句、四十句、四十六句、四十八句、五十二句等 7 种为此期所无,又增添了四句、九句、十一句、十三句、十五句、十九句、二十九句、三十四句、八十八句和一百二十句等共 10 种。二是,在各种篇幅中,以十二句最为常见,计有 38 首,次为八句,计有 34 首,次为十六句,计有 28 首,次为十句,计有 21 首,次为二十句,计有 17 首,次为十四句,计有 13 首,次为十八句,计有 10 首,以上共 7 种 161 首,种类虽约仅四分之一强,但作品数量却占了诗歌总数的四分之三强。其余的 20 种,二十四句,计有 9 首,二十二句,计有 5 首,三十句和三十八句,各计有 4 首,四句、六句、十一句、三十二句和三十六句,各计有 3 首,七句、九句、十三句、二十六句和二十八句,各计有 2 首,而十五句、十九句、二十九句、三十四句、八十八句和一百二十句等最少,仅各有 1 首。三是,在这些篇幅中,仍以偶数篇幅为绝对主力,奇数篇幅虽不过 11 首,但无论是数量还是比例均是前后四个时期最多的。这 11 首诗,分别是七句的李贺

《河南府试十二月乐词·四月》《河南府试十二月乐词·十月》,九句的王建《白纻歌二首》(其一)、李贺《河南府试十二月乐词·二月》,十一句的韦应物《古剑行》、王建《白纻歌二首》(其二)、李贺《苦篁调啸引》,十三句的王建《七夕曲》、韩愈《鸣雁》,十五句的李贺《秦王饮酒》,十九句的韩愈《李花赠张十一署》。四是,四类篇幅中,短篇依然能占到一半弱左右,此外,中篇共有86首,无论是数量,还是比例,为40.19%,均续有上升,长篇和超长篇两类的比例虽继续微有回落,但总数仍然不少。其中长篇20首,分别为二十六句的刘禹锡《西山兰若试茶歌》《送僧仲剬东游兼寄呈灵澈上人》,二十八句的刘长卿《疲兵篇》、韩愈《记梦》,二十九句的韩愈《八月十五夜赠张功曹》,三十句的韩愈《赠侯喜》、刘禹锡《送裴处士应制举诗》《观棋歌送儇师西游》《吐绶鸟词》,三十二句的权德舆《薄命篇》、韩愈《题西白涧》、白居易《小童薛阳陶吹觱栗歌》,三十四句的王建《荆门行》,三十六句的权德舆《奉和张仆射朝天行》、刘禹锡《伤秦姝行》,三十八句的权德舆《放歌行》、韩愈《桃源图》、白居易《劝酒》、刘禹锡《泰娘歌》。超长篇2首,分别是白居易的《琵琶行》和《长恨歌》,其中前者共八十八句,后者为一百二十句。

表五　晚唐转韵纯七言古诗篇幅分布情况表　(单位:首)

篇幅 诗人	短篇						中篇							长篇	超长篇	总计
	4	6	8	10	12	余	14	16	18	20	22	24	余			
杜牧	0	0	1	0	0	0	0	0	0	0	0	0	0	0	0	1
李群玉	0	0	2	0	0	0	0	0	0	0	0	0	0	0	0	2
李商隐	0	0	2	1	0	0	2	2	1	2	0	0	0	1	1	12
温庭筠	0	0	14	0	12	0	1	7	0	4	0	0	0	1	0	39
薛逢	0	0	0	0	0	0	0	0	0	0	0	0	0	3	1	4
陆龟蒙	0	0	3	0	1	0	0	0	0	1	0	1	0	1	0	7

续表

篇幅 诗人	短篇						中篇							长篇	超长篇	总计
	4	6	8	10	12	余	14	16	18	20	22	24	余			
唐彦谦	0	0	1	0	1	0	0	1	0	0	0	1	0	0	0	4
韦　庄	0	0	0	1	0	0	0	0	0	0	1	0	1	1	0	4
李咸用	0	0	1	0	2	0	0	0	0	1	0	0	0	0	0	4
王　毂	0	0	4	1	0	0	0	0	0	1	0	0	0	0	0	6
总　计	0	0	28	3	16	0	3	10	1	10	0	3	0	7	2	83
	47						27									

由表中可知，晚唐转韵纯七言古诗的篇幅分布，大致有以下四个特点：一是，篇幅种类共有 13 种，依次为八句、十句、十二句、十四句、十六句、十八句、二十四句、二十八句、三十句、三十六句、四十句和七十二句。此期，篇幅种类的大幅减少，固然与相关创作的遽减有较大的关系，但世风的浇漓、气格的不振，不能说毫无影响，这一点只要对照下，初唐的相关诗歌数量和篇幅种类，即可了然。二是，在各种篇幅中，复以八句为最常见，计有 28 首，这是对初唐、盛唐传统的回归，次为十六句，计有 16 首，次为十六句和二十句，各计有 10 首，次为二十八句，计有 4 首，次为十句、十四句和二十四句，三种各计有 3 首，次为三十六句，计有 2 首，余下的十八句、三十句、四十句、七十二句等最少，仅各有 1 首。三是，在各种篇幅中，和初唐一样，也是为清一色的偶数篇幅，而无奇数篇幅。四是，四类篇幅中，短篇共有 47 首，比例为所有诗歌的 56.63%，相较于前两个时期，已略有回升。与此相反，中篇的比例则略有下降，此时 27 首作品，共占总数量的 32.53%。长篇和超长篇，共有 9 首，数量虽不如前两个时期，但比例却基本与上一个时期持平。这 9 首作品，分别是二十八句的陆龟蒙《五歌·水鸟》、薛逢《醉春风》《灵台家兄古镜歌》《观竞渡》，三十句的温庭筠

《醉歌》,三十六句的李商隐《河阳诗》、韦庄《赠峨嵋山弹琴李处士》,四十句的薛逢《邻相反行》,七十二句的李商隐《偶成转韵七十二句赠四同舍》。

综上所析,可得出以下几个结论:首先,就篇幅种类而言,纵向上看,晋以前最少,仅有 5 种,次为南北朝的 12 种,再次为初唐和晚唐的 13 种,再次为盛唐的 24 种,最多的是中唐的 27 种。篇幅种类的多寡,与各期相关作品的存量关系最为密切。如晋以前的转韵纯七言古诗,篇幅种类之所以最少,即与其诗歌总数稀少有关,而盛唐和中唐两段的篇幅种类之所以独多,则与这两段的作品最为丰厚关系甚大。当然,这种具有一定普遍性的规律,也不能过于绝对化,如初唐被考察的作品,虽仅有 30 首,篇幅种类却有 13 种,而晚唐的相关诗歌虽数倍于初唐,即为 83 首,但篇幅种类也不过 13 种而已,甚至南北朝的作品数为 41 首,要高于初唐,但篇幅种类还少初唐 1 种。由此可见,篇幅种类,除了主要与作品数量有关,也与一定时期的创作倾向颇有关联,反映在初唐这一时期,就是对七古长篇的追求。从横向上看,被考察的六个时期,共有篇幅种类 38 种,依次为四句、六句、七句、八句、九句、十句、十一句、十二句、十三句、十四句、十五句、十六句、十七句、十八句、十九句、二十句、二十一句、二十二句、二十四句、二十六句、二十七句、二十八句、二十九句、三十句、三十二句、三十四句、三十六句、三十八句、四十句、四十二句、四十六句、四十八句、五十二句、六十八句、七十二句、八十八句、一百句、一百二十句,其中以偶数篇幅为主,共有 28 种,而以奇数篇幅为辅,共有 10 种。

其次,就各种篇幅的地位而言,纵向上看,晋以前居前两位的主要是四句和十六句,当然,此时相关作品甚少,这种结论,恐怕还存在着一定的偶然因素。南北朝居前三位的,依次为四句、十句和八句。初唐居前三位的,依次为八句、十二句和二十四句。盛唐居前三位的,依次为八句、十二句和十六句。中唐居前三位的,依次为十二句、八句和十六句。晚唐居前三位的,依次为八句、十二句和十六句并二十句(后两种同居第三位)。综上所列,有以下几个特点:一是,唐以前转韵纯七言古诗的篇幅,主流是四句,而唐以后,主流多数是八句,偶尔也有十二句,这种变化,实际上也彰显了两个大阶段篇幅长短的差异。二是南北朝之后,初唐等四个时期,无论前三甲是八句、十二句、十六句,还是二十句、二十四句,这些篇幅都有一个共通的特点,即它们都是四的倍数,究其原因,它们之所以能成为篇幅种类中的主力军,显然与古今转韵七古往往以四句节为主关系至切。事实上,上推前两个时期,位于前列的几种篇幅类别,多数也符合这个特点,惟一稍有例外的是南北朝中的十句,其中原由,与此期作品不多,存在偶然性,或许有一定的关系。综合来看,六个时期 562 首诗,各种篇幅中,当以八句者为最常见,计有 129 首,次为十二句者,计有 87 首,次为十六句者,计有 71 首,次为二十句者,计有 47 首,次为十句者,计有 41 首,次为二十四句者,计有 25 首,次为四句者,计有 23 首,次为十四句者,计有 22 首,次为十八句者,计有 20 首,次为二十八句者,计有 11 首,次为三十句者,计有 10 首,次为二十二句者,计有 9 首,次为六句、二十六句和三十二句者,各计有 7 首,次为七句、三十六句和三十八句者,各计有 6 首,余下的九句、十一句等共 20 种最少,作品数量均在 5 首以下,不另列。其中偶数篇幅 28 种共有作品 542 首,而奇数篇幅 10 种仅有作品 20 首。

　　最后,就四类篇幅而言,各个时期无不以短篇为主,而以中篇为辅,所异者,两者之间的比例往往随时转移而互有升降。其中短篇的比例,以晋以前的最高,为 71.43%,其次是南北朝,为 68.29%,其次是晚唐,为 56.62%,其次是初唐,为 53.33%,其次是盛唐 51.34%,最低的是中唐的 49.53%,尚不及一半。就短篇总体的发展过程来看,从先秦到中唐,其比例,有一个逐渐降低的过程,只是到了晚唐才又有所回升。中篇的比例,以中唐的最高,为 40.19%,其次是盛唐,为

36.90%,其次是晚唐,为32.53%,其次是南北朝,为29.27%,其次是晋以前,为28.57%,最低的是初唐,为23.33%。由此来看,从先秦到中唐,中篇的大致发展有一个慢慢抬头,然后过了峰值之后,便开始有所收敛的过程,在这个过程中,惟一的例外是初唐。至于长篇和超长篇,在各个时期均无多,其中晋以前无之,南北朝两类仅有江总《宛转歌》1首长篇,初唐亮色不少,两类共有7首,盛唐两类共有22首,中唐两类的数量同盛唐,晚唐两类则降到9首。综合六个时期而言,两类共有61首,其中长篇50首,超长篇11首。就其比例来看,以初唐的最高,为23.33%,其次是盛唐,为11.76%,其次是晚唐,为10.84%,其次是中唐,为10.28%,其次是南北朝和晋以前,两期的比例分别为1.20%和0。就其发展过程来看,从先秦到晚唐,其地位也有一个逐渐抬升的过程,其中峰值是初唐,初唐之后,虽稍有回落,但三个时期之间的比例,相差并不大。

四、一韵七古篇幅的历史发展及其特点
——兼论与转韵七古篇幅的异同

此部分拟对一韵七古篇幅的发展和特点略作论述,并兼及其与转韵七古篇幅的异同。考察的对象、方法、时期和名目,大致同于上一部分的转韵七古。惟考察的范围中,六个时期,除第一个时期,即晋以前,因为诗歌较少,故全部予以考察之外,南北朝段,亦尽量予以全面的观照,入唐以后,仍以前列的10位代表诗人的相关作品为例。应该注意的是,由于一韵七古的作品较少,各段尤其是初唐,均存在无相关作品的现象。大致言之,晋以前可供考察的一韵纯七古共28首,南北朝共110首,初唐仅4首,盛唐共100首,中唐共88首,晚唐共51首,六个时期共得381首。本文如下分析,即基于此。纵观六个时期,一韵七古篇幅的发展,主要有以下几个特点:

首先,就篇幅种类而言,纵向上看,晋以前,共有 12 种,依次是二句、三句、四句、五句、六句、七句、十句、十二句、十三句、十五句、十八句和二十六句;南北朝共有 11 种,依次是二句、三句、四句、五句、六句、七句、八句、十句、十二句、十八句和三十四句;初唐共有 2 种,依次是八句和十句;盛唐共有 19 种,依次是四句、五句、六句、七句、八句、十句、十二句、十三句、十四句、十五句、十六句、十七句、十八句、二十句、二十二句、二十四句、二十八句、三十二句、三十四句;中唐共有 25 种,依次是四句、五句、六句、七句、八句、九句、十句、十二句、十四句、十六句、十八句、二十句、二十二句、二十四句、二十六句、二十八句、三十句、三十一句、三十二句、三十四句、四十句、四十八句、五十句、五十九句、六十六句;晚唐共有 11 种,依次是六句、八句、十句、十一句、十二句、十四句、十七句、二十二句、二十四句、二十六句和四十八句。六个时期中,篇幅种类,以中唐最多,其次是盛唐,其次是晋以前,其次是南北朝和晚唐,最后是初唐。细察以上列举,可知,决定篇幅种类多寡的主要有以下两个因素:一是相关作品数量的多少。如盛唐和中唐两段之所以篇幅种类最为丰富,即是因为两段的作品数量相对较多,而初唐的篇幅种类之所以最少,显然,也是由于其可供考察的作品偏少,而仅有 4 首。二是士风、诗风的影响,一般来说,士风、诗风较为振作、阔大者,其篇幅种类也就较多,尤其是对长篇的开拓。如晋以前之所以作品不多,而篇幅种类数量反而稍领先于南北朝和晚唐,大概即缘于此。当然,由于晋以前的作品较少,而南北朝、晚唐两段考察的并非是全部作品,这一结论,尚不敢以定论视之。

综合来看,六个时期的篇幅种类,共有 31 种,依次为二句、三句、四句、五句、六句、七句、八句、九句、十句、十一句、十二句、十三句、十四句、十五句、十六句、十七句、十八句、二十句、二十二句、二十四句、二十六句、二十八句、三十句、三十一句、三十二句、三十四句、四十句、四十八句、五十句、五十九句、六十六句。这 31 种,相较转韵七古篇幅的38种而言,多了二句、三句、五句、三十一句、五十句、五十九句和六十六句7种,而少了十九句、二十一句、二十七句、二十九句、三十六句、三十八句、四十二句、四十六句、五十二句、六十八句、七十二句、八十八句、一百句、一百二十句等14种。大而言之,一韵七古所多者,主要集中在短篇中最短的几种,尤其是二句和三句,和长篇、超长篇中的几种,而转韵七古所多者,主要集中在若干奇数篇幅,如十九句、二十一句等4种和长篇、超长篇如三十六句等10种。究其以上增减的原因,可知,一韵七古由于押韵单一,故比较适合短篇如二句、三句、五句之制,相反,如果用转韵诗来创作这三种,不是难成章法,如二句、三句而欲转韵之诗,便是风调急促,如五句而欲转韵之诗。而转韵七古,由于相关作品较多,故在奇数篇幅的分布上,更易占得先机。至于一韵七古和转韵七古在长篇和超长篇篇幅上,之所以能互有短长,主要是长篇作品少,种类分布较为稀疏所致,而转韵七古长篇和超长篇的篇幅种类总体上又能胜于前者,原因不外有二:一则,仍然与转韵七古的作品较多有关。二则,主要与转韵七古用韵的灵活多变,而更适合长篇和超长篇的铺展有关。

其次,就各种篇幅的地位而言,纵向上看,晋以前排名前几位的五种,依次是二句、四句、五句、三句和六句,其中二句和四句并排第一位,三句和六句并排第三位。南北朝排名前几位的五种,依次是四句、五句、六句、十二句和八句。初唐仅八句和十句两种,两种各仅2首,并居第一位。盛唐排名前几位的六种,依次是八句、六句、十句、五句、十二句和二十二句,其中十二句和二十二句并排第五位。中唐排名前几位的七种,依次是八句、四句、六句、二十句、十句、十四句和四十句,其中十句、十四句和四十句三种并列第五位。晚唐排名前几位的四种,依次是八句、十二句、十句和十七句,余下的篇幅种类均各只有1首。综上所列,可知:一是,六个时期排首位的篇幅,有一个从二句和四句并驾齐驱,到转为以四句为主,又转为以八句为主的过程。二是,五句篇幅,从晋以前、南北朝时期的位居第二位,到盛唐的退居第四位,再到中晚唐的边缘化,乃至消失,也有一个从多到少,随时而降的过程。三是,二句篇幅和三句篇幅,除了在晋以前能有一席之地外,此后则踪迹难寻。四是,六句篇幅,除了初唐作品甚少,可不计外,其在前几个时期的地位,均相当稳定,基本上处于第二位和第三位之间,只是到了晚唐才变得杳如黄鹤。五是,排名前几位的篇幅,主要以八句及八句之下的为主,中篇、长篇和超长篇篇幅,如二十二句、二十句、十四句、四十句、十七句等,只是偶尔出现,且多身居末位。

综合来看,六个时期381首诗,各种篇幅,实以八句为最常见,作品共计有132首,其次是四句者,共计有57首,其次是六句者,共计有33首,其次是五句者,共计有31首,其次是十句和十二句者,两种各计有19首,其次是七句者,共计有9首,其次是两句、二十句和二十二句者,三种各计有7首,其次是十四句,共计有6首,其次是三句和十八句,两种各计有5首,其次是十六句、十七句、二十四句和四十句,四种各计有4首,其次是二十六句、二十八句、三十句、三十二句和三十四句,五种各计有3首,其次是十三句、十五句、四十八句和六十六句,四种各计有2首,余下的九句、十一句、三十一句、五十句和五十九句等最少,仅各有1首。以上所列,主要有以下几个特点:一是,各种篇幅中,排名居前的几种篇幅,几乎为清一色的短篇之什,如前举排名前七位的几种篇幅,无论是八句、四句、六句,还是五句、七句、十句和十二句,均在短篇的范围之内。二是,各种篇幅中,排名居前,尤其是前三位,无一不为偶数篇幅,即八句、四句和六句,而像五句和七句之所以能挤进前七,主要应归功于前两个时期的贡献。三是,与转韵七古排名前几位的篇幅均为四的倍数不尽相同,一韵七古地位最高的两种篇幅,即八句和四句,虽也均为四的倍数,但诸如六句和十句,五句和七句,却均不如此。四是,与转韵七古,奇数篇幅的作品数量较少,比例较低不一样,一韵七古奇数篇幅的数量并不少,所占比例也不低,即如前所述,转韵七古10种奇数篇幅仅有作品22首,比例仅为3.91%,而一韵七古11种奇数篇幅的这两项数据则分别为57首和14.96%,两者之间的差异显而易见。

最后,就四类篇幅而言,纵向上看,晋以前一韵纯七古共28首,其中短篇最多,共有25首,比例为89.29%,中篇稀少,仅3首,比例为10.71%,无长篇和超长篇之作。南北朝一韵纯七古110首,短篇仍具有绝对优势,共有100首,比例为90.91%,中篇仅9首,比例为8.18%,长篇1首,即三十四句的庾信《杨柳歌》,无超长篇。初唐一韵纯七古4首,均为短篇之作,无中篇、长篇和超长篇。盛唐的一韵纯七古共100首,其中短篇计有82首,比例虽略有下降而为82%,但仍是一韵七古的主流篇幅种类,中篇计有14首,比例不高,为14%,但相对前几期的10%左右或无有,已然是一种进步,长篇计有4首,也大大超过了此前几期之和,这4首诗均为杜甫之作,分别是二十八句的《哀王孙》《病后遇王倚饮赠歌》,三十二句的《岳麓山道林二寺行》,三十四句的《可叹》。中唐一韵纯七古共88首,短篇计有52首,比例骤降为59.09%。相反,中篇、长篇和超长篇各种的数量和比例则有全面的提升,其中中篇计有18首,比例为20.45%;长篇计有9首,比例为10.23%,这9首诗,分别是二十六句的刘禹锡《唐侍御寄游道林岳麓二寺诗并沈中丞姚员外所和见征继作》,二十八句的白居易《达哉乐天行》,三十句的韩愈《酬司门卢四兄云夫院长望秋作》《华山女》、刘禹锡《和牛相公南溪醉歌见寄》,三十一句的韩愈《刘生诗》,三十二句的白居易《江南遇天宝乐叟》、韩愈《谒衡岳庙遂宿岳寺题门楼》,三十四句的白居易《秋日与张宾客舒著作同游龙门醉中狂歌凡二百三十八字》,其中刘禹锡2首,白居易3首,韩愈4首;超长篇也有9首,比例同样为10.23%,这9首诗,分别是四十句的韩愈《寒食日出游》《游青龙寺赠崔大补阙》《送区弘南归》、白居易《和微之诗二十三首·和酬郑侍御东阳春闷放怀追越游见寄》,四十八句的白居易《九日宴集醉题郡楼兼呈周殷二判官》,五十句的韩愈《赠崔立之评事》,五十九句的韩愈《陆浑山火和皇甫湜用其韵》,六十六句的韩愈《寄卢仝》《石鼓歌》,其中2首出自白居易,7首出自韩愈。晚唐一韵纯七古共51首,短篇之作计有44首,比例继上一期的缩减之后,又有不小的回暖,为86.27%,而直逼晋以前和南北朝两个时期,反观中篇,则仅有5首,比例为9.80%,长篇和超长篇亦各仅有1首,分别是二十六句的杜牧《大雨行》和四十八句的李商隐《安平公诗》。纵观六个时期四类篇幅的发展变化,主要有以下几个特点:一是,一方面,短篇的比例,有一个从高到低再到高的过程,其中前三个时期为高,盛唐稍降,最低的是中唐,到了晚唐才又有回升;另一方面,短篇的比例在各期虽时有高低,但一直是四种篇幅的主流样式,这一点是不变的,其中晋以前为89.29%,南北朝为90.91%、初唐为100%,盛唐为82%,中唐为59.09%,晚唐为86.27%,即使是最低的中唐,也有60%左右。二是,与短篇大致相反,中篇的地位,则有一个从低到高再到低的过程,其中晋以前、南北朝和初唐为低,盛唐稍扬,中唐最高,到了晚唐而又趋于低迷。三是,长篇和超长篇之作,主要集中于盛唐和中唐两个阶段,两个阶段,杜甫、刘禹锡、白居易和韩愈四人在这两项数据上贡献尤巨,特别是韩愈,他一人就倾力创作了六个时期26首长篇、超长篇中的11首,而其它四个阶段的这两类之作,不过区区4首而已,已见前列。

综合六个时期来看,381首一韵纯七古中,共有短篇314首,比例为82.41%,中篇41首,比例为10.76%,长篇16首,比例为4.20%,超长篇10首,比例为2.62%。由此可见,短篇之作堪称独占鳌头,而稍辅以中篇,至于长篇和超长篇两类则甚为零星。持此以与转韵纯七古的四类篇幅相比,不难发现,一韵纯七古中的短篇与中篇、长篇等之间的差距,要远甚于转韵纯七古,其中转韵纯七古各类的占比,分别为短篇53.02%,中篇36.12%,长篇8.90%,超长篇1.96%。后三种中,惟有超长篇一种的比例,转韵纯七古未能高于一韵纯七古,这不能不提,韩愈一人在其中所起的巨大作用。

五、小结

七古的篇幅,可大致分为短篇、中篇、长篇和超长篇四大类,以纯七古为例,短篇的长度大约在两句和十二句之间,中篇为十二句之上,二十四句以下,长篇为二十四句之上,四十句之下,超长篇为四十句以上者。转韵七古和一韵七古的篇幅特点不尽相同,宜加区别。

就转韵七古而言,短篇最常见的篇幅为八句和十二句,前者如汤惠休《白纻歌三首》(其一),后者如沈佺期《古歌》,偶尔也有十句者,如崔颢《长安道》,四句者,如熊甫《别歌》,六句者,如汉乐府《鸡鸣歌》。中篇最常见的篇幅为十六句、二十句和二十四句三种,十六句者,如戴叔伦《相思曲》,二十句者,如储光羲《同张侍御宴北楼》,二十四句者,如唐彦谦《蟹》,偶尔也有十四句者,如钱起《病鹤篇》,十八句者,如李商隐《烧香曲》,二十二句者,如萧绎《燕歌行》。长篇中,较常见的为二十八句和三十句者,前者如王翰《饮马长城窟》,后者如刘禹锡《吐绶鸟词》,偶尔也有二十六句、三十二句、三十六句、三十八句、三十四句等。超长篇中,相对有点优势的为四十句和四十八句两种,其中前者如薛逢《邻相反行》,后者如杜甫《洗兵马》,偶尔也有四十二句、四十六句、五十二句、六十八句、七十二句、八十八句、一百句、一百二十句等。主流的偶数篇幅之外,转韵七古也存在着为数不多的奇数篇幅,如七句、十一句、二十一句等。

就一韵七古而言,短篇最常见的为八句、四句和六句三种,八句者,如萧纲《乌夜啼》,四句者,如王建《宛转词》,六句者,如王嘉《皇娥歌》,偶尔也有十句、十二句、两句者。中篇相对常见的,有二十句者,如韩愈《山石》,还有二十二句者,如杜甫《寄韩谏议》,十四句者,如白居易《和微之诗二十三首·和自劝二首》(其二),偶尔也有十八句、十六句、二十四句者。长篇,如二十六句、二十八句、三十句、三十二句和三十四句等几种,出现的频率相差无多,惟三十六句和三十八句则暂未见。超长篇,最常见的是四十句一种,如韩愈《寒食日出游》等,偶尔也四十八句、五十句、六十六句,而最长者,则非郑嵎《津阳门诗》一首莫属,全诗共有 200 句之巨。同样的,主流的偶数篇幅之外,一韵七古也有些奇数篇幅,其中最常见的为五句和七句,五句如杜甫《曲江三章章五句》,七句如韩愈《昼月》,此外,还有三句、十七句、九句、十一句、十三句、十五句、三十一句、四十五句、五十九句等。

转韵七古的篇幅发展,约有以下几个特点:一是,就篇幅种类而言,横向上看,共有四句、六句、七句、八句、九句、十句、十一句、十二句、十三句、十四句、十五句、十六句等 38 种,而以偶数篇幅为主;纵向上看,其数量以中唐为最,次为盛唐,次为初、晚唐,次为南北朝,晋以前最少。此种特点的形成,与作品存量关系密切。二是,就各种篇幅的地位而言,横向上看,最为常见的 10 种篇幅,依次为八句、十二句、十六句、二十句、十句、二十四句、四句、十四句、十八句和二十八句;纵向上看,各段居前两到三位的篇幅,依次为晋以前的四句和十六句,南北朝的四句、十句和八句,初唐的八句、十二句和二十四句,盛唐的八句、十二句和十六句,中唐的十二句、八句和十六句,晚唐的八句、十二句和十六句并二十句。三是,就四类篇幅而言,横向上看,最多者为短篇,中篇次之,长篇和超长篇颇为少有;纵向上看,各个时期,亦无不以短篇为主,辅之以中篇,所异者,两者之间的比例多随时转移而互有升降。

一韵七古的篇幅发展,则有以下三个特点:一是,就篇幅种类而言,横向上看,共有二句、三句、四句、五句、六句、七句、八句、九句、十句、十一句、十二句等 31 种,也以偶数篇幅为主;纵向上看,其数量以中唐最多,共有 25 种,盛唐次之,晋以前再次之,南北朝与晚唐又次之,初唐最少,而仅有 2 种。二是就各种篇幅的地位而言,横向上看,居前十位的 10 种篇幅,依次为八句、四句、六句、五句、十句、十二句、七句、两句、二十句和二十二句;纵向上看,各段居前几位的篇幅,依次是晋以前的二句、四句和五句,南北朝的四句、五句和六句,初唐的八句和十句,盛唐的八句、六句、十句和五句,中唐的八句、四句、六句和二十句,晚唐的八句、十二句、十句和十七句。三是就四类篇幅而言,横向上看,和转韵七古一样,也是以短篇、中篇为主,长篇、超长篇颇罕见,且相互之间的差距又甚于转韵七古;纵向上看,各段大抵亦无不以短篇为主,而辅之以中篇,只是比例上微有消长而已。

第三章 一韵与转韵

一韵与转韵是七古用韵的两大类型,古今学者已多言之,其中一韵,往往又可分为平韵与仄韵两种。如《王文简古诗平仄论》在讨论七古平仄时,就将其分为"平韵到底""仄韵到底"和"换韵"三大类。① 王力《汉语诗律学》合五、七古而言之,也将它们分为"平韵古风""仄韵古风"和"转韵"三大类。② 惟一韵七古和转韵七古具体又有哪些种类,一韵七古与转韵七古的发展历程如何,尤其是两者在各个阶段的此消彼长,一韵七古、转韵七古与七古篇幅长短有何关系,诸如此类,似均少有专门的探讨,姑请论之。

一、一韵七古与转韵七古

就押韵方式中是否一韵到底而言,中国古代的七言古诗,可以分为一韵到底和转韵两大类。其中一韵到底又可进一步分为平韵和仄韵两种。以下将唐以前纯七言古诗的发展略分为六个时期,各举一首以见之。首先,一韵到底押平韵的七言古诗,晋以前的如陆机《燕歌行》一首:

---

① 翁方纲《王文简古诗平仄论》,《清诗话》本,上海古籍出版社1978年版,第224—242页。
② 王力《汉语诗律学》,上海教育出版社1979年版,第316—362页。

四时代序逝不追。寒风习习落叶飞。蟋蟀在堂露盈墀。念君远游常苦悲。君何缅然久不归。贱妾悠悠心无违。白日既没明灯辉。夜禽赴林匹鸟栖。双鸠关关宿河湄。忧来感物涕不晞。非君之念思为谁。别日何早会何迟。

南北朝的如庾信《乌夜啼》一首：

促柱繁弦非子夜。歌声舞态异前溪。御史府中何处宿。洛阳城头那得栖。弹琴蜀郡卓家女。织锦秦川窦氏妻。讵不自惊长泪落。到头啼乌恒夜啼。

初唐的如张说《遥同蔡起居偃松篇》一首：

清都众木总荣芬，传道孤松最出群。名接天庭长景色，气连宫阙借氤氲。悬池的的停华露，偃盖重重拂瑞云。不借流膏助仙鼎，愿将桢干捧明君。莫比冥灵楚南树，朽老江边代不闻。

盛唐的如李白《劳劳亭歌》一首：

金陵劳劳送客堂，蔓草离离生道傍。古情不尽东流水，此地悲风愁白杨。我乘素舸同康乐，朗咏清川飞夜霜。昔闻牛渚吟五章，今来何谢袁家郎。苦竹寒声动秋月，独宿空帘归梦长。

中唐的如韩愈《山石》一首：

山石荦确行径微，黄昏到寺蝙蝠飞。升堂坐阶新雨足，芭蕉叶大支子肥。僧言古壁佛画好，以火来照所见稀。铺床拂席置羹饭，疏粝亦足饱我饥。夜深静卧百虫绝，清月出岭光入扉。天明独去无道路，出入高下穷烟霏。山红涧碧纷烂漫，时见松枥皆十围。当流赤足蹋涧石，水声激激风吹衣。人生如此自可乐，岂必局束为人靰。嗟哉吾党二三子，安得至老不更归。

晚唐的如崔珏《道林寺》一首：

临湘之滨麓之隅,西有松寺东岸无。松风千里摆不断,竹泉泻入于僧厨。宏梁大栋何足贵,山寺难有山泉俱。四时唯夏不敢入,烛龙安敢停斯须?远公池上种何物,碧罗扇底红鳞鱼。香阁朝鸣大法鼓,天宫夜转三乘书。野花市井栽不著,山鸡饮啄声相呼。金槛僧回步步影,石盆水溅联联珠。北临高处日正午,举手欲摸黄金乌。遥江大船小于叶,远村杂树齐如蔬。潭州城郭在何处,东边一片青模糊。今来古往人满地,劳生未了归丘墟。长卿之门久寂寞,五言七字夸规模。我吟杜诗清入骨,灌顶何必须醍醐。白日不照耒阳县,皇天厄死饥寒躯。明珠大贝采欲尽,蚌蛤空满赤沙湖。今我题诗亦无味,怀贤览古成长吁。不如兴罢过江去,已有好月明归途。

其次,一韵到底押仄韵的七言古诗,晋以前的如王嘉《白帝子歌》一首:

四维八埏眇难极。驱光逐影穷水域。璇宫夜静当轩织。桐峰文梓千寻直。伐梓作器成琴瑟。清歌流畅乐难极。沧湄海浦来栖息。

南北朝的如鲍照《代拟行路难十八首》(其三)一首:

璇闺玉墀上椒阁。文窗绣户垂罗幕。中有一人字金兰。被服纤罗蕴芳藿。春燕差池风散梅。开帏对景弄禽雀。含歌揽涕恒抱愁。人生几时得为乐。宁作野中之双凫。不愿云间之别鹤。

初唐未见,盛唐的如杜甫《病后遇王倚饮赠歌》一首:

麟角凤觜世莫识,煎胶续弦奇自见。尚看王生抱此怀,在于甫也何由羡。且遇王生慰畴昔,素知贱子甘贫贱。酷见冻馁不足耻,多病沈年苦无健。王生怪我颜色恶,答云伏枕艰难遍,疟疢三秋孰可忍,寒热百日相交战。头白眼暗坐有胝,肉黄皮皱命如线。惟生哀我未平复,为我力致美肴膳。遣人向市赊香粳,唤妇出房亲自馔。长安冬菹酸且绿,金城土酥静如练。兼求富豪且割鲜,密沽斗酒谐终宴。故人情义晚谁似,令我手脚轻欲漩。老马为驹信不虚,当时得意况深眷。但使残年饱吃饭,只愿无事常相见。

中唐的如李贺《唐儿歌》一首:

头玉硗硗眉刷翠,杜郎生得真男子。骨重神寒天庙器,一双瞳人剪秋水。竹马梢梢摇绿尾,银鸾睒光踏半臂。东家娇娘求对值,浓笑画空作唐字。眼大心雄知所以,莫忘作歌人姓李。

晚唐的如韦庄《捣练篇》一首:

月华吐艳明烛烛,青楼妇唱捣衣曲。白袷丝光织鱼目,菱花绶带鸳鸯簇。临风缥缈叠秋雪,月下丁冬捣寒玉。楼兰欲寄在何乡,凭人与系征鸿足。

就转韵纯七言古诗而言,总的来看,以通篇使用两到四个韵部最为常见,其中通篇使用两个韵部的,如储光羲《新丰主人》一首:

新丰主人新酒熟,旧客还归旧堂宿。满酌香含北砌花,盈尊色泛南轩竹。云散天高秋月明,东家少女解秦筝。醉来忘却巴陵道,梦中疑是洛阳城。

此诗共两节,每节四句,首节押入声屋部,次节押平声庚部,通篇共用了两个韵部。类似的例子还有江总《姬人怨》、王勃《滕王阁》、李贺《雁门太守行》、杜牧《过骊山作》等。

使用三个韵部的如阳缙《侠客控绝影诗》一首:

青门小苑物华新。花开鸟弄会芳春。仙掌层台浮丽日。长楸广路起红尘。园中追寻桃李径。陌上逢迎游侠人。游侠英名驰上国。人马意气俱相得。白玉鹿卢秋水剑。青丝宛转黄金勒。复有鱼目并龙文。蹑影追风本绝群。影入吴门疑曳练。形来西北似浮云。寄语幽并驰射客。未肯推门持借君。

此诗为转韵诗,共三节,其中首节六句通押平声真谆部,次节四句押入声德部,末节六句押平声文部,①通篇共使用了三个韵部。类似的例子还有沈佺期《入少密溪》、李白《江上赠窦长史》、韦应物《送孙徵赴云中》、李商隐《河内诗二首》(其二)等。

使用四个韵部的如白居易《哭师皋》一首:

> 南康丹旐引魂回,洛阳篮舁送葬来。北邙原边尹村畔,月苦烟愁夜过半。妻孥兄弟号一声,十二人肠一时断。往者何人送者谁,乐天哭别师皋时。平生分义向人尽,今日哀冤唯我知。我知何益徒垂泪,篮舆回竿马回辔。何日重闻扫市歌,谁家收得琵琶伎。萧萧风树白杨影,苍苍露草青蒿气。更就坟前哭一声,与君此别终天地。

此诗为转韵诗,全诗共四节,其中首节两句押平声灰部,次节四句押去声翰部,第三节四句押平声支部,最后一节八句通押去声寘未部。类似的例子还有徐伯阳《日出东南隅行》、张说《城南亭作》、崔颢《孟门行》、李贺《绿章封事》、温庭筠《夜宴谣》等。

相对而言,通篇使用五、六个韵部的七言古诗比较少见,但也时能一遇,如使用五个韵部的如刘希夷《公子行》一首:

> 天津桥下阳春水,天津桥上繁华子。马声回合青云外,人影

---

① 本书有关韵部的判断,六朝诗以广韵系统为准,详见《宋本广韵》,北京市中国书店1982年版;唐诗以平水韵系统的《佩文诗韵释要》为准,见周兆基《佩文诗韵释要》,上海古籍出版社1982年版。

动摇绿波里。绿波荡漾玉为砂,青云离披锦作霞。可怜杨柳伤心树,可怜桃李断肠花。此日遨游邀美女,此时歌舞入娼家。娼家美女郁金香,飞来飞去公子傍。的的珠帘白日映,娥娥玉颜红粉妆。花际裴回双蛱蝶,池边顾步两鸳鸯。倾国倾城汉武帝,为云为雨楚襄王。古来容光人所羡,况复今日遥相见。愿作轻罗著细腰,愿为明镜分娇面。与君相向转相亲,与君双栖共一身。愿作贞松千岁古,谁论芳槿一朝新。百年同谢西山日,千秋万古北邙尘。

此诗共五节,其中首节四句押上声纸部,次节六句押平声麻部,第三节八句押平声阳部,第四节四句押去声霰部,末节六句押平声真部。类似的例子还有薛道衡《豫章行》、崔颢《代闺人答轻薄少年》、王建《温泉宫行》、陆龟蒙《庆封宅古井行》等。

使用六个韵部的如崔颢《江畔老人愁》一首:

江南年少十八九,乘舟欲渡青溪口。青溪口边一老翁,鬓眉皓白已衰朽。自言家代仕梁陈,垂朱拖紫三十人。两朝出将复入相,五世叠鼓乘朱轮。父兄三叶皆尚主,子女四代为妃嫔。南山赐田接御苑,北官甲第连紫宸。直言荣华未休歇,不觉山崩海将竭。兵戈乱入建康城,烟火连烧未央阙。衣冠士子陷锋刃,良将名臣尽埋没。山川改易失市朝,衢路纵横填白骨。老人此时尚少年,脱身走得投海边。罢兵岁馀未敢出,去乡三载方来旋。蓬蒿忘却五城宅,草木不识青豁田。虽然得归到乡土,零丁贫贱长辛苦。采樵屡入历阳山,刈稻常过新林浦。少年欲知老人岁,岂知今年一百五。君今少壮我已衰,我昔少年君不睹。人生贵贱各有时,莫见赢老相轻欺。感君相问为君说,说罢不觉令人悲。

此诗为转韵诗,共六节,其中首节四句押上声有部,次节八句押平声真部,第三节八句押入声月部,第四节六句押平声先部,第五节八句押上声麌部,末节六句押平声支部。类似的例子,还有张说《同赵侍御乾湖作》、钱起《玛瑙杯歌》、唐彦谦《蟹》等。

乃至还有使用七个韵部的,如宋之问《明河篇》、刘禹锡《西山兰若试茶歌》,八个韵部的,如江总《宛转歌》、高适《秋胡行》,九个韵部的,如岑参《与独孤渐道别长句兼呈严八侍御》、刘长卿《飞燕篇》,十个韵部的,如崔颢《渭城少年行》、韩愈《送僧澄观》。更有甚者,还有使用十一个韵部的,如权德舆《放歌行》,十二个韵部的,如张说《安乐郡主花烛行》,十四个韵部的,如卢照邻《长安古意》,十七个韵部的,如李商隐《偶成转韵七十二句赠四同舍》,十九个韵部的,如白居易《琵琶行》,二十六个韵部的,如骆宾王《代王道士王灵妃赠道士李荣》,三十一个韵部的,如白居易《长恨歌》。应该说,类似后面这几组的情况,就要罕见得多了。

二、一韵七古与转韵七古的历史发展

为了对一韵七言古诗与转韵七言古诗的发展历史,有一个全面的认识,本章拟将先秦迄晚唐七言古诗的发展史分为六个时期,依次为南北朝之前、南北朝、初唐、盛唐、中唐和晚唐。每个时期大多选择10位具有代表性的诗人进行考察,惟第一个阶段七言古诗较少,几无七言古诗代表性诗人,故全部予以审视。考察的内容,主要分一韵和转韵两大类,其中一韵又分平韵和仄韵两种。

据统计,南北朝之前的纯七言古诗,共有35首,其中一韵到底押平韵者最多,共有20首,如先秦《童谣》(吴王出游观震湖)、曹丕《燕歌行二首》、晋舞曲歌辞《白纻舞歌诗》(其三)、晋杂歌谣辞《大风歌》、王嘉《皇娥歌》、郭文《金雄诗》等;其次,为一韵到底押仄韵者,共有8首,如无名氏《穷劫曲》、《吴鼓吹曲十二首·克皖城》、谢道韫

《咏雪联句》、郭文《金雌诗》等。最后,为转韵诗者,这类诗的数量与一韵到底押仄韵者大体相当,共有7首,依次为汉乐府《鸡鸣歌》、晋杂歌谣辞《陇上为陈安歌》、晋舞曲歌辞《白纻舞歌诗》(其一)(其二)、熊甫《别歌》、王嘉《歌三首》(其三)、晋杂歌谣辞《越谣歌》等。综上可知,第一时期的纯七言古诗,一韵到底诗的数量远高于转韵诗,而为后者的四倍,其中一韵到底押平韵又多于一韵到底押仄韵者,而为后者的两倍强。

表一　南北朝纯七言古诗一韵与转韵分布情况表　(单位:首)

诗人\一韵与转韵	一韵到底		转韵	总计
	平韵	仄韵		
鲍　照	5	2	3	10
萧　衍	2	1	2	5
王　融	3	0	0	3
萧子显	3	1	3	7
萧　纲	7	1	6	14
萧　绎	6	3	4	13
庾　信	5	0	1	6
江　总	4	1	12	17
陈叔宝	1	0	4	5
杨　广	3	0	2	5
总　计	39	9	37	85

通过以上统计,可知南北朝纯七言古诗10位主要诗人共有一韵到底诗48首,其中一韵到底押平韵者,计有39首,一韵到底押仄韵者仅9首。从上个阶段两者的对比来看,此时它们之间的距离被进一步拉开了,数据上,前者约为后者的四倍强。另一方面,转韵诗的数量则有长足的进步,而达到了37首,几与一韵到底押平韵者持平。此段

的发展,有两点值得注意:一是除了鲍照外,此后诗人①的纯七言古诗创作,无论是一韵的,还是转韵的,大多都受到永明声律说的影响,而具有新体的特征。这类诗,后来之人,或笼统将它们归为古体,这种做法当然不可取,或在追溯近体渊源时,将它们视为半古半律的古律,这种做法,一定程度上,看到了这类诗的格律性质,也仍有不足。一则这类诗与盛唐及以后的拗体诗不一样,其格律,以后来成熟定型的近体格律观之,虽尚未完善,但在当时人看来,未必不是纯粹的格律诗,而无任何"古"的成分。因此,将它们看作古律并不合适。二则学者们在追溯近体诗的渊源时,往往以后例前,只将南北朝人一韵到底押平韵诗,视作近体的前身,而忽略了其它两类,即一韵到底押仄韵和转韵诗。二是如上所述,此阶段一韵到底诗,仍有一定的优势,如其中除江总和陈叔宝两位外,其他十位,无不是一韵到底诗的数量多于转韵诗,不过,转韵诗已呈现出追赶的趋势。这种改变,主要是从江总开始的,而且江总本人对于这一数据贡献尤巨。

表二　初唐纯七言古诗一韵与转韵分布情况表　（单位:首）

一韵与转韵 诗人	一韵到底		转韵	总计
	平韵	仄韵		
上官仪	0	0	1	1
骆宾王	0	0	1	1
卢照邻	0	0	2	2
李　峤	0	0	1	1
乔知之	0	0	2	2
王　勃	0	0	3	3

---

① 其中萧衍,史书或说他不喜声律,其实,从他的作品来看,并不能完全排除这种影响。

续表

一韵与转韵 诗人	一韵到底		转韵	总计
	平韵	仄韵		
刘希夷	2	0	5	7
沈佺期	0	0	2	2
宋之问	0	0	6	6
张　说	2	0	7	9
总　计	4	0	30	34

如上统计，初唐段10位代表诗人，共有纯七言古诗34首，其中无一韵到底押仄韵者，一韵到底押平韵者也仅4首，分别为刘希夷《江南曲八首》(其七)《独鹤篇》、张说《赠崔二安平公乐世词》《遥同蔡起居偃松篇》。相反，转韵诗在纯七言古诗总数不多的情况下，则高达30首。对此情况，也应该注意两点：一是，此时纯七言古诗一韵到底押平韵者，之所以大幅减少，主要是我们对七言诗进行了古、近体的区分，从而将近体七言排除在考察范围之外。而之前的南北朝虽已有古、新的不同，但因为作品总数较少，格律也还在发展初段，所以我们一并予以了考察。事实上，如果把初唐段其它仅失对、失粘或完全合律的七言诗算上，那么，这一时期，七言一韵到底诗的数量仍远超转韵诗，相关情况可参拙文《近体诗律研究》上编第三章和第四章。二是以上主要是针对纯七言古诗一韵与转韵两大类的对比而言，就一韵到底这一类来说，其中一韵到底押仄韵这一种，倒是确如表中所示，在这一时期进一步式微了，不仅无纯粹的古体之作或有非律句的新体之作，有失对或失粘或两者兼之的新体之作同样也几无可寻，更不用说完全合律的仄韵七律了。

表三　盛唐纯七言古诗一韵与转韵分布情况表　（单位：首）

一韵与转韵 诗人	一韵到底		转韵	总计
	平韵	仄韵		
王　翰	0	0	4	4
孟浩然	0	0	4	4
李　颀	0	0	25	25
孙　逖	0	0	3	3
高　适	2	2	11	15
王　维	2	2	10	14
李　白	15	0	36	51
崔　颢	2	0	7	9
杜　甫	53	17	65	135
岑　参	2	3	22	27
总　计	76	24	187	287

由上可知,此段共有纯七言古诗287首,其中一韵到底押平韵者,计有76首,一韵到底押仄韵者,计有24首,两类相加共有100首。一韵到底纯七言古诗,之所以继初唐之后,有了不小的回暖,主要与这一时期汉魏精神的号召、古风诗的重兴有关,具体表现有:一是纯粹七古在经过了南北朝和初唐两段的沉寂之后,又重新登上了舞台。如李白《劳劳亭歌》《赠潘侍御论钱少阳》《金陵酒肆留别》、杜甫《曲江三章章五句》《悲陈陶》《悲青板》等作。二是出现了一批半古半律的拗体之作,这类诗基本上是此前所不具有的,典型的如崔颢《黄鹤楼》《雁门胡人歌》、李白《鹦鹉洲》《江上吟》和杜甫《望岳》《寄岑嘉州》等三十几首拗体之作。转韵纯七言古诗,计有187首,相较初唐而言,其比例虽有下降,但仍占据着绝对的优势。值得注意的是,此一时期的转韵纯七言古诗,尚不纯粹,也就是说,它们中间还掺杂着

一些新体,甚至完全合律的诗,代表作如王维《桃源行》《洛阳女儿行》、李白《捣衣篇》《凤笙曲》等。①

表四　中唐纯七言古诗一韵与转韵分布情况表　（单位:首）

一韵与转韵 诗人	一韵到底		转韵	总计
	平韵	仄韵		
刘长卿	0	0	10	10
钱　起	0	1	14	15
韩　翃	0	0	15	15
韦应物	1	0	5	6
权德舆	1	4	12	17
王　建	2	6	42	50
韩　愈	26	7	16	49
白居易	20	5	12	37
刘禹锡	3	2	29	34
李　贺	6	4	59	69
总　计	59	29	214	302

由上可知,中唐的纯七言古诗,共有302首,其中转韵诗共有214首,约为总数的三分之二强,仍然保持着较大优势。一韵到底押平韵诗计有59首,一韵到底押仄韵诗计有29首,前者约为后者的两倍,它们相加之和为78首。总的来看,相较上一个时期,此时虽也有拗体之作,如白居易《晚秋夜》《答崔宾客晦叔十二月四日见寄》,但作品数量毕竟十分稀少,已远不如上一个时期杜甫一人就有三十几首诗的辉煌。换言之,此时期的一韵到底纯七古,从性质上来说,实更接近纯粹的古体,这从王建、李贺等人的诗,多连续押韵和句句押韵之

---

① 参拙文《论七言转韵律体的体制特征——兼及律体的判定标准》,《文学遗产》,2016年第2期。

作,也可见出。因为既为连续押韵或句句押韵,诗歌也就基本上与近体绝缘了。

表五　晚唐纯七言古诗一韵与转韵分布情况表　（单位:首）

一韵与转韵 诗人	一韵到底		转韵	总计
	平韵	仄韵		
杜　牧	6	0	1	7
李群玉	2	0	2	4
李商隐	2	1	12	15
温庭筠	3	3	39	45
陆龟蒙	0	2	7	9
唐彦谦	1	0	4	5
韦　庄	1	1	4	6
韩　偓	12	4	0	16
李咸用	8	5	4	17
王　毂	0	0	6	6
总　计	35	16	79	130

通过上表可知,此时共有纯七言古诗130首,其中转韵诗计有79首,一韵到底诗共有51首,其中一韵到底押平韵者,计有35首,一韵到底押仄韵者,计有16首。总的来看,此一时期的纯七言古诗,转韵诗无论是数量还是比例,均有所回落,而一韵到底诗的数量虽亦不如前一个时期,但比例却有所增加。值得注意的是,后者也包括一些为数不多的拗体之作,如杜牧《闻庆州赵纵使君与党项战中箭身死辄书长句》《赠李处士长句四韵》《题桐叶》《商山麻涧》、李群玉《规公业在净名得甚深义仆近获顾长康月宫真影对戴安道所画文殊走笔此篇以屈瞻礼》、李商隐《二月二日》、温庭筠《春晓曲》(押仄韵)、《经西坞偶题》、韩偓《闲步》(仅失对、失粘)等。

综上可知,一韵到底纯七言古诗,就数量而言,从南北朝之前的28首,到南北朝的48首,再到初唐的4首,再到盛唐的100首,再到中唐的88首,最后到晚唐的51首,有两个从少到多然后又趋式微的过程,其中第一个过程中,南北朝是高峰,第二个过程中,盛唐是高峰。就地位而言,即主要通过与转韵纯七言古诗的对比,一韵到底纯七言古诗除了在前两个时期占有优势外,此后的四个时期则明显处于下风。具体到一韵到底纯七言古诗的平韵和仄韵两类,相较而言,仄韵者虽然在各个时期所占的比例不尽相同,但它从头到尾一直处于劣势,则毫无疑问。再者,如果单就转韵纯七言古诗本身的数量而论,从南北朝之前的7首,到南北朝的37首,再到初唐的30首,再到盛唐的187首,再到中唐的214首,最后到晚唐的79首,其发展过程,基本上则经历了一个从小到多再到式微的过程,其中,盛唐和晚唐是这一个抛物线的顶点。

为了更充分地了解以上七言古诗发展特点的形成,还应注意下列两个事实。一是七言诗从南北朝之前单一的古体诗,到南北朝古、新体的分化,乃至入唐以后古、近体的区别,对于入唐以后,转韵七言古诗之所以能超越一韵七言古诗,其实起着至关重要的作用。也就是说,如果不分古、近体,而在七言诗的大框架下讨论一韵诗和转韵诗的升降,那么毫无疑问,一韵诗将始终远胜于转韵诗,这一点只要看看唐代七言诗两大宗七言绝句和七言律诗的诗歌数量和地位,便可了然。二是自从唐代各体声律渐次定型以来,古典诗歌主要有古体和近体两大类,这一点人所周知。问题是,还有一部分诗歌,并不好截然地归为古体或近体,这就是严羽所说的"古律",[①]如崔颢的《黄鹤楼》,杜甫的一系列拗体之作,尤其是拗体七律等。而对于此类作品,加上南北朝至初盛唐的一些新体之作,本文是将它们暂列在七

---

① 郭绍虞《沧浪诗话校释》,人民文学出版社1961年版,第74页。

言古诗中,加以一并考察的。也就是说,如果剔除这一部分作品,以较为纯粹的七言古诗作为标准,那么,南北朝以降的一韵到底纯七言古诗的数量将相应地有所减少,而尤以南北朝和盛唐最为突出。

最后,拟顺带在此作一辨析。关于一韵到底七言古诗的发展,王力先生有一个大致的判断,即"中唐以前,七古极少一韵到底的(柏梁体当然是例外),只有杜甫的七古有些是一韵到底。直到韩愈以后,一韵到底的七古才渐渐盛行"。① 这种意见我们不能苟同,即使以较为规整的一韵到底纯七言古诗而言,这类体式显然也不始于杜甫,早在南朝,鲍照的《拟行路难十八首》(其一)(其三)已是一韵到底七古。放眼唐代,年长于杜甫的李白,其《劳劳亭歌》《赠潘侍御论钱少阳》《金陵酒肆留别》《送族弟绾从军安西》《醉后答丁十八以诗讥余捶碎黄鹤楼》等,也均是纯粹的七言一韵古诗。

三、七古用韵与篇幅的关系

通过大量纯七言古诗的披阅,不难发现这样一个规律,即总的来看,转韵七言古诗的篇幅往往要胜于一韵到底七言古诗。这种用韵方式与诗歌篇幅相对应的规律,对于各个时期的绝大部分诗人来说,均能适用。由于南北朝之前的转韵诗颇为寥寥,且人不一两首,本部分对这一规律考察范围的确立,暂以南北朝为起点,而终于晚唐,共分五个时期,每个时期选择一位较具代表性的诗人,进行具体而微的观照。

首先考察的是南北朝段今存七古诗最多的诗人,即江总。如前所列,江总共有纯七言古诗 17 首。在这 17 首中,转韵诗共有 12 首,其中固然也有《乌栖曲》这样的四句短篇,《杂曲三首》(其一)《姬人

---

① 王力《汉语诗律学》,上海教育出版社 1979 年版,第 358 页。

怨》这样的八句短篇,但同时也不乏十六句的《杂曲三首》(其二)《梅花落》《秋日新宠美人应令诗》《新入姬人应令诗》,二十句的《杂曲三首》(其三)这样的中篇之什,甚至更有长达三十八句的长篇之作,即《宛转歌》。反观其5首一韵到底纯七言古诗,则无一例外为短篇之作,其中四句者有2首,为《怨诗二首》,六句者有1首,为《闺怨篇》(其二),八句者有1首,为《芳树》,十句者有1首为《闺怨篇》(其一)。如果将这两类诗的篇幅稍加平均,那么,一韵到底5首的平均篇幅约为32/5=6.4句,而转韵12首的平均篇幅则高达188/12=15.67句。由此可见,江总转韵纯七言古诗的篇幅实乃远高于一韵纯七言古诗。

再看初唐段今存七古诗最多的诗人张说。如前所示,张说共有纯七言古诗9首。在这9首诗中,转韵诗计有7首,其中虽也有短篇之什如八句的《离会曲》《巡边在河北作》,其篇幅尚不如张说仅有的2首一韵到底纯七言古诗,但在他的转韵诗中,更多的是如十六句的《城南亭作》,二十句的《奉和圣制初入秦川路寒食应制》《时乐鸟篇》这样的中篇之作,或者像二十六句的《同赵侍御乾湖作》,四十二句的《安乐郡主花烛行》这样的长篇之什。如果也将以上两类诗的篇幅略加平均,那么一韵到底2首的平均篇幅为10句,而转韵7首的平均篇幅则高达140/7=20句。可见张说转韵纯七言古诗的篇幅同样也远胜于一韵纯七言古诗。

盛唐段我们选择了李白进行考察,李白所作七古的数量为唐人第二,仅次于杜甫。如前表所列,李白共有纯七言古诗51首。在这51首诗中,转韵诗计有36首,其中固然也有短篇之什,如六句的《乌夜啼》,七句的《乌栖曲》,八句的《采莲曲》《金陵城西楼月下吟》《赤壁歌送别》《怀仙歌》等,十句的《送程刘二侍郎兼独孤判官赴安西幕府》《与诸公送陈郎将归衡阳》等,十二句的《走笔赠独孤驸马》《南陵别儿童入京》等,但大半以上则是中篇之作,如十六句的《凤吹笙曲》

《峨眉山月歌送蜀僧晏入中京》等,十七句的《侍从宜春苑奉诏赋龙池柳色初青听新莺百啭歌》,十八句的《醉后赠从甥高镇》,二十句的《金陵歌送别范宣》,二十二句的《西岳云台歌送丹丘子》,或长篇之作,如二十六句的《捣衣篇》,三十句的《当涂赵炎少府粉图山水歌》。反观其15首一韵到底之作,则十有八九为短篇之什,如五句的《荆州歌》,六句的《金陵酒肆离别》《送羽林陶将军》《酬宇文少府见赠桃竹书筒》,七句的《白纻辞三首》(其三),八句的《送族弟绾从军安西》《鹦鹉洲》,十句的《劳劳亭歌》,十二句的《江上吟》等。仅剩的一篇,虽为中篇之作,但几乎可以说是最短的中篇了,即《醉后答丁十八以诗讥余捶碎黄鹤楼》。如果将以上两类诗的篇幅各自平均的话,那么,一韵到底15首的平均篇幅约为8.53句,而转韵36首的平均篇幅则约为12.5句。可见,对于李白而言,转韵纯七言古诗的篇幅依然要长于一韵纯七言古诗。

再看中唐段今存七言古诗最多的诗人白居易。如表所示,白居易今共存纯七言古诗37首。在这37首中,一韵诗共有25首,其中固然也有中篇之作,如十四句的《对镜吟》、十六句的《舒员外游香山寺数日不归兼辱尺书大夸胜事时正值坐衙虑囚之际走笔题长句以赠之》,长篇之作,如三十二句的《江南遇天宝乐叟》、三十四句的《秋日与张宾客舒著作同游龙门醉中狂歌凡二百三十八字》,甚至超长篇之作,如四十八句的《九日宴集醉题郡楼兼呈周殷二判官》,但更多的则是短篇之什,如六句的《重题西时寺牡丹》《临都驿送崔十八》,八句的《闻微之江陵卧病以大通中散碧腴垂云膏寄之因题四韵》《晚秋夜》《答崔宾客晦叔十二月四日见寄》,十句的《题灵岩寺》,十二句的《花前叹》。反观12首转韵诗,其中虽然也有短篇之什,如八句的《闲吟》,十二句的《东墟晚歇》,但大多数则是中篇之作,如十六句的《和微之诗二十三首·和雨中花》、十八句的《哭师皋》、二十句的《放旅雁》,或长篇之作,如三十二句的《小童薛阳陶吹觱栗歌》、三十八句的《劝酒》,乃甚超长篇之作,如八十八句的《琵琶行》、一百二十句的《长恨歌》。如果也将以上两类诗的篇幅各自平均,那么,一韵到底25首的平均篇幅约为16.56句,而转韵12首的平均篇幅则高达33.5句,为前者的两倍强。由此可见,在白居易身上,转韵纯七言古诗的篇幅,同样远大于一韵纯七言古诗。

最后看晚唐段今存七言古诗最多的诗人温庭筠。如表所列,温庭筠今共存纯七言古诗45首。在这45首中,转韵诗计有39首,其中虽然也有短篇之什,如八句的《莲浦谣》《照影曲》《雍台歌》《吴苑行》《常林欢歌》,十二句的《织锦词》《遐水谣》《锦城曲》《雉场歌》《塞寒行》,但也有为数不少的中篇之作,如十四句的《汉皇迎春词》,十六句的《夜宴谣》《晓仙谣》《舞衣曲》,二十句的《鸡鸣埭曲》《张静婉采莲歌》《春江花月夜词》,乃至长篇之作,如三十句的《醉歌》。反观,温氏仅有的6首一韵到底纯七言古诗,则清一色为短篇之什,其中八句有5首,如《三洲词》《经西坞偶题》《春晓曲》等,十句有1首,即《七夕》。如果照样将以上两类诗的篇幅稍予平均,那么,一韵到底6首的平均篇幅约为8.33句,而转韵39首的平均篇幅则约为12.62句。由于晚唐纯七言古诗篇幅的总体性收缩,以上两类平均篇幅的差距,虽不像上述前几段那样大,但仍可见出,温庭筠转韵纯七言古诗的篇幅,也是大于一韵到底纯七言古诗。

以上七言古诗特点的形成,究其原因,主要与转韵诗,韵部既多,可选用之字较为丰富,在具体下笔时,也就更为灵活,便于腾挪有关。而一韵到底诗,由于单个韵部里的字,数量毕竟有限,如果付诸短篇,乃至中篇,或许还有一定的余地,但一旦涉及长篇,便难免捉襟见肘,这是转韵七古的篇幅往往胜于一韵七古的根本原因,也是主要原因。不过,对于以上特点的认识,还应充分注意到以下三类情况。

一是转韵七古的篇幅往往长于一韵七古,并不代表各个诗人的每一首诗歌均是如此。如庾信今存纯七言古诗6首,其中最长的一首,是为一韵到底而非转韵的三十四句的《杨柳歌》,同时我们也应注意到,庾信其余的4首一韵到底纯七言古诗,其中3首为四句,1首为八句,篇幅均不长。如果将两类诗各自平均,那么,其转韵纯七古的平均篇幅则高达28句,而一韵纯七古的平均篇幅则仅约为54/5 = 10.8句。可见,总的来看,庾信转韵七古的篇幅仍长于一韵七古。

二是转韵七古的篇幅往往长于一韵七古,还应注意到其中的偶然性因素。如李商隐今存纯七言古诗15首,其中一韵到底者3首,其中的《二月二日》和《无题四首》(其四)虽各仅有八句,但《安平公诗》一首却高达四十八句。因此,这类诗的平均篇幅并不低,而约为21.33句。反观李商隐的12首转韵诗,虽也有长篇之作如三十六句的《河阳诗》,或超长篇之作如七十二句的《偶成转韵七十二句赠四同舍》等,但如果将这些诗与那些短、中篇之作略加平均的话,其平均篇幅也不过为21句,较之一韵到底还略有不及。这种结果的出现,其实主要与李商隐一韵纯七言古诗的作品数量较少,存在一定的偶然性有关。

三是转韵七古的篇幅往往长于一韵七古,主要是就发展大势而言的,在这种大的潮流中,难免也有例外,也有迥异于诸家的个人特色的彰显,韩愈就是这种例子。据统计,韩愈今存纯七言古诗共有49首。在这49首中,转韵和一韵分别计有16首和33首,其中转韵诗中固然有中篇之作,如十六句的《短灯檠歌》《芍药歌》,二十句的《汴泗交流赠张仆射》《赠刘师服》,长篇之作,如二十八句的《记梦》,三十二句的《题西白涧》,三十六句的《送僧澄观》,三十八句的《桃源图》。然而,一韵到底诗的中篇和长篇则更多,前者如二十句的《山石》《杏花》,二十二句的《和虞部卢四酬翰林钱七赤藤杖歌》《射训狐》,后者如三十句的《酬司门卢四兄云夫院长望秋作》,三十一句的《刘生诗》,三十二句的《谒衡岳庙遂宿岳寺题门楼》,甚至还有超长篇之作,如五十句的《赠崔立之评事》,五十九句的《陆浑山火和皇甫混用其韵》，六十六句的《寄卢仝》等。如果将以上两大类诗的所有作品稍事平均，那么，转韵16首的平均篇幅约为21.44句，而一韵33首的平均篇幅则高达23.52句。可见，在韩愈的创作中，一韵到底纯七言古诗的篇幅并不亚于转韵纯七言古诗。

四、小结

依是否一韵到底，七言古诗可大致分为一韵到底和转韵两大类。其中，一韵到底七古又可分为平韵和仄韵两种。转韵七古，多数均押两到四个韵部，押四个以上韵部的转韵七古较少，但并非不存在，甚至所押韵部有多至十四个的，如卢照邻《长安古意》，十九个的，如白居易《琵琶行》，二十六个的，如骆宾王《代王道士王灵妃赠道士李荣》，三十一个的，如白居易《长恨歌》等。

先秦迄晚唐，一韵七古与转韵七古的历史发展，可大致分为南北朝之前、南北朝、初唐、盛唐、中唐和晚唐六个时期。总的来看，就数量而言，一韵纯七古的发展，有两个从少到多然后又趋于式微的过程，其中第一个过程中，南北朝是高峰，第二个过程中，盛唐是高峰；转韵纯七古的发展，则经历了一个从少到多再到衰落的过程，其中，盛唐和晚唐是这一个抛物线的顶点。就地位而言，一韵纯七古除了在前两个时期占有优势外，此后的四个时期则转而不如转韵纯七古。具体到一韵纯七古的平韵和仄韵两类，可以说，仄韵从头到尾一直处于劣势，而不如平韵者之蓬勃。以上特点的形成，应该充分注意到两个事实：一是南北朝以来，七言诗的古、近体，乃至古、新、近体的区分。二是唐代之前的新体诗和唐代半古半律的拗体诗，严格来说，均不宜截然地划为古体或近体。

就用韵方式与诗歌篇幅的对应关系来看，有这样一个规律，即转韵七言古诗的篇幅往往要胜于一韵七言古诗，这一点不但对江总、张说、李白、白居易、温庭筠等各个时期七古存诗最多或较多的诗人来说是如此,就是对各个时期其余绝大部分诗人来说,也是如此。个中原因,应与转韵诗韵部既多,可供选择的韵字较富,创作时更为灵活多变,而一韵诗单个韵部中的韵字,数量既有限,付诸实践,难免疲于应付有关。对此规律的认识,应充分认识以下三种情况:一是转韵七古的篇幅往往长于一韵七古,并不代表各个诗人的每一首七言古诗都是如此,如庾信《杨柳歌》一首为其七古中之最长者,而此诗实为一首一韵七古。二是转韵七古的篇幅往往长于一韵七古,还应充分考虑到作品存量多寡带来的偶然性。如李商隐由于一韵七古无多,仅有3首,而导致其一韵七古的篇幅并不亚于转韵七古。三是转韵七古的篇幅往往长于一韵七古,是就古今七古诗创作的大势而言的,在这一大背景下,并不排除个别诗人的独出心裁。如韩愈,其七古创作中,一韵七古的平均篇幅就长于转韵七古。

第四章 首句押韵与否

过去人们常认为七言诗的首句往往以入韵为主,包括在讲到近体诗的用韵时,也会表露大致的意思,如王力《诗词格律》所云:"七律第一句,多数是押韵的。"①具体到七言古诗的首句用韵,王力在《汉语诗律学》中也有过简短的说明,即:"七古的首句入韵,比之七律的首句入韵却更为常见。"②以上看法大体上并无不妥,只是略显宽泛。如果我们要问,七言古诗首句入韵与否的比例为多少,各个时期的总体情况如何,某个时期各个诗人之间又有何区别,七言古诗首句固然以入韵为主,但不入韵的原因又有哪些? 诸如此类,目前的研究似仍给不出一个有力的回应。

一、七古首句押韵与否的分类

本文的讨论对象仍为较为齐整的纯七言古诗,杂言七言古诗等的首句用韵情况较为多样而复杂,将来拟另文分析。就纯七言古诗的首句用韵而言,一韵到底诗与转韵诗宜分别论之,其中一韵到底又可分为平韵和仄韵两种。首先,一韵到底平韵纯七言古诗,常见的多为首句入韵,这样的例子可谓不胜枚举。如高适《寄宿田家》一首:

---

① 王力《诗词格律》,中华书局 2000 年版,第 21 页。
② 王力《汉语诗律学》,上海教育出版社 1979 年版,第 363 页。

田家老翁住东陂,说道平生隐在兹。鬓白未曾记日月,山青每到识春时。门前种柳深成巷,野谷流泉添入池。牛壮日耕十亩地,人闲常扫一茅茨。客来满酌清尊酒,感兴平吟才子诗。岩际窟中藏鼹鼠,潭边竹里隐鸲鹆。村墟日落行人少,醉后无心怯路歧。今夜只应还寄宿,明朝拂曙与君辞。

又如白居易《醉后狂言酬赠萧殷二协律》一首:

馀杭邑客多羁贫,其间甚者萧与殷。天寒身上犹衣葛,日高甑中未拂尘。江城山寺十一月,北风吹沙雪纷纷。宾客不见绨袍惠,黎庶未沾襦袴恩。此时太守自惭愧,重衣复衾有馀温。因命染人与针女,先制两裘赠二君。吴绵细软桂布密,柔如狐腋白似云。劳将诗书投赠我,如此小惠何足论。我有大裘君未见,宽广和暖如阳春。此裘非缯亦非纩,裁以法度絮以仁。刀尺钝拙制未毕,出亦不独裹一身。若令在郡得五考,与君展覆杭州人。

两诗中,高适诗通篇押平声支部,其中首句"田家老翁住东陂"末字"陂"入韵,白居易诗,全篇通押真文元部,其中首句"馀杭邑客多羁贫"末字"贫"入韵,故两诗均为首句押韵。

一韵到底平韵纯七言古诗,首句不押者,虽然不多,但也时能一见,如李白《鹦鹉洲》一首:

鹦鹉来过吴江水,江上洲传鹦鹉名。鹦鹉西飞陇山去,芳洲之树何青青。烟开兰叶香风暖,岸夹桃花锦浪生。迁客此时徒极目,长洲孤月向谁明。

又如杜牧《题桐叶》一首:

去年桐落故溪上,把笔偶题归燕诗。江楼今日送归燕,正是去年题叶时。叶落燕归真可惜,东流玄发且无期。笑筵歌席反惆怅,明月清风怆别离。庄叟彭殇同在梦,陶潜身世两相遗。一丸五色成虚语,石烂松薪更莫疑。哆侈不劳文似锦,进趋何必利如锥。钱神任尔知无敌,酒圣于吾亦庶几。江畔秋光蟾阁镜,槛前山翠茂陵眉。樽香轻泛数枝菊,檐影斜侵半局棋。休指宦游论巧拙,只将愚直祷神祇。三吴烟水平生念,宁向闲人道所之。

以上两首诗,李白一首全篇通押庚青部,而首句"鹦鹉来过吴江水"末字"水"不入韵,杜牧一首通篇押平声支部,而首句"去年桐落故溪上"末字"上"亦不入韵,因此两诗均为首句不入韵。

其次,一韵到底仄韵纯七言古诗,同样也以首句入韵者为主,例子甚多,如岑参《醉后戏与赵歌儿》一首:

秦州歌儿歌调苦,偏能立唱濮阳女。座中醉客不得意,闻之一声泪如雨。向使逢着汉帝怜,董贤气咽不能语。

又如陆龟蒙《五歌·雨夜》一首:

屋小茅干雨声大,自疑身著蓑衣卧。兼似孤舟小泊时,风吹折苇来相佐。我有愁襟无可那,才成好梦刚惊破。背壁残灯不及萤,重挑却向灯前坐。

两诗中,岑参一首全篇通押上声语麌部,其中首句"秦州歌儿歌调苦"末字"苦"入韵,陆龟蒙一首全篇押去声个部,其中首句"屋小茅干雨声大"末字"大"入韵,因此两诗亦为常见的首句押韵。

同样的,一韵到底仄韵纯七言古诗首句不入韵者,也较为稀见,如杜甫《可叹》一首:

天上浮云如白衣,斯须改变如苍狗。古往今来共一时,人生万事无不有。近者抉眼去其夫,河东女儿身姓柳。丈夫正色动引经,酆城客子王季友。群书万卷常暗诵,孝经一通看在手。贫穷老瘦家卖屐,好事就之为携酒。豫章太守高帝孙,引为宾客敬颇久。闻道三年未曾语,小心恐惧闭其口。太守得之更不疑,人生反覆看亦丑。明月无瑕岂容易,紫气郁郁犹冲斗。时危可仗真豪俊,二人得置君侧否。太守顷者领山南,邦人思之比父母。王生早曾拜颜色,高山之外皆培塿。用为羲和天为成,用平水土地为厚。王也论道阻江湖,李也丞疑旷前后。死为星辰终不灭,致君尧舜焉肯朽。吾辈碌碌饱饭行,风后力牧长回首。

又如韩愈《河南令舍池台》一首:

灌池才盈五六丈,筑台不过七八尺。欲将层级压篱落,未许波澜量斗石。规摹虽巧何足夸,景趣不远真可惜。长令人吏远趋走,已有蛙黾助狼籍。

以上两诗,杜甫一首通篇押上声有部,而首句"天上浮云如白衣"末字"衣"显然不入韵,韩愈一首通篇押入声陌部,而首句"灌池才盈五六丈"末字"丈"亦不入韵,因此两诗均为首句而不入韵者。

再次,与一韵到底纯七言古诗通篇仅有一处首句不同,转韵纯七言古诗则因转韵次数的不同,其首句的数量也相应地有所增加。总的来看,转韵纯七言古诗各节的首句也均以首句入韵为主,相关例子,如刘希夷《代悲白头翁》一首:

洛阳城东桃李花,飞来飞去落谁家。洛阳女儿惜颜色,坐见落花长叹息。今年花落颜色改,明年花开复谁在。已见松柏摧为薪,更闻桑田变成海。古人无复洛城东,今人还对落花风。年年岁岁花相似,岁岁年年人不同。寄言全盛红颜子,应怜半死白头翁。此翁白头真可怜,伊昔红颜美少年。公子王孙芳树下,清歌妙舞落花前。光禄池台开锦绣,将军楼阁画神仙。一朝卧病无相识,三春行乐在谁边。宛转蛾眉能几时,须臾鹤发乱如丝。但看古来歌舞地,惟有黄昏鸟雀悲。

又如李商隐《烧香曲》一首:

钿云蟠蟠牙比鱼,孔雀翅尾蛟龙须。漳宫旧样博山炉,楚娇捧笑开芙蕖。八蚕茧绵小分炷,兽焰微红隔云母。白天月泽寒未冰,金虎含秋向东吐。玉佩呵光铜照昏,帘波日暮冲斜门。西来欲上茂陵树,柏梁已失栽桃魂。露庭月井大红气,轻衫薄细当君意。蜀殿琼人伴夜深,金銮不问残灯事。何当巧吹君怀度,襟灰为土填清露。

所列两诗中,刘希夷一首全诗共六节,第一节共两句,押平声麻部,首句末字"花"入韵,第二节亦两句,押入声职部,首句末字"色"入韵,第三节四句,押上声贿部,首句末字"改"入韵,第四节六句,押平声东部,首句末字"东"入韵,第五节八句,押平声先部,首句末字"怜"入韵,第六节四句,押平声支部,首句末字"时"入韵;李商隐一首全诗共五节,第一节共四句,通押平声鱼虞部,首句末字"鱼"入韵,第二节亦四句,通押上声麌有部,首句末字"炷"入韵,第三节亦四句,押平声元部,首句末字"昏"入韵,第四节亦四句,押去声寘部,首句末句"气"入韵,末节两句,押去声遇部,首句末字"度"入韵。因此,以上两诗各节的首句均押韵。

和一韵到底纯七言古诗一样,转韵纯七言古诗首句不入韵的例子也较为罕有。如果偶有如此者,那么,也多发生于转韵纯七言古诗首节的首句,也就是这首诗的篇首。如宋之问《寒食江州满塘驿》一首:

去年上巳洛桥边,今年寒食庐山曲。遥怜巩树花应满,复见吴洲草新绿。吴洲春草兰杜芳,感物思归怀故乡。驿骑明朝宿何处,猿声今夜断君肠。

又如李颀《送刘十》一首:

三十不官亦不娶,时人焉识道高下。房中唯有老氏经,枥上空馀少游马。往来嵩华与函秦,放歌一曲前山春。西林独鹤引闲步,南涧飞泉清角巾。前年上书不得意,归卧东窗兀然醉。诸兄相继掌青史,第五之名齐骠骑。烹葵摘果告我行,落日夏云纵复横。闻道谢安掩口笑,知君不免为苍生。

两诗中,宋之问一首全诗共两节,首节四句押入声沃部,首句末字"边"不入韵,而第二节的首句为入韵之句;李颀一首,全诗共四节,首节四句押上声马部,首句末字"娶"不入韵,而其余三节的首句均为入韵之句。类似的例子,还有江总《秋日新宠美人应令诗》、张说《巡边在河北作》、杜甫《秋雨叹三首》(其一)、王建《送衣曲》、顾云《筑城篇》等。可见,转韵七古如不入韵,则多发生于篇首。

相对来说,转韵纯七言古诗首句不入韵,而发生于首节之后的,则极其少见。姑录两首,以为例证,如乔知之《和李侍郎古意》一首:

妾家巫山隔汉川,君度南庭向胡苑。高楼迢递想金天,河汉昭回更怆然。夜如何其夜未央,闲花照月愁洞房。自矜夫婿胜王昌,三十曾作侍中郎。一从流落戍渔阳,怀哉万恨结中肠。南山幂幂兔丝花,北陵青青女萝树。由来花叶同一根,今日枝条分两处。三星差池光照灼,北斗西指秋云薄。茎枯花谢枝憔悴,香销色尽花零落。美人长叹艳容萎,含情收取摧折枝。调丝独弹声未移,感君行坐星岁迟。闺中宛转今若斯,谁能为报征人知。

又如王建《赠离曲》一首:

合欢叶堕梧桐秋,鸳鸯背飞水分流。少年使我忽相弃。雌号雄鸣夜悠悠。夜长月没虫切切,冷风入房灯焰灭。若知中路各西东,彼此不忘同心结。收取头边蛟龙枕,留著箱中双雉裳。我今焚却旧房物,免使他人登尔床。

上引两首,乔知之一首,全诗共五节,其中第三节为一个四句节,通押去声御遇部,首句末字"花"显然不入韵,而此诗的首节和其余各节的首句则均入韵;王建一首,全诗共三节,每节均四句,末节押平声阳部,而首句末字"枕"显然也不入韵,而反观前两节的首句则均为入韵之句。可见,以上两首诗,虽有首句不入韵者,但均发生于首节之后,而非篇首。

甚至还有首节首句和首节后某节的首句同时不押韵的,如江总《新入姬人应令诗》一首:

> 洛浦流风漾淇水。秦楼初日度阳台。玉轵轻轮五香散。金灯夜火百花开。非是妖姬渡江日。定言神女隔河来。来时向月别姮娥。别时清吹悲箫史。数钱拾翠争佳丽。拂红点黛何相似。本持纤腰惑楚宫。暂回舞袖惊吴市。新人羽帐挂流苏。故人网户织蜘蛛。梅花柳色春难遍。情来春去在须臾。不用庭中赋绿草。但愿思著弄明珠。

又如杜甫《观公孙大娘弟子舞剑器行》一首:

> 昔有佳人公孙氏,一舞剑气动四方。观者如山色沮丧,天地为之久低昂。爥如羿射九日落,矫如群帝骖龙翔。来如雷霆收震怒,罢如江海凝清光。绛唇珠袖两寂寞,况有弟子传芬芳。临颍美人在白帝,妙舞此曲神扬扬。与余问答既有以,感时抚事增惋伤。先帝侍女八千人,公孙剑器初第一。五十年间似反掌,风尘倾动昏王室。梨园子弟散如烟,女乐馀姿映寒日。金粟堆南木已拱,瞿唐石城草萧瑟。玳筵急管曲复终,乐极哀来月东出。老夫不知其所往,足茧荒山转愁疾。

两诗中,江总一首共三节,每节六句,首节押平声灰部,而首句末字"水"不入韵,此外,第二节押上声纸部,而首句末字"娥"亦不入韵;杜甫一首共两节,首节十四句押平声阳部,而首句末字"氏"不入韵,

第二节十二句押入声质部,而首句末字"人"不入韵。因此,上列二诗均为篇首和篇中首句不入韵兼而有之。

一般来说,对于一韵纯七言古诗来说,首句入韵与否是自由的,这一点对于转韵纯七言古诗来说,大抵也是如此,但假如转韵纯七言古诗中存在二句节,那么,这些二句节的首句则必入韵。也就是说,绝对不可能存在首句不入韵的二句节。这种例子甚多,如南朝以来的乐府系列《东飞伯劳歌》便是这方面的典型例证。至于《全唐诗》(全十五册)所录李贺《河南府试十二月乐词·四月》一首,二句节"晓凉暮凉树如尽,千山浓绿生云外",①表面看似属于首句不入韵,而超越了二句节首句必入韵这一规律,实则,李诗此节首句的末字并不作"尽",而为"盖"。②

二、七古首句押韵与否的历史发展及其特点

为了对七古首句押韵的发展过程有一个全面的认识,本部分拟用计量统计的方法,对南北朝至晚唐的相关创作做一番系统的考察。应该说明的是,由于南朝鲍照之前的七古诗几乎为清一色的句句押韵诗,其中首句必然入韵,所以对此以前七古诗的首句用韵情况,完全没有审视的必要。南朝鲍照以后,七言隔句押韵的风气初萌,并逐渐蔚为大观,首句押韵与否才有了选择的余地。有鉴于此,我们仍将南北朝至晚唐这一长段时间分为五个时期,每个时期,一韵到底七古和转韵七古分别进行统计,统计的名目主要有首句押韵与首句不押韵两项。至于一韵到底七古中的平韵与仄韵有否分别,为避繁琐,不

---

① 《全唐诗》(全十五册)第六册,中华书局1999年版,第4410页。
② 详见《全唐诗》卷三百九十,钦定四库全书本。《全唐诗》(全二十五册)第十二册,中华书局1960年版,第4397页。

另在表中设项,而是在文后作一个相关的交待。首句不入韵者,无论是一韵还是转韵,数量均不多,故特在表下悉数列出。五个时期纯七言古诗的首句用韵情况,如下所示。

表一　南北朝纯七言古诗首句用韵情况表　（单位:首）

首句押否 诗人	一韵到底		转韵		总计
	押韵	不押	押韵	不押	
鲍　照	6	1	3	0	10
王　融	3	0	0	0	3
萧　衍	3	0	2	0	5
萧子显	4	0	3	0	7
萧　纲	5	3	6	0	14
萧　绎	7	2	4	0	13
庾　信	2	3	1	0	6
江　总	4	1	8	4[2]①	17
陈叔宝	0	1	4	0	5
杨　广	3	0	2	0	5
总　计	37	11	33	4[2]	85

由表中可知,此段共有纯七言古诗 85 首。在这 85 首中,一韵到底者 48 首,其中首句不押者,共有 11 首,分别是鲍照《代拟行路难十八首》(其一)、萧纲《上留田行》《乌夜啼》《和萧侍中子显春别诗四首》(其二)、萧绎《春别应令诗四首》(其二)、《别诗二首》(其二)、庾信《乌夜啼》《代人伤往诗二首》、江总《闺怨篇》(其二)、陈叔宝《玉树后庭花》;转韵者 37 首,其中首句不押者 4 首,分别是江总《杂曲三首》(其一)、《宛转歌》、《秋日新宠美人应令诗》、《新入姬人应令诗》,4 首中,《宛转歌》一首,首句不押位于篇中,《新入姬人应令诗》

---

① 括号者,表示不押韵之处有位于篇中者,而非常见的篇首。

一首,首句不押有 2 处,分别位于篇首和篇中。

表二 初唐纯七言古诗首句用韵情况表 （单位:首）

首句押否 / 诗人	一韵到底		转韵		总计
	押韵	不押	押韵	不押	
上官仪	0	0	1	0	1
骆宾王	0	0	0	1[1]	1
卢照邻	0	0	2	0	2
李 峤	0	0	1	0	1
乔知之	0	0	1	1[1]	2
王 勃	0	0	3	0	3
刘希夷	2	0	4	1	7
沈佺期	0	0	2	0	2
宋之问	0	0	5	1	6
张 说	2	0	6	1	9
总 计	4	0	25	5[2]	34

由表中可知,此段共有纯七言古诗 34 首。在这 34 首中,一韵到底 4 首,无首句不入韵者;转韵 30 首,首句不入韵 5 首,分别为骆宾王《代女道士王灵妃赠道士李荣》、乔知之《和李侍郎古意》、刘希夷《江南曲八首》(其八)、宋之问《寒食江州满塘驿》、张说《巡边在河北作》,其中骆宾王一首有 2 处首句不入韵,一在篇首,一在篇中,乔知之一首,首句不入韵在篇中,而异于一般之在篇首者。

表三 盛唐纯七言古诗首句用韵情况表 （单位:首）

首句押否 / 诗人	一韵到底		转韵		总计
	押韵	不押	押韵	不押	
王 翰	0	0	4	0	4
孟浩然	0	0	3	1	4

续表

首句押否\诗人	一韵到底		转韵		总计
	押韵	不押	押韵	不押	
李　颀	0	0	21	4	25
孙　逖	0	0	3	0	3
高　适	3	1	11	0	15
王　维	4	0	9	1	14
李　白	13	2	35	1	51
崔　颢	2	0	7	0	9
杜　甫	55	15	55	10[1]	135
岑　参	5	0	22	0	27
总　计	82	18	170	17	287

由表中可知，此段共有纯七言古诗287首。在这287首中，一韵到底100首，其中首句不押者共18首，分别为高适《九日酬颜少府》，李白《醉后答丁十八以诗讥余槌碎黄鹤楼》《鹦鹉洲》，杜甫《悲青坂》《病后遇王倚饮赠歌》《阆水歌》《可叹》《前苦寒行二首》（其一）、《忆昔行》《郑驸马宅宴洞中》《崔氏东山草堂》《早秋苦热堆案相仍》《九日》《十二月一日三首》（其一）（其二）、《立春》《七月一日题终明府水楼二首》（其二）、《晓发公安》；转韵187首，其中首句不押者共17首，分别为孟浩然《和卢明府送郑十三还京兼寄之什》，李颀《古从军行》《夏宴张兵曹东堂》《送刘十》《崔五六图屏风各赋一物得乌孙佩刀》，王维《不遇咏》，李白《对雪醉后赠王历阳》，杜甫《秋雨叹三首》（其一）、《叹庭前甘菊花》《醉歌行》（连押而首句不入韵）、《骢马行》《题李尊师松树障子歌》《戏为双松图歌》《缚鸡行》《观公孙大娘弟子舞剑器行》《前苦寒行二首》（其二）、《暮秋枉裴道州手札率尔遣兴寄近呈苏涣侍御》，而杜甫《观公孙大娘弟子舞剑器行》一首有2处首句不入韵，一在篇首，一在篇中。

表四　中唐纯七言古诗首句用韵情况表　（单位：首）

首句押否 诗人	一韵到底		转韵		总计
	押韵	不押	押韵	不押	
刘长卿	0	0	10	0	10
钱　起	1	0	13	1	15
韩　翃	0	0	14	1	15
韦应物	1	0	5	0	6
权德舆	5	0	12	0	17
王　建	8	0	40	2[1]	50
韩　愈	30	3	16	0	49
白居易	17	8	12	0	37
刘禹锡	5	0	28	1	34
李　贺	10	0	59	0	69
总　计	77	11	209	5[1]	302

由表中可知，此段共有纯七言古诗302首。在这302首中，一韵到底88首，其中首句不入韵主要集中于韩愈和白居易两人，共11首，分别为韩愈《酬司门卢四兄云夫院长望秋作》《河南令舍池台》《石鼓歌》，白居易《重题西明寺牡丹》《闻微之江陵卧病以大通中散碧腴垂云膏寄之因题四韵》《九日宴集醉题郡楼兼呈周殷二判官》《花前叹》《答崔宾客晦叔十二月四日见寄》《和微之诗二十三首·和酬郑侍御东阳春闷放怀追越游见寄》《临都驿送崔十八》《长斋月满寄思黯》；转韵214首，其中首句不入韵者，共有5首，分别是钱起《送崔校书从军》，韩翃《赠别上元主簿张著》，王建《送衣曲》《赠离曲》，刘禹锡《将赴汝州途出浚下留辞李相公》，惟王建《赠离曲》一首之首句不入韵位于篇中。

表五　晚唐纯七言古诗首句用韵情况表　（单位:首）

首句押否 诗人	一韵到底		转韵		总计
	押韵	不押	押韵	不押	
杜　牧	0	6	1	0	7
李群玉	2	0	2	0	4
李商隐	3	0	12	0	15
温庭筠	6	0	39	0	45
陆龟蒙	2	0	7	0	9
唐彦谦	1	0	4	0	5
韦　庄	2	0	4	0	6
韩　偓	11	5	0	0	16
李咸用	13	0	4	0	17
王　毂	0	0	6	0	6
总　计	40	11	79	0	130

由表中可知,此段共有纯七言古诗130首。在这130首中,一韵到底51首,其中首句不入韵主要集中于杜牧和韩偓两人,共11首,分别是杜牧《皇风》《大雨行》《闻庆州赵纵使君与党项战中箭身死辄书长句》《赠李处士长句四韵》《题桐叶》《商山麻涧》等6首,韩偓《春阴独酌寄同年虞部李郎中》《太平谷中玩水上花》《三月》《残花》《三月二十七日自抚州往南城县舟行见拂水蔷薇因有是作》等5首;转韵79首,均为首句入韵。

通过上述的罗列和分析,可知,纯七言古诗首句用韵情况在其形成和发展过程中,大概有这样几个特点。一是,总的来看,无论是一韵诗,还是转韵诗,纯七言古诗均以首句用韵为常。依各表所示,共可得纯七言古诗838首,而其中的首句入韵则高达756首,比例高达十分之九强。足见,七言古诗与七言近体一样,首句入韵也是其主流。二是，一韵纯七言古诗和转韵纯七言古诗，首句虽均以入韵为常，但两者之间也略有区别。相对来说，一韵纯七言古诗首句不入韵的概率要大于后者，即依表中所计，各个时期共有一韵到底纯七言古诗291首，其中首句不入韵者51首，而转韵纯七言古诗547首，首句不入韵者仅31首，两相对比，高低立判。三是，一韵到底纯七古中的两类，一为平韵，一为仄韵，在首句入韵与否方面，并无区别。经统计，五个时期的纯七言古诗，一韵到底押平韵者共有213首，一韵到底押仄韵者共有78首，而它们首句不入韵的作品数量，分别为38首和13首，两者的比例一为17.84%，一为16.67%，由于首句不入韵的基数较小，所以它们之间的这点差异几乎可以忽略不计。四是，就各个时期的阶段性来看，各期之间，首句不入韵的比例虽说差距不大，但似乎也有一点区别。其中南北朝最高，为17.65%；其次是初唐，为14.71%；其次是盛唐，为12.20%；其次是晚唐，为8.46%；最后是中唐，为5.30%。总的来看，其发展过程，除中唐稍为斜出之外，其余各期大抵有一个渐为回落的过程。五是，大而观之，各期首句入韵与否的阶段性虽不明显，但有些时期，个人的特色却颇为明豁。如盛唐时期的李颀和杜甫，尤其是杜甫，盛唐共有35首首句不入韵，而他一人就占了25首。类似的例子还有中唐的王建、韩愈和白居易三人和晚唐的杜牧、韩偓两人，在他们所属的时期内，首句不入韵的作品，或者绝大多数出自他们，或者全部出自他们，已如表中所示。

三、七古首句不押韵原因蠡测

七言诗首句多入韵，其中七言近体的首句以入韵为主，前人时有所论，七言古体的首句多入韵，本文以上两部分也已有较为详细的探讨。不过，关于这两类诗首句偶尔不入韵的原因，至今似仍少有索解者。本来，诗人创作时，选择较为少见的首句不入韵，必有其缘故，虽

第四章　首句押韵与否

有缘故,但这种存乎一心的事,外人似又不尽能知晓。所幸,通过大量相关例子的研读,个中原因,似非全无踪迹可寻。

在分析七言古诗首句不入韵的原因之前,不妨先以杜甫七律为例,考察下七言近体首句不入韵的原因。总的来看,杜甫七律首句不入韵的原因,主要有以下两类。

一是一般遣词运句的需要。试看《和裴迪登蜀州东亭送客逢早梅相忆见寄》一首:

> 东阁官梅动诗兴,还如何逊在扬州。此时对雪遥相忆,送客逢春可自由。幸不折来伤岁暮,若为看去乱乡愁。江边一树垂垂发,朝夕催人自白头。

此首通篇押平声尤部,其中首句末字"兴"不入韵。这里的不入韵,大概可以说是诗人意到笔先,觉得此句末字非用"兴"字不可的结果。再看《闻官军收河南河北》一首:

> 剑外忽传收蓟北,初闻涕泪满衣裳。却看妻子愁何在,漫卷诗书喜欲狂。白日放歌须纵酒,青春作伴好还乡。即从巴峡穿巫峡,便下襄阳向洛阳。

此诗通篇押平声阳部,首句末字"北"也不入韵。至于为何不入韵,不妨解释为诗题与诗意相互呼应的需要。总之,也与一般的行文创作有关。类似的例子还有《客至》《将赴荆南寄别李剑州》《咏怀古迹五首》(其四)等。

二是与首联使用对仗有关。众所周知,律诗的首联本可不对仗,如果一旦使用了对仗,又要兼顾首句用韵,便难免多了一层束缚,此乃诗人之常情。窃以为,杜甫七律,首句之不入韵者,原因大半以上即缘于此。且看《恨别》一首:

> 洛城一别四千里,胡骑长驱五六年。草木变衰行剑外,兵戈

阻绝老江边。思家步月清宵立,忆弟看云白日眠。闻道河阳近乘胜,司徒急为破幽燕。

此首通篇押平声先部,首句末字"里"不押韵。而不押韵的原因,就是因为首联"洛城一别四千里,胡骑长驱五六年"两句使用了对仗。又如《野望》一首:

西山白雪三城戍,南浦清江万里桥。海内风尘诸弟隔,天涯涕泪一身遥。惟将迟暮供多病,未有涓埃答圣朝。跨马出郊时极目,不堪人事日萧条。

该诗通篇押平声萧部,首句末字"戍"也不押韵,其原因,追究起来,多半也与首联两句使用了对仗,而难于兼顾用韵有关。类似的例子还有《宾至》《阁夜》《咏怀古迹五首》(其一)(其五)、《九日》①《冬至》等。

七言古诗首句不用韵的原因,既有与七律等七言近体相近的地方,也有不同之处。其中前两个原因,可以说,与七律等并无不同,后一个原因,则为七古所独有。总的来看,七言古诗首句偶有不用韵者,其原因:第一,也是因为遣辞造句的需要。相关例证,南北朝如鲍照《代拟行路难十八首》(其一)一首:

奉君金卮之美酒。玳瑁玉匣之雕琴。七彩芙蓉之羽帐。九华蒲萄之锦衾。红颜零落岁将暮。寒光宛转时欲沉。愿君裁悲且减思。听我抵节行路吟。不见柏梁铜雀上。宁闻古时清吹音。

唐代如杜牧《大雨行》一首:

---

① 此诗首联"重阳独酌杯中酒,抱病起登江上台"两句,后五字骈俪自是工整,惟前两字,如以今之语法标准衡之,似不甚对,实则"重阳"为时,"抱病"为人,整个皆为名词,以古人之心眼观之,似亦无不可。

东垠黑风驾海水,海底卷上天中央。三吴六月忽凄惨,晚后点滴来苍茫。铮栈雷车轴辙壮,矫躩蛟龙爪尾长。神鞭鬼驭载阴帝,来往喷洒何颠狂。四面崩腾玉京仗,万里横亘羽林枪。云缠风束乱敲磕,黄帝未胜蚩尤强。百川气势苦豪俊,坤关密锁愁开张。太和六年亦如此,我时壮气神洋洋。东楼耸首看不足,恨无羽翼高飞翔。尽召邑中豪健者,阔展朱盘开酒场。奔觥槌鼓助声势,眼底不顾纤腰娘。今年阇苴鬓已白,奇游壮观唯深藏。景物不尽人自老,谁知前事堪悲伤。

以上两诗,鲍诗通篇押平声侵部,其中首句末字"酒"不入韵。不入韵的原因,或与古代酒、乐同场,此处最适合用"酒"字有关。杜诗通篇押平声阳部,其中首句末字"水"不入韵,其原因,或与此处为渲染雨势之大,非用"海水"两字不可。诚如前文所述,由于古人写诗,存乎一心,某处之所以不入韵,原因可能有多种,比如意到笔先,无暇细想,比如就是不想用韵,比如由于题材内容的要求,一时词穷,必用某字不可,诸如此类,除非有明显的笔法,如对仗等,不然终是难以指实。本文上面在解释其原因时,往往语多两可,其缘故在此。

第二个原因,是由于首联使用了对仗,而无遑兼顾首句押韵。可以说,七言古诗首句之所以不入韵,其原故十有六七即在于此。① 相关例证,南北朝的如庾信《乌夜啼》一首:

促柱繁弦非子夜。歌声舞态异前溪。御史府中何处宿。洛阳城头那得栖。弹琴蜀郡卓家女。织锦秦川窦氏妻。讵不自惊长泪落。到头啼乌恒夜啼。

---

① 杜甫七古首句不入韵,虽亦有因对仗者,但相对较少有,这是他区别于诸家的特点之一。

此诗通篇押平声齐部,其中首句末字"夜"之所以不入韵,即是因为前两句使用了对仗,而难于兼顾首句入韵。类似的例子,还有庾信《代人伤往诗二首》,江总《宛转歌》《秋日新宠美人应令诗》《新入姬人应令诗》①等。诸诗之所以首句不入韵,无非是首联使用了对仗,它们分别是"青田松上一黄鹤,相思树下双鸳鸯""杂树本唯金谷苑,诸花旧满洛阳城""云聚怀情四望台,月冷相思九重观""后宫唯闻莫琼树,绝世复有宋容华""洛浦流风漾淇水,秦楼初日度阳台""来时向月别姮娥,别时清吹悲箫史"等。

唐代的如王维《不遇咏》一首:

> 北阙献书寝不报,南山种田时不登。百人会中身不预,五侯门前心不能。身投河朔饮君酒,家在茂陵平安否。且此登山复临水,莫问春风动杨柳。今人昨人多自私,我心不说君应知。济人然后拂衣去,肯作徒尔一男儿。

此诗共三节,首节押平声蒸部,而首句不入韵者即位于此节,其中"报"显然不与"登""能"相押,不相押的原因,当然也与此节首联的对仗有关,且为同字对。类似的例子还有很多,如骆宾王《代女道士王灵妃赠道士李荣》、宋之问《寒食江州满塘驿》、张说《巡边在河北作》、高适《九日酬颜少府》、杜甫《前苦寒行二首》(其二)、钱起《送崔校书从军》、王建《送衣曲》、韩愈《河南令舍池台》、杜牧《赠李处士长句四韵》、韩偓《春阴独酌寄同年虞部李郎中》等。

第三个原因,是叠字、叠词的使用,加大了首句入韵的难度。或者说,叠字、叠词造成的不拘格律的结果,而首句不入韵,即是其中之一。典型的例子,如崔颢的《黄鹤楼》一首:

> 昔人已乘黄鹤去,此地空馀黄鹤楼。黄鹤一去不复返,白云

---

① 此诗有2节首句均不入韵,一在篇首,一在篇中,前文已论及。

千载空悠悠。晴川历历汉阳树,芳草萋萋鹦鹉洲。日暮乡关何处是,烟波江上使人愁。

诗中首句之所以不入韵,可以说是"黄鹤"一词的叠用,加大了首句入韵的难度,也可以说是"黄鹤"一词的叠用带来的不拘声律的结果,而首句不入韵,即是表现之一。又如,传说李白效仿崔颢而作的《鹦鹉洲》,其中首句之所以不入韵,显然也与"鹦鹉"一词的叠用,诗人无意在诗律方面细下功夫有关。典型的例证还有白居易的相关创作。试看以下两首:

花前叹

前岁花前五十二,今年花前五十五。岁课年功头发知,从霜成雪君看取。几人得老莫自嫌,樊李吴韦尽成土。南州桃李北州梅,且喜年年作花主。花前置酒谁相劝,容坐唱歌满起舞。欲散重拈花细看,争知明日无风雨。

答崔宾客晦叔十二月四日见寄

今岁日馀二十六,来岁年登六十二。尚不能忧眼下身,因何更算人间事。居士忘筌默默坐,先生枕麴昏昏睡。早晚相从归醉乡,醉乡去此无多地。

两诗中,第一首前两句"花前五十"之重叠,后一首前两句"二""十""六"三字之反复,其不拘格律之特点,可谓跃然纸上。而两诗首句的不入韵,即是其不拘格律的表现之一。类似的例子还有《重题西明寺牡丹》《九日宴集醉题郡楼兼呈周殷二判官》等。

四、小结

综上所述,无论是一韵到底纯七言古诗,还是转韵纯七言古诗,无论是一韵到底平韵纯七言古诗,还是一韵到底仄韵纯七言古诗,无不以首句入韵为主,而以首句不入韵为辅。就转韵纯七言古诗而言,各节虽同以首句入韵为主,但如果偶有首句不入韵者,则多发生于首节的首句,即诗歌之篇首,见于首节之后各节的,可谓极为稀有。究其原因,主要与篇中各首句为转韵之关捩有关。

从鲍照到晚唐这一大段时间,七古首句押韵与否的历史发展,可大致分为五个时期,分别是南北朝、初唐、盛唐、中唐和晚唐。总的来看,其发展历程大概有这样几个特点:一是,无论是一韵纯七言古诗,还是转韵纯七言古诗,均以首句入韵为常。二是,一韵纯七言古诗和转韵纯七言古诗,虽同以入韵为主,但前者不入韵的概率要大于后者。三是,就一韵纯七言古诗的平韵和仄韵两种而言,两种在首句入韵与否方面,并无本质的差别。四是,各个时期,首句不入韵者,虽均不多,但比例上亦略有差距,而以南北朝为最高,次为初唐,次为盛唐,次为晚唐,最后为中唐。五是,大而言之,各个时期首句入韵与否的差异虽不大,但有些时期的个人特色,却颇为彰显,如盛唐的李颀和杜甫,中唐的王建、韩愈和白居易,晚唐的杜牧和韩偓等人,首句不入韵的纯七言古诗,均有些偏多。

古代纯七言古诗首句偶有不入韵者的原因主要有三个:一是一般遣词运文的需要。二是与使用了对仗,无法兼顾用韵有关。三是叠字、叠词等修辞的使用,加大了首句入韵的难度,或者说导致的不拘常规的结果,而首句不入韵即是"不拘常规"的表现之一。其中前两个原因,与七律等七言近体之首句不入韵者,并无不同,后一个原因,则基本为纯七言古诗所独有。

第五章　用韵疏密

七古用韵疏密，古今偶亦有论之者。如王力《汉语诗律学》第二十七节《奇句韵和柏梁体》一节提到的"句句押韵""连句入韵"等。① 又如王运熙《七言诗形式的发展和完成》概括的七言诗三种押韵方式，即"每句押两个韵""每句押韵"和"隔句押韵"等。② 总的来看，古今学者关于七古用韵疏密的几个大类，已有一定的认识，不过，相关论述大多较为零星，尤其是对七古用韵疏密从先秦到晚唐的历史发展过程及其特点，缺乏全面而深入的审视。试为论之。

一、七古用韵疏密的分类

依笔者考察，古今七言古诗在用韵疏密方面，共可分为四大类。从密到疏，首先，是一句两韵，因为这种押韵方式的第一个韵脚，往往位于七言句的第四字，恰好在一句的中间，所以也不妨称为"半句押韵"。其中，全篇仅一句的如汉杂歌谣辞《时人为戴遵语》一则：

关东大豪戴子高。

其中第四字"豪"与末字"高"相押。两句的如汉杂歌谣辞《范史云

---

① 王力《汉语诗律学》，上海教育出版社1979年版，第366—372页。
② 王运熙《七言诗形式的发展和完成》，载《乐府诗述论》（增补本），上海古籍出版社2006年版，第343—344页。

歌》一首：

> 甑中生尘范史云。釜中生鱼范莱芜。

其中首句第四字"尘"与末字"云"相押，第二句第四字"鱼"与末字"芜"相押，前后两句各自为韵。三句的如《太学中谣·右三君》：

> 天下忠诚窦游平。天下义府陈仲举。天下德弘刘仲承。

其中首句"诚""平"相押，第二句"府""举"相押，第三句"弘""承"相押，故每句均为半句押韵。八句的如《太学中谣·右八顾》一首：

> 天下和雍郭林宗。天下慕恃夏子治。天下英藩尹伯元。天下清苦羊嗣祖。天下珍金刘叔林。天下雅志蔡孟喜。天下卧虎巴恭祖。天下通儒宗孝初。

其中首句"雍""宗"相押，次句"恃""治"相押，第三句"藩""元"相押，第四句"苦""祖"相押，第五句"金""林"相押，第六句"志""喜"相押，第七句"虎""祖"相押，第八句"儒""初"相押，故八句均为半句押韵。总的来看，这类诗多数见于谣谚歌语一类的诗歌中，且以一句和两句的篇幅最为常见。至于用韵方式，一句者，自然无转韵之说，两句以上者，则多转韵，如上举后三首即是，但也偶有通篇一韵到底的，如汉杂歌谣辞《郭乔卿歌》一首：

> 厥德仁明郭乔卿。中正朝廷上下平。

其中前句第四字"明"与末字"卿"相押，后句第四字"廷"与末字"平"相押，通篇为一韵到底诗。

其次是句句押韵，也就是说，诗中每句都入韵。依照转韵与否，这类诗又可分为一韵到底句句押韵和转韵句句押韵两类，前者鲍照以前的如陆机《燕歌行》一首：

> 四时代序逝不追。寒风习习落叶飞。蟋蟀在堂露盈墀。念

君远游常苦悲。君何缅然久不归。贱妾悠悠心无违。白日既没明灯辉。夜禽赴林匹鸟栖。双鸠关关宿河湄。忧来感物涕不晞。非君之念思为谁。别日何早会何迟。

鲍照以后，唐之前的如萧纲《采菊篇》一首：

月精丽草散秋株。洛阳少妇绝妍姝。相呼提筐采菊珠。朝起露湿沾罗襦。东方千骑从骊驹。更不下山逢故夫。

初唐的如包融《武陵桃源送人》一首：

武陵川径入幽遐，中有鸡犬秦人家。先时见者为谁耶，源水今流桃复花。

盛唐的如王昌龄《箜篌引》一首：

卢谿郡南夜泊舟，夜闻两岸羌戎讴，其时月黑猿啾啾。微雨沾衣令人愁，有一迁客登高楼，不言不寐弹箜篌。弹作蓟门桑叶秋，风沙飒飒青冢头，将军铁骢汗血流。深入匈奴战未休，黄旗一点兵马收，乱杀胡人积如丘。疮病驱来配边州，仍披漠北羔羊裘，颜色饥枯掩面羞。眼眶泪滴深两眸，思还本乡食麰牛，欲语不得指咽喉。或有强壮能咿嚘，意说被他边将雠，五世属藩汉主留。碧毛毡帐河曲游，橐驼五万部落稠，敕赐飞凤金兜鍪。为君百战如过筹，静扫阴山无鸟投，家藏铁券特承优。黄金千斤不称求，九族分离作楚囚，深溪寂寞弦苦幽。草木悲感声飕飗，仆本东山为国忧，明光殿前论九畴。簏读兵书尽冥搜，为君掌上施权谋，洞晓山川无与俦。紫宸诏发远怀柔，摇笔飞霜如夺钩，鬼神不得知其由。怜爱苍生比蚍蜉，朔河屯兵须渐抽，尽遣降来拜御沟。便令海内休戈矛，何用班超定远侯，史臣书之得已不。

中唐的如刘禹锡《伤我马词》一首：

生于碛砾善驰走,万里南来困丘阜。青菰寒菽非适口,病闻北风犹举首。金台已平骨空朽,投之龙渊从尔友。

晚唐的如李咸用《轻薄怨》一首:

花骢蹳蹀游龙骄,连连宝节挥长鞘。凤雏麟子皆至交,春风相逐垂杨桥。捻笙软玉开素苞,画楼闪闪红裾摇。碧蹄偎塞连金镳,狂情十里飞相烧。西母青禽轻飘飘,分环破璧来往劳。黄金千镒新一宵,少年心事风中毛。明朝何处逢娇饶,门前桃树空夭夭。

相对一韵到底句句押韵的七古诗而言,转韵而句句押韵的七古诗,虽然较为少见,但各个时期,也时有这方面的例子,惟晚唐一段暂未见。相应的诗例,鲍照以前的如晋代舞曲歌辞《白纻舞歌诗三首》(其一)一首:

轻躯徐起何洋洋。高举两手白鹄翔。宛若龙转乍低昂。凝停善睐容仪光。如推若引留且行。随世而变诚无方。舞以尽神安可忘。晋世方昌乐未央。质如轻云色如银。爱之遗谁赠佳人。制以为袍馀作巾。袍以光躯巾拂尘。丽服在御会佳宾。醪醴盈樽美且淳。清歌徐舞降祇神。四座欢乐胡可陈。

鲍照以后,唐之前如沈约《四时白纻歌五首》,其中每一首均为八句,四句一转,句句押韵,如《四时白纻歌五首·春白纻》一首:

兰叶参差桃半红。飞芳舞縠戏春风。如娇如怨状不同。含笑流眄满堂中。翡翠群飞飞不息。愿在云间长比翼。佩服瑶草驻容色。舜日尧年欢无极。

初唐的如富嘉谟《明冰篇》一首:

北陆苍茫河海凝,南山阑干昼夜冰,素彩峨峨明月升。深山穷谷不自见,安知采斫备嘉荐,阴房涸冱掩寒扇。阳春二月朝始暾,春光潭沱度千门,明冰时出御至尊。彤庭赫赫九仪备,腰玉煌煌千官事,明冰毕赋周在位。忆昨沙漠寒风涨,昆仑长河冰始壮,漫汗峻嶒积亭障。嗈嗈鸣雁江上来,禁苑池台冰复开,摇青涵绿映楼台。豳歌七月王风始,凿冰藏用昭物轨,四时不忒千万祀。

盛唐的如杜甫《荆南兵马使太常卿赵公大食刀歌》一首:

太常楼船声嗷嘈,问兵刮寇趋下牢。牧出令奔飞百艘,猛蛟突兽纷腾逃。白帝寒城驻锦袍,玄冬示我胡国刀。壮士短衣头虎毛,凭轩拔鞘天为高。翻风转日木怒号,冰翼雪澹伤哀猱。镌错碧罂鸊鹈膏,铓锷已莹虚秋涛,鬼物撇捩辞坑壕。苍水使者扪赤绦,龙伯国人罢钓鳌。芮公回首颜色劳,分闱救世用贤豪。赵公玉立高歌起,揽环结佩相终始,万岁持之护天子。得君乱丝与君理,蜀江如线如针水。荆岑弹丸心未已,贼臣恶子休干纪。魑魅魍魉徒为耳,妖腰乱领敢欣喜。用之不高亦不庳,不似长剑须天倚。吁嗟光禄英雄弭,大食宝刀聊可比。丹青宛转麒麟里,光芒六合无泥滓。

中唐的如刘商《秋夜听严绅巴童唱竹枝歌》一首:

巴人远从荆山客,回首荆山楚云隔。思归夜唱竹枝歌,庭槐叶落秋风多。曲中历历叙乡土,乡思绵绵楚词古。身骑吴牛不畏虎,手提蓑笠欺风雨。猿啼日暮江岸边,绿芜连山水连天。来时十三今十五,一成新衣已再补。鸿雁南飞报邻伍,在家欢乐辞家苦。天晴露白钟漏迟,泪痕满面看竹枝。曲终寒竹风袅袅,西方落日东方晓。

此外,对于两句一转的纯七言古诗,应该在这里稍作辨析。先看

萧衍《东飞伯劳歌》一首：

> 东飞伯劳西飞燕。黄姑织女时相见。谁家女儿对门居。开颜发艳照里闾。南窗北牖挂明光。罗帷绮帐脂粉香。女儿年几十五六。窈窕无双颜如玉。三春已暮花从风。空留可怜谁与同。

此诗为转韵诗，通篇共五节，每两句一转。表面上看，此首似为句句入韵之诗，实则，由于七言古诗首句用韵的特殊性，即首句多以入韵为主，同时，由于隔句押韵诗，首句入韵往往不计为多押一韵或连续押韵。因此，不仅以上萧衍这首诗，诸如王勃《寒夜怀友杂体二首》、李贺《贵主征行乐》等其它通篇两句一转的诗歌，本文均不计为句句押韵之作，而是统一视作隔句押韵诗。不过，假如有同时存在二句节及二句节之上节长的诗歌，其中二句节之上节长者若均为句句押韵，那么，也不妨将此类诗认定为句句押韵。如白居易《法曲美列圣正华声也》一首就是这样的例子。

再次是介于句句押韵和隔句押韵之间的连续押韵。一方面，相对句句押韵而言，连续押韵并非在诗中的每一句都押韵，而是存在着若干不入韵的句子。另一方面，相对于隔句押韵而言，所谓连续押韵，必定存在着诗中相邻两句同时入韵的情况，从而异于间隔押韵。参照隔句押韵，就多押的韵脚字而言，连续押韵可分为以下几类：

有多押一韵的，如韦应物《温泉行》一首：

> 出身天宝今年几，顽钝如锤命如纸。作官不了却来归，还是杜陵一男子。北风惨惨投温泉，忽忆先皇游幸年。身骑厩马引天仗，直入华清列御前。玉林瑶雪满寒山，上升玄阁游绛烟。平明羽卫朝万国，车马合沓溢四鄽。蒙恩每浴华池水，扈猎不蹂渭北田。朝廷无事共欢燕，美人丝管从九天。一朝铸鼎降龙驭，小臣髯绝不得去。今来萧瑟万井空，唯见苍山起烟雾。可

怜蹭蹬失风波,仰天大叫无奈何。弊裘羸马冻欲死,赖遇主人杯酒多。

此诗共四节,各节分别为四句、十二句、四句、四句,其中第二节的第五句为连续押韵,①其余均为隔句押韵。类似的例子还有杜甫《哀江头》、王建《捣衣曲》等。

有多押两韵的,如孟浩然《高阳池送朱二》一首:

当昔襄阳雄盛时,山公常醉习家池。池边钓女日相随,妆成照影竞来窥。澄波澹澹芙蓉发,绿岸毵毵杨柳垂。一朝物变人亦非,四面荒凉人径稀。意气豪华何处在,空馀草露湿罗衣。此地朝来饯行者,翻向此中牧征马。征马分飞日渐斜,见此空为人所嗟。殷勤为访桃源路,予亦归来松子家。

此诗共三节,每节分别为十句、两句和四句,其中后两节均为隔句押韵,首节十句,其中的第三句和第七句为多押之韵。类似的例子还有杜甫《陪王侍御同登东山最高顶宴姚通泉晚携酒泛江》、韩愈《记梦》等。

有多押三韵的,如陆龟蒙《五歌·刈获》一首:

自春徂秋天弗雨,廉廉早稻才遮亩。芒粒稀疏熟更轻,地与禾头不相拄。我来愁筑心如堵,更听农夫夜深语。凶年是物即为灾,百阵野凫千穴鼠。平明抱杖入田中,十穗萧条九穗空。敢言一岁囷仓实,不了如今朝暮舂。天职谁司下民籍,苟有区区宜析析。本作耕耘意若何,虫豸兼教食人食。古者为邦须蓄积,鲁饥尚责如齐籴。今之为政异当时,一任流离恣征索。平生幸遇华阳客,向日餐霞转肥白。欲卖耕牛弃水田,移家且傍三茅宅。

---

① 诗韵中,"山"字虽在删部,而与"泉""年""前"等字在先部稍有不同,但在古诗中,两者常通押,故此处视为入韵。

此诗共三节,每节依次为八句、四句和十二句,其中首节第五句为连续押韵,末节第五句和第九句也分别为连续押韵。类似的例子还有李白《当涂赵炎少府粉图山水歌》、杜甫《哀王孙》等。甚至有多押十韵的,如庾信《杨柳歌》。因为多押三韵以上的情况相对较少,以下就不一一列举了。

就一首诗的押韵密度而言,所谓连续押韵,又可大抵分为三类:一是近乎隔句押韵,如刘禹锡《采菱行》一首:

白马湖平秋日光,紫菱如锦彩鸳翔。荡舟游女满中央,采菱不顾马上郎。争多逐胜纷相向,时转兰桡破轻浪。长鬟弱袂动参差,钗影钏文浮荡漾。笑语哇咬顾晚晖,蓼花缘岸扣舷归。归来共到市桥步,野蔓系船萍满衣。家家竹楼临广陌,下有连樯多估客。携觞荐芰夜经过,醉踏大堤相应歌。屈平祠下沅江水,月照寒波白烟起。一曲南音此地闻,长安北望三千里。

此诗为转韵诗,共六节,其中前十二句每四句一节,次四句每两句一节,最后四句又为一节。六节中,除首节第三句多押一韵外,全诗其它地方均为隔句押韵,故为近隔句押韵。

又如韦庄《上春词》一首:

曈昽赫日东方来,禁城烟暖蒸青苔。金楼美人花屏开,晨妆未罢车声催。幽兰报暖紫芽折,夭花愁艳蝶飞回。五陵年少惜花落,酒浓歌极翻如哀。四时轮环终又始,百年不见南山摧。游人陌上骑生尘,颜子门前吹死灰。

此诗为一韵到底诗,通篇押平声灰部,其中除第三句为多押一韵外,其余均为严格的隔句押韵。

二是近乎句句押韵,如韩愈《岣嵝山》一首:

岣嵝山尖神禹碑,字青石赤形模奇。科斗拳身薤倒披,鸾飘

凤泊拿虎螭。事严迹秘鬼莫窥,道人独上偶见之,我来咨嗟涕涟
洏。千搜万索何处有,森森绿树猿猱悲。

其中除第八句不入韵外,其余八句均押平声支部,故为近句句押韵。
又如刘禹锡《踏潮歌》一首:

屯门积日无回飙,沧波不归成踏潮。轰如鞭石矻且摇,亘空
欲驾鼋鼍桥。惊湍慼缩悍而骄,大陵高岸失岧峣。四边无阻音
响调,背负元气掀重霄。介鲸得性方逍遥,仰鼻嘘吸扬朱翘。海
人狂顾迭相招,屬衣鬘首声哓哓。征南将军登丽谯,赤旗指麾不
敢嚣。翌日风回沴气消,归涛纳纳景昭昭。乌泥白沙复满海,海
色不动如青瑶。

此诗通篇共十八句,其中除了倒数第二句"乌泥白沙复满海"不入韵
外,其余十七句均相押,是为近句句押韵。类似的例子还有岑参《酒
泉太守席上醉后作》(6句)、王建《春词》(6句)、李贺《野歌》(8
句)、李群玉《醒起独酌怀友》(6句)、温庭筠《太液池歌》(8句)、《七
夕》(10句)等。

三是介于以上两类之间的,如孟浩然《夜归鹿门山歌》一首:

山寺钟鸣昼已昏,渔梁渡头争渡喧。人随沙路向江村,余亦
乘舟归鹿门。鹿门月照开烟树,忽到庞公栖隐处。岩扉松径长
寂寥,惟有幽人夜来去。

此诗共两节,四句一转,其中前半属于句句押韵,后半属于隔句押韵。
类似的例子还有岑参《感遇》、温庭筠《春洲曲》等。

以上两种分类,主要是就纯七言古诗笼统言之的,如果单就转韵
诗而言,其中的连续押韵,根据各节的不同情况,又可分为以下几类:
一是隔句押韵配连续押韵的,如李白《送程刘二侍郎兼独孤判官赴安
西幕府》一首:

安西幕府多材雄,喧喧惟道三数公。绣衣貂裘明积雪,飞书走檄如飘风。朝辞明主出紫宫,银鞍送别金城空。天外飞霜下葱海,火旗云马生光彩。胡塞清尘几日归,汉家草绿遥相待。

此诗共两节,前六句一节为连续押韵,其中第五句为连押之处,后四句为隔句押韵,故为隔句押韵配连续押韵。类似的例子还有杜甫《醉歌行》、刘禹锡《墙阴歌》等。

二是隔句押韵配句句押韵的,如萧衍《河中之水歌》一首:

河中之水向东流。洛阳女儿名莫愁。莫愁十三能织绮。十四采桑南陌头。十五嫁为卢家妇。十六生儿字阿侯。卢家兰室桂为梁。中有郁金苏合香。头上金钗十二行。足下丝履五文章。珊瑚挂镜烂生光。平头奴子擎履箱。人生富贵何所望。恨不早嫁东家王。

其中前六句押一个韵部,为隔句押韵,后八句押一个韵部,为句句押韵。类似的例子还有江总《宛转歌》、乔知之《和李侍郎古意》、王建《白纻歌二首》、李商隐《河阳诗》等。

三是连续押韵配句句押韵的,如李贺《神仙曲》一首:

碧峰海面藏灵书,上帝拣作神仙居。清明笑语闻空虚,斗乘巨浪骑鲸鱼。春罗书字邀王母,共宴红楼最深处。鹤羽冲风过海迟,不如却使青龙去。犹疑王母不相许,垂露娃鬟更传语。

此诗共两节,其中首节四句为句句押韵,第二节六句中的第三句不入韵,但第五句入韵,因而属于连续押韵,全篇属于连续押韵配句句押韵。

甚至还有一首诗当中,同时具备隔句押韵、连续押韵和句句押韵三种押韵方式的,如杜甫《王兵马使二角鹰》一首:

悲台萧飒石巃嵷,哀壑杈桠浩呼汹。中有万里之长江,回风

第五章 用韵疏密

滔日孤光动。角鹰翻倒壮士臂,将军玉帐轩翠气。二鹰猛脑徐侯毯,目如愁胡视天地。杉鸡竹兔不自惜,溪虎野羊俱辟易。韝上锋棱十二翮,将军勇锐与之敌。将军树勋起安西,昆仑虞泉入马蹄。白羽曾肉三狻猊,敢决岂不与之齐。荆南芮公得将军,亦如角鹰下翔云。恶鸟飞飞啄金屋,安得尔辈开其群,驱出六合枭鸾分。

此诗共五节,除末节为五句外,其余均为四句一节,其中首节为隔句押韵,中间三节为句句押韵,末节为连续押韵。

最后是南朝以来的主流押韵方式,即隔句押韵。所谓隔句押韵,一般指一首诗在前两句之后的间隔押韵,也就是说,首句押韵与否通常并不作为押韵疏密的考察对象。由于隔句押韵,在绝大多数时期均十分常见,也容易理解,因此以下仅就南朝以来的每个阶段各举一首为例。其中鲍照之时,如其《拟行路难十八首》(其十二)一首:

今年阳初花满林。明年冬末雪盈岑。推移代谢纷交转。我君边戍独稽沉。执袂分别已三载。迩来寂淹无分音。朝悲惨惨遂成滴。暮思绕绕最伤心。膏沐芳馀久不御。蓬首乱鬓不设簪。徒飞轻埃舞空帷。粉筐黛器靡复遗。自生留世苦不幸。心中惕惕恒怀悲。

鲍照以后,唐代之前的如江总《闺怨篇》(其一)一首:

寂寂青楼大道边。纷纷白雪绮窗前。池上鸳鸯不独自。帐中苏合还空然。屏风有意障明月。灯火无情照独眠。辽西水冻春应少。蓟北鸿来路几千。愿君关山及早度。念妾桃李片时妍。

初唐的如王勃《滕王阁》一首:

滕王高阁临江渚,珮玉鸣鸾罢歌舞。画栋朝飞南浦云,珠帘暮卷西山雨。闲云潭影日悠悠,物换星移几度秋。阁中帝子今何在,槛外长江空自流。

盛唐的如李白《赠潘侍御论钱少阳》一首:

绣衣柱史何昂藏,铁冠白笔横秋霜。三军论事多引纳,阶前虎士罗干将。虽无二十五老者,且有一翁钱少阳。眉如松雪齐四皓,调笑可以安储皇。君能礼此最下士,九州拭目瞻清光。

中唐的如李贺《听颖师琴歌》一首:

别浦云归桂花渚,蜀国弦中双凤语。芙蓉叶落秋鸾离,越王夜起游天姥。暗佩清臣敲水玉,渡海蛾眉牵白鹿。谁看挟剑赴长桥,谁看浸发题春竹。竺僧前立当吾门,梵宫真相眉棱尊。古琴大轸长八尺,峄阳老树非桐孙。凉馆闻弦惊病客,药囊暂别龙须席。请歌直请卿相歌,奉礼官卑复何益。

晚唐的如李商隐《无题四首》(其四)一首:

何处哀筝随急管,樱花永巷垂杨岸。东家老女嫁不售,白日当天三月半。溧阳公主年十四,清明暖后同墙看。归来展转到五更,梁间燕子闻长叹。

二、七古用韵疏密的历史发展

为了更好地反映魏晋以来七言古诗用韵疏密的发展和演变,本部分拟对魏晋迄唐末的相关文本进行一番全面的统计和考察。考察的时段,仍主要分为六个时期,每个时期选择 10 个较具代表性的诗人。考察的对象,包括各个时期 10 位代表诗人的所有纯七言古诗。考察的项目,因为一韵到底和转韵在用韵疏密上有别,故将它们分别加以论列,每一类所考察的事项,又分为隔句押韵、连续押韵和句句押韵三种,由于半句押韵只存在于特定时期,且多见于谣谚歌语一类,故在各表中暂不予统计,其发展小史详见本章第三部分。表中各项,连续押韵和句句押韵两种因在大部分时期较为稀见,故在表后予以单独列出篇名,以资参考。

表一　魏晋宋齐纯七言古诗用韵疏密分布情况表　（单位:首）

用韵疏密 诗人	一韵到底			转韵			总计
	隔押	连押	句句押	隔押	连押	句句押	
曹　丕	0	0	2①	0	0	0	2
陆　机	0	0	1	0	0	0	1
晋无名氏白纻诗	0	0	1	0	0	2	3
王　嘉	0	0	4	0	0	1	5
郭　文	0	0	2	0	0	0	2
谢灵运	0	0	1	0	0	0	1
谢惠连	0	0	1	0	0	0	1
鲍　照	3	0	4	1	0	2	10
汤惠休	1	0	2	0	0	1	4
王　融	2	0	1	0	0	0	3
总　计	6	0	19	1	0	6	32

此一时期,纯七言古诗无论是一韵到底,还是转韵,均无连续押韵之作。一韵到底而句句押韵者共有19首,分别是曹丕《燕歌行二首》,陆机《燕歌行》,晋舞曲歌辞《白纻舞歌诗三首》(其三),王嘉《歌三首》(其二)(其三)、《皇娥歌》《白帝子歌》,郭文《金雄诗》《金雌诗》,谢灵运《燕歌行》,谢惠连《燕歌行》,鲍照《代白纻舞歌词四首》,汤惠休《白纻歌三首》(其二)(其三),王融《奉和纤纤诗》等。转韵而句句押韵者,共有6首,分别为晋舞曲歌辞《白纻舞歌诗三首》(其一)

---

① 依顾炎武《唐韵正》卷二所考,"西"字古音读先,故《燕歌行二首》(其二)"披衣出户步东西"自是入韵。

（其二），王嘉《歌三首》（其一），鲍照《代白纻曲二首》（其二）、《代鸣雁行》，汤惠休《白纻歌三首》（其一）等。

细观表一可知，此一时期，以鲍照为界大抵可分为两个时期：鲍照以前诸家所作纯七言古诗均为清一色的句句押韵，毫无例外，且同为句句押韵之作中，又以一韵到底句句押韵居多，此类作品数量，如前所示，鲍照之前七人共有13首，而这七人转韵而句句押韵的作品则仅有3首，即前举晋舞曲歌辞《白纻舞歌诗三首》（其一）（其二），王嘉《歌三首》（其一）。鲍照以后，尤其是鲍照本人，所作的纯七言古诗，则不再局限于句句押韵这一种押韵方式，而是同时又开发出另一种在后世逐渐成为主流的押韵方式，即隔句押韵，其中的代表作，一韵到底的如《拟行路难十八首》（其一），转韵的如《拟行路难十八首》（其十二）。鲍照的这种创作特点，在他的同时人如汤惠休，身后人如王融的相关作品中也得到了反映，即前者如汤惠休《秋思引》，后者如王融《努力门诗》《回向门诗》等，也均为隔句押韵之作。他们这些为数不多的创作，共同昭示了七言古诗隔句押韵时代的到来，单就鲍、汤在纯七言古诗押韵方式的声气相应来看，他们的关系确如李白诗中所说的非同一般，即"梁有汤惠休，常从鲍照游"。①

表二 梁陈纯七言古诗用韵疏密分布情况表 （单位：首）

用韵疏密 诗人	一韵到底			转韵			总计
	隔押	连押	句句押	隔押	连押	句句押	
萧　衍	0	0	3	1	1	0	5
萧子显	3	0	1	3	0	0	7
萧　纲	6	0	2	6	0	0	14
萧　绎	7	0	2	4	0	0	13

---

① 出自李白《赠僧行融》，见李白撰，王琦注《李太白全集》中册，中华书局1977年版，第633页。

续表

用韵疏密 诗人	一韵到底			转韵			总计
	隔押	连押	句句押	隔押	连押	句句押	
沈君攸	2	0	0	1	0	0	3
庾 信	4	1	0	1	0	0	6
徐 陵	0	0	0	3	0	0	3
江 总	5	0	0	11	1	0	17
陈叔宝	1	0	0	4	0	0	5
杨 广	3	0	0	0	0	2	5
总 计	31	1	8	34	2	2	78

经上面统计，此一时期的纯七言古诗，隔句押韵者，共有65首，其中一韵到底隔句押韵有31首，转韵隔句押韵有34首，两种的数量大抵相当，两者之和约占上述所有纯七言古诗的65/77=84.42%；句句押韵者，共有10首，其中一韵到底而句句押韵者，有8首，分别为萧衍《白纻辞二首》《清暑殿效柏梁体》，[①]萧子显《春别诗四首》(其三)，萧纲《采菊篇》《和萧侍中子显春别诗四首》(其三)，萧绎《春别应令诗四首》(其三)、《宴清言殿作柏梁体诗》，转韵而句句押韵者，有2首，为杨广《四时白纻歌二首》。以上两小类，前者在数量上为后者的四倍，仍是纯七言古诗句句押韵的主力军。连续押韵者，共有3首，其中一韵到底连续押韵1首，为庾信《杨柳歌》，转韵而连续押韵2首，为萧衍《河中之水歌》、江总《宛转歌》。总的来看，梁陈纯七言古诗在用韵疏密方面主要有以下几个特点：一是隔句押韵经鲍照等人的开发之后，已然成为这一时期纯七言古诗的主流押韵方式，这一点无论是就隔句押韵七古的数量和比例来看，还是就表中大部分诗人的创作情况来说，如萧子显、萧纲、萧绎等九人，均是如此。二是句句

---

① 此首为联句之作，暂且计在萧衍名下。

押韵的诗,虽然不多,而仅有 10 首,但在这 10 首中仍可以看出传统的影响,其中萧衍和杨广的各 2 首,显然均是晋代白纻歌辞的遗声,而萧衍、萧绎两人的各 1 首柏梁体,与古今盛传汉武帝与群臣共赋的柏梁台诗关系甚深。三是值得注意的是,作为四种押韵方式之一的连续押韵,在这一时期第一次出现了,虽然此时的这一特点,还只是绿叶丛中的一点红,但是一旦跨过了初唐,它将如同历经一夜春风的梨花,转瞬壮大起来,至少相对句句押韵纯七言古诗的发展历程而言是如此的。

表三　初唐纯七言古诗用韵疏密分布情况表　（单位:首）

用韵疏密 诗人	一韵到底			转韵			总计
	隔押	连押	句句押	隔押	连押	句句押	
上官仪	0	0	0	1	0	0	1
骆宾王	0	0	0	1	0	0	1
卢照邻	0	0	0	2	0	0	2
李　峤	0	0	0	1	0	0	1
乔知之	0	0	0	1	1	0	2
王　勃	0	0	0	3	0	0	3
刘希夷	2	0	0	5	0	0	7
沈佺期	0	0	0	2	0	0	2
宋之问	0	0	0	6	0	0	6
张　说	2	0	0	7	0	0	9
总　计	4	0	0	31	1	0	36

纵观此一时期的纯七言古诗,连续押韵者,仅有 1 首,为乔知之《和李侍郎古意》。无句句押韵者。隔句押韵则共有 35 首,约占到上述所有纯七言古诗的 35/36＝97.22%,其中一韵到底隔句押韵仅 4 首,分别是刘希夷《江南曲八首》(其七)、《独鹤篇》和张说《赠崔二安平公

乐世词》《遥同蔡起居偃松篇》，转韵而隔句押韵的有 31 首。应该特别说明的是，此一时期一韵到底纯七言古诗的数量之所以会骤降。一方面，主要与这一时期的七言诗多数向新体、近体转移有关。另一方面，与我们对这一时期考察对象的限定有关，即一般仅有失对或失粘，或者两者兼之的七律并不在考察范围之内。这与唐前，凡是七言，无论新体、古体，凡是新体，无论是有非律句，还是有失对或失粘，均在我们的讨论之列是不一样的。① 具体到刘、张的这 4 首诗，就其用律来看，与其说是古体，还不如说它们更接近古律。总的来看，此一时期，一方面，前代舞曲歌辞白纻诗和萧子显春别诗第三首的传统在此已经完全中断，故而不再有句句押韵之作；至于连续押韵之什，仅有乔知之可怜的一首，其数量，犹如荒忽中之鸟径，与隔句押韵长江大河一般的气派相比起来，毕竟逊色了不少。另一方面，相较于上一个时期，此时对于鲍照开创的隔句押韵的坚守，更是有过之而无不及，这种单纯性的追求，近乎澄净的美学态度，在此后基本上是不能有二了。

表四　盛唐纯七言古诗用韵疏密分布情况表　（单位：首）

用韵疏密 诗人	一韵到底			转韵			总计
	隔押	连押	句句押	隔押	连押	句句押	
王　翰	0	0	0	4	0	0	4
孟浩然	0	0	0	2	2	0	4
李　颀	0	0	0	24	1	0	25
孙　逖	0	0	0	3	0	0	3
高　适	3	1	0	11	0	0	15
王　维	4②	0	0	10	0	0	14

---

① 详见本书《绪论》第二部分"传统七古与真正七古的鉴别"。
② 其中《赠吴官》一首第三句末字"苦"在麌部，余五字在语部，暂不视为通韵而连押。

续表

用韵疏密 诗人	一韵到底			转韵			总计
	隔押	连押	句句押	隔押	连押	句句押	
李白	12	1	2	31	4	1	51
崔颢	2	0	0	7	0	0	9
杜甫	56	13	1	52	12	1	135
岑参	2	1	2	21	1	0	27
总计	79	16	5	165	20	2	287

通过上表可知，此时纯七言古诗的连续押韵者，共有36首。在这些诗中，一韵到底者16首，其中杜甫13首，依次为《曲江三章章五句》《哀江头》《哀王孙》《病后遇王倚饮赠歌》《天边行》《大麦行》《寄韩谏议》《忆昔二首》(其一)《虎牙行》《后苦寒行二首》(其一)《晚晴》，余下3首分别为高适《行路难二首》(其一)、李白《劳劳亭歌》、岑参《酒泉太守席上醉后作》；转韵者共20首，其中杜甫12首，依次为《醉歌行》《乐游原歌》《苏端薛复筵简薛华醉歌》《戏为双松图歌》《海棕行》《陪王侍御同登东山最高顶宴姚通泉晚携酒泛江》《引水》《王兵马使二角鹰》《赤霄行》《后苦寒行二首》(其二)、《魏将军歌》《杜鹃行》，李白4首，依次为《送程刘二侍郎兼独孤判官赴安西幕府》《同王昌龄送族弟襄归桂阳二首》(其二)、《侍从宜春苑奉诏赋龙池柳色初青听新莺百啭歌》《当涂赵炎少府粉图山水歌》，余下的4首分别为孟浩然《高阳池送朱二》《夜归鹿门山歌》、李颀《琴歌》、岑参《感遇》。总的来看，连续押韵两小类，在数量上相差并不太远。句句押韵者，相对较少，约仅为连续押韵的五分之一，其中一韵到底而句句押韵者，共有5首，分别为李白《荆州歌》《白纻辞三首》(其三)，杜甫《饮中八仙歌》、岑参《敦煌太守后庭歌》《入蒲关先寄秦中故人》，转韵而句句押韵者，仅2首，分别为李白《乌栖曲》和杜甫《荆南兵马使

第五章 用韵疏密

太常卿赵公大食刀歌》。最多的纯七言古诗,为隔句押韵者,共有244首,约占上表所有纯七言古诗的244/287=85.02%,其中转韵者,共有165首,一韵到底者共有79首。应该一提的是,一韵到底隔句押韵杜甫的56首中,有36首是拗体,按照传统的观念,这类诗往往也被视作七律,而与常规的七律编排在一起。根据我们的研究,这种观点并不怎么可取,所以在此将它们从七律和七排中独立出来,一并给予考察。实际上,在这一栏里,和杜甫这类诗相接近的,还有高适《九日酬颜少府》《题李别驾壁》《寄宿田家》等3首,王维《寒食城东即事》《辋川别业》《听百舌鸟》等3首,李白《江上吟》《别山僧》《送羽林陶将军》《酬宇文少府见赠桃竹书筒》《赠郭将军》《鹦鹉洲》《题东谿公幽居》等7首,崔颢《黄鹤楼》《雁门胡人歌》等2首,岑参《银山碛西馆》等1首。

以上10位著名诗人的相关创作,大概可划分为两个群体,其中,王翰、孟浩然、李颀、孙逖、高适、王维和崔颢为一组,这组诗人的共同特征是:一则多以隔句押韵为主;二则均无句句押韵之作;三则其中王翰、孙逖、王维、崔颢四人甚至无连续押韵之作,孟浩然、李颀、高适虽有连押之作,但总体上为数不多,从而与此前的庾信、乔知之等人的同类之作,保持着藕断丝连的关系。李白、杜甫和岑参为另一组,这一组最大的特点,是三人无论是隔句押韵、连续押韵,还是句句押韵,基本上均有染指,堪称门类齐全,他们的创作对于下一个时期的多数诗人,尤其是大历以后的诗人们而言,显然有着无可替代的模范作用。

表五　中唐纯七言古诗用韵疏密分布情况表　(单位:首)

用韵疏密 诗人	一韵到底			转韵			总计
	隔押	连押	句句押	隔押	连押	句句押	
刘长卿	0	0	0	10	0	0	10
钱　起	0	1	0	14	0	0	15

续表

用韵疏密 / 诗人	一韵到底			转韵			总计
	隔押	连押	句句押	隔押	连押	句句押	
韩翃	0	0	0	15	0	0	15
韦应物	0	1	0	4	1	0	6
权德舆	1	0	4(3)	12	0	0	17
王建	2	1	5(4)	38	4	0	50
韩愈	28	1	4(1)	10	4	2	49
白居易	24	1	0	11	0	1	37
刘禹锡	2	1	1(1)	25	4	0	34
李贺	0	5	5(1)	30	12	17	69
总计	57	12	19	169	25	20	302

由上表可知,此时期的纯七言古诗,连续押韵者共有37首,其中一韵到底而连续押韵者12首,除李贺5首参见本文第三部分外,其余7首分别为钱起《山中寄时校书》、韦应物《学仙二首》(其一)、王建《春词》、韩愈《岣嵝山》、白居易《达哉乐天行》、刘禹锡《踏潮歌》《唐侍御寄游道林岳麓二寺诗并沈中丞姚员外所和见征继作》。转韵而连续押韵者25首,除李贺12首另见外,其余13首分别为韦应物《温泉行》、王建《白纻歌二首》《七夕曲》《捣衣曲》、韩愈《八月十五夜赠张功曹》《李花赠张十一署》《记梦》《芍药歌》、刘禹锡《墙阴歌》《平齐行二首》(其一)《武昌老人说笛歌》《采菱行》。由上可见,在数量上,转韵而连续押韵几乎为一韵到底而连续押韵的两倍强,它们之间的差距要甚于前一个时期。当然,盛唐人一韵到底而连续押韵之所以较为强劲,与杜甫的贡献密不可分。句句押韵者,共有39首,数量与这一时期的连续押韵者大抵相当,而又倍于盛唐的同类作品。其中一韵到底句句押韵和转韵句句押韵两种的数量接近持平,前者19首,除李贺4首另见外,其余15首分别为权德舆《安语》《危语》《大

言》《小言》、王建《宛转词》《祝鹊》《海人谣》《两头纤纤》《秋夜曲二首》(其二)、韩愈《刘生诗》《昼月》《送区弘南归》《陆浑山火和皇甫湜用其韵》、刘禹锡《伤我马词》。后者20首,除李贺17首另见外,其余3首分别为韩愈《鸣雁》《赠郑兵曹》、白居易《法曲美列圣正华声也》。相对于连续押韵和句句押韵不小幅度的数量增长,这一时期隔句押韵的诗歌,比例上虽略有下降,为226/302＝74.83%,但它仍是纯七言古诗创作中的主流押韵方式。其中一韵到底隔句押韵者,计有57首,转韵隔句押韵者,计有169首,后者约为前者的三倍,其差距也要甚于前一个时期。这一点主要与前一个时期杜甫创作了大量不古不律的拗体诗有关。

通观表中十位诗人的各项情况,如同盛唐一样,大抵也可以分为两个群体:其中,刘长卿、钱起、韩翃、韦应物等前四人为一组,此组区别于后一组的最大特点是,无句句押韵之作,连续押韵者,亦寥寥无几,仅钱、韩、韦各1首。巧合的是,这种情况与前一时期的第一组堪称不谋而合。权德舆、王建、韩愈、白居易、刘禹锡、李贺等后六人为另一组,与前一组恰相反,此组的连续押韵和句句押韵诗,无论是分布上,还是数量上,均有较大的增幅,其情形,也恰如上一时期的后一组,其中尤为突出的是李贺,其一人所创作的连续押韵和句句押韵之作就高达39首,为此一时期这两种数据的一半多,最值得注意。

表六 晚唐纯七言古诗用韵疏密分布情况表　(单位:首)

用韵疏密 诗人	一韵到底			转韵			总计
	隔押	连押	句句押	隔押	连押	句句押	
杜　牧	6	0	0	1	0	0	7
李群玉	1	1	0	2	0	0	4
李商隐	3	0	0	10	2	0	15
温庭筠	2	4	0	36	3	0	45

续表

用韵疏密 诗人	一韵到底			转韵			总计
	隔押	连押	句句押	隔押	连押	句句押	
陆龟蒙	1	1	0	5	2	0	9
唐彦谦	0	1	0	4	0	0	5
韦　庄	0	2	0	2	2	0	6
韩　偓	16	0	0	0	0	0	16
李咸用	0	8	5	2	2	0	17
王　毂	0	0	0	5	1	0	6
总　计	29	17	5	67	12	0	130

通过以上统计，可知，此时期的纯七言古诗，连续押韵者共29首，其中一韵到底而连续押韵17首，除李咸用8首参见本章第三部分外，其余9首分别为李群玉《醒起独酌怀友》、温庭筠《太液池歌》《东峰歌》《三洲词》《七夕》、陆龟蒙《句曲山朝真词二首》（其二）、唐彦谦《送许户曹》、韦庄《上春词》《捣练篇》。转韵而连续押韵12首，除李咸用2首另见外，其余10首分别为李商隐《河阳诗》《烧香曲》、温庭筠《拂舞词》《春洲曲》《堂堂曲》、陆龟蒙《五歌·水鸟》《五歌·刈获》、韦庄《乞彩笺歌》《长安春》、王毂《苦热行》。可以说，以上两类的数量，差距并不算太大。值得注意的一个现象是，自南朝以来纯七言古诗开始出现连续押韵以后，一般来说，不管是哪个时期，均是转韵而连续押韵的数量要多于一韵到底而连续押韵者，这种情况，至此则发生了反转。当然，其中的变化，与李咸用一人就贡献了一韵到底而连续押韵诗歌数量的近一半密不可分。句句押韵者，仅有5首，而且这5首也均为李咸用的一韵到底之作。从以上数据来看，这一时期连续押韵虽然在总数上（共29首），比不上盛唐（共36首）和中唐（共37首），但由于此时纯七言古诗的总数仅各不到以上两段的一

半,因此,其比例明显是高于前述两段的。与此相反,句句押韵这一项在经过了中唐的大爆发之后,在这一时期,则迎来了一个低谷,不但绝无转韵而句句押韵之什,就是一韵到底句句押韵也仅有区区的5首,而且这5首,还是完全凭李咸用一人撑上去的。至于隔句押韵一项,由于上述连续押韵和句句押韵两项的此起彼伏,其比例仍维持在96/130＝73.85％,而与中唐的226/302＝74.83％大抵相当。

综上六个时期,共可分为三大阶段:第一个大阶段大致为汉魏晋时期,刘宋的谢灵运和谢惠连也应归入这一阶段,此时七言古诗为清一色的句句押韵之作,而无连续押韵和隔句押韵之什。第二个大阶段以鲍照为发端,一直到初唐,时间上大致为南朝初唐时期,此时隔句押韵一种近乎鲍照首创后,历经梁陈的大发展,到初唐堪称蔚为大观。与此相反,句句押韵的七古,在鲍照手上虽仍有一定的优势,但随着时间的推移,这种前代的作诗方式,基本上仅保留在几个主题之内,比如白纻歌系列,萧子显春别第三首系列,联句系列等,而一旦进入了初唐,这种押韵方式,更是几乎绝迹了。第三个大阶段为盛中晚唐时期,盛唐人在汉魏风骨的感召下,古风体式在经过了初唐的沉寂之后,在这时迎来了一个爆发期,在盛唐之后的中唐更是有过之而无不及。此一精神在体式上的具体表现是:隔句押韵自南朝以来一直是七古诗的主流押韵方式,在这一阶段也不例外,但更为重要的是,句句押韵诗,历经初唐人的冷落,终于在盛唐人手上重新焕发生机,此后再经中唐人的发扬,一直到晚唐仍绵延不绝。至于连续押韵诗,也从上一阶段的星星之火,在这一阶段终于呈现出燎原之势,其风头更是盖过了句句押韵一种。以上三大阶段,只是大致的划分。事实上,各个大阶段还可进一步细分,如第二阶段,南朝和初唐就不尽一样,最大的区别,即在于南朝人仍有若干句句押韵诗,一定程度上延续了魏晋以来的传统,而初唐人则基本上与此绝缘。甚至各个小阶段,前后相去不远的诗人间,也往往有一定的差异。如盛唐段,李颀、王维等人就与李白、杜甫的精神面貌不同,中唐段,大历诗人与元和诗人也有区分,其中盛唐像李颀、王维这批人,中唐像钱起、刘长卿这批人,都不妨视作从前一时期到后一时期的过渡阶段。

三、七古用韵疏密的几个特点

以上我们以纯七言古诗为例,详细论述了七古用韵疏密的分类和发展史,如果再作一些专门的考察,这些分类和发展史,还有以下几个比较显著的特点。

首先,和句句押韵等三种押韵方式广泛分布于各种体式、各种题材的诗歌不一样,半句押韵的使用,一般仅限于歌谣谚语一类。这一点,不但体现在半句押韵使用较多的汉魏晋时期,例子除了本章第一部分所举数例外,又如汉杂歌谣辞《董少平歌》"枹鼓不鸣董少平",《应劭引里语》"仕宦不止车生耳",魏杂歌谣辞《众人为贾洪严危语》"州中晔晔贾叔业。辨论汹汹严文通",《时人称邢颙语》"德行堂堂邢子昂",《京师为邓飏语》"以官易富邓玄茂",《时人为殷礼语》"奇才强记殷往嗣",晋杂歌谣辞《洛下谣》"草木萌牙杀长沙",《北州为朱硕棘嵩谣》"府中赫赫朱邱伯。十囊五囊入棘郎",《苻坚时长安谣》"凤凰凤凰止阿房",《安帝义熙初谣二首》(其一)"芦生漫漫竟天半"等,也均是半句押韵,且从篇题来看,每一诗无不在"歌谣谚语"的范围之内。同时,这一特点也体现在汉晋之后半句押韵的诗歌里,虽然当时半句押韵的诗歌已经日渐减少,如刘宋时《东阳为释慧约谣》"少达妙理娄居士",萧齐时《都下民语》"欲求贵职依刀敕。须得富豪事御刀",萧梁时《三馀童谣》"夫子之居在三馀",陈代时《时人为贺氏兄弟语》"学行可师贺德基。文质彬彬贺德仁",隋代时《谭公府中为裴镜民语》"令德日新裴镜民",唐代时《黄巢军中语》"逢儒则肉师必覆"等,同样也都是半句押韵,且题材均为"歌谣谚语"。

应该特别说明的是,半句押韵这种用韵方式虽多见于歌谣谚语,但无论是汉晋时期,还是汉晋之后,半句押韵都不是这类诗唯一的押韵方式。比如在汉代杂歌谣辞里,虽有如前所举之半句押韵者,但也有句句押韵如《会稽童谣》(其二)"城上乌鸣哺父母。府中诸吏皆孝友",《益都民为王忳谣》"信哉少林世为遇。飞被走马与鬼语"等。而且,半句押韵也不是主要的押韵方式,如曹魏时期的杂歌谣辞,虽有半句押韵者,但更多的则是句句押韵,如《行者歌》"青槐夹道多尘埃。龙楼凤阙望崔嵬。清风细雨杂香来。土上出金火照台",《明帝景初中童谣》"阿公阿公驾马车。不意阿公东渡河。阿公东还当奈何",《军中为典韦语》"帐下壮士有典君。手把双戟八十斤"等。

其次,一韵到底句句押韵与转韵句句押韵的早期渊源以及它们在各个时期的地位,都有不尽相同之处。这也就是为什么前文我们将两者分开统计的主要原因。一则就各个时期两者的数量而言,除了初唐无这两类之作,中唐两者的数量大抵持平之外,其余四个时期,一韵到底句句押韵之作均占有明显的优势。其中魏晋宋齐时期,一韵到底句句押韵,不但分布广泛,即十位诗人,每人均有所创制,而且数量共有19首之多。反观转韵句句押韵,则仅分布于晋代白纻舞歌诗和此后的王嘉、鲍照、汤惠休三人,总数也仅有6首;梁陈时期一韵到底句句押韵的分布和数量虽有大幅下降,而仅有四人7首,但相比转韵句句押韵的分布和数量,即一人2首,同样保持着不小的优势;相较于梁陈,盛唐时期的一韵到底句句押韵的分布和数量虽进一步减少,而仅有三人5首,但对于转韵句句押韵的两人2首而言,也仍然保持着领先;到了晚唐时期,一韵到底句句押韵的分布和数量,经过了中唐的大鸣大放,在这时虽有不小的回落,而仅有一人5首,但相较于转韵句句押韵的无人问津,可以说,两者之间的差距,又再一次地拉开了。至于横亘在以上四个时期中间的中唐时期,转韵句句押韵虽能与一韵到底句句押韵大抵持平,且还多出了1首,究其原因,与李贺一人就贡献了20首当中的17首是大有关系的。

二则以上特点的形成,其实与一韵到底句句押韵和转韵句句押韵两类诗的渊源不无关系,尤其是就前两个时期而言。这种传统的影响,一韵到底句句押韵,可以举《燕歌行》为例。众所周知,曹丕《燕歌行二首》在七言古诗的发展史,乃至整个中国文学史上,一直有着举足轻重的地位。这两首作品自问世之日起,中经魏明帝、陆机两人的异代追和,再到谢氏兄弟两人的同题之作,虽然各诗的篇幅有异,但却一直延续了一韵到底句句押韵的传统。纯七言古诗早期的这种用韵方式,由于名人效应,在后代必定是起了无可估量的作用,不然就不足于解释,为什么在此后的大多数时间里,一韵到底句句押韵都是领先于转韵句句押韵。另一方面,转韵句句押韵的传统,虽可上溯至汉乐府的《鸡鸣歌》,但对后来起重要影响的,应该是作为晋代舞曲歌辞的《白纻诗歌诗三首》中的前两首。正是因为有了这两首导先之作,才有了后来前三个时期几乎所有的转韵句句押韵之什。就统计各表而言,表一除了晋白纻歌原辞2首和王嘉1首之外,余下的3首,即鲍照、汤惠休之作,表二唯一的2首,即杨广之作,表四2首中的1首,即李白之作,无一不是以"白纻"为诗题。相较之下,两个传统中,一个是曹丕、陆机、谢灵运等著名诗人的传统,一个是晋代无名氏所创作的舞曲歌辞的传统。以一般的逻辑而论,显然,在后来的发展中,前者的影响要大于后者,这也就是以上两类押韵方式存在差距最重要的原因。

第三,文学史的常识告诉我们,某一个时代,乃至某一个阶段往往会形成一种共同的文学风貌,这一点即使对七言古诗用韵疏密这种体制、形式而言,也是如此。比如,鲍照以前的七言古诗几乎为清一色的句句押韵,就是特定时代风气的反映。又如,初唐人对隔句押韵的纯粹性追求,也是一种古风几乎绝迹,新体近乎全面占领诗歌阵地的集体意识的实践。再如,盛唐以后,汉魏风骨带来的古体复兴,也间接带来了人们对句句押韵这种押韵方式的好奇和钟爱,其中盛唐段,具备这种共同特征的有李白、杜甫和岑参,中唐段的代表则有王建、韩愈、刘禹锡和李贺,与这两个群体稍不一样的是盛唐稍前的一批诗人,如李颀、王维等人,和中唐稍前的一批诗人,主要是刘长卿、钱起、韦应物等大历诗人,这两批人也同样反映出了某个时段共同的体制创作特征。

与这种集体的共鸣相反的是,在纯七言古诗用韵疏密发展的某个阶段,也反映出极强的个人特色。其中如刘宋的鲍照,盛唐的李、杜,中唐的韩愈等,都有这种特点。但最明显的,莫过于以下两人。一是中唐的李贺。据统计,今存李贺共有纯七言古诗69首,而句句押韵和连续押韵就有39首。其中一韵到底句句押韵者共有5首,分别为《屏风曲》《杨生青花紫石砚歌》《贝宫夫人》《溪晚凉》《唐儿歌》。转韵句句押韵者共有17首,分别为《李凭箜篌引》《残丝曲》《雁门太守行》《河南府试十二月乐词·正月》《河南府试十二月乐词·二月》《河南府试十二月乐词·四月》《河南府试十二月乐词·十月》《帝子歌》《秦王饮酒》《湘妃》《夜饮朝眠曲》《夜坐吟》《江南弄》《北中寒》《神弦曲》《神弦》《新夏歌》。一韵到底连续押韵者也有5首,分别为《野歌》《南园》《春怀引》《静女春曙曲》《少年乐》。转韵而句句押韵者共有12首,分别为《春坊正字剑子歌》《绿章封事》《河南府试十二月乐词·三月》《洛姝真珠》《李夫人歌》《黄家洞》《苦篁调啸引》《梁台古愁》《沙路曲》《官街鼓》《嗰少年》《神仙曲》。李贺的以上数据,具备了两个特点:一则连续押韵和句句押韵两项的数量,超过了所有纯七言古诗的一半,这是自鲍照以来,从未有过的事。诸如李白、杜甫、韩愈等人,他们的纯七言古诗,虽然也存在一定比例的连续押韵和句句押韵诗,且门类也比较齐全,但这些并非他们纯七言古诗创作的主要用韵方式。如李白的这两类诗,虽有8首,但他的隔句押韵诗则达到了43首;又如杜甫的这两类诗,虽也有

27首,但同样的杜甫的隔句押韵诗也达到了108首。二则与此前和此后大多数人的句句押韵七言古诗以一韵到底诗为主不一样,李贺一韵到底句句押韵的诗,则远逊于转韵句句押韵七古。其中前者的数量为5首,后者则高达17首,几乎为前者的三倍强。这种分布与他之前李白、岑参、王建、韩愈等人的创作特点均有所不同。

二是晚唐的李咸用。据统计,今存李咸用纯七言古诗共有17首,而句句押韵和连续押韵两项就高达15首,其比例更在李贺之上。其中一韵到底连续押韵者,计有8首,分别是《巫山高》《绯桃花歌》《塘上行》《临川逢陈百年》《煌煌京洛行》《石版歌》《谢僧寄茶》《江南曲》。一韵到底句句押韵者,计有5首,分别是《鸡鸣曲》《轻薄怨》《独鹄吟》《升天行》《远公亭牡丹》。转韵连续押韵者,共有2首,分别为《水仙操》《小松歌》。如前所述,李咸用连续押韵和句句押韵两项的比例之高,更为李贺所不及,其中李贺的比例为39/69=56.52%,而李咸用的比例则高达15/17=88.24。再者,与李贺句句押韵诗多为转韵诗不同,李咸用的这类诗,则全部为一韵到底诗。这一特点,与此前的大多数诗人倒是接近的。

第四,除了个人的彰显偶尔能超越时代和阶段的限制之外,还有一种模式,也具备这种功能,那就是对于传统典范的学习。如《燕歌行》系列,自魏文帝曹丕首创以来,中经魏明帝、陆机,一直到谢灵运和谢惠连,一例为一韵到底句句押韵之作。又如七言联句一种,最早之作,据说为汉武帝君臣共作的《柏梁诗》,自此之后,所作之七言联句,如晋人谢道韫等人所作的《咏雪联句》"白雪纷纷何所似。撒盐空中差可拟。未若柳絮因风起"。刘宋孝武帝君臣所作的《华林都亭曲水联句效柏梁体诗》"九宫盛事予虓纩。三辅务根诚难亮。策拙纷乡惭恳望。折冲莫效兴民谤。侍禁卫储恩逾量。臣谬叨宠九流旷。喉唇废职方思让。明笔直绳天威谅"。梁武帝萧衍君臣所作的《清暑殿效柏梁体》"居中负扆寄缨绂。言惭辐凑政无术。至德无垠愧违弼。燮赞京河岂微物。窃侍两宫惭枢密。清通简要臣岂汨。出入帷扆滥荣秩。复道龙楼歌楙实。空班独坐惭羊质。嗣以书记臣敢匹。谬参和鼎讲画一。鼎味参和臣多匮"。也无一不是句句押韵之作。

向传统学习,最典型的应该是晋代以来的白纻舞歌诗系列。如果说,上举曹丕之后四人的《燕歌行》之作,主要是因时代所限,即鲍照以前的七言古诗几乎一例为句句押韵,才具有与曹丕两诗一样的用韵方式。那么,白纻诗系列的存在则完全不是这样。诸如刘宋舞曲歌辞《白纻篇大雅》、刘铄《白纻曲》、鲍照《代白纻舞歌词四首》《代白纻曲二首》、汤惠休《白纻歌三首》、萧衍《白纻辞二首》、沈约《四时白纻歌五首》、张率《白纻歌九首》、杨广《四时白纻歌二首》等,其中绝大多数均是超乎时代的表现。因为自鲍照以后,诗人所作的七言古诗,其主流的押韵方式已经不断向隔句押韵转移,而上述诗歌乃清一色的句句押韵,与此趋势可谓判然相别。

四、小结

在用韵疏密方面,七言古诗可分为半句押韵、句句押韵、连续押韵和隔句押韵四大类。其中半句押韵诗歌的篇幅多以一句和两句为主,两句以上的颇为罕有。句句押韵和隔句押韵各可分为一韵到底和转韵两类。连续押韵历来较受人忽视,情况也相对复杂。以隔句押韵为参照,其中有多押一韵的,有多押两韵的,有多押三韵的,甚至有多押十韵的;有近隔句押韵的,也有近句句押韵的,乃至有介于两者之间的;以转韵诗为例,又有连续押韵配隔句押韵,有连续押韵配句句押韵,乃至三种押韵方式同时存在于一首诗中的。

从魏晋至唐末,六个时期的纯七言古诗发展史,在用韵疏密上,可大致分为三个阶段。第一个阶段为魏晋时期,刘宋的谢灵运、谢惠连等人也可并入这个时期。此阶段最大的特征是诸家所作七古,从曹丕一直到谢惠连,均为清一色的句句押韵之作。第二阶段为南朝初唐时期,发端人是鲍照,终结人可推张说。此阶段最大的特点是隔句押韵七古的出现,并在此后逐渐壮大,直到初唐而蔚为大观。与此相反,句句押韵七古则日益减少,而仅保留在几个专题之内,如联句系列、白纻诗系列和《春别》诗第三首系列等。至于连续押韵,在这一阶段犹如星星之火,它的真正成长,一直要等到盛唐以后。第三阶段为盛中晚唐阶段,此大阶段下各个阶段七言古诗虽仍以隔句押韵为主,但句句押韵和连续押韵,尤其是后者,在经过了初唐的沉寂之后,终于迎来了大爆发。

  纯七言古诗中,半句押韵一种,主要见于歌谣谚语,与典型的诗歌有一定的距离。不过,此一押韵方式,虽多见于歌谣谚语,但并非是歌谣谚语唯一的押韵方式,更不是主要的押韵方式。一韵到底句句押韵与转韵句句押韵两种,无论是在各个时期的地位,还是它们的渊源都有所区别,故应分而视之。其中前者在绝大多数时期均占有明显的优势,这大概与早期七古多为一韵到底,且多为名家之作有关,即曹丕、陆机、谢灵运等人创作的《燕歌行》等。相比之下,魏晋以来的白纻辞系列,发展的势头虽也十分强劲,但在文学史上,其地位却逊于《燕歌行》一脉。七言古诗用韵疏密的发展历程,往往呈现出一定的时代性和阶段性。在这种大一统背景下,有些诗人的创作却极富个性,如李贺;甚至超越了其身处的时代,如李咸用。与此相仿,不同时期,对前代经典的模仿,如白纻歌系列,往往也能超越那个阶段的时代风气。

第六章 平仄韵交替与否

南朝以来,由于声律的讲究,转韵七言古诗往往有一个显著的特点,即各节所用之韵,多以平、仄递用见称。对此,明代以来的诗评、诗律家早有所措意,只是多三言两语,难称详明。如明代胡应麟《诗薮》品评王勃《滕王阁》、卫万《吴宫怨》二诗云"八句为章,平仄相半,轨辙一定,毫不可逾";①清代《诗问四种》所载张实居的回答"或八句一韵,或四句一韵,或两句一韵,必多寡匀停,平仄递用,方为得体。亦有平仍换平,仄仍换仄者,古人实不尽拘";②今人王力《汉语诗律学》一书则将"平仄韵递用"作为新式七古"须具备的三个条件"之一。③ 诸如此类,固然简明扼要,却也失之宽泛,缺乏全面、深入的观照,这是本章试图避免的。

一、转韵七古平仄韵交替与否的分类

据笔者所见,南朝以降,就各节所押之韵是否平仄交替而言,转韵七言古诗可大致分为三类。一是各节所押之韵为严格的平仄韵交替,这种用韵方式堪称古今转韵七言古诗的主流。其中两节而平仄

---

① 胡应麟《诗薮》内编卷三,上海古籍出版社1979年版,第51页。
② 王士禛等著《诗问》卷三,《诗问四种》本,齐鲁书社1985年版,第56页。
③ 王力《汉语诗律学》,上海教育出版社1979年版,第353页。

韵交替的,如宋之问《绿竹引》一首:

> 青溪绿潭潭水侧,修竹婵娟同一色。徒生仙实凤不游,老死空山人讵识。妙年秉愿逃俗纷,归卧嵩丘弄白云。含情傲睨慰心目,何可一日无此君。

此诗共两节,每节四句,两节分别押入声职部、平声文部,为严格的平仄韵交替。类似的例子还有江总《杂曲三首》(其一)、孟浩然《长乐宫》、杜牧《过骊山作》等。

三节而平仄韵交替的,如李贺《公莫舞歌》一首:

> 方花古础排九楹,刺豹淋血盛银罂。华筵鼓吹无桐竹,长刀直立割鸣筝。横楣粗锦生红纬,日炙锦嫣王未醉。腰下三看宝玦光,项庄掉鞘栏前起。材官小臣公莫舞,座上真人赤龙子。芒砀云瑞抱天回,咸阳王气清如水。铁枢铁楗重束关,大旗五丈撞双镮。汉王今日颁秦印,绝膑刳肠臣不论。

此诗共三节,其中前四句押平声庚部,次八句通押上声纸部去声寘部,末四句通押平声删元部,亦为严格的平仄韵交替。类似的例子还有王筠《行路难》、沈佺期《入少密溪》、孟浩然《高阳池送朱二》、李商隐《无愁果有愁曲北齐歌》等。

四节而平仄韵交替的,如李商隐《河内诗二首》(其一)一首:

> 鼍鼓沉沉虬水咽,秦丝不上蛮弦绝。常娥衣薄不禁寒,蟾蜍夜艳秋河月。碧城冷落空蒙烟,帘轻幕重金钩栏。灵香不下两皇子,孤星直上相风竿。八桂林边九芝草,短襟小鬓相逢道。入门暗数一千春,愿去闰年留月小。栀子交加香蓼繁,停辛伫苦留待君。

此诗共四节,前三节均四句,末节两句,各节依次通押入声屑月部、平声先寒部、上声篠皓部、平声文元部,亦为严格的平仄韵交替。类似的例子还有徐伯阳《日出东南隅行》、张说《城南亭作》、王维《同崔傅答贤弟》、①王建《开池得古钗》等。以上三种的例子最为常见,堪称俯拾即是。

此外,五节、六节而平仄韵交替的,也不乏其例。其中,五节而平仄韵交替的,如王泠然《汴堤柳》一首:

> 隋家天子忆扬州,厌坐深宫傍海游。穿地凿山开御路,鸣笳叠鼓泛清流。流从巩北分河口,直到淮南种官柳。功成力尽人旋亡,代谢年移树空有。当时彩女侍君王,绣帐旌门对柳行。青叶交垂连幔色,白花飞度染衣香。今日摧残何用道,数里曾无一枝好。驿骑征帆损更多,山精野魅藏应老。凉风八月露为霜,日夜孤舟入帝乡。河畔时时闻木落,客中无不泪沾裳。

此诗共五节,每节四句,依次押平声尤部、上声有部、平声阳部、上声皓部、平声阳部,为严格的平仄韵交替。类似的例子还有傅縡《杂曲》、张说《时乐鸟篇》、崔颢《代闺人答轻薄少年》、韦应物《白沙亭逢吴叟歌》等。

六节而平仄韵交替的,如王建《东征行》一首:

> 桐柏水西贼星落,枭雏夜飞林木恶。相国刻日波涛清,当朝自请东南征。舍人为宾侍郎副,晓觉蓬莱欠珮声。玉阶舞蹈谢旌节,生死向前山可穴。同时赐马并赐衣,御楼看带弓刀发。马前猛士三百人,金书左右红旗新。司庖常膳皆得对,好事将军封尔身。男儿生杀在手里,营门老将皆忧死。瞳瞳白日当南山,不立功名终不还。

---

① 诗中第三节末句"野"失叶,见《全唐诗》(全十五册)第二册,中华书局 1999 年版,第 1258 页。经检《全唐诗》(全二十五册),此字乃为"墅",如此则无可疑,见《全唐诗》(全二十五册)第四册,中华书局 1960 年版,第 1258 页。

此诗共六节，每节依次为二句、四句、四句、四句、二句和二句，分别押入声药部、平声庚部、入声屑月部、平声真部、上声纸部、平声删部。类似的例子还有刘希夷《捣衣篇》、崔颢《江畔老人愁》、杜甫《狂歌行赠四兄》等。

甚至还有七节而平仄韵交替的，如岑参《白雪歌送武判官归京》一首：

> 北风卷地白草折，胡天八月即飞雪。忽然一夜春风来，千树万树梨花开。散入珠帘湿罗幕，狐裘不暖锦衾薄。将军角弓不得控，都护铁衣冷难著。瀚海阑干百丈冰，愁云黪淡万里凝。中军置酒饮归客，胡琴琵琶与羌笛。纷纷暮雪下辕门，风掣红旗冻不翻。轮台东门送君去，去时雪满天山路。山回路转不见君，雪上空留马行处。

此诗共七节，除第三节、末节为四句外，其余每节均为二句，各节依次押入声屑部、平声灰部、入声药部、平声蒸部、入声陌锡部、平声元部、去声御遇部，亦为严格的平仄韵交替。类似的例子还有王维《桃源行》、崔颢《邯郸宫人怨》、王翰《饮马长城窟行》、刘长卿《戏赠干越尼子歌》、①韩愈《汴泗交流赠张仆射》等。

八节而平仄韵交替的，如刘禹锡《送裴处士应制举诗》一首：

> 裴生久在风尘里，气劲言高少知己。注书曾学郑司农，历国多于孔夫子。往年访我到连州，无穷绝境终日游。登山雨中试

---

① "干越"，钦定四库全书本《全唐诗》卷一百五十一原作"於越"，钦定四库全书本《刘随州集》卷十则作"于越"，今人整理的《全唐诗》（全二十五册）、《全唐诗》（全十五册）、《刘长卿诗编年笺注》均作"干越"，恐有误。后三种分见《全唐诗》（全二十五册）第五册，中华书局1960年版，第1580页；《全唐诗》（全十五册）第三册，中华书局1999年版，第1582页；储仲君《刘长卿诗编年笺注》上册，中华书局1996年版，第221页。

蜡屐,入洞夏里披貂裘。白帝城边又相遇,敛翼三年不飞去。忽然结束如秋蓬,自称对策明光宫。人言策中说何事,掉头不答看飞鸿。彤庭翠松迎晓日,凤衔金榜云间出。中贵腰鞭立倾酒,宰臣委佩观摇笔。古称射策如弯弧,一发偶中何时无。由来草泽无忌讳,努力满挽当亨衢。忆得当年识君处,嘉禾驿后联墙住。垂钩钓得王馀鱼,踏芳共登苏小墓。此事今同梦想间,相看一笑且开颜。老大希逢旧邻里,为君扶病到方山。

此诗共八节,其中除"白帝城边又相遇,敛翼三年不飞去"两句为一节外,其余均为四句一节,各节所押之韵依次为上声纸部、平声尤部、去声御遇部、平声东部、入声质部、平声虞部、去声御遇部、平声删部,同样为严格的平仄韵交替。类似的例子还有权德舆《薄命篇》等。

九节而平仄韵交替的,如王翰《飞燕篇》一首:

孝成皇帝本娇奢,行幸平阳公主家。可怜女儿三五许,丰茸惜是一园花。歌舞向来人不贵,一旦逢君感君意。君心见赏不见忘,姊妹双飞入紫房。紫房彩女不得见,专荣固宠昭阳殿。红妆宝镜珊瑚台,青琐银簧云母扇。日夕风传歌舞声,只扰长信忧人情。长信忧人气欲绝,君王歌吹终不歇。朝弄琼箫下彩云,夜踏金梯上明月。明月薄蚀阳精昏,娇妒倾城惑至尊。已见白虹横紫极,复闻飞燕啄皇孙。皇孙不死燕啄折,女弟一朝如火绝。明明天子咸戒之,赫赫宗周褒姒灭。古来贤圣叹狐裘,一国荒淫万国羞。安得上方断马剑,斩取朱门公子头。

此诗共九节,每节依次为四句、二句、二句、四句、二句、四句、四句、四句和四句,分别押平声麻部、去声寘部、平声阳部、去声霰部、平声庚部、入声月屑部、平声元部、入声屑部、平声尤部,亦为严格的平仄韵交替。类似的例子还有刘禹锡《观棋歌送俨师西游》等。

更有十节而平仄韵交替的,如刘禹锡《伤秦姝行》、白居易《劝酒》;十一节而平仄韵交替的,如王建《荆门行》、韩愈《桃源图》、刘禹锡《泰娘歌》;十二节而平仄韵交替的,如张说《安乐郡主花烛行》;十七节而平仄韵交替的,如李商隐《偶成转韵七十二句赠四同舍》;十九节而平仄韵交替的,如白居易《琵琶行》等。

二是各节所押之韵,为不严格的平仄韵交替。其中以连押两个仄韵节或平韵节最为常见。连押两个平韵节的,如张说《离会曲》一首:

> 何处送客洛桥头,洛水泛泛中行舟。可怜河树叶萎蕤,关关河鸟声相思。街鼓喧喧日将夕,去棹归轩两相迫。何人送客故人情,故人今夜何处客。

又如刘长卿《送贾三北游》一首:

> 贾生未达犹窘迫,身驰匹马邯郸陌。片云郊外遥送人,斗酒城边暮留客。顾予他日仰时髦,不堪此别相思劳。雨色新添漳水绿,夕阳远照苏门高。把袂相看衣共缁,穷愁只是惜良时。亦知到处逢下榻,莫滞秋风西上期。

其中张诗共三节,前两节均为二句节,依次押平声尤部、平声支部,为连续押两个平声韵部。刘诗亦三节,每四句为一节,后两节依次押平声豪部、平声支部,亦为连续押两个平声韵部。

连押两个仄韵节的,如丁仙芝《赠朱中书》一首:

> 十年种田滨五湖,十年遭涝尽为芜。频年井税常不足,今年缯钱谁为输。东邻转谷五之利,西邻贩缯日已贵。而我守道不迁业,谁能肯敢效此事。紫微侍郎白虎殿,出入通籍回天眷。晨趋彩笔柏梁篇,昼出雕盘大官膳。会应怜尔居素约,可即长年守贫贱。

又如韦庄《赠峨嵋山弹琴李处士》一首:

第六章 平仄韵交替与否

> 峨嵋山下能琴客，似醉似狂人不测。何须见我眼偏青，未见我身头已白。茫茫四海本无家，一片愁云飐秋碧。壶中醉卧日月明，世上长游天地窄。晋朝叔夜旧相知，蜀郡文君小来识。后生常建彼何人，赠我篇章苦雕刻。名卿名相尽知音，遇酒遇琴无间隔。如今世乱独翛然，天外鸿飞招不得。余今正泣杨朱泪，八月边城风刮地。霓旌绛旆忽相寻，为我尊前横绿绮。一弹猛雨随手来，再弹白雪连天起。凄凄清清松上风，咽咽幽幽陇头水。吟蜂绕树去不来，别鹤引雏飞又止。锦麟不动惟侧头，白马仰听空竖耳。广陵故事无人知，古人不说今人疑。子期子野俱不见，乌啼鬼哭空伤悲。坐中词客悄无语，帘外月华庭欲午。为君吟作听琴歌，为我留名系仙谱。

其中丁诗共三节，前两节均为四句节，末节为一个六句节，后两节依次通押去声寘未部、去声霰部，为连续押两个仄声韵部。韦诗共四节，首节为十六句，次节为十二句，最后两节各为四句，前两节依次通押入声陌职部、去上声寘纸部，亦为连续押两个仄声韵部。

偶尔也有连押三个平声韵部的，如李白《金陵歌送别范宣》一首：

> 石头巉岩如虎踞，凌波欲过沧江去。钟山龙盘走势来，秀色横分历阳树。四十馀帝三百秋，功名事迹随东流。白马小儿谁家子，泰清之岁来关囚。金陵昔时何壮哉，席卷英豪天下来。冠盖散为烟雾尽，金舆玉座成寒灰。扣剑悲吟空咄嗟，梁陈白骨乱如麻。天子龙沉景阳井，谁歌玉树后庭花。此地伤心不能道，目下离离长春草。送尔长江万里心，他年来访南山老。

此诗共五节，每节四句，其中中间三节依次押平声尤部、平声灰部、平声麻部，为连续押三个平声韵部。

或者连押三个仄声韵部的，如李贺《长平箭头歌》一首：

> 漆灰骨末丹水沙,凄凄古血生铜花。白翎金箅雨中尽,直馀三脊残狼牙。我寻平原乘两马,驿东石田嵩坞下。风长日短星萧萧,黑旗云湿悬空夜。左魂右魄啼肌瘦,酪瓶倒尽将羊炙[①]。虫栖雁病芦笋红,回风送客吹阴火。访古汍澜收断镞,折锋赤璺曾刲肉。南陌东城马上儿,劝我将金换篸竹。

此诗共四节,每节四句,后三节依次(通)押上去声马祃部、去上声宥皓部、入声屋部,为连押三个仄声韵部。

甚至还有连押四个平声韵部的,如张若虚《春江花月夜》一首:

> 春江潮水连海平,海上明月共潮生。滟滟随波千万里,何处春江无月明。江流宛转绕芳甸,月照花林皆似霰。空里流霜不觉飞,汀上白沙看不见。江天一色无纤尘,皎皎空中孤月轮。江畔何人初见月,江月何年初照人。人生代代无穷已,江月年年只相似。不知江月待何人,但见长江送流水。白云一片去悠悠,青枫浦上不胜愁。谁家今夜扁舟子,何处相思明月楼。可怜楼上月裴徊,应照离人妆镜台。玉户帘中卷不去,捣衣砧上拂还来。此时相望不相闻,愿逐月华流照君。鸿雁长飞光不度,鱼龙潜跃水成文。昨夜闲潭梦落花,可怜春半不还家。江水流春去欲尽,江潭落月复西斜。斜月沉沉藏海雾,碣石潇湘无限路。不知乘月几人归,落月摇情满江树。

此诗共九节,每节四句,其中第五到第八节依次押平声尤部、平声灰部、平声文部、平声麻部,为连押四个平声韵部。

此外,偶尔也有两次连押两个平声韵部的,如韩愈《题西白涧》

[①] "炙",明人陆时雍《古诗镜》似作"灸",参陆时雍《古诗镜》卷四十七,钦定四库全书本。惟《全唐诗》各本均作"炙",吴企明《李长吉歌诗编年笺注》亦作"炙",见吴企明《李长吉歌诗编年笺注》下册,中华书局2012年版,第555页。

一首：

> 太行之下清且浅，一水盘桓纡山转。千峰万壑不可数，异草幽花几曾见。波中白日隐出明，风翻不动浮云轻。翠峦玉女下双鹤，笑倚秋练开新晴。又疑武陵溪上原，桃花溪尽空潺湲。幽泉间复逗岩侧，喷珠漱玉相交喧。群猿见之走绝壁，缘峰虚梯弗劳力。鸣禽回面背人飞，为是从来不相识。杖藜因贪仰面看，碍石牵萝错移屐。路穷屈曲疑欲回，迤逦屏开一重碧。残樽遇坐酒即倾，旋摘山果都无名。题诗且欲尽佳句，能歌翻咏仙难成。天门幽深十里西，无奈落日催人归。谁能可属天官事，为我乞取须臾期。上天无梯日不顾，牢落归来坛未暮。闭门下马一衾寒，梦想魂驰在何处。

此诗共七节，除中间为八句一节外，前后各三节均为四句节，其中第二节、第三节依次押平声庚部、平声元部，第五节、第六节依次押平声庚部、平声齐微支部，故通篇为两次连押两个平声韵部。

或者两次连押两个仄声韵部的，如王毂《玉树曲》一首：

> 陈宫内宴明朝日，玉树新妆逞娇逸。三阁霞明天上开，灵鼍振擂神仙出。天花数朵风吹绽，对舞轻盈瑞香散。金管红弦旖旎随，霓旌玉佩参差转。璧月夜满楼风轻，莲舌泠泠词调新。当行狎客尽持禄，直谏犯颜无一人。歌舞未终乐未阑，晋王剑上黏腥血。君臣犹在醉乡中，一面已无陈日月。圣唐御宇三百祀，濮上桑间宜禁止。请停此曲归正声，愿将雅乐调元气。

此诗共五节，每节四句，前两节依次押入声质部、去声翰谏霰部，后两节依次押入声屑月部、去声寘部，通篇为两次连押两个仄声韵部。

最后，甚至还有一首诗中连续押若干个平声韵部和若干个仄声韵部兼备的，如刘希夷《代悲白头翁》一首：

洛阳城东桃李花，飞来飞去落谁家。洛阳女儿惜颜色，坐见落花长叹息。今年花落颜色改，明年花开复谁在。已见松柏摧为薪，更闻桑田变成海。古人无复洛城东，今人还对落花风。年年岁岁花相似，岁岁年年人不同。寄言全盛红颜子，应怜半死白头翁。此翁白头真可怜，伊昔红颜美少年。公子王孙芳树下，清歌妙舞落花前。光禄池台开锦绣，将军楼阁画神仙。一朝卧病无相识，三春行乐在谁边。宛转蛾眉能几时，须臾鹤发乱如丝。但看古来歌舞地，惟有黄昏鸟雀悲。

此诗共六节，每节依次为两句、两句、四句、六句、八句和四句，其中第二、第三节分别押入声职部、上声贿部，为连续押两个仄声韵部，第四、第五、第六节分别押平声东部、平声先部和平声支部，为连续押三个平声韵部，故通篇为连续押两个仄声韵部，接着，又连续押三个平声韵部。类似的诗，还有乔知之《和李侍郎古意》、白居易《长恨歌》等。

三是各节所押之韵，为平仄韵不交替。这种押韵方式，数量上显然比上述不严格平仄韵交替的一种要少得多，而且多集中于节次较少的诗歌。通篇押平声韵部的，如李贺《夜坐吟》一首：

踏踏马蹄谁见过，眼看北斗直天河。西风罗幕生翠波，铅华笑妾辇青蛾。为君起唱长相思，帘外严霜皆倒飞。明星烂烂东方隤，红霞梢出东南涯，陆郎去矣乘班骓。

此诗共两节，首节押平声歌部，次节通押平声支微部，为通篇押两个平声韵部，即所押之韵平仄韵不交替。

通篇押仄声韵部的，如李白《上李邕》一首：

大鹏一日同风起，扶摇直上九万里。假令风歇时下来，犹能簸却沧溟水。世人见我恒殊调，闻余大言皆冷笑。宣父犹能畏后生,丈夫未可轻年少。

此诗亦两节,首节押上声纸部,末节押去声啸部,为通篇押两个仄声韵部。以上均为通篇仅两节者。类似的例子还有岑参《醉题匡城周少府厅壁》、韩愈《鸣雁》、李商隐《射鱼曲》等。

通篇三节而均押平声韵部的,如江总《杂曲三首》(其三)一首:

> 泰山言应可转移。新宠不信更参差。合欢锦带鸳鸯鸟。同心绮袖连理枝。皎皎新秋明月开。早露飞萤暗里来。鲸灯落花殊未尽。虬水银箭莫相催。非是神女期河汉。别有仙姬入吹台。未眠解著同心结。欲醉那堪连理杯。后宫不惬茱萸芳。夜夜争开苏合房。宝钗翠鬓还相似。朱唇玉面非一行。新人未语言如涩。新宠无前判不臧。愿奉更衣兰麝气。恐君马到自惊香。

此诗共三节,按唐人的韵部,首节四句押平声支部,次节八句押平声灰部,末节八句押平声阳部,为通篇三节而均押平声韵部。

通篇三节而均押仄声韵部的,如韦庄《乞彩笺歌》一首:

> 浣花溪上如花客,绿暗红藏人不识。留得溪头瑟瑟波,泼成纸上猩猩色。手把金刀擘彩云,有时剪破秋天碧。不使红霓段段飞,一时驱上丹霞壁。蜀客才多染不供,卓文醉后开无力。孔雀衔来向日飞,翩翩压折黄金翼。我有歌诗一千首,磨砻山岳罗星斗。开卷长疑雷电惊,挥毫只怕龙蛇走。班班布在时人口,满袖松花都未有。人间无处买烟霞,须知得自神仙手。也知价重连城璧,一纸万金犹不惜。薛涛昨夜梦中来,殷勤劝向君边觅。

此诗亦三节,其中首节十二句通押入声陌锡职部,次节八句押上声有部,末节四句通押入声陌锡部,为通篇三节而均押仄声韵部。甚至还有通篇四节而平仄韵完全不交替的。如吴均《行路难五首》(其一)

一首，通篇共四节，而各节均押平声韵部。当然，像以上后三类，尤其是最后一类，例子是十分罕见的。

二、转韵七古平仄韵交替与否的历史发展

依照惯例，此部分拟对唐以前转韵七言古诗各节之间的用韵，主要是能否平仄韵交替使用，作一个全面的统计和考察。考察仍分为六个时期，其中前两个时期，略以沈约、萧衍等人为界，萧、沈两人早年均为竟陵八友之一，乃一身而历两代，第二个时期即以他们为始，而绵延至梁陈隋，第一个时期为刘宋（包括刘宋）以前。实则，这一界定的主要根据，仍是以诗律论的萌芽——永明体为分水岭的。后四个时期照例为初、盛、中、晚唐。每一时期考察的名目中，主要有平仄韵交替（表中省称"交替"）、平仄韵不严格交替（表中省称"不严替"）和平仄韵不交替（表中省称"不替"）三项。此外，隔句押韵与用韵较为稠密的连续押韵、句句押韵予以分别统计，目的在于考察这两大类，在平仄韵交替的运用中，是否有宽严之分，相关论述详参本章第三部分。

由于第一个时期的纯七古较少，作为其中一员的转韵纯七古，其寥落更可以想见，所以对这一段的相关诗歌将予以全部考察。第二个时期，王融无转韵纯七言古诗，沈约《四时白纻歌》五首，非其一人所作，程式所限，难免有一定的偶然性，故暂亦不作主要考察，而以吴均代之。第三、第四、第五个时期，各表所考之诗人，与前数章全同，惟第六个时期韩偓无转韵纯七言古诗，而暂以薛逢代之。以下即以上述为准，对六个时期的相关创作情况略事统计和介绍。一般先罗列情形，然后再稍作分析，以求对各期有一个大致的印象。

经检阅，第一个时期的转韵纯七言古诗共有 14 首。其中晋以前仅 1 首，为汉乐府《鸡鸣歌》。晋代共 6 首，分别为杂歌谣辞《陇上为

陈安歌》、舞曲歌辞《白纻舞歌诗三首》(其一)(其二)、熊甫《别歌》、王嘉《歌三首》(其一)、杂歌谣辞《越谣歌》等。刘宋共7首,分别为刘铄《白纻曲》、汤惠休《白纻歌三首》(其一)、鲍照《代白纻曲二首》(其一)、《代鸣雁行》《拟行路难十八首》(其十二)、郊庙歌辞《歌赤帝》、舞曲歌辞《白纻篇大雅》。据统计,上述14首,各节之间严格以平、仄韵相间的共有4首,分别为王嘉《歌三首》(其一)、汤惠休《白纻歌三首》(其一)、鲍照《代鸣雁行》、刘宋郊庙歌辞《歌赤帝》,其中王嘉一首为目前所见纯七古转韵而平仄韵交替之最早者,如下:

> 金刀治世后遂苦。帝王昏乱天神怒。灾异屡见戒人主。三分二叛失州土。三王九江一在吴。馀悉稚小早少孤。一国二主天所驱。

其中前四句句句押韵押一平声部,后三句句句押韵押一仄声部,两节所押之韵为平仄韵交替。

平仄韵不严格或不相间的共有10首,分别为以上除了王嘉等4首之外的其它10首。如晋舞曲歌辞《白纻舞歌诗三首》(其一)一首:

> 轻躯徐起何洋洋。高举两手白鹄翔。宛若龙转乍低昂。凝停善睐容仪光。如推若引留且行。随世而变诚无方。舞以尽神安可忘。晋世方昌乐未央。质如轻云色如银。爱之遗谁赠佳人。制以为袍馀作巾。袍以光躯巾拂尘。丽服在御会佳宾。醪醴盈樽美且淳。清歌徐舞降祇神。四座欢乐胡可陈。

此诗共两节,准以唐人之韵部,前八句当押平声阳部,后八句当押平声真部,两节所押之韵为平仄韵不交替。

总的来看,第一个时期转韵纯七言古诗,在是否平仄韵相间这一点上,主要有以下几个特点:一是,以不严格或不平仄韵交替居多。如前所述,在此期为数不多的14首转韵纯七言古诗中,共有10首平仄韵不严格或不交替,这主要是由当时声律未开,不注重调声决定的。二是,由于早期纯七言古诗的节次较少,存在一定偶然性的缘故,这一时期,10 首不严格或不平仄韵交替的诗歌,均为清一色的不平仄韵交替。例子除了上举晋舞曲歌辞《白纻舞歌诗三首》(其一)一首为两节而平仄韵不交替外,还有《鸡鸣歌》《陇上为陈安歌》等 7 首。惟一平仄韵不交替,而节次稍多的,一为晋舞曲歌辞《白纻舞歌诗三首》(其一),一为刘宋舞曲歌辞《白纻篇大雅》,前者通篇共三节,各节均押平声韵部,后者通篇共四节,也均押平声韵部。三是,10 首平仄韵不交替者,以连续押平声韵者居多,这样的诗共有 8 首,如前举晋舞曲歌辞《白纻舞歌诗三首》(其一)(其二)、刘宋舞曲歌辞《白纻篇大雅》等,连续押仄声韵者较少,仅 2 首,分别为汉乐府《鸡鸣歌》、晋杂歌谣辞《越谣歌》。

表一　齐梁陈隋转韵纯七言古诗平仄韵交替与否分布情况表　(单位:首)

用韵替否 诗人	隔押			连押与句句押			总计
	交替	不严替	不替	交替	不严替	不替	
萧　衍	0	1	0	0	0	1	2
吴　均	0	1	1	0	0	0	2
萧子显	3	0	0	0	0	0	3
萧　纲	3	2	1	0	0	0	6
萧　绎	3	1	0	0	0	0	4
庾　信	0	1	0	0	0	0	1
徐　陵	3	0	0	0	0	0	3
江　总	9	1	1	0	1	0	12
陈叔宝	3	1	0	0	0	0	4
杨　广	0	0	0	2	0	0	2
总　计	24	8	3	2	1	1	39

由上表可知,第二个时期,共有转韵纯七言古诗 39 首。在这 39 首

中,平仄韵交替共26首,为各节用韵的主流方式,其中隔押者24首,连押或句句押者2首;平仄韵不严格交替共9首,其中隔押者8首,连押或句句押者1首;平仄韵不交替者4首,其中隔押者3首,连押或句句押者1首。总的来看,此期主要有以下几个特点:一是,以平仄韵交替为主。如上所述,在39首转韵纯七言古诗中共有26首这样的诗,比例为三分之二,平仄韵不严格交替和平仄韵不交替,尤其是后者较少,两种合计共13首,比例约为所有诗歌的三分之一。二是,平仄韵不严格交替或平仄韵不交替,主要以连续用若干个平声韵部居多,详见本章第三部分。三是,具体到各个诗人,萧衍、吴均的合律性较差而无平仄韵交替之七古,这大概与他们年纪较长,作品受声律论影响较小有关。① 与此相反,萧子显、徐陵、杨广三位的相关作品,合律性则较高,而为清一色的平仄韵交替之作。个中原因,或许与三人相关作品的节次较少有一定关联。

表二　初唐转韵纯七言古诗平仄韵交替与否分布情况表　（单位：首）

用韵替否 诗人	隔押			连押与句句押			总计
	交替	不严替	不替	交替	不严替	不替	
上官仪	1	0	0	0	0	0	1
骆宾王	0	1	0	0	0	0	1
卢照邻	0	2	0	0	0	0	2
李　峤	1	0	0	0	0	0	1
乔知之	0	1	0	0	1	0	2
王　勃	3	0	0	0	0	0	3
刘希夷	3	2	0	0	0	0	5
沈佺期	2	0	0	0	0	0	2

---

① 庾信无平仄韵交替之作,原因应该与其相关作品数量仅一首,具有一定偶然性有关。

续表

用韵替否\诗人	隔押			连押与句句押			总计
	交替	不严替	不替	交替	不严替	不替	
宋之问	6	0	0	0	0	0	6
张　说	6	1	0	0	0	0	7
总　计	22	7	0	0	1	0	30

由上表可知,此一时期平仄韵交替的诗歌数量,共22首,虽不如上一期26首,但比例较之此前的66.66%,还略有上升,而为73.33%。作品有上官仪《和太尉戏赠高阳公》、李峤《拟古东飞伯劳西飞燕》、王勃《滕王阁》、刘希夷《洛中晴月送殷四入关》、沈佺期《入少密溪》、宋之问《明河篇》、张说《时乐鸟篇》等。其次,平仄韵不严格交替的几首作品中,既有像骆宾王《代女道士王灵妃赠道士李荣》、卢照邻《长安古意》等这样节次较多的七言古诗,也有像乔知之《绿珠篇》、张说《离会曲》这样节次不多的七言古诗。再者,不同于前后一两个时期,此期并无平仄韵不交替的作品。一方面,这是由平仄韵不交替诗歌本身数量的稀有所决定的,另一方面,与此期转韵纯七古的总量不多也有关系。

表三　盛唐转韵纯七言古诗平仄韵交替与否分布情况表　（单位:首）

用韵替否\诗人	隔押			连押与句句押			总计
	交替	不严替	不替	交替	不严替	不替	
王　翰	4	0	0	0	0	0	4
孟浩然	2	0	0	2	0	0	4
李　颀	22	2	0	1	0	0	25
孙　逖	3	0	0	0	0	0	3
高　适	10	1	0	0	0	0	11
王　维	9	1	0	0	0	0	10
李　白	25	5	1	5	0	0	36

续表

用韵替否\诗人	隔押			连押与句句押			总计
	交替	不严替	不替	交替	不严替	不替	
崔　颢	5	2	0	0	0	0	7
杜　甫	41	10	1	11	2	0	65
岑　参	18	2	1	0	0	1	22
总　计	139	23	3	19	2	1	187

由上表可知，此一时期，平仄韵交替的作品，无论是总数，为158首，还是比例，为84.49%，均较前几个时期有了较大的增长。相关作品如王翰《春女行》、孟浩然《夜归鹿门山歌》、李颀《送陈章甫》、孙逖《夜宿浙江》、高适《送浑将军出塞》、王维《老将行》、李白《采莲曲》、崔颢《长安道》、杜甫《古柏行》、岑参《火山云歌送别》等。其次，平仄韵不严格交替者，共有25首，其比例，为13.37%，较之上一个时期相应地则有所回落。同样，其中既有节次不多的作品如李颀《王母歌》、王维《送崔五太守》、李白《驾去温泉后赠杨山人》、崔颢《卢姬篇》、杜甫《骢马行》等，也有节次较多的作品如高适《秋胡行》、崔颢《渭城少年行》、杜甫《渼陂行》等。再者，平仄韵不交替者，较之齐梁陈隋，比例虽不高，但相比初唐的一无所有，毕竟还有4首，其中隔押者有3首，分别为李白《上李邕》、杜甫《戏赠阌乡秦少公短歌》、岑参《醉题匡城周少府厅壁》，连押或句句押者有1首，即岑参《感遇》。

表四　中唐转韵纯七言古诗平仄韵交替与否分布情况表　（单位：首）

用韵替否\诗人	隔押			连押与句句押			总计
	交替	不严替	不替	交替	不严替	不替	
刘长卿	4	6	0	0	0	0	10
钱　起	14	0	0	0	0	0	14
韩　翃	15	0	0	0	0	0	15

续表

用韵替否\诗人	隔押			连押与句句押			总计
	交替	不严替	不替	交替	不严替	不替	
韦应物	4	0	0	1	0	0	5
权德舆	10	2	0	0	0	0	12
王 建	17	20	1	2	2	0	42
韩 愈	8	2	0	2	3	1	16
白居易	8	2	1	1	0	0	12
刘禹锡	21	3	1	4	0	0	29
李 贺	11	14	5	19	7	3	59
总 计	112	49	8	29	12	4	214

由上表可知,此一时期,平仄韵交替的作品,无论是数量,为124首,还是比例,为57.94%,均有一个明显的下降,所幸这一比例还能超过一半。相关作品如钱起《送毕侍御谪居》、韩翃《送中兄典邵州》、韦应物《鸢夺巢》、权德舆《马秀才草书歌》、韩愈《赠郑兵曹》、白居易《哭师皋》、刘禹锡《西山兰若试茶歌》等。其次,相应的,平仄韵不严格交替的作品,则有较大程度的增幅,总数达到61首之多,比例也有28.50%,为六个时期里的最高值。和前两个时期一样,其中既有节次较少的作品,如刘长卿《送贾三北游》、王建《辽东行》、韩愈《芍药歌》、刘禹锡《平蔡州三首》(其一)、李贺《残丝曲》等,也有节次颇多的作品,如权德舆《奉和张仆射朝天行》《放歌行》、韩愈《记梦》《送僧澄观》、白居易《长恨歌》《小童薛阳陶吹觱栗歌》、刘禹锡《秋萤引》《竞渡曲》等。再者,平仄韵不交替的作品,共有12首,比例为5.61%。除了刘宋以前,这两个数据在其它五个时期里也是最高的。其中贡献尤巨的,当推李贺,他一人就奉献了12首的三分之二,分别为《梦天》《秋来》《金铜仙人辞汉歌》《老夫采玉歌》《昆仑使者》《春坊正字剑子歌》《夜坐吟》《神弦》,其中前5首为隔句押韵,后3首为

连押或句句押韵。事实上，以上几个特点的形成，尤其是平仄韵交替作品比例的急剧下降，平仄韵不严格交替和平仄韵不交替作品比例的提升，与刘长卿、王建、李贺三人关系甚大，这一点我们将在后文集中论述。

表五　晚唐转韵纯七言古诗平仄韵交替与否分布情况表　（单位：首）

用韵替否 诗人	隔押			连押与句句押			总计
	交替	不严替	不替	交替	不严替	不替	
杜　牧	1	0	0	0	0	0	1
李群玉	2	0	0	0	0	0	2
李商隐	5	4	1	0	2	0	12
温庭筠	32	4	0	3	0	0	39
薛　逢	4	0	0	0	0	0	4
陆龟蒙	2	1	2	2	0	0	7
唐彦谦	3	1	0	0	0	0	4
韦　庄	0	2	0	1	0	1	4
李咸用	2	0	0	2	0	0	4
王　毂	3	2	0	1	0	0	6
总　计	54	14	3	9	2	1	83

由上表可知，此期平仄韵交替的作品数量共63首，虽不如上一期的124首，但比例继上一期的大落之后，又有不小的回升，为75.90%。相关作品如杜牧《过骊山作》、李群玉《寄短书歌》、温庭筠《鸡鸣埭曲》、薛逢《灵台家兄古镜歌》、唐彦谦《咏葡萄》、李咸用《春雨》等。其次，平仄韵不严格交替，在比例上，继上一期则相应地有所下降，而为19.28%。同样的，其中既有节次较少的作品，如温庭筠《春愁曲》、唐彦谦《采桑女》、韦庄《赠峨嵋山弹琴李处士》、王毂《吹笙引》等，也有节次较繁的作品，如李商隐《河阳诗》、温庭筠《醉歌》、韦庄《南阳小将张彦碛口镇税人场射虎歌》等。再者，和齐梁陈隋和盛唐

两个时期一样,此时,平仄韵不交替的作品数量也是4首,分别为李商隐《射鱼曲》、陆龟蒙《五歌·放牛》《句曲山朝真词二首·迎真》、韦庄《乞彩笺歌》。不过,由于转韵纯七言古诗的数量,齐梁陈隋仅有39首,而盛唐则高达184首。因此,相对来说,此期平仄韵不交替作品的比例是高于盛唐而低于齐梁陈隋的。

综上,可得出以下两点结论:第一,从总数上看,先秦以来的转韵纯七言古诗,在各节的用韵方式上,最多的是平仄韵交替,其次是平仄韵不严格交替,最少的是平仄韵不交替。如前所统计,在声律说开始风行以后,这三类诗的数量分别为410首、119首和24首,所占比例分别为74.14%、21.52%和4.34%。即使算上声律未开的第一个时期,三类诗的数量分别也有414首、119首和34首,所占的比例分别为73.02%、20.99%和6%。综合言之,先秦以来的转韵纯七言古诗,平仄韵交替者约占总数的四分之三,而平仄韵不严格交替或平仄韵不交替两种则共约占总数的四分一。第二,从时间上看,先秦以来,转韵纯七言古诗,在平仄韵是否交替这一方面的发展历程,约可分为两大阶段:第一阶段为刘宋及刘宋之前,也就是声律尚未风行之时,此时转韵纯七言古诗各节间所押之韵,主要以平仄韵不交替为主,而以平仄韵交替为辅。第二阶段为齐梁以后到晚唐,即声律说开启,乃至逐渐风行、成熟的时期,此时转韵纯七古各节所押之韵,主要以平仄韵交替为主,平仄韵不严格交替次之,平仄韵不交替最少。这是就大的时间节段而言的,事实上,第二阶段虽一致以平仄韵交替为主,但各期之间,也时有波折。大而论之,从齐梁到盛唐,平仄韵交替有一个逐渐上升的过程,盛唐为其顶峰。从盛唐到中唐,则有一个较大的回落,然后在晚唐的时候,又有些回暖,不过,对于平仄韵交替的讲究已经不如盛唐人了。

三、转韵七古平仄韵交替与否的几个特点

通过以上转韵七古平仄韵交替与否历史发展过程的详细梳理，窃以为，还应注意以下几个问题。

一是，转韵七古平仄韵交替与否与用韵疏密的关系。如前所述，刘宋以前，转韵纯七古并不多，而仅有14首。14首中，平仄韵不交替的共有10首，平仄韵交替的仅有4首。事实上，这一情况，还可以这样表述，即14首转韵纯七古，共有句句押韵诗12首，其中平仄韵交替者3首，比例为总数的四分之一。隔句押韵诗2首，均为鲍照之作，分别是《代鸣雁行》《拟行路难十八首》（其十二），其中平仄韵交替者，有1首，为《代鸣雁行》，从比例来说，其平仄韵交替概率约有二分之一。可见，转韵七古平仄韵交替与否发展的初期，隔句押韵而平仄韵交替的概率，似乎是要高一些的。

如果说，刘宋以前的这种对比，因为作品稀少，可能存在较大的偶然性，那么，接下来两个时段两种用韵方式与平仄韵交替与否的关联，还是颇能说明点问题的。即齐梁陈隋时期，转韵纯七古隔句押韵者，共有35首，其中平仄韵交替者，计有24首，比例为68.57%；转韵纯七古连续押韵和句句押韵者，共有4首，其中平仄韵交替者，仅2首，比例为50%。这种差异，在江总身上体现的最为明显，即江总转韵纯七古隔句押韵者，共11首，其中平仄韵交替计有9首，比例为81.82%，相关例子如《杂曲三首》（其一）（其二）、《新入姬人应令诗》《内殿赋新诗》等。而转韵纯七古连续押韵或句句押韵，仅1首，并且为平仄韵不严格交替，即《宛转歌》，此诗共四节，其中最后两节连续押了两个平声韵部。至于初唐段，情况也大致如此，即此时转韵纯七古隔句押韵者，共有29首，其中有27首为平仄韵交替。而转韵纯七古连续押韵或句句押韵者，仅1首，属于平仄韵不严格交替。也就是

说，转韵纯七古连续押韵或句句押韵的平仄韵交替比例和上一期的江总一样，依然是零。以上情况，大抵也反映在中唐人的相关创作中，只是没有那么绝对罢了。

有意思的是，以上用韵疏密与平仄韵交替与否的关联，并不适合盛唐人，也不适合晚唐人。即盛唐一段，转韵纯七古隔句押韵者，共165首，其中平仄韵交替计有139首，比例为84.24%，数据当然很不低了。但是，转韵纯七古连续押韵和句句押韵者，共有22首，其中平仄韵交替计有19首，比例为86.36%，数据甚至比前者还要高。这的确是一个饶有兴味的现象，用韵方式的取古之意，并没有动摇他们将平仄韵交替进行到底的决心。其中贡献尤大的是李白和杜甫，这一点只要看看前列诸表的相关数据就明白了。晚唐时，转韵纯七古隔句押韵者，共71首，其中平仄韵交替计有54首，比例为76.06%，数据并不低。但是转韵纯七古连续押韵和句句押韵者共12首，其中平仄韵交替计有9首，比例为75%，数据同样不低，而大抵与前者持平。有鉴于此，我们以为，如果断然说用韵疏密与平仄韵交替与否存在某种必然的关系，似乎也是不明智的。

二是，节次多寡与平仄韵交替与否的关系。前面我们曾详细罗列了各种转韵七古严守平仄韵交替规则的例子，其中节次少者，有两节的、三节的、四节的，节次多者，有十节的、十一节的、十二节的。虽然，确实存在着一些诗人，他们的转韵七古节次即使再多，也能一以贯之地遵循平仄韵交替的规则。如晚唐薛逢共有转韵纯七古4首，4首的节段都不少，且无一不为平仄韵交替之什。如七节之《醉春风》《灵台家兄古镜歌》《观竞渡》等，又如十节《邻相反行》一首：

> 东家有儿年十五，只向田园独辛苦。夜开沟水绕稻田，晓叱耕牛垦堨土。西家有儿才弱龄，仪容清峭云鹤形。涉书猎史无早暮，坐期朱紫如拾青。东家西家两相诮，西儿笑东东又笑。西

第六章　平仄韵交替与否

云养志与荣名,彼此相非不同调。东家自云虽苦辛,躬耕早暮及所亲。男舂女爨二十载,堂上未为衰老人。朝机暮织还充体,馀者到兄还及弟。春秋伏腊长在家,不许妻奴暂违礼。尔今二十方读书,十年取第三十馀。往来途路长离别,几人便得升公车。纵令得官身须老,衔恤终天向谁道?百年骨肉归下泉,万里枌榆长秋草。我今躬耕奉所天,耘锄刈获当少年。面上笑添今日喜,肩头薪续厨中烟。纵使此身头雪白,又有儿孙还稼穑。家藏一卷古孝经,世世相传皆得力。为报西家知不知,何须谩笑东家儿。生前不得供甘滑,殁后扬名徒尔为。

此诗为转韵诗,全诗共十节,四句一转,各节依次押上声麌部、平声青部、去声啸部、平声真部、上声荠部、平声鱼部、上声皓部、平声先部、入声陌职部、平声支部,为严格的平仄韵交替。

但是,类似薛逢的这种情况毕竟不多,更常见的情形是：一首诗的节次如果越多,那么,其发生平仄韵不交替或不严格交替的概率也就越大,反之亦然。如骆宾王今存转韵纯七古仅有 1 首,即《代女道士王灵妃赠道士李荣》,而这 1 首正属于平仄韵不严格交替。其之所以如此,与这首诗的节段数量达到 26 节之巨,不能说没有关系。同样的道理,卢照邻今存 2 首转韵纯七古,均未能严格遵循平仄韵交替的规则,与其节段较多,尤其是《长安古意》一首有 14 节之繁,也有较大的关联。类似的例子,如高适今存转韵纯七古 12 首,其中惟一一首平仄韵不严格交替的《秋胡行》,即为高适纯七古篇幅之最长者,通篇也有 8 节之多。又如白居易,其转韵纯七古不过 12 首,其中平仄韵不严格交替的 3 首,即有 2 首属于节段较多者,即为前面所述的《长恨歌》《小童薛阳陶吹觱栗歌》。

当然,极端的例子也是有的。如岑参,其今存转韵纯七古共有 22 首,其中平仄韵不严格交替或平仄韵不交替的例子,计有 4 首。而这

4首无一不属于节次较少者,其中2节的有《醉题匡城周少府厅壁》《感遇》,3节的有《送韩巽入都觐省便赴举》《江行遇梅花之作》。与其大异其趣的是,其节次较多者,如6节的《送费子归武昌》,7节的《白雪歌送武判官归京》《卫节度赤骠马歌》,8节的《轮台歌奉送封大夫出师西征》,9节的《与独孤渐道别长句兼呈严八侍御》,各节所押之韵,却无一不为严格的平仄韵交替。试看《天山雪歌送萧治归京》一首:

> 天山有雪常不开,千峰万岭雪崔嵬。北风夜卷赤亭口,一夜天山雪更厚。能兼汉月照银山,复逐胡风过铁关。交河城边飞鸟绝,轮台路上马蹄滑。晻霭寒氛万里凝,阑干阴崖千丈冰。将军狐裘卧不暖,都护宝刀冻欲断。正是天山雪下时,送君走马归京师。雪中何以赠君别,惟有青青松树枝。

此诗为转韵诗,全诗共七节,除最后一节为四句节外,其余每节均为两句节,各节所押之韵依次为平声灰部、上声有部、平声删部、入声屑黠部、平声蒸部、上声旱部、平声支部,为严格的平仄韵交替。

三是,平仄韵不交替或不严格交替者,如上所举,有两连平、三连平、两连仄、三连仄之类,但是,连平或连仄,各个阶段的风气实不尽一样。其中大可以盛唐为分水岭,即盛唐人平仄韵不交替或不严格交替者,连平或连仄大抵相当。具体到各个诗人,则又不尽一样,其中王维、李白、岑参,或以连平为主,或均为连平,李颀、高适、杜甫,或以连仄为主,或均为连仄。如李白转韵纯七古平仄韵不交替或不严格交替者,共有6首,其中连仄者,仅1首,即《上李邕》,而连平者,则高达5首,如《凤吹笙曲》《西岳云台歌送丹丘子》等。试看《金陵歌送别范宣》一首:

> 石头巉岩如虎踞,凌波欲过沧江去。钟山龙盘走势来,秀色横分历阳树。四十馀帝三百秋,功名事迹随东流。白马小儿谁

家子,泰清之岁来关囚。金陵昔时何壮哉,席卷英豪天下来。冠盖散为烟雾尽,金舆玉座成寒灰。扣剑悲吟空咄嗟,梁陈白骨乱如麻。天子龙沉景阳井,谁歌玉树后庭花。此地伤心不能道,目下离离长春草。送尔长江万里心,他年来访南山老。

此诗共五节,每节四句,其中第三、第四节分别押平声灰部、平声麻部,即为连续押了两个平声韵部。杜甫的表现,则恰与李白相反,即杜甫转韵纯七古平仄韵不交替或不严格交替者,今存有13首,其中连平兼连仄者有1首,为《王兵马二角鹰》,连平者仅1首,为《渼陂行》,连仄者则高达11首,如《高都护骢马行》《楠树为风雨所拔叹》《最能行》等。试看《负薪行》一首:

夔州处女发半华,四十五十无夫家。更遭丧乱嫁不售,一生抱恨堪咨嗟。土风坐男使女立,应当门户女出入。十犹八九负薪归,卖薪得钱应供给。至老双鬟只垂颈,野花山叶银钗并。筋力登危集市门,死生射利兼盐井。面妆首饰杂啼痕,地褊衣寒困石根。若道巫山女粗丑,何得此有昭君村。

此诗为转韵诗,共四节,通篇四句一转,其中第二、第三节分别通押入声职缉部、上去声梗敬部,为连续押了两个仄声韵部。

盛唐之前,平仄韵不交替或不严格交替者,则以连平为主。如吴均今存2首平仄韵不交替或不严格交替者,即均为连平之例,分别是《行路难五首》(其一)(其二)。萧绎今存1首平仄韵不严格交替者,也为连平,即《燕歌行》。又如萧纲3首平仄韵不交替或不严格交替者,也有2首为连平,如《乌栖曲四首》(其三)。再看《东飞伯劳歌》一首:

翻阶蛱蝶恋花情。容华飞燕相逢迎。谁家总角歧路阴。裁红点翠愁人心。天窗绮井暧徘徊。珠帘玉箧明镜台。可怜年几十三四。工歌巧舞入人意。白日西落杨柳垂。含情弄态两相知。

此诗为转韵诗,通篇二句一转,共五节,准以唐人之韵,其中前三节分别押平声庚部、平声侵部、平声灰部,为三连平。再如,江总今存 2 首平仄韵不交替或不严格交替者,兼有连平、连仄者,有 1 首,为《梅花落》,余下的 1 首,也为连平之作,即《杂曲三首》(其三)。

盛唐之后,平仄韵不交替或不严格交替者,则以连仄为主。如白居易今存 3 首平仄韵不交替或不严格交替者,其中连平、连仄兼而存之者,有 1 首,为《长恨歌》,余下的 2 首,则均为连仄之作,分别为《小童薛阳陶吹觱栗歌》《和微之诗二十三首雨·和雨中花》。又如李贺今存 29 首平仄韵不交替或不严格交替者,其中兼有连平、连仄者,有 1 首,为《秦宫诗》,连平者仅 5 首,如《牡丹种曲》《神弦》等,余下的 23 首则一例为连仄之作,如《金铜仙人辞汉歌》《老夫采玉歌》《长平箭头歌》《江楼曲》《染丝上春机》等。再如李商隐今存 7 首平仄韵不交替或不严格交替者,其中连平者,仅有 1 首,为《燕台四首·夏》,连仄者,则高达 6 首,如《河阳诗》《烧香曲》等。试看《射鱼曲》一首:

思牢弩箭磨青石,绣额蛮渠三虎力。寻潮背日伺泅鳞,贝阙夜移鲸失色。纤纤粉箨馨香饵,绿鸭回塘养龙水。含冰汉语远于天,何由回作金盘死。

此诗为转韵诗,共两节,每节四句,依次押入声陌职部、上声纸部,为连押两个仄声韵部之作。当然,具体到各个诗人,个别也有能保持连平或连仄之作大抵相当的,如韩愈、温庭筠等。甚至还有以连平之作为主的,如刘禹锡。限于篇幅,就不一一细论了。

四是,前面所勾勒的转韵七古平仄韵交替与否的发展史,不过就各段笼统言之。事实上,各段中人,亦时有区别。姑以中唐一段为例,如大历诗人若钱起、韩翃、韦应物等人,转韵纯七古均能符合平仄韵交替规则,而无一例外。相关例子,如钱起《紫参歌》《片玉篇》《画鹤篇》等,韦应物《送孙徵赴云中》《古剑行》《温泉行》等,韩翃《题玉山观禅师兰若》《别李明府》等,试看韩翃《赠别华阴道士》一首:

> 紫府先生旧同学,腰垂彤管贮灵药。耻论方士小还丹,好饮仙人太玄酪。芙蓉山顶玉池西,一室平临万仞溪。昼洒瑶台五云湿,夜行金烛七星齐。回身暂下青冥里,方外相寻有知己。卖鲊市中何许人,钓鱼坐上谁家子。青青百草云台春,烟驾霓衣白角巾。露叶独归仙掌去,回风片雨谢时人。

此诗为转韵诗,通篇共四节,每节四句,其中各节依次押入声觉药部、平声齐部、上声纸部、平声真部,为严格的平仄韵交替。

此外,刘禹锡、白居易等人,转韵纯七古完全符合平仄韵交替的比例也不低,尤其是刘禹锡,即其今存转韵纯七古共 29 首,其中平仄韵严格交替者便有 25 首,如《武昌老人说笛歌》《西山兰若试茶歌》等。且看《百舌吟》一首:

> 晓星寥落春云低,初闻百舌间关啼。花树满空迷处所,摇动繁英坠红雨。笙簧百啭音韵多,黄鹂吞声燕无语。东方朝日迟迟升,迎风弄景如自矜。数声不尽又飞去,何许相逢绿杨路。绵蛮宛转似娱人,一心百舌何纷纷。酡颜侠少停歌听,坠珥妖姬和睡闻。可怜光景何时尽,谁能低回避鹰隼。廷尉张罗自不关,潘郎挟弹无情损。天生羽族尔何微,舌端万变乘春晖。南方朱鸟一朝见,索漠无言蒿下飞。

此诗为转韵诗,通篇共七节,除第一、第三、第四节为二句节外,其余均为四句节,各节依次押平声齐部、上声语麌部、平声蒸部、去声御遇部、平声真文部、上声轸阮部、平声微部,为严格的平仄韵交替。

与上不同,李贺、王建、刘长卿等人的转韵纯七古,平仄韵严格交替的比例并不高,其差异堪称天壤之别。如李贺今存转韵纯七古共59首,而平仄韵严格交替者,不过30首,大抵为总数的一半,其比例之低可以想见。其中平仄韵不严格交替的例子,如《美人梳头歌》《官街鼓》《许公子郑姬歌》,平仄韵不交替的例子,如《秋来》《昆仑使者》等。又如王建今存转韵纯七古共42首,而平仄韵严格交替者,更是仅有19首,尚不及总数的一半。其中,平仄韵不严格交替者,如《陇头水》《温泉宫行》,平仄韵不交替者,如《老妇叹镜》。试看其《田家留客》一首:

> 人家少能留我屋,客有新浆马有粟。远行僮仆应苦饥,新妇厨中炊欲熟。不嫌田家破门户,蚕房新泥无风土。行人但饮莫畏贫。明府上来何苦辛。丁宁回语屋中妻,有客勿令儿夜啼。双冢直西有县路,我教丁男送君去。

此诗为转韵诗,除首节为四句节外,其余均为二句节,各节所押之韵依次为入声屋沃部、上声麌部、平声真部、平声齐部、去声御遇部,其中前两节为连押两个仄声韵部,第三、第四节为连押两个平声韵部,通篇为平仄韵不严格交替。再如,刘长卿今存转韵纯七古共10首,而平仄韵严格交替者甚而只有4首,比例更低。余下的均为平仄韵不严格交替,而无平仄韵不交替者,如《齐一和尚影堂》《颍川留别司仓李万》《时平后送范伦归安州》等。

四、小结

汉晋以降,就各节所押之韵是否平仄韵交替而言,转韵七古约可分为三类。一是各节所押之韵为平仄韵严格交替,此种押韵方式最为常见。其中平仄韵严格交替,有两节、三节、四节、五节、六节者,乃至有十七节、十九节者,而终以两到四节为主。二是各节所押之韵为平仄韵不严格交替者,此类的常见程度大致介于第一类和第三类之间。其中或连押两个平韵节,如张说《离会曲》,或连押两个仄韵节,如丁仙芝《赠朱中书》,或连押三个平韵节,如李白《金陵歌送别范宣》,或连押三个仄韵节,如李贺《长平箭头歌》,甚或有连押四个平韵节、两次连押两个平韵节、连押平韵节与仄韵节兼存的。诸如此类,不一而足,而终以前两种居多。三是各节所押之韵,为平仄韵不交替。这种押韵方式比较少见,且多集中于节次较少的诗歌,如李贺《夜坐吟》等。

转韵七古平仄韵交替与否的发展历史,可分为六段加以考察。其中刘宋以前,主要是平仄韵不交替,共有 10 首,不过,平仄韵严格交替者,已有所见,而有 4 首,这当然是出于巧合之故。齐梁陈隋时期,由于声律论的影响,此时平仄韵严格交替的比例得以大幅跃升,而为 66.67%。其中萧衍、吴均的合规性较差,萧子显、徐陵、杨广等则反之。初唐时,平仄韵交替的比例续有提高,为 73.33%,而无平仄韵不交替一类。降及盛唐,平仄韵严格交替的比例,在初唐基础上,得以更上一层楼,而为历段最高的 84.49%。时至中唐,平仄韵严格交替的比例,则有较大的回落,而为齐梁以后之最低的 57.94%,堪称物极必反之典型例子。不过,具体到各个诗人,表现又不尽一样。晚唐以后,平仄韵严格交替的比例,又有不小的回暖,而为 75.90%,而与初唐相仿佛。

对转韵七古平仄韵交替与否的认识,窃以为,还应注意以下几点。一是转韵七古平仄韵交替与否与用韵疏密,即为隔句押韵,还是为连续押韵、句句押韵,并无必然的关联。二是,节次较多的转韵七古,虽然不意味着不能平仄韵严格交替,如白居易《琵琶行》等,但通常来说,节次较多者其平仄韵不交替或不严格交替的概率,显然要高于节次较少者,高适《秋胡行》等均是其证。三是平仄韵不交替或不严格交替者,连平或连仄,约略可以盛唐为分水岭,其中盛唐之前,大抵以连平为主,盛唐之后,则大抵以连仄者居多,至于盛唐一段,连平与连仄之数,则大略相当。四是,平仄韵交替与否,各段实各有特点,具体到每段的各个诗人,大抵亦是如此。以中唐为例,其中钱起、韩翃、韦应物、刘禹锡等人合规性较高,而李贺、王建、刘长卿等人则适为其反。

第七章 节长

古来往往将转韵七言古诗的节长,概括为"四句一换韵",①"或八句一韵,或四句一韵,或两句一韵",②这种总结虽然言简意赅,却也不免挂一漏万。本文拟以转韵纯七言古诗为例,对七言古诗的节长种类、地位及其发展史,作一番全面而系统的考察。考察时,既关注时代风气的转移和沾溉,也留心诗人之间创作特点的差异。

一、七古节长的分类

据笔者所见,古今转韵纯七言古诗的节长,常见的无非二句节、四句节、六句节和八句节四种,而尤以四句节和二句节为最。其中四句节的,如吴均《行路难五首》(其二)一首:

> 青琐门外安石榴。连枝接叶夹御沟。金塘城西合欢树。垂条照彩拂凤楼。游侠少年游上路。倾心颠倒想恋慕。摩顶至足买片言。开胸沥胆取一顾。自言家在赵邯郸。翩翩舌杪复剑端。青骊白驳的卢马。金羁绿控紫丝鞿。蹊踱横行不肯进。夜夜汗血至长安。长安城中诸贵臣。争贵儒者席上珍。复闻梁王好学问。轻弃剑客如埃尘。吾丘寿王始得意。司马相如适被

---

① 王力《汉语诗律学》,上海教育出版社1979年版,第353页。
② 王士禛等著《诗问》卷三,《诗问四种》本,齐鲁书社1985年版,第56页。

申。大才大辩尚如此。何况我辈轻薄人。

又如钱起《送崔校书从军》一首：

雁门太守能爱贤，麟阁书生亦投笔。宁唯玉剑报知己，更有龙韬佐师律。别马连嘶出御沟，家人几夜望刀头。燕南春草伤心色，蓟北黄云满眼愁。闻道轻生能击虏，何嗟少壮不封侯。

两诗中，吴均诗，通篇共四节，其中前两节均四句押一个韵部，故皆为四句节；钱起诗，通篇共两节，其中首节也是一个四句节。

二句节的，如崔颢《长安道》一首：

长安甲第高入云，谁家居住霍将军。日晚朝回拥宾从，路傍揖拜何纷纷。莫言炙手手可热，须臾火尽灰亦灭。莫言贫贱即可欺，人生富贵自有时。一朝天子赐颜色，世上悠悠应始知。

又如裴谐《观修处士画桃花图歌》一首：

一从天宝王维死，于今始遇修夫子。能向鲛绡四幅中，丹青暗与春争工。勾芒若见应羞杀，晕绿匀红渐分别。堪怜彩笔似东风，一朵一枝随手发。燕支乍湿如含露，引得娇莺痴不去。多少游蜂尽日飞，看遍花心求入处。工夫妙丽实奇绝，似对韶光好时节。偏宜留著待深冬，铺向楼前殛霜雪。

上列两诗，崔颢一首共三节，除首尾为各一四句节外，中间一节即为一个二句节；裴谐一首共五节，其中前两节即各为一个二句节。

六句节的，如张说《同赵侍御乾湖作》一首：

江南湖水咽山川，春江溢入共湖连。气色纷沦横罩海，波涛鼓怒上漫天。鳞宗壳族嬉为府，弋叟罟师利焉聚。欹帆侧柂弄风口，赴险临深绕湾浦。一湾一浦怅邅回，千曲千溠恍迷哉。乍见灵妃含笑往，复闻游女怨歌来。暑来寒往运洄洑，潭生水落移陵谷。云间坠翻散泥沙,波上浮查栖树木。昨暮飞霜下北津,今朝行雁度南滨。处处沟泽清源竭,年年旧苇白头新。天地盈虚尚难保,人间倚伏何须道。秋月皛皛泛澄澜,冬景青青步纤草。念君宿昔观物变,安得踟蹰不衰老。①

又如方干《采莲》一首：

> 采莲女儿避残热,隔夜相期侵早发。指剥春葱腕似雪,画桡轻拨蒲根月。兰舟尺速有输赢,先到河湾赌何物。才到河湾分首去,散在花间不知处。

其中,张说诗,全诗共六节,除前二十句均为四句节外,末节即为一个六句节;方干诗,全诗共两节,其中前两句和后六句各押一韵,因而,末节也是一个六句节。

八句节的,如萧衍《河中之水歌》一首：

> 河中之水向东流。洛阳女儿名莫愁。莫愁十三能织绮。十四采桑南陌头。十五嫁为卢家妇。十六生儿字阿侯。卢家兰室桂为梁。中有郁金苏合香。头上金钗十二行。足下丝履五文章。珊瑚挂镜烂生光。平头奴子擎履箱。人生富贵何所望。恨不早嫁东家王。

又如李益《登夏州城观送行人赋得六州胡儿歌》一首：

> 六州胡儿六蕃语,十岁骑羊逐沙鼠。沙头牧马孤雁飞,汉军游骑貂锦衣。云中征戍三千里,今日征行何岁归。无定河边数株柳,共送行人一杯酒。胡儿起作和蕃歌,齐唱呜呜尽垂手。心知旧国西州远,西向胡天望乡久。回头忽作异方声,一声回尽征

---

① 此诗《全唐诗》(全十五册)标点有3处不妥,兹径改。见《全唐诗》(全十五册)第二册,中华书局1999年版,第936页。

人首。蕃音虏曲一难分,似说边情向塞云。故国关山无限路,风沙满眼堪断魂。不见天边青作冢,古来愁杀汉昭君。

以上两诗,萧衍诗共两节,其中后八句即为一个八句节;李益诗,共四节,各节依次为两句、四句、八句和六句,因此,第三节即为一个八句节。

此外,偶尔也有十句节的,如鲍照《拟行路难十八首》(其十二)一首:

今年阳初花满林。明年冬末雪盈岑。推移代谢纷交转。我君边戍独稽沉。执袂分别已三载。迩来寂淹无分音。朝悲惨惨遂成滴。暮思绕绕最伤心。膏沐芳馀久不御。蓬首乱鬓不设簪。徒飞轻埃舞空帷。粉筐黛器靡复遗。自生留世苦不幸。心中惕惕恒怀悲。

此诗共两节,其中前十句押一个韵部,即为一个十句节。或者十二句节的,如李咸用《水仙操》一首:

大波相拍流水鸣,蓬山鸟兽多奇形。琴心不喜亦不惊,安弦缓爪何泠泠。水仙缥缈来相迎,伯牙从此留嘉名。峄阳散木虚且轻,重华斧下知其声。檿丝相纠成凄清,调和引得薰风生。指底先王长养情,曲终天下称太平。后人好事传其曲,有时声足意不足。始峨峨兮复洋洋,但见山青兼水绿。成连入海移人情,岂是本来无嗜欲。琴兮琴兮在自然,不在徽金将轸玉。

此诗共两节,其中前十二句即为一个十二句节。或者十四句节的,如崔颢《邯郸宫人怨》一首:

邯郸陌上三月春,暮行逢见一妇人。自言乡里本燕赵,少小随家西入秦。母兄怜爱无俦侣,五岁名为阿娇女。七岁丰茸好颜色,八岁黠惠能言语。十三兄弟教诗书,十五青楼学歌舞。我家青楼临道傍,纱窗绮幔暗闻香。日暮笙歌君驻马,春日妆梳妾断肠。不用城南使君婿,本求三十侍中郎。何知汉帝好容色,玉辇携登归建章。建章宫殿不知数,万户千门深且长。百堵涂椒接青琐,九华阁道连洞房。水晶帘箔云母扇,琉璃窗牖玳瑁床。岁岁年年奉欢宴,娇贵荣华谁不羡。恩情莫比陈皇后,宠爱全胜赵飞燕。瑶房侍寝世莫知,金屋更衣人不见。谁言一朝复一日,君王弃世市朝变。宫车出葬茂陵田,贱妾独留长信殿。一朝太子升至尊,宫中人事如掌翻。同时侍女见谗毁,后来新人莫敢言。兄弟印绶皆被夺,昔年赏赐不复存。一旦放归旧乡里,乘车垂泪还入门。父母愍我曾富贵,嫁与西舍金王孙。念此翻覆复何道,百年盛衰谁能保。忆昨尚如春日花,悲今已作秋时草。少年去去莫停鞭,人生万事由上天。非我今日独如此,古今歌薄皆共然。

此诗共七节,各节依次为四句、六句、十四句、十句、十句、四句和四句,其中第三节即为一个十四句节。或者十六句节的,如秦韬玉《吹笙歌》一首:

信陵名重怜高才,见我长吹青眼开。便出燕姬再倾醑,此时花下逢仙侣。弯弯狂月压秋波,两条黄金闳黄雾。逸艳初因醉态见,浓春可是韶光与。纤纤软玉捧暖笙,深思香风吹不去。檀唇呼吸宫商改,怨情渐逐清新举。岐山取得娇凤雏,管中藏著轻轻语。好笑襄王大迂阔,曾卧巫云见神女。银锁金簧不得听,空劳翠辇冲泥雨。

此诗共两节,其中第二节即为一个十六句节。甚至还有十八句节的,如杜甫《暮秋枉裴道州手札率尔遣兴寄近呈苏涣侍御》的首节,即为一个十八句节;二十句节的,如陆龟蒙《五歌·水鸟》的首节,即为一个二十句;二十二句节的,如李白《当涂赵炎少府粉图山水歌》的首节,即为一个二十二句节;二十四句节的,如刘商《姑苏怀古送秀才下第归江南》的首节,即为一个二十四句节。

以上所举,均为偶数句节,也是奇、偶两类节长中主流的一类。除此之外,转韵七言古诗偶尔也有些奇数句节,其中,较为常见的是三句节、五句节和七句节三种,尤其是前两种。三句节的,如武元衡《桃源行送友》一首:

> 武陵川径入幽退,中有鸡犬秦人家,家傍流水多桃花。桃花两边种来久,流水一通何时有。垂条落蕊暗春风,夹岸芳菲至山口。岁岁年年能寂寥,林下青苔日为厚。时有仙鸟来衔花,曾无世人此携手。可怜不知若为名,君往从之多所更。古驿荒桥平路尽,崩湍怪石小溪行。相见维舟登览处,红堤绿岸宛然成。多君此去从仙隐,令人晚节悔营营。

此诗共三节,其中首节三句押平声麻部,次节八句押上声有部,末节八句押平声庚部,故首节即为一个三句节,其余两节则均为八句节。

五句节的,如杜甫《魏将军歌》一首:

> 将军昔著从事衫,铁马驰突重两衔。披坚执锐略西极,昆仑月窟东崭岩。君门羽林万猛士,恶若哮虎子所监。五年起家列霜戟,一日过海收风帆。平生流辈徒蠢蠢,长安少年气欲尽。魏侯骨耸精爽紧,华岳峰尖见秋隼。星躔宝校金盘陀,夜骑天驷超天河。欃枪荧惑不敢动,翠蕤云旓相荡摩。吾为子起歌都护,酒阑插剑肝胆露。钩陈苍苍风玄武,万岁千秋奉明主,临江节士安足数。

此诗共四节,各节依次为八句、四句、四句和五句,其中末节即为一个五句节。

七句节的,如李贺《河南府试十二月乐词·二月》一首:

二月饮酒采桑津,宜男草生兰笑人。蒲如交剑风如薰,劳劳胡燕怨酤春。薇帐逗烟生绿尘,金翘峨髻愁暮云,沓飒起舞真珠裙。津头送别唱流水,酒客背寒南山死。

此诗共两节,其中首节七句押平声真部,末节两句押上声纸部,故首节即为一个七句节。甚至还有十一句节的,如李郢《茶山贡焙歌》一诗的第二节,即为一个十一句节;十三句节的,如李贺《秦王饮酒》一诗的末节,即为一个十三句节;十五句节的,如杜甫《荆南兵马使太常卿赵公大食刀歌》的末节,即为一个十五句节;十七句节的,如上举杜诗的首节,即为一个十七句节;十九句节的,如杜甫《杜鹃行》的末节,即为一个十九句节;至于九句节,在先秦至唐的纯七言古诗中,则暂未寓目。

二、七古节长的历史发展

本部分拟对七古节长的发展演变过程作一个全面的考察。考察的方法,仍以计量统计为主,并适时进行分析和总结。考察的对象,暂以较为齐整的七言古诗,即纯七古为准。考察的时间,仍分为六个时期,分别是先秦迄晋、南北朝、初唐、盛唐、中唐和晚唐。考察的范围,因先秦到两晋的纯七言古诗极少,故全部予以考察,其余五期,则分别选择10位代表诗人的全部相关诗歌予以考察。考察的名目,主要分为短节、中节和长节三大类,各类之下又有具体的节长,其中短节有二句节、三句节和四句节三种,中节有五句节、六句节、七句节和八句节四种,长节有九句节、十句节、十一句节、十二句节和十二句节之上(表中用"余"表示)若干种。十二句节之上者,之所以不具体分设:一是因为此种句节实不常见。更主要的是因为表中能够容纳的空间有限,故略为合并,但具体为何种句节,将在表后详加交待。此外,三类节长中的奇数句节,往往相当稀见,乃至未见,于读者而言,搜检为难,故在表后亦一并予以列举。

据统计,第一个时期,即先秦至晋一段,共有转韵纯七言古诗7首,其中汉乐府《鸡鸣歌》一首共两节,依次为四句节和二句节;晋代杂歌谣辞《陇上为陈安歌》一首亦两节,依次为七句节和五句节;舞曲歌辞《白纻舞歌诗三首》(其一)一首亦两节,为两个八句节;《白纻舞歌诗三首》(其二)一首共三节,依次为四句节、四句节和八句节;熊甫《别歌》一首共两节,为两个二句节;王嘉《歌三首》(其一)一首亦两节,分别为一个四句节和一个三句节;杂歌谣辞《越谣歌》一首亦两节,为两个二句节。综上7首诗共15节的节长分布,主要有以下几个特点:一是,就节长种类而言,共有六种,分别为二句节、三句节、四句节、五句节、七句节和八句节。二是,各种节长中,以二句节最多,共有5节,次为四句节,共有4节,次为八句节,共有3节,最后为三句节、五句节和七句节,分别各有1节,六句节则未见。三是,在这些节长中,偶数节长最为常见,如上所列,二句节、四句节、八句节三种的数量共有12节,为总数的五分之四,而三句节、五句节和七句节三种的数量仅3节,为总数的五分之一。四是,三类节长中,以短节居多,二句节、三句节、四句节三种相加共有10节,比例为所有节数的三分之二;辅以中节,五句节、七句节和八句节三种相加共有5节,为总数的三分之一,比例也不算低;长节一类则未见。

表一　南北朝转韵纯七言古诗节长分布情况表　(单位:首)

节长 诗人	短节			中节				长节				总计
	2	3	4	5	6	7	8	9	10	11	12	余	
鲍照	1	1	3	0	0	0	0	0	1	0	0	0	6
萧衍	5	0	0	0	1	0	1	0	0	0	0	0	7
吴均	0	0	4	0	3	0	1	0	0	0	0	0	8

续表

节长 诗人	短节			中节				长节					总计
	2	3	4	5	6	7	8	9	10	11	12	余	
萧子显	6	0	0	0	0	0	0	0	0	0	0	0	6
萧　纲	18	0	0	0	0	0	0	0	0	0	0	0	18
萧　绎	6	0	4	0	1	0	0	0	0	0	0	0	11
徐　陵	4	0	5	0	0	0	0	0	0	0	0	0	9
江　总	16	0	13	0	7	0	3	0	3	0	0	0	42
陈叔宝	11	0	0	0	0	0	0	0	0	0	0	0	11
杨　广	0	0	4	0	0	0	0	0	0	0	0	0	4
总　计	67	1	33	0	12	0	5	0	4	0	0	0	122
	101			17				4					

由表中可知,南北朝转韵纯七古的节长分布,主要有以下几个特点:一是,就节长种类而言,共有6种,分别为二句节、三句节、四句节、六句节、八句节和十句节,名目较之上一期虽稍有更替,但总数上则大抵持平。二是,各种节长中,以二句节最多,共有67节,次为四句节,共有33节,次为六句节,共有12节,次为八句节,共有5节,次为十句节,共有4节,最后为三句节,共有1节,见于鲍照《代白纻曲二首》(其二)的第二节。相对后面几期而言,此期十句节的比例算是高的,这4节分别见于鲍照《代拟行路难十八首》(其十二)的首节和江总《宛转歌》的首节、第三节和末节。三是,在这些节长中,偶数节长占有绝对的优势,如上所列,二句节、四句节、六句节、八句节和十句节五种,共有121节,几乎为总数的全部,相反,奇数节长,则仅有三句节一种1节,即上述鲍诗的第二节,两类的差距显而易见。四是,三类节长中,仍以短节的居多,且比例有进一步的提高,其中二句节、三句节、四句节三种相加,共有101首,占总数的82.79%;辅以中节,其中六句节、八句节两种相加,共有17首,比例则相应地降到13.93%;

长节则从之前的无有,而转为此时的略有点染,已见前举。

表二 初唐转韵纯七言古诗节长分布情况表 （单位:首）

节长\诗人	短节			中节				长节					总计
	2	3	4	5	6	7	8	9	10	11	12	余	
上官仪	0	0	1	0	1	0	1	0	0	0	0	0	3
骆宾王	3	0	22	0	1	0	0	0	0	0	0	0	26
卢照邻	1	0	12	0	3	0	3	0	0	0	0	0	19
李　峤	5	0	0	0	0	0	0	0	0	0	0	0	5
乔知之	0	0	6	0	2	0	0	0	0	0	0	0	8
王　勃	4	0	2	0	0	0	0	0	0	0	0	0	6
刘希夷	2	0	14	0	3	0	3	0	0	0	0	0	22
沈佺期	1	0	4	0	1	0	0	0	0	0	0	0	6
宋之问	2	0	15	0	0	0	0	0	0	0	0	0	17
张　说	5	0	31	0	1	0	0	0	0	0	0	0	37
总　计	23	0	107	0	12	0	7	0	0	0	0	0	149
	130			19				0					

由表中可知,初唐转韵纯七言古诗的节长分布,主要以下几个特点:一是,就节长的种类而言,共有 4 种,分别为二句节、四句节、六句节和八句节,较之前两个时期的 6 种,而略有缩减。二是,各种节长,以四句节最为常见,共有 107 首,其次为二句节,共有 23 节,其次为六句节,共有 12 节,最后为八句节,共有 7 节。三是,在这些节长中,均为清一色的偶句节长,奇数节长则未见。四是,三类节长中,仍以短节为最常见,如上所计,共有 130 首,且比例继之上一期,也有进一步的提升,为 87.25%;中节的数量共有 19 节,比例稍低于上一期,而为12.75%;长节未见,情况正与第一期相同。

表三　盛唐转韵纯七言古诗节长分布情况表　（单位：首）

节长＼诗人	短节			中节				长节				余	总计
	2	3	4	5	6	7	8	9	10	11	12		
王　翰	7	0	19	0	1	0	0	0	0	0	0	0	27
孟浩然	1	0	7	0	0	0	0	0	1	0	0	0	9
李　颀	28	0	68	0	7	0	4	0	0	0	0	0	107
孙　逖	0	0	6	0	0	0	0	0	0	0	0	0	6
高　适	5	0	31	0	1	0	1	0	0	0	0	0	38
王　维	0	0	28	0	3	0	3	0	3	0	0	0	37
李　白	12	1	86	0	4	0	0	0	0	0	0	2	108
崔　颢	11	0	20	0	5	0	3	0	2	0	0	1	39
杜　甫	11	0	116	4	2	1	25	0	0	0	16	7	182
岑　参	34	0	62	0	0	0	0	0	0	0	0	0	96
总　计	109	1	443	4	23	1	36	0	6	0	16	10	649
	553			64				32					

由表中可知，盛唐转韵纯七言古诗的节长分布，主要有以下几个特点：一是，就节长的种类而言，共有 17 种，主要有二句节、三句节、四句节、五句节、六句节、七句节、八句节、十句节、十二句节。此外，十二句节之上的尚有十四句节、十五句节、十六句节、十七句节、十八句节、十九句节、二十句节和二十二句节，其种类之多，为前后六期之最。二是，各种节长中，四句节最多，共有 443 节；次为二句节，共有 109 节；次为八句节，共有 36 节；次为六句节，共有 23 节；次为十二句节，共有 16 节；次为十句节，共有 6 节；次为五句节，共有 4 节，分别为杜甫《戏为双松图歌》的末节、《王兵马使二角鹰》的末节、《后苦寒行二首》（其二）的首节、《魏将军歌》的末节；次为十四句节和十五句节，两种各有 2 节，前者分别为崔颢《邯郸宫人怨》的第三节和杜甫《观公孙大娘弟子舞剑器行》的首节，后者分别为李白《侍从宜春苑

奉诏赋龙池柳色初青听新莺百啭歌》的末节和杜甫《荆南兵马使太常卿赵公大食刀歌》的末节；剩余的三句节、七句节、十六句节、十七句节、十八句节、十九句节、二十句节、二十一句节均各有1节，分见于李白《乌栖曲》的第三节、杜甫《苏端薛复筵简薛华醉歌》的第二节、杜甫《锦树行》的首节、杜甫《荆南兵马使太常卿赵公大食刀歌》的首节、杜甫《暮秋枉裴道州手札率尔遣兴寄近呈苏涣侍御》的首节、杜甫《杜鹃行》的末节、杜甫《苏端薛复筵简薛华醉歌》的首节、李白《当涂赵炎少府粉图山水歌》的首节等。三是，在这些节长中，多数均为偶数节长，奇数节长种类虽不少，共有三句节、五句节、七句节、十五句节、十七句节和十九句节6种，但各种的数量则极其稀少，绝大多数均仅有1—2节，它们的总和，也仅有区区的10节而已，其罕遇可想而知。四是，三类节长中，短节一种的比例为85.21%，虽微有回落，但显然仍具有绝对的优势，其中二句节、三句节、四句节三种相加的总数共高达553节；此外，中节和长节的数量则分别为64节和32节，前者的比例，相较上一期继续有所回落，而为9.86%，后者所占的比例虽不大，但毕竟具备一定的数量，较之此前的集体失声，已然有了生机。

表四　中唐转韵纯七言古诗节长分布情况表　（单位：首）

节长 诗人	短节			中节				长节					总计
	2	3	4	5	6	7	8	9	10	11	12	余	
刘长卿	8	0	41	0	0	0	0	0	0	0	0	0	49
钱　起	11	0	36	0	3	0	0	0	0	0	0	0	50
韩　翃	6	0	52	0	0	0	0	0	0	0	0	0	58
韦应物	8	1	11	0	0	0	0	0	0	0	1	0	21
权德舆	17	0	55	0	0	0	0	0	0	0	0	0	72
王　建	89	3	84	0	1	0	0	0	0	0	0	0	177

第七章 节长

续表

节长 诗人	短节			中节				长节					总计
	2	3	4	5	6	7	8	9	10	11	12	余	
韩 愈	31	0	42	2	2	1	5	0	0	0	1	2	86
白居易	32	1	57	1	2	0	7	0	0	0	0	2	102
刘禹锡	53	0	109	0	3	0	2	0	0	0	0	0	167
李 贺	64	2	106	1	9	1	3	0	0	0	0	1	187
总 计	319	7	593	4	20	2	17	0	0	0	2	5	969
	919			43				7					

由表中可知,中唐转韵纯七言古诗的节长分布,主要有以下几个特点:一是,就节长的种类而言,共有 11 种,主要有二句节、三句节、四句节、五句节、六句节、七句节、八句节、十二句节等 8 种。此外,十二句节之上的尚有十三句节、十六句节和十八句节等 3 种。总的来看,此时的节长种类逊于盛唐,而多于其它几个时期。二是,各种节长中,四句节的最多,共有 593 节;其次为二句节,共有 319 节;其次为六句节,共有 20 节;其次为八句节,共有 17 节;其次为三句节,共有 7 节,分别见于韦应物《古剑行》的第三节、王建《白纻歌二首》(其一)的末节、《白纻歌二首》(其二)的末节、《七夕曲》的末节、白居易《法曲美列圣正华声也》的首节、李贺《河南府试十二月乐词·四月》的末节、《河南府试十二月乐词·十月》的末节;其次为五句节,共有 4 节,分别见于韩愈《鸣雁》的末节、《八月十五夜赠张功曹》的末节、白居易《法曲美列圣正华声也》的第二节、李贺《苦篁调啸引》的末节;其次为十六句节,共有 3 节,分别见于韩愈《赠侯喜》的第四节、《丰陵行》的末节和白居易《琵琶行》的第十八节;其次为七句节和十二句节,两种各有 2 节,前者分别见于韩愈《李花赠张十一署》的首节和李贺《河南府试十二月乐词·二月》的首节;最后为十三句节和十八

句节,两种各有 1 节,分别见于李贺《秦王饮酒》的末节和白居易《琵琶行》的第十五节。三是,在这些节长中,以偶数节长居多,共有 7 种,分别为二句节、四句节、六句节、八句节、十二句节、十六句节和十八句节。奇数节长也有一定的比例,共有 4 种,分别为三句节、五句节、七句节和十三句节,其种类虽不少,四种相加的总节数共 14 节,也高于盛唐的 10 节,但相对同期四句节、二句节等的数量而言,仍有甚大的距离。四是,三类节长中,仍以二句节、三句节和五句节组成的短节为一大宗,共有 919 节,且比例有大幅提高,而占总节数的 94.84%;相反,中节和长节两种的总节数分别为 43 节和 7 节,则有不小的下降,尤其是后者。

表五　晚唐转韵纯七言古诗节长分布情况表　（单位：首）

节长 诗人	短节			中节				长节				总计
	2	3	4	5	6	7	8	9	10	11	12	余	
杜　牧	0	0	2	0	0	0	0	0	0	0	0	0	2
李群玉	0	0	4	0	0	0	0	0	0	0	0	0	4
李商隐	11	0	56	0	1	0	0	0	0	0	0	0	68
温庭筠	1	0	118	0	3	0	0	0	0	0	0	0	122
薛　逢	0	0	31	0	0	0	0	0	0	0	0	0	31
陆龟蒙	0	0	15	0	0	0	2	0	0	0	1	1	19
唐彦谦	2	0	14	0	0	0	0	0	0	0	0	0	16
韦　庄	4	0	7	0	1	0	1	0	0	0	2	1	16
李咸用	4	0	4	0	0	0	2	0	0	0	1	0	11
王　毂	1	0	15	0	0	0	0	0	0	0	0	0	16
总　计	23	0	266	0	5	0	5	0	0	0	4	2	305
	289			10				6					

由表中可知,晚唐转韵纯七言古诗的节长分布,主要有以下四个特点:一是,就节长的种类而言,共有 7 种,分别为二句节、四句节、六句

节、八句节、十二句节、十六句节和二十句节,对比上一个时期,节长种类的数量又有不小的缩减,而仅略高于盛唐之前的几个时期。二是,在305节中,仍以四句节最多,共有266节,其次为二句节,共有23节,其次为六句节和八句节,而各有5节,其次为十二句节,共有4节,最后为十六句节和二十句节各1节,分别见于韦庄《赠峨嵋山弹琴李处士》的首节和陆龟蒙《五歌·水鸟》的首节。三是,在7种节长中,均为清一色的偶数节长,奇数节长则未见。四是,三类节长中,短节仍为翘楚,共有289节,比例为总节数的94.75%,而基本与前一个时期持平;中节和长节的数量分别各有10节和6节,两者相合的比例,与中唐一样,亦颇低迷,惟其中的长节,比例要略高于中唐。

通过以上的统计和分析,可以得出以下三点结论:一是,就节长种类而言,以盛唐的最多,共有17种,其次是中唐,共有11种,其次是晚唐,共有7种,其次是南北朝和晋以前两个时期,而各有6种,最少的是初唐,仅有4种。综合六个时期而言之,则共有18种,分别为二句节、三句节、四句节、五句节、六句节、七句节、八句节、十句节、十二句节、十三句节、十四句节、十五句节、十六句节、十七句节、十八句节、十九句节、二十句节和二十二句节,与盛唐的17种相比,仅多了十三句节一种。六个时期的发展历程,大抵呈现出盛唐高,两边低的态势,惟初唐稍有例外,而为众中之低谷。要而言之,这种分布特点,大抵与各个时期诗歌的风格气象,关联甚切。盛唐格调恢宏,故鱼龙混杂,变化甚大,次为中唐一批贞元、元和之诗人,诗风虽有奇俗之别,然笔触所到,亦能极一代之奇观。这种自觉与不自觉的追求,使他们热衷于尚风调、崇变化的七古创作,从而带来了七古创作数量的激增,这应该就是此两个时期节长种类分布较广的主要原因之一。

二是,综合六个时期而言,在各种节长共2209节中,四句节乃遥遥领先于其它各种,总数高达1446节,其次为二句节,共有546节,其次为八句节,共有73节,其次为六句节,共有72节,其次为十二句节,共有22节,其次为十句节,共有10节,其次为三句节,共有10节,其次为五句节,共有9节,其次为十六句节,共有5节,其次为七句节,共有4节,其次为十四句节、十五句节、十八句节和二十句节,而各有2节,最后为十三句节、十七句节、十九句节和二十二句节,而仅各有1节。这一分布,主要有以下两个特点:第一,就各节所包含的数量而言,偶数句节具有绝对的优势,其中奇数句节虽有三句节、五句节等共8种,但包含的数量仅有寥寥的25节;相反,偶数句节的节长种类虽稍多于前者,而有二句节、四句节等11种,但包含的节数却高达2169节,差距堪称霄壤之别。第二,在两类节长中,偶数句节虽为绝对的主流,但各种节长的地位也有区别,其中最常规的当为四句节、二句节、八句节和六句节四种,四种中,四句节为众中之最,六句节和八句节两种大抵持平,二句节则介于以上两类之间。此是综合言之,如果具体到各个时期,那么,初唐以前,二句节和四句节两种,前者的地位反而要高于后者,这与初唐之后,四句节的突围,乃至此后的一骑绝尘还是不同的。再者,就总节数言,八句节的数量虽略高于六句节,但两者在各个时期往往互有高低,亦不可一概而论。此外,属于长节的十二句节和十句节,虽非常规,但也能时而一见,十二句节之上的,就堪称微乎其微了。至于,奇数句节一类,各种节长之间也略有不同,而以三句节、五句节和七句节三种最为常见。

　　三是,在三类节长中,绝大多数为短节,其次是中节,再次是长节。这三类在六个时期的数量分别为:晋以前,短节有10节,中节有5节,长节为0节;南北朝,短节有101节,中节有17节,长节有4节;初唐,短节有130节,中节有19节,长节为0节;盛唐,短节有553节,中节有64节,长节有32节;中唐,短节有919节,中节有43节,长节有7节;晚唐,短节有289节,中节有10节,长节有6节。综合而言,六个时期2209节中,其中短节共有2002节,中节共有158节,长节共有49节。由此可知:第一,六个时期,均以短节为绝对力量,而稍点缀以中节。第二,长节,在发展过程中,往往时有时无,如晋以前无之,南北朝才出现,而后初唐归于绝迹,盛唐才又重焕生机,然后在中、晚唐又渐渐式微,但也不至于一无所有。第三,各类节长在六个时期虽一例以短节为主,而点缀以中节、长节,但三者之间的比例,在各个时期仍不尽相同,其差异已见前析,兹不赘论。

三、七古节长的几个问题

以上主要把七古节长的发展分为几个时期,然后就大的段落,笼统而论之。事实上,各个时期的诗人们,对于节长的运用,往往也有不小的差异。因此,此部分拟打破此前各个时期的分界,以每个诗人的创作特点为考察对象,侧重讨论以下三个问题。

首先是各个诗人使用的节长种类问题。对此,可以将它们分为四类情况。一类是,诗人所使用的节长,仅限于二句节、四句节、六句节和八句节中的某几种,几可以是一,也可以是四。可以说,多数诗人的创作情况均属于此类。具体来说,此类特点,又包含以下四种情形:一是诗中仅使用二句节一种,代表诗人有萧子显、萧纲、陈叔宝和李峤四位。其中前三位所处的时期,还是二句节占上风的时代,后一位,即李峤可供考察的对象,仅1首,所以难免有一定的偶然性。事实上前三位的作品也不多,而在3—6首之间。这方面最典型的作品,莫过于乐府《乌栖曲》和《东飞伯劳歌》两种,其中前者在当时多为两节,每两句一转,故通篇多为二句节,后者在当时多为五节,亦二句一转,故通篇均为二句节。以上四人的相关作品,无不属于此两曲,而毫无例外。二是诗中仅有四句节一种,这方面的代表诗人主要有杨广、孙逖、杜牧、李群玉、薛逢五位。如果说，前四位的入选，是因为作品少，节数亦无多，尚有一定的偶然性的话，那么，薛逢其人，对于四句节的倾心，则近乎一种执念。三是诗中所使用的节长，仅限于二句节和四句节两种。这方面的代表诗人，共有徐陵、王勃、宋之问、岑参、刘长卿、韩翃、权德舆、唐彦谦、王毂九位。四是诗中所使用的节长，多为二句节、四句节（或两种，或一种，一种则多为四句节），而间以六句节和八句节（或两种，或其中一种），这方面的代表诗人最多，共有萧衍、吴均、萧绎、上官仪、骆宾王、卢照邻、乔知之、刘希夷、沈佺期、张说、王翰、李颀、高适、钱起、刘禹锡、李商隐、温庭筠等十七位。

另一类是节长种类，以二句节、四句节、六句节和八句节的某几种为主，而兼用长节。这方面的代表诗人，南北朝有江总，其诗除了使用上述四种主要节长外，尚有十句节一种，见于《宛转歌》的第一节、第三节和第四节。初唐无之。盛唐有孟浩然，其诗除了使用二句节和四句节两种，还有十句节一种，见于《高阳池送朱二》的首节；又有王维，其诗除了使用四句节、六句节和八句节外，尚有十句节一种，见于《老将行》各节；又有崔颢，其诗除了使用上述四种主要节长外，尚有十节一种，见于《邯郸宫人怨》的第四节和第五节，十四节一种，见于《邯郸宫人怨》的第三节。中唐无之。晚唐有陆龟蒙，其诗除了使用四句节和八句节两种外，还有十二句节一种，见于《五歌·刘获》的末节，二十句节一种，见于《五歌·水鸟》的首节；又有韦庄，其诗除了使用上述四种主要节长外，尚有十二句节一种，见于《乞彩笺树》的首节，十六句节一种，见于《赠峨嵋山弹琴李处士》的首节；又有李咸用，此诗除了使用二句节、四句节和八句节三种外，还有十二句节一种，见于《水仙操》的首节。

再一类是节长种类，以二句节、四句节、六句节和八句节的某几种为主，而兼用奇数句节。这方面的代表诗人仅有两位，均为中唐诗人，一个是王建，其诗除了使用二句节、四句节和六句节外，还有三句节一种，而分别见于《白纻歌二首》《七夕曲》三诗的末节。另一位是李贺，此诗除了使用上述四种主要节长外，还有三句节一种，见于李贺《河南府试十二月乐词·四月》的末节等，五句节一种，见于《苦篁调啸引》的末节，七句节一种，见于《河南府试十二月乐词·二月》的首节，十三句节一种，见于李贺《秦王饮酒》的末节。应该说明的是，按照本文的三类节长分法，十三句节应该也属于长节，但在李贺众多的节长中，对长节的使用仅限于此，十分罕见，故暂只将它计为奇数句节。

最后一类是节长种类，主要以二句节、四句节、六句节和八句节的某几种为主，而同时兼有长节和奇数句节两种。这样的代表诗人，南北朝主要有鲍照，其诗除了使用二句节和四句节两种外，还有三句节一种，见于《代白纻曲二首》（其二）的第二节，和十句节一种，见于《拟行路难十八首》（其十二）的首节。初唐无之。盛唐主要有李白，其诗除了使用二句节、四句节和六句节三种外，尚有三句节一种，见于李白《乌栖曲》的第三节，十五句节一种，见于李白《侍从宜春苑奉诏赋龙池柳色初青听新莺百啭歌》的末节，二十二句节一种，见于《当涂赵炎少府粉图山水歌》的首节；又有杜甫，其诗除了使用上述四种主要节长外，还有五句节一种，见于《戏为双松图歌》的末节等，七句节一种，见于《苏端薛复筵简薛华醉歌》的第二节，十二句节一种，见于《乐游园歌》的首节等，十四句节一种，见于《观公孙大娘弟子舞剑器行》的首节，十五句节一种，见于《荆南兵马使太常卿赵公大食刀歌》的末节，十六句节一种，见于《锦树行》的首节，十七句节一种，见于《荆南兵马使太常卿赵公大食刀歌》的首节，十八句节一种，见于《暮秋枉裴道州手札率尔遣兴寄近呈苏涣侍御》的首节，十九句节一种，见于《杜鹃行》的末节，二十句节一种，见于《苏端薛复筵简薛华醉歌》的首节。中唐有韦应物，其诗除了使用二句节和四句节两种外,尚有三句节一种,见于韦应物《古剑行》的第三节,十二句节一种,见于《温泉行》的第二节;又有韩愈,其诗除了使用上述四种主要节长外,还有五句节一种,见于《鸣雁》的末节,七句节一种,见于韩愈《李花赠张十一署》的首节,十二句节一种,见于《李花赠张十一署》的末节,十六句节一种,见于《丰陵行》的末节等;又有白居易,其诗除了使用上述四种主要节长外,尚有三句节一种,见于《法曲美列圣正华声也》首节,五句节一种,见于《法曲美列圣正华声也》的第二节,十六句节一种,见于《琵琶行》的第十八节,十八句节一种,见于《琵琶行》的第十五节。综上,此类诗人共有各期代表诗人六位,他们中,除白居易外,其余五人均属于七古体制风格较为多样,而其中不乏风雨纷飞、发扬蹈厉的一面。

其次是二句节和四句节在各位诗人创作中的轻重问题。如前所述,综合以上六个时期,诗人们使用的最多的节长当为四句节,其次是二句节,两种节长几乎占据了绝大部分的节长。以上是就所有诗人笼统言之的,事实上,各个诗人之间也时有不同。具体来说,就两者的轻重而言,可大致分为三类:一是二句节多于四句节。这种情况的代表诗人,除了上举诗中仅使用二句节一种节长的萧子显、萧纲、陈叔宝和李峤等四位诗人外,南北朝的尚有萧衍、萧绎和江总三人。三人中,萧衍2首诗7节,共用了三种节长,其中二句节5节,六句节和八句节各1节,而无四句节;萧绎4首诗11节,其中二句节6节,四句节4节;江总12首诗42节,其中二句节16节,四句节13节,三人均是二句节多于四句节者。初唐,仅王勃一人,其3首诗6节,二句节共有4节,而四句节仅2节,也是二句节占优。盛唐和晚唐均不存在这种情况。初唐以后,这种情况,最典型的当属王建,王建的七古,纯粹以二句节相接换的诗篇虽不多,如《乌栖曲》《古宫怨》等,但不少诗歌往往以二句节为主,而间以四句节,这在别家诗中是较为罕见的,如《寒食行》《秋千词》《别鹤曲》等。

二是，二句节不及四句节一半者。这样的情况最多，代表诗人共有三十二位，其中南北朝仅三人，分别是鲍照、吴均、杨广三人，这主要与当时二句节的独占鳌头有关。初唐共有八位，分别是上官仪、骆宾王、卢照邻、乔知之、刘希夷、沈佺期、宋之问、张说，其中除沈佺期外，绝大多数诗人四句节的数量都遥遥领先于二句节。盛唐也有八位，分别是王翰、孟浩然、李颀、孙逖、高适、王维、李白、杜甫等，其中除李颀外，其他人也均是二句节的数量远逊于四句节，而像孙逖、王维两人的诗中，甚至不存在二句节。中唐是初唐以来这种情况最少的，而共有五位，分别是刘长卿、钱起、韩翃、权德舆和刘禹锡，其中像刘禹锡，四句节虽有109节，但二句节也有53节，已接近四句节的一半。由此可见，中唐诗人对于二句节的钟爱。晚唐也有八位，分别是杜牧、李群玉、李商隐、温庭筠、薛逢、陆龟蒙、唐彦谦、王毂，其中像杜牧、李群玉、薛逢、陆龟蒙等四人，诗中甚至不存在二句节。当然，这可能与多数人的相关作品较少有一定的关系。

三是，介于以上两种情况之间者，即二句节的数量少于四句节，而又为四句节的一半以上（包括一半）。这种情况也不算多，代表诗人共有9位。9位中，南北朝仅徐陵一人，在徐陵的9节诗中，四句节共有5节，而二句节也有4节。初唐无之。盛唐主要有崔颢和岑参两人，可见两人对于二句节的喜好，其中崔颢7首诗39节，四句节共有20节，二句节也有11节，岑参22首诗96节，四句节共有62节，而二句节也有34节，两人的二句节数量均超过了四句节的一半。中唐的这种情况最多，共有四位代表诗人，分别是韦应物、韩愈、白居易和李贺，他们之间的二句节和四句节数量，分别是8节和11节，31节和42节，32节和57节，64节和106节，其中多数诗人的二句节已远超四句节的一半，而尤以韩愈和李贺为甚。晚唐共有韦庄和李咸用两位，其中韦庄的二句节和四句节分别为4节和7节，前者刚好超过一半，而李咸用的二句节和四句节，则分别为4节和4节，两者可谓不相上下。

最后是决定节长种类多寡的因素问题。一般来说,对于某个诗人而言,他的作品越多,节数越多,那么,其节长种类越丰富的可能性也就越大。如南北朝时,江总纯七言古诗的首数和节数均为一代之最,所以,其节长种类也是那一代人最多的,而有5种,分别为二句节、四句节、六句节、八句节和十句节;又如萧绎的节数也不少,共有11节,在这11节中,节长种类共有二句节、四句节和六句节3种。相比之下,萧子显和杨广均只有二句节或四句节1种节长,某种程度上,便是因为作品不多,节数较少造成的,其中前者仅6节,后者仅4节。又如初唐时卢照邻19节中,共有四种节长,而分别为二句节、四句节、六句节和八句节,相比那些节数在10节以下,而节长种类均只有1—2种的诗人来说,也有作品、节数多寡的原因。如李峤5节只有二句节1种节长,王勃6节只有2种节长,乔知之8节也仅有2种节长。此类情况最为典型的应推杜甫,杜甫的节长种类,之所以能雄踞盛唐,很大一部分与其在当时作品最多,节数也最多有关。如前所述,杜甫182节中,共有14种节长,而分别为二句节、四句节、五句节、六句节、七句节、八句节、十二句节、十四句节、十五句节、十六句节、十七句节、十八句节、十九句节、二十句节。相比之下,李白的节数共有108节,李颀的节数共有107节,两人的节数分别居盛唐的第二位和第三位,但前者的节长种类仅有5种,分别为二句节、三句节、四句节、六句节和二十二句节,而后者的节长种类更是仅有4种,分别为二句节、四句节、六句节和八句节。综上,不能不说,节长数量的多寡是影响节长种类数量的一个重要因素。

不过,节长数量的多少,并不是决定节长种类的唯一因素,其中,时代的风气、个人的特点,尤其是后者,也至关重要。如上举南北朝时期,萧绎11节共有3种节长,领先于萧子显的6节而仅有1种节长和杨广的4节而仅有1种节长,但与萧绎一样,陈叔宝的节数虽也有11节,而节长却只有二句节1种,并未领先于萧子显和杨广。此外,吴均的节数,虽仅有8节,但节长种类也有四句节、六句节和八句节3种。甚至鲍照的节数虽仅有6节,但节长种类却有二句节、三句节、四句节和十句节4种,从而领先于萧绎。又如上举卢照邻19节共有4种节长,而领先于节数在10节以下,节长种类不超过2种的一批诗人。反观初唐节数最多的张说和第二多的骆宾王,他们的节长种类反而要逊于卢照邻,即张说的节数虽有37节,但节长种类仅有二句节、四句节和六句节3种,骆宾王的节数虽有26节,但节长种类也仅有二句节、四句节和六句节3种。可见,诗人本身的选择,对于节长种类的多少,也起着至关重要的作用。这方面,最典型的例子,应该是杜甫与中唐几位重要诗人的对比。如前所述,杜甫182节共用了14种节长,但放眼中唐诗人,其中李贺的节长数量虽在杜甫之上,共有187节,但其节长种类不过二句节、三句节、四句节、五句节、六句节、七句节、八句节、十三句节共8种而已。此外,王建的转韵纯七古虽有177节,但节长种类仅有区区的二句节、三句节、四句节和六句节4种。刘禹锡虽有167节,同样的,节长种类也仅有二句节、四句节、六句节和八句节4种而已。综上可知,决定节长种类数量的,主要有两个要素:一是作品和节数的多少。二是作者本人的选择。

四、小结

晚唐以前,转韵纯七古的节长,常见者有二句节、四句节、六句节和八句节4种,而以四句节和二句节为最。此外,偶尔也有十句节,如鲍照《拟行路难十八首》(其十二)的首节;二十句节,如李咸用《水仙操》的首节;十四句节,如崔颢《邯郸宫人怨》的第三节;十六句节,如秦韬玉《吹笙歌》的第二节;乃至于十八句节、二十句节、二十二句节、二十四句节等。再者,除上述或常见,或不常见之偶数句节外,偶尔也有一些奇数句节。其中,相对较为常见的是三句节,如武元衡《桃源行送友》的首节;五句节,如杜甫《魏将军歌》的末节;七句节,如李贺《河南府试十二月乐词·二月》的首节。相对较为稀有的奇数句节,有十一句节、十三句节、十五句节、十七句节、十九句节等,至于九句节,则暂未寓目。

通过先秦迄晚唐六个时期转韵纯七古节长演变过程的全面考察,可得出以下三个结论:一是综合各段而言,先秦到晚唐的节长种类共有18种,分别为二句节、三句节、四句节、五句节、六句节、七句节、八句节、十句节、十二句节、十三句节、十四句节、十五句节、十六句节、十七句节、十八句节、十九句节、二十句节和二十二句节。其中盛唐最多,中唐次之,晚唐再次之,初唐最少,南北朝与晋以前则介于初、晚唐之间。盛唐、中唐节长种类独多,与此时恢弘阔大的诗风不无关系。二是各类节长中,以四句节、二句节、八句节、六句节诸种最为常见,其后依次为十二句节、十句节、三句节、五句节、十六句节、七句节、十四句节、十五句节等。其中偶数句节占有绝对的优势,而奇数句节,多数只是一点缀耳。三是三类节长中,绝大多数为短节,长节者颇为罕见,中节则介于两者之间。

具体到各个诗人,六个时期七古节长的发展情况,又有以下几个特点:首先,就各位诗人所用的节长种类而言,大致可分为四类:一是所用节长仅限于二句节、四句节、六句节和八句节等常见节长的一种或几种;二是所用节长,以四句节等常见节长为主,而兼用长节。三是所用节长,以四句节等常见节长为主,而兼用奇数句节。四是所用节长,以四句节等常见节长为主,而兼用长节和奇数句节。其次,就二句节和四句节孰轻孰重而言,各位诗人的情况,约可分为以下三种情况:一是二句节多于四句节。这种情况不多,而以南北朝诗人和中唐的王建为甚。二是二句节不及四句节一半者。这种情况最多,是各个阶段最典型的样式。三是二句节的数量少于四句节,而又为四句节的一半以上。这种情况也不多,主要见于徐陵、崔颢、岑参、韦应物、韩愈、白居易、李贺、韦庄和李咸用等9位诗人。最后,就决定节长种类的因素而言,转韵七古节长种类的多与少:一则与作品和节长的绝对数量有关。二则与时代风气、诗人的创作个性有关。

第八章　奇数句

在构篇上,中国古代诗歌往往以两句为一个单位,而形成以偶数收结的篇幅。这一点对于古今最盛行的五言诗和七言诗来说都是如此。相形之下,具有奇数句的诗歌,则可以说是一种异质的存在。对此,前人已有所关注,如王力《汉语诗律学》中将这种现象称之为"畸零句",并作了一些简单的列举。① 至于奇数句七古的渊源和影响,它与用韵之间的关系,它的分类,它的发展历程和特点,诸如此类,尚未见有专文探讨,特为论之。

一、奇数句七古的界定和渊源

所谓奇数句七古,主要指七言古诗或七言古诗的某些节段并不以两句为一个单位的形式出现,前者主要就一韵七古而言,后者主要就转韵七古而言。总的来看,凡是全篇句数不属于双数的,必为奇数句七古。如曹丕《燕歌行二首》(其一)全篇共有 15 句,韩愈《李花赠张十一署》全篇共有 19 句,两诗的总句数均非双数,因此,两诗必属于奇数句七古。此外,有些诗歌,全篇的句数虽然为双数,也可能属于奇数句七古。相较而言,后面这一类诗歌,尤其值得注意。如杜甫《饮中八仙歌》一首,全篇虽共有 22 句,但其中汝阳、左相、宗之、张旭

---

① 王力《汉语诗律学》,上海教育出版社 1979 年版,第 367 页。

四人的描写均以3句为一小节,因此,自然也就属于奇数句七古。

中国古典诗歌,以两句为一个单位,而以偶数句作为篇章的收结,最早的可以追溯至《诗经》的时代。众所周知,《诗经》以四句一章的构篇法,最为常见,如《周南·关雎》一首:

> 关关雎鸠,在河之洲。窈窕淑女,君子好逑。
> 参差荇菜,左右流之。窈窕淑女,寤寐求之。
> 求之不得,寤寐思服。悠哉悠哉,辗转反侧。
> 参差荇菜,左右采之。窈窕淑女,琴瑟友之。
> 参差荇菜,左右芼之。窈窕淑女,钟鼓乐之。①

此诗共五章,二十句,每章四句,以两句为一个单位。类似这种每章四句,以两句为一个单位,通篇以偶数句收结的例子还有《周南·芣苢》《召南·摽有梅》《召南·小星》《邶风·绿衣》《邶风·相鼠》《卫风·河广》《郑风·山有扶苏》《郑风·出其东门》《齐风·东方未明》《陈风·衡门》等。此外,以两句为一个单位,每章六句,通篇以偶数句收结的例子有《邶风·柏舟》《邶风·燕燕》《郑风·女曰鸡鸣》《唐风·绸缪》《秦风·晨风》等;以两句为一个单位,每章八句,通篇以偶数句收结的例子有《周南·汉广》《王风·黍离》《王风·君子于役》《魏风·硕鼠》《秦风·蒹葭》等;以两句为一个单位,每章十句,通篇以偶数句收结的例子有《卫风·氓》《郑风·大叔于田》等;以两句为一个单位,每章十二句,通篇以偶数句收结的例子有《豳风·东山》等。如上所论,不难看出,《诗经》每章虽有四句、六句、八句、十句和十二句等之别,但共同的特点是,以两句为一个单位,通篇以偶数收结。这种构篇法,实际上也是《诗经》创作的主要特色。

无可讳言,《诗经》中也存在着一些不尽以双句为一个单位,各章

---

① 程俊英、蒋见元《诗经注析》,中华书局1991年版,第1—5页。

乃至通篇并非以偶数收结的诗歌,如《王风·采葛》一首:

> 彼采葛兮。一日不见,如三月兮。
> 彼采萧兮。一日不见,如三秋兮。
> 彼采艾兮。一日不见,如三岁兮。①

此诗共三章,每章三句,以不太常见的奇数句收结,而非习见的偶数句,其中每章的首句可视为一独立句。再如《秦风·无衣》一首:

> 岂曰无衣?与子同袍。王于兴师,修我戈矛。与子同仇。
> 岂曰无衣?与子同泽。王于兴师,修我矛戟。与子偕作。
> 岂曰无衣?与子同裳。王于兴师,修我甲兵。与子偕行。②

此诗亦三章,每章五句,也以不太常见的奇数句收结,其中每章的最后一句,可视为一独立句。又如《郑风·将仲子》一首:

> 将仲子兮,无逾我里,无折我树杞。岂敢爱之,畏我父母。仲可怀也,父母之言亦可畏也。
> 将仲子兮,无逾我墙,无折我树桑。岂敢爱之,畏我诸兄。仲可怀也,诸兄之言亦可畏也。
> 将仲子兮,无逾我园,无折我树檀。岂敢爱之,畏人之多言。仲可怀也,人之多言亦可畏也。③

此诗共三章,每章七句,同样以不太常见的奇数句收结,其中每章的首句或可视为独立句。类似这种各章以奇数句收结的例子还有《邶风·北门》《魏风·十亩之间》《卫风·硕人》等。

和以四言为主的《诗经》不尽一样,五言诗以奇数句收结的,无论

---

① 程俊英、蒋见元《诗经注析》,中华书局1991年版,第211—213页。
② 程俊英、蒋见元《诗经注析》,中华书局1991年版,第356—358页。
③ 程俊英、蒋见元《诗经注析》,中华书局1991年版,第221—223页。

是一韵诗,还是转韵诗,古今均十分罕见,甚至未见。五言近体因为平仄相对等的需要,自是不会出现这类现象。即使是格律要求较为宽松的五言古诗,这种现象,也基本上无从寻觅。这一点只要把五古大家如曹植、阮籍、陶渊明、谢灵运、李白、杜甫、韩愈等人的集子稍加翻阅,便可了然。较为特殊的是汉乐府《江南》一首:

> 江南可采莲。莲叶何田田。鱼戏莲叶间。鱼戏莲叶东。鱼戏莲叶西。鱼戏莲叶南。鱼戏莲叶北。

这首诗最为独特的地方,就是通篇以极为罕见的奇数句收结,在五言诗中构成了一种难得一遇的陌生的奇趣。它的奇特,同时也表现在通篇仅有前三句用韵,余冠英先生的解释是"'鱼戏莲叶东'以下可能是和声。'相和歌'本是一人唱,多人和的",①堪称独具只眼。然而,五言诗中,不管是以三句收结,还是七句收结,乃至于以其它奇数句收结,例子终究似入江之风,而几无踪迹可寻。

相对来说,杂言诗虽亦以偶数句收结居多,但要翻检出一些奇数句,应该是较为便利的。稍早的例子,如汉乐府《妇病行》一首:

> 妇病连年累岁。传呼丈人前一言。当言未及得言。不知泪下一何翩翩。属累君两三孤子。莫我儿饥且寒。有过慎莫笪笞。行当折摇。思复念之。乱曰。抱时无衣。襦复无里。闭门塞牖。舍孤儿到市。道逢亲交。泣坐不能起。从乞求与孤买饵。对交啼泣。泪不可止。我欲不伤悲不能已。探怀中钱持授交。入门见孤儿。啼索其母抱。徘徊空舍中。行复尔耳。弃置勿复道。②

依照余冠英先生的句读,在这首长短极尽变化的对话体诗歌里,其中的"属累君两三孤子,莫我儿饥且寒,有过慎莫笪笞,行当折摇,思复

---

① 余冠英《乐府诗选》,人民文学出版社1953年版,第7页。
② 逯钦立《先秦汉魏晋南北朝诗》上册,中华书局1983年版,第270页。

念之"①一小节,当存在一奇数句。此外,"从乞求与孤儿买饵""抱徘徊空舍中"也都可以视作奇数句。唐人的例子,如李白《长相思》(其二)一首:

> 日色已尽花含烟,月明欲素愁不眠。赵瑟初停凤凰柱,蜀琴欲奏鸳鸯弦。此曲有意无人传,愿随春风寄燕然,忆君迢迢隔青天。昔日横波目,今作流泪泉。不信妾肠断,归来看取明镜前。

其中第七句,即"忆君迢迢隔青天"明显是一个奇数句,也就是王力先生说的"畸零句"。与其相仿,其《长相思》(其一)"美人如花隔云端"一句,也是这种异质性的存在。

以上主要就纯七言古诗的外部,探讨了奇数句在中国古典诗歌中的存在和地位。具体到纯七言古诗,以奇数句收结的,最早的似乎可以追溯至先秦《童谣》一首:

> 吴王出游观震湖。龙威丈人名隐居。北上包山入灵墟。乃造洞庭窍禹书。天帝大文不可舒。此文长传六百初。今强取出丧国庐。

此后到汉代,又有崔骃《七言诗》(其一)一首:

> 鸾鸟高翔时来仪。应治归德合望规。啄食楝实饮华池。

不过,以上两首,第一首,逯钦立仅将其列为附录,大概以为是出自假托,而崔氏的一首,揣其语意,又可能是一残篇。因此,这方面较早且可靠的诗,还应推曹丕的《燕歌行二首》,试看后一首:

> 别日何易会日难。山川悠远路漫漫。郁陶思君未敢言。寄声浮云往不还。涕零雨面毁容颜。谁能怀忧独不叹。展诗

---

① 余冠英《乐府诗选》,人民文学出版社1953年版,第27页。

> 清歌聊自宽。乐往哀来摧肺肝。耿耿伏枕不能眠。披衣出户步东西。仰看星月观云间。飞鸧晨鸣声可怜。留连顾怀不能存。

细读全篇,此诗的奇数句,当在第九句和第十一句之间,即"耿耿伏枕不能眠。披衣出户步东西。仰看星月观云间"三句内。严格来说,此三句均有成为独立句的可能。曹丕之后,鲍照之前,类似的纯七言古诗,就不怎么难遇了。

二、奇数句与用韵的对应关系

奇数句七古寓目既多,不难发现这样两个规律。一是存在奇数句的七古,押韵通常都比较稠密,从而出现连续押韵,甚至句句押韵的情况。兹姑以杜甫、韩愈二家诗为例,略作说明如后。如杜甫今存15首奇数句七古,无一首不是押韵较为稠密的,其中连续押韵的共有13首,如《虎牙行》一首:

> 秋风欻吸吹南国,天地惨惨无颜色。洞庭扬波江汉回,虎牙铜柱皆倾侧。巫峡阴岑朔漠气,峰峦窈窕溪谷黑。杜鹃不来猿狖寒,山鬼幽忧雪霜逼。楚老长嗟忆炎瘴,三尺角弓两斛力。壁立石城横塞起,金错旌竿满云直。渔阳突骑猎青丘,犬戎锁甲闻丹极。八荒十年防盗贼,征戍诛求寡妻哭,远客中宵泪沾臆。

此诗为一韵到底诗,前十四句,每两句为一小节,末三句自为一小节,其中"远客中宵泪沾臆"一句,既可视为这一小节的奇数句,也可视作全篇的奇数句,即浦起龙说的"结只用单句收住"。[①] 句句押韵的共有2首,如《荆南兵马使太常卿赵公大食刀歌》一首:

[①] 浦起龙《读杜心解》第一册,中华书局1961年版,第312页。

太常楼船声嗷嘈,问兵刮寇趋下牢。牧出令奔飞百艘,猛蛟突兽纷腾逃。白帝寒城驻锦袍,玄冬示我胡国刀。壮士短衣头虎毛,凭轩拔鞘天为高。翻风转日木怒号,冰翼雪澹伤哀猱。镌错碧罂鸊鹈膏,铓锷已莹虚秋涛。鬼物撇捩辞坑壕,苍水使者扪赤绦,龙伯国人罢钓鳌。芮公回首颜色劳,分闾救世用贤豪。赵公玉立高歌起,揽环结佩相终始。万岁持之护天子,得君乱丝与君理。蜀江如线如针水,荆岑弹丸心未已。贼臣恶子休干纪,魑魅魍魉徒为耳。妖腰乱领敢欣喜,用之不高亦不庳,不似长剑须天倚。吁嗟光禄英雄弭,大食宝刀聊可比。丹青宛转麒麟里,光芒六合无泥滓。①

此诗为转韵诗,共两节,其中前十七句为一节,按《读杜心解》的观点,"'鬼物'三句,后一层出色。'扪赤绦',不敢横刀相比也。'罢钓鳌',刀能剚鳌,不须钓也",②其中"鬼物撇捩辞坑壕,苍水使者扪赤绦,龙伯国人罢钓鳌"三句应为一小节,也是奇数句所在。后十五句又为一节,其中"妖腰乱领敢欣喜,用之不高亦不庳,不似长剑须天倚"三句,按中华书局《读杜心解》所标句读,也应为一个小节,同样也是奇数句所在。

韩愈今存7首奇数句七古,其中也无一不是押韵较为稠密的,其中连续押韵的共有3首,如《李花赠张十一署》一首:

江陵城西二月尾,花不见桃惟见李。风揉雨练雪羞比,波涛翻空杳无涘。君知此处花何似,白花倒烛天夜明,群鸡惊鸣官吏

---

① 今人整理的《全唐诗》、浦起龙《读杜心解》等书此诗的句读互有歧异,兹依后者。分见《全唐诗》(全二十五册)第七册,中华书局1960年版,第2361页;《全唐诗》(全十五册)第四册,中华书局1999年版,第2366—2367页;《读杜心解》第一册,中华书局1961年版,第305页。
② 浦起龙《读杜心解》第一册,中华书局1961年版,第306页。

起。金乌海底初飞来,朱辉散射青霞开。迷魂乱眼看不得,照耀万树繁如堆。念昔少年著游燕,对花岂省曾辞杯。自从流落忧感集,欲去未到先思回。只今四十已如此,后日更老谁论哉。力携一尊独就醉,不忍虚掷委黄埃。

此诗为转韵诗,共两节,前七句和后十二句各为一节,其中首节的前四句,每两句为一小节,后三句自为一小节,其中"群鸡惊鸣官吏起"可视为一独立句。句句押韵的共有4首,如《刘生》一首:

生名师命其姓刘,自少轩轾非常俦,弃家如遗来远游。东走梁宋暨扬州,遂凌大江极东陬。洪涛春天禹穴幽,越女一笑三年留。南逾横岭入炎州,青鲸高磨波山浮。怪魅炫曜堆蛟虬,山㺯谨噪猩猩游。毒气烁体黄膏流,问胡不归良有由。美酒倾水炙肥牛,妖歌慢舞烂不收。倒心回肠为青眸,千金邀顾不可酬,乃独遇之尽绸缪。瞥然一饷成十秋,昔须未生今白头。五管历遍无贤侯,回望万里还家羞。阳山穷邑惟猿猴,手持钓竿远相投。我为罗列陈前修,艾蒿斩蓬利锄耰。天星回环数才周,文学穰穰困仓稠。车轻御良马力优,咄哉识路行勿休,往取将相酬恩雠。①

此诗为一韵到底诗,通篇押平声尤部,其中前三句、后三句、第十六句至第十八句等,各为一小节,其中每一小节的末句不妨视为奇数句之所在,从而有别于其余各处皆以两句为一小节者。

二是,反之,押韵比较稠密的七古,则不一定会出现奇数句。如

---

① 此诗《全唐诗》、钱仲联《韩昌黎诗系年集释》、郝润华等整理《韩昌黎诗集编年笺注》诸本,句读往往不一,本文所断,为有当于诗意者,与各家均有不同。三书出处,依次见《全唐诗》(全十五册)第五册,中华书局1999年版,第3800页;《韩昌黎诗系年集释》上册,上海古籍出版社1994年版,第222—223页;《韩昌黎诗集编年笺注》上册,中华书局2012年版,第111页。

杜甫今存押韵较为稠密的,即用韵为连续押韵和句句押韵的共有 27 首,但其中仅 15 首存在奇数句。不存在奇数句的其余 12 首,均为连续押韵,如《哀王孙》一首:

> 长安城头头白乌,夜飞延秋门上呼。又向人家啄大屋,屋底达官走避胡。金鞭断折九马死,①骨肉不待同驰驱。腰下宝玦青珊瑚,可怜王孙泣路隅。问之不肯道姓名,但道困苦乞为奴。已经百日窜荆棘,身上无有完肌肤。高帝子孙尽隆准,龙种自与常人殊。豺狼在邑龙在野,王孙善保千金躯。不敢长语临交衢,且为王孙立斯须。昨夜东风吹血腥,东来橐驼满旧都。朔方健儿好身手,昔何勇锐今何愚。窃闻天子已传位,圣德北服南单于。花门剺面请雪耻,慎勿出口他人狙。哀哉王孙慎勿疏,五陵佳气无时无。

此诗为一韵到底诗,其中虽有第七句"腰下宝玦青珊瑚"、第十七句"不敢长语临交衢"、第二十七句"哀哉王孙慎勿疏"等的连续押韵,但通篇均以两句为一单位,而不存在奇数句。又如《乐游园歌》一首:

> 乐游古园崒森爽,烟绵碧草萋萋长。公子华筵势最高,秦川对酒平如掌。长生木瓢示真率,更调鞍马狂欢赏。青春波浪芙蓉园,白日雷霆夹城仗。阊阖晴开昳荡荡,曲江翠幕排银榜。拂水低徊舞袖翻,缘云清切歌声上。却忆年年人醉时,只今未醉已先悲。数茎白发那抛得,百罚深杯亦不辞。圣朝亦知贱士丑,一物自荷皇天慈。此身饮罢无归处,独立苍茫自咏诗。

此诗为转韵诗,其中前十二句和前八句各为一节,首节第九句"阊阖晴开昳荡荡"虽为连续押韵,但通篇也不存在奇数句。类似的例子还

---

① "死"字后,《全唐诗》(全十五册)本用句号,误,兹径改。见《全唐诗》(全十五册)第四册,中华书局 1999 年版,第 2270 页。

有《醉歌行》《哀江头》《病后遇王倚饮赠歌》等。

韩愈今存押韵较为稠密的,共有11首,但其中仅7首存在奇数句。另外4首则不存在奇数句,其中,连续押韵的,如《芍药歌》一首:

> 丈人庭中开好花,更无凡木争春华。翠茎红蕊天力与,此恩不属黄钟家。温馨熟美鲜香起,似笑无言习君子。霜刀翦汝天女劳,何事低头学桃李。娇痴婢子无灵性,竟挽春衫来此并。欲将双颊一晞红,绿窗磨遍青铜镜。一尊春酒甘若饴,丈人此乐无人知。花前醉倒歌者谁,楚狂小子韩退之。

此诗为转韵诗,四句一转,其中每节均以两句为一单位,而毫无例外,即使最后一节为句句押韵,从句意上来看,亦各应以两句为一首尾。类似的例子还有《昼月》等。句句押韵的,如《赠郑兵曹》一首:

> 尊酒相逢十载前,君为壮夫我少年。尊酒相逢十载后,我为壮夫君白首。我材与世不相当,戢鳞委翅无复望。当今贤俊皆周行,君何为乎亦遑遑。杯行到君莫停手,破除万事无过酒。

此诗亦为转韵诗,共四节,其中前两节与末节均两句,故自为一小节,当无疑问,中间四句虽为句句押韵,但诵读一过,亦以两句为一解,最为合适。类似的例子还有《送区弘南归》等。

三、奇数句七古的分类

应该说,对于一部分奇数句七古而言,若要具体指出哪一句是奇数句,有时并不是件很容易的事。且看杜甫《曲江三章章五句》(其三)一首:

> 自断此生休问天,杜曲幸有桑麻田,故将移住南山边。短衣匹马随李广,看射猛虎终残年。

此诗为一韵到底诗,最后两句当自为一小节,应无疑问,但前三句,各句之间关系极为紧密,试诵一过,将第二句"杜曲幸有桑麻田",分别与第一句"自断此生休问天"与第三句"故将移住南山边"连读,似均无不可。由此,也就不易确定哪一句为奇数句。这种情况,在唐代以前,可能更普遍一些,毕竟此前或以每句押韵为自然,或隔句押韵虽已开风气,但句句押韵等用韵方式尚有遗风。因此,以两句为一小节、为一意的写作方式,还没有深入到人们的心中。而唐代,主要是盛唐以后,则不然,两句为一小节的手法,经过了初唐对奇数句七古的疏离,早已成了一种集体的意识。比如,杜甫以上同题之作的前两首,请看:

　　曲江萧条秋气高,菱荷枯折随风涛,游子空嗟垂二毛。白石素沙亦相荡,哀鸿独叫求其曹。

　　即事非今亦非古,长歌激越梢林莽,比屋豪华固难数。吾人甘作心似灰,弟侄何伤泪如雨。

这两首亦均为一韵到底诗,其中第一首的后两句为一小节,也当无疑问。前三句中,头两句同为对曲江秋景的渲染,故关系较近,而与后一句诗人之由此感叹白发滋生略远,由此,可断定第三句当自为一句。同理,第二首的后两句为一小节,也无疑问,前三句中,头两句自道此组文章非今非古、长歌激越的独特性质,而与后一句引起不平之"比屋豪华固难数"相去稍远,因而,也可将此句定为奇数句之所在。

　　纵观先秦至唐为数不多的奇数句七古,审视的角度不同,它们的分类,自然也就有所区别。

　　首先,就言数而言,奇数句七古可分为奇数句纯七言古诗与奇数句杂言七古两大类。奇数句纯七言古诗,如前列所举杜甫、韩愈各四首,即均属此类。因为这种奇数句七古更为典型,所以我们有时也就

直接称之为"奇数句七古"。至于奇数句杂言七古的例子,除前面所举李白《长相思》两首外,又如岑参《西亭子送李司马》一首:

> 高高亭子郡城西,直上千尺与云齐,盘崖缘壁试攀跻。群山向下飞鸟低,使君五马天半嘶,丝绳玉壶为君提。坐来一望无端倪,红花绿柳莺乱啼,千家万井连回豀。酒行未醉闻暮鸡,点笔操纸为君题。为君题,惜解携。草萋萋,没马蹄。①

此诗为一韵到底诗,前十一句均为七言,其中前九句,每三句为一小单位,而均存在奇数句。再如韩愈《苦寒歌》一首:

> 黄昏苦寒歌,夜半不能休。岂不有阳春,节岁聿其周,君何爱重裘。兼味养大贤,冰食葛制神所怜。填窗塞户慎勿出,暄风暖景明年日。

此诗共三节,其中前五句一节,次两句又一节,最后两句为一节,首节的末句即为一奇数句。因为奇数句杂言七古与奇数句纯七言古诗相比,反差性不是太大,不甚典型,所以本文的讨论范围主要以奇数句纯七言古诗为限。

其次,就用韵而言,奇数句七古又可分为奇数句一韵七古和奇数句转韵七古两大类。前者,唐之前的如曹丕《燕歌行二首》、曹叡《燕歌行》、傅玄《两仪诗》、晋杂歌谣辞《军中为汲桑谣》等。又如鲍照《代白纻舞歌词四首》(其三)一首:

> 三星参差露沾湿。弦悲管清月将入。寒光萧条候虫急。荆王流叹楚妃泣。红颜难长时易戢。凝华结藻久延立。非君之故岂安集。

---

① 此篇《全唐诗》标点不甚妥当,兹略按诗意重新断之。见《全唐诗》(全十五册)第三册,中华书局1999年版,第2067页。

此诗为一韵到底,全篇共七句,每句均入韵。唐以后的如岑参《敦煌太守后庭歌》一首:

> 敦煌太守才且贤,郡中无事高枕眠。太守到来山出泉,黄砂碛里人种田。敦煌耆旧鬓皓然,愿留太守更五年。城头月出星满天,曲房置酒张锦筵。美人红妆色正鲜,侧垂高髻插金钿。醉坐藏钩红烛前,不知钩在若个边。为君手把珊瑚鞭,射得半段黄金钱,此中乐事亦已偏。

此诗亦为一韵到底,通篇共十五句,每句均入韵,前十二句大抵每两句为一意,最后三句自为一小单位,其中末句"此中乐事亦已偏"可视为一奇数句。

唐之前因为转韵七古相对较少,因此,奇数句转韵七古较之奇数句一韵七古也就偏少。例子最早的是晋杂歌谣辞《陇上为陈安歌》。又如王嘉《歌三首》(其一)一首:

> 金刀治世后遂苦。帝王昏乱天神怒。灾异屡见戒人主。三分二叛失州土。三王九江一在吴。馀悉稚小早少孤。一国二主天所驱。

其中前四句押一个韵部,后三句转押另一个韵部,并且为奇数句之所在。唐以后的如杜甫《苏端薛复筵简薛华醉歌》一首:

> 文章有神交有道,端复得之名誉早。爱客满堂尽豪翰,开筵上日思芳草。安得健步移远梅,乱插繁花向晴昊。千里犹残旧冰雪,百壶且试开怀抱。垂老恶闻战鼓悲,急觞为缓忧心捣。少年努力纵谈笑,看我形容已枯槁。坐中薛华善醉歌,歌辞自作风格老。近来海内为长句,汝与山东李白好。何刘沈谢力未工,才兼鲍照愁绝倒。诸生颇尽新知乐,万事终伤不自保。气酣日落西风来,愿吹野水添金杯。如渑之酒常快意,亦知穷愁安在哉。

第八章　奇数句

忽忆雨时秋井塌，古人白骨生青苔，如何不饮令心哀。

此诗共两节，其中前二十句为一节，后七句为另一节，其中末句"如何不饮令心哀"乃一奇数句，是对酒当歌、及时行乐心态的一种自然流露，也是全篇"醉歌"的主旨所在。

再次，就奇数句的多少而言，奇数句七古虽然多数仅一句奇数句，如前举的鲍照《代白纻舞歌词四首》（其一）、杜甫《曲江三章章五句》《苏端薛复筵简薛华醉歌》、岑参《敦煌太守后庭歌》等。但偶尔也有存在两句奇数句的，例子除前举杜甫《荆南兵马使太常卿赵公大食刀歌》，又如白居易《法曲美列圣正华声也》一首：

> 法曲法曲歌大定，积德重熙有馀庆，永徽之人舞而咏。法曲法曲舞霓裳，政和世理音洋洋，开元之人乐且康。法曲法曲歌堂堂，堂堂之庆垂无疆。中宗肃宗复鸿业，唐祚中兴万万叶。法曲法曲合夷歌，夷声邪乱华声和。以乱干和天宝末，明年胡尘犯宫阙。乃知法曲本华风，苟能审音与政通。一从胡曲相参错，不辨兴衰与哀乐。愿求牙旷正华音，不令夷夏相交侵。①

此诗为转韵诗，通篇共九节，其中前六句，每三句为一节，因而各有一句奇数句，后十四句，每两句为一节，则不存在奇数句。

或者存在三句奇数句的，如曹丕《燕歌行二首》（其一）一首：

> 秋风萧瑟天气凉，草木摇落露为霜，群燕辞归雁南翔。念君客游多思肠，慊慊思归恋故乡，君何淹留寄他方。贱妾茕茕守空房，忧来思君不敢忘，不觉泪下沾衣裳。援琴鸣弦发清商，短歌微吟不能长。明月皎皎照我床，星汉西流夜未央。牵牛织女遥

---

① 此诗前六句的标点，《全唐诗》有误，兹径改之。见《全唐诗》（全十五册）第七册，中华书局1999年版，第4702页。

相望,尔独何辜限河梁。①

此诗为一韵到底诗,全首共十五句,其中前九句,每三句为一小节,故计有三句奇数句,后六句每两句为一小节,则不存在奇数句。

或者存在四句奇数句的,如杜甫《饮中八仙歌》一首:

> 知章骑马似乘船,眼花落井水底眠。汝阳三斗始朝天,道逢麹车口流涎,恨不移封向酒泉。左相日兴费万钱,饮如长鲸吸百川,衔杯乐圣称世贤。宗之潇洒美少年,举觞白眼望青天,皎如玉树临风前。苏晋长斋绣佛前,醉中往往爱逃禅。李白一斗诗百篇,长安市上酒家眠。天子呼来不上船,自称臣是酒中仙。张旭三杯草圣传,脱帽露顶王公前,挥毫落纸如云烟。焦遂五斗方卓然,高谈雄辨惊四筵。

此诗为一韵到底诗,通篇所绘八人,除李白用了四句,知章、苏晋、焦遂三人各用了两句外,其余汝阳、左相、宗之、张旭四人各用了三句,因此也就存在四句奇数句。

乃至存在七句奇数句的,如富嘉谟《明冰篇》一首:

> 北陆苍茫河海凝,南山阑干昼夜冰,素彩峨峨明月升。深山穷谷不自见,安知采斲备嘉荐,阴房洇沍掩寒扇。阳春二月朝始暾,春光潭沱度千门,明冰时出御至尊。彤庭赫赫九仪备,腰玉煌煌千官事,明冰毕赋周在位。忆昨沙漠寒风涨,昆仑长河冰始壮,漫汗崚嶒积亭障。喈喈鸣雁江上来,禁苑池台冰复开,摇青

---

① 关于曹丕《燕歌行二首》(其一)的标点,今人歧异甚大,逯钦立《先秦汉魏晋南北朝诗》于此仅依古例,每句一断,兹则依此首之句意,略加核改,鄙目所及,诸家以现代标点断之而不误者,概仅朱东润《中国历代文学作品选》一书,见朱东润《中国历代文学作品选》上编第二册,上海古籍出版社 2002 年版,第 254 页。由此可见奇数句七古断句之难。

涵绿映楼台。豳歌七月王风始,凿冰藏用昭物轨,四时不忒千万祀。

此诗为转韵诗,通篇共七节,每三句一转,因而每节也就各存在一句奇数句。这种体制,不仅对初唐人而言,堪称别开生面,就是对整个唐代来说,也是相当独特的。

最后,就奇数句所在的位置而言,奇数句七古的奇数句多数位于一首诗的末尾,如前引杜甫《虎牙行》《苏端薛复筵简薛华醉歌》、岑参《敦煌太守后庭歌》等,又如王建《白纻歌二首》《七夕曲》、李咸用《鸡鸣曲》《远公亭牡丹》等,皆是如此。试看韩愈《八月十五夜赠张功曹》一首:

纤云四卷天无河,清风吹空月舒波。沙平水息声影绝,一杯相属君当歌。君歌声酸辞且苦,不能听终泪如雨。洞庭连天九疑高,蛟龙出没猩鼯号。十生九死到官所,幽居默默如藏逃。下床畏蛇食畏药,海气湿蛰熏腥臊。昨者州前捶大鼓,嗣皇继圣登夔皋。赦书一日行万里,罪从大辟皆除死。迁者追回流者还,涤瑕荡垢清朝班。州家申名使家抑,坎轲只得移荆蛮。判司卑官不堪说,未免捶楚尘埃间。同时辈流多上道,天路幽险难追攀。君歌且休听我歌,我歌今与君殊科。一年明月今宵多,人生由命非由他。有酒不饮奈明何。

此诗为转韵诗,共有六节,前五节依次为四句、两句、八句、两句和八句,其中各节均以两句为一小节,而不存在奇数句。最后一节五句,前四句同样以两句为一小节,惟末句"有酒不饮奈明何"为一独立句,而这一独立句,即位于一首诗的篇末。这种写法,实际上与杜甫《苏端薛复筵简薛华醉歌》可谓同一机杼。

奇数句七古的奇数句,大致位于一首诗的中间,也不少见。如前举曹丕《燕歌行二首》(其二)、杜甫《曲江三章章五句》即是。再看杜

甫《忆昔二首》(其一)一首:

> 忆昔先皇巡朔方,千乘万骑入咸阳。阴山骄子汗血马,长驱东胡胡走藏。邺城反覆不足怪,关中小儿坏纪纲,张后不乐上为忙。至今今上犹拨乱,劳身焦思补四方。我昔近侍叨奉引,出兵整肃不可当。为留猛士守未央,致使岐雍防西羌。犬戎直来坐御床,百官跣足随天王。愿见北地傅介子,老儒不用尚书郎。

此诗为一韵到底诗,其中第五、第六和第七句三句,为一小节,第七句"张后不乐上为忙",或可视为一独立句,而此句即大抵位于一首诗的篇中。相对而言,奇数句而见于篇首者,则似所未见,毕竟,像杜甫《曲江三章章五句》(其三)这样的诗,首句是否为奇数句尚在两可之间,不易确定。

四、奇数句七古在历代的发展演变

在勾勒奇数句七古的发展过程之前,因为这类特点的相对少见,有必要在这里对相关时期的纯七言古诗,作一番全面的翻检和统计。为此我们将先秦至晚唐这一大段时间,划分为六个时期,分别是南北朝之前、南北朝、初唐、盛唐、中唐和晚唐。其中,前两个时期作品较少,故予以全面考察,后四个时期作品较多,特从各个阶段中择取10位较有代表性的诗人作为考察对象,具体诗人的选定,请参本书绪论一章。经统计:

(一)南北朝之前共有纯七言古诗35首,其中存在奇数句的共有13首,分别是《童谣》(吴王出游观震湖)、崔骃《七言诗》(其一)、曹丕《燕歌行二首》、曹叡《燕歌行》、傅玄《两仪诗》、晋杂歌谣辞《陇上为陈安歌》《军中为汲桑谣》、谢道韫《咏雪联句》、王嘉《歌三首》(其一)(其三)《白帝子歌》、郭文《金雌诗》等。

(二)南北朝共有纯七言古诗187首,其中存在奇数句的共有29首,分别是鲍照《代白纻舞歌词四首》《代白纻曲二首》(其一)、宋舞曲歌辞《宋凤凰衔书伎辞》、齐舞曲歌辞《齐凤凰衔书伎辞》、张率《白纻歌九首》(其一)(其二)(其四)(其五)、萧绎《宴清言殿作柏梁体诗》、梁燕射歌辞《需雅八曲》、陆法和《谶诗二首》(其一)等。

(三)初唐10位代表诗人共有纯七言古诗36首,其中无一首为奇数句七古。就整个初唐而言之,这类作品,也仅有一首,即富嘉谟《明冰篇》。此篇作品开了三句一转韵的风气,已见前引,后来盛唐人岑参《走马川行奉送出师西征》,可以说是这种风格的回响,只不过是在篇首多一"君不见"领语而已。

(四)盛唐10位代表诗人共有纯七言古诗287首,其中存在奇数句的共有20首,分别是杜甫《饮中八仙歌》《曲江三章章五句》《苏端薛复筵简薛华醉歌》《戏为双松图歌》《忆昔二首》(其一)、《荆南兵马使太常卿赵公大食刀歌》《王兵马使二角鹰》《虎牙行》《后苦寒行二首》《晚晴》《魏将军歌》《杜鹃行》、李白《乌栖曲》《荆州歌》《白纻辞三首》(其三)《侍从宜春苑奉诏赋龙池柳色初青听新莺百啭歌》、岑参《敦煌太守后庭歌》等。

(五)中唐10位代表诗人共有纯七言古诗302首,其中存在奇数句的共有17首,分别是钱起《山中寄时校书》、王建《白纻歌二首》《七夕曲》、韩愈《鸣雁》《八月十五夜赠张功曹》《李花赠张十一署》《岣嵝山》《刘生诗》《陆浑山火和皇甫湜用其韵》《昼月》、白居易《法曲美列圣正华声也》、李贺《河南府试十二月乐词·二月》《河南府试十二月乐词·四月》《河南府试十二月乐词·十月》《秦王饮酒》《苦篁调啸引》等。

(六)晚唐10位代表诗人共有纯七言古诗130首,其中存在奇数句的共有3首,分别是李咸用《鸡鸣曲》《远公亭牡丹》《谢僧寄茶》等。

通过以上奇数句七古发展历程的考察和分析,笔者以为,六个时期的演进特点,大致可以分为五个阶段。先秦至晋代为第一个阶段,此段共有纯七言古诗35首,奇数句七古13首,奇数句七古的占比为13/35=37.14%,约为三分之一强,相对后面几个阶段而言,此时奇数句七古的比例是最高的。个中原因,主要与这一段的主流押韵方式,即句句押韵,关系甚大。正是由于句句押韵,所以诗篇无论转韵与否,最终或以偶数句收结,或以奇数句收结,均属自然。如乐府《燕歌行》一题,虽然曹丕《燕歌行二首》、曹叡《燕歌行》均存在一定的奇数句,但陆机、谢灵运和谢惠连之作却一改其旧,而以偶数句收结。这充分说明了,当时在句句押韵用韵方式的主导下,是否以奇数句收结并无较严格的避忌。然而,在这个大框架下,我们也应该看到事情的另一面,即此段虽不以出现奇数句为异,但总体来看,偶数句收结仍是更为主流的方式,这从上面偶数句七古占比约有三分之二足可见出。再者,同样是《燕歌行》,从曹魏二帝的奇数句七古到陆、谢等人的偶数句七古,似乎也预示着,偶数句七古在后来的发展中将获得更为优越的环境。

南北朝为第二个阶段。此段共有纯七言古诗187首,奇数句七古29首,奇数句七古的比例为29/187=15.51%,约为六分之一弱。可见,此时的奇数句七古相比前一个阶段总量虽有增加,但比例却有较大的降幅。其中原因,主要与这段时期七古诗的押韵方式由句句押韵逐渐向隔句押韵转移有关。对此,应留意三点:一是鲍照在其中的特点和地位。正如拙文《鲍照七古体制特点述论——兼及鲍照七古的体式意义》[①]所论,实现从句句押韵到隔句押韵的转换,鲍照是

---

① 张培阳《鲍照七古体制特点述论——兼及鲍照七古的体式意义》,《南都学坛》,2019年第4期。

一个至关重要的人物,在他的作品里,既有着前代句句押韵方式的遗风,也有着新时代隔句押韵气息的流注。同样的,在他个人对于奇数句七古的选择上,也具备这种过渡性的色彩,即他的纯七言古诗,既有奇数句七古,也有偶数句七古。其中奇数句七古,已如前列,偶数句七古如《拟行路难十八首》(其一)(其三)(其十二)等。二是就鲍照以后绝大多数的七古名家而言,如萧衍、萧子显、萧纲、庾信、徐陵、江总、陈叔宝、杨广等,均未见有奇数句七古。可见,偶数句七古的创制,在初唐之前的主流文学圈里,早已成为一种共识。三是应该注意到个别作品的局部性特点,如南北朝的奇数句七古虽有29首之多,但其中的一半以上,均产生于梁燕射歌辞"需雅八曲"两种,这种带有偶然性的特点,代表意义显然较为有限。

初唐为第三个阶段。此段经统计的10位主要诗人共有纯七言古诗36首,而无奇数句的存在,即使把这个范围扩展到整个初唐的所有诗人,他们的纯七言古诗中,也就富嘉谟《明冰篇》一首奇数句七古。因此,相对于其前、后阶段而言,此段对于偶数句七古有着更为纯净的追求。

盛唐和中唐为第四个阶段。此段经统计的20位主要诗人共有纯七言古诗589首,奇数句七古37首,比例为6.28%。这两个时期,奇数句七古的比例虽大不如唐之前的两个阶段,但仍应留意以下几点。一是奇数句七古自初唐的沉寂之后,在这个阶段又重新获得了新生,与此前奇数句七古的以自然为主不同,此时的奇数句七古被赋予了新的意义,那就是汉魏体式精神的回归。二是两个时期虽有20位主要诗人被考察,但涉及奇数句七古的,盛唐仅限于杜甫、李白和岑参三人,而尤以杜甫的贡献最巨,盛唐的20首,他一人就占了15首,中唐亦主要集中在韩愈、李贺和王建三人,中唐的17首,他们三个就占了15首,而以韩愈的7首为多。

晚唐为第五个阶段。此段10位主要诗人共有纯七言古诗130

首,而奇数句七古仅有3首,而且集中于李咸用一人身上。可见,奇数句七古发展到此时,已有明显的回落,无论是从数量还是比例上来说,均不复前一个阶段之勇。

五、小结

中国古典诗歌,往往以双句为一单位,构成一完整的篇章。反之,奇数句诗歌的时隐时现,则是一种异质性的存在。所谓奇数句七古,主要指七言古诗中的某些节段不以偶数句的篇幅呈现者。这类诗既包括全篇句数为奇数者,也包括一些全篇句数为偶数者,如杜甫的《饮中八仙歌》,相较而言,后者更值得注意。奇数句纯七言古诗的渊源,可以追溯至《诗经》、五言诗以及杂言七古中之类似篇章者。

奇数句七古的出现与用韵疏密有着紧密的对应关系。一般来说,存在奇数句的七古,用韵通常都较为稠密,从而出现连续押韵,甚至句句押韵等情况。前者如杜甫的《虎牙行》,后者如韩愈的《刘生》。反之,连续押韵、句句押韵等用韵较为稠密的七言古诗,则不一定存在奇数句。前者如杜甫的《病后遇王倚饮赠歌》,后者如韩愈的《送区弘南归》。

具体指出奇数句七古的奇数句之所在,有时并非易事。奇数句七古的分类主要有以下几种:就言数而言,奇数句七古可分为奇数句纯七言古诗与奇数句杂言七古;就用韵而言,奇数句七古又可分为奇数句一韵七古和奇数句转韵七古;就奇数句的数量而言,奇数句七古以只有一句奇数句者最为常见,存在两句、三句、四句奇数句的奇数句七古也时有所见,甚至还有纯七言古诗中存在七句奇数句的,如富嘉谟《明冰篇》;就位置而言,奇数句七古的奇数句多数位于一首诗的末尾,其次为篇中,位于一首诗开端的,暂时未见。

先秦至唐,奇数句七古的发展历程,六个时期可大致分为五个阶段,依次是晋以前、南北朝、初唐、盛中唐和晚唐。其中第一个阶段奇数句七古的比例是各个阶段最高的。南北朝次之。初唐段的奇数句七古,除了富嘉谟《明冰篇》一首之外,余则难觅影踪。正如此段对连续押韵、句句押韵等用韵方式的疏离一样,这一特点也带着一种纯粹的体性追求。盛唐和中唐一段,奇数句七古的比例之高虽不如南北朝以前,但这种体式风格的重新出现,乃至回暖,却被赋予了新的意义,即汉魏体式精神的回归。晚唐段,奇数句七古的创作,总体上已不复上一个阶段之勇,而主要集中在李咸用一人身上。

第九章 联锦

清人沈德潜《唐诗别裁》在追溯七言古诗的发展史时,对于初唐,曾有"风调可歌"的评语。① 今人马茂元在《唐诗选》的前言里,认为以初唐卢照邻《长安古意》等为代表的"新型的长篇诗歌"的体制特征之一为"语言的流利宛转"。② 事实上,无论是沈氏的"风调可歌",还是马先生的"语言的流利宛转",大抵都是针对七古的联锦特点而言的。类似的议论,从古至今,并不鲜见,不过多为只言片语而已。有鉴于此,本文拟从七古联锦的界定、渊源、分类和发展等方面,对其作一番全面而系统的考察。

一、联锦的界定、渊源和余波

联锦是一种在句与句之间,节与节之间重叠字词的修辞手法。一般说的"顶针"或"顶真",也可以看作联锦中的一种。关于"联锦"一词的由来,韦庄有《杂体联锦》一诗,诗曰:

> 携手重携手,夹江金线柳。江上柳能长,行人恋尊酒。尊酒意何深,为郎歌玉簪。玉簪声断续,钿轴鸣双毂。双毂去何方,隔江春树绿。树绿酒旗高,泪痕沾绣袍。袍缝紫鹅湿,重持金错

---

① 沈德潜《唐诗别裁》凡例,岳麓书社1998年版,第5页。
② 马茂元《唐诗选·前言》,人民文学出版社1960年版,第14页。

第九章　联锦

刀。错刀何灿烂,使我肠千断。肠断欲何言,帘动真珠繁。真珠缀秋露,秋露沾金盘。金盘湛琼液,仙子无归迹。无迹又无言,海烟空寂寂。寂寂古城道,马嘶芳岸草。岸草接长堤,长堤人解携。解携忽已久,缅邈空回首。回首隔天河,恨唱莲塘歌。莲塘在何许,日暮西山雨。

此诗为转韵诗,全诗共十二节,各节依次为四句、两句、四句、四句、两句、四句、四句、两句、两句、两句、两句和两句。细读此诗,所谓联锦,当有以下两个典型特征:一是从发生位置来看,多出现于一首诗的节间,如第一节与第二节节间"尊酒"一词之反复,第二节与第三节节间"玉簪"一词的反复,第三节与第四节节间"树绿"一词的反复等;次则发生于一节之内的句与句之间,如第三节二三句之间"双縠"一词的重现,第六节二三句之间"真珠"一词的重现等。二是从文辞排比来看,多数为完全相同的两字一词的重叠,如上举前两节节间"尊酒"的重复,第二、第三节节间"玉簪"的重复,第三、第四节节间"树绿"的重复等;其次为不完全相同的两字一词的重叠,如第五、第六节间"肠千断"与"肠断"的重复,其中前一个"肠断"中间缀以一"千"字,而为后者所无;再次为一个字的重叠,如第四节二三句间"袍"的重复等。

事实上,联锦的使用,并不始于唐代,早在先秦的诗歌里,这种修辞已时有所见。如《诗经》一书,虽以重章叠唱著称,但联锦手法,也间能一遇。这方面最著名的篇章,莫如《周南·关雎》一首,姑录其第二段与第三段如下:

　　参差荇菜,左右流之。窈窕淑女,寤寐求之。
　　求之不得,寤寐思服。悠哉悠哉,辗转反侧。

其中第二段与第三段之间,"求之"一词的反复,即为典型的联锦手法。又如《邶风·静女》一首第二段与第三段间"美"一词的反复;

《魏风·葛屦》一首两段之间"好人"一词的反复等。以上所举《诗经》联锦,大抵均发生于章段之间,出现于章内的,如《邶风·匏有苦叶》一首,最后一段"人涉卬否"一句的反复等;又如《秦风·驷驖》一首第二段前两句之间"辰牡"一词的反复等。

降及汉魏南朝,这种修辞手法,在五言腾涌的时代里,也不罕见。这方面,最具代表性的篇章当属曹植《赠白马王彪诗》一首,为便论述,特录其全诗如下:

谒帝承明庐。逝将归旧疆。清晨发皇邑。日夕过首阳。伊洛广且深。欲济川无梁。泛舟越洪涛。怨彼东路长。顾瞻恋城阙。引领情内伤。

太谷何寥廓。山树郁苍苍。霖雨泥我涂。流潦浩纵横。中逵绝无轨。改辙登高冈。修坂造云日。我马玄以黄。

玄黄犹能进。我思郁以纾。郁纾将何念。亲爱在离居。本图相与偕。中更不克俱。鸱枭鸣衡轭。豺狼当路衢。苍蝇间白黑。谗巧反亲疏。欲还绝无蹊。揽辔止踟蹰。

踟蹰亦何留。相思无终极。秋风发微凉。寒蝉鸣我侧。原野何萧条。白日忽西匿。归鸟赴乔林。翩翩厉羽翼。孤兽走索群。衔草不遑食。感物伤我怀。抚心长太息。

太息将何为。天命与我违。奈何念同生。一往形不归。孤魂翔故域。灵柩寄京师。存者忽复过。亡没身自衰。人生处一世。去若朝露晞。年在桑榆间。影响不能追。自顾非金石。咄唶令心悲。

心悲动我神。弃置莫复陈。丈夫志四海。万里犹比邻。恩爱苟不亏。在远分日亲。何必同衾帱。然后展殷勤。忧思成疾疢。无乃儿女仁。仓卒骨肉情。能不怀苦辛。

苦辛何虑思。天命信可疑。虚无求列仙。松子久吾欺。变故在斯须。百年谁能持。离别永无会。执手将何时。王其爱玉体。俱享黄发期。收泪即长路。援笔从此辞。

此诗为转韵诗，通篇共七章，其中第二、第三章间"玄黄"一词的重叠，第三、第四章间"踟蹰"一词的重叠，第四、第五章间"太息"一词的重叠，第五、第六章间"心悲"一词的重叠，第六、第七章间"苦辛"一词的重叠等，均是典型的联锦用法。纵观以上联锦的使用，无不发生于各节相连之处，仅第一、第二章间无此用法。因此，有一种看法以为目前的第一章与第二章应合为一章，①实不无道理。此外，第三章第二、第三句间"郁纡"一词的反复，也属于常见的联锦用法。

联锦手法，在同为五古大家的陶渊明诗里，也不鲜见。如陶渊明《归园田居》（其三）一首：

种豆南山下。草盛豆苗稀。晨兴理荒秽。戴月荷锄归。道狭草木长。夕露沾我衣。衣沾不足惜。但使愿无违。

其中前两句之间"豆"一词的反复，第六、第七句间"沾""衣"等字的颠倒和反复，尤其是后者，均为常见的联锦手法。又如《归园田居》（其二）一首，第八句"但道桑麻长"、第九句"桑麻日已长"之间，"桑麻长"三字的反复；《归园田居》（其四）第九句"借问采薪者"、第十一句"薪者向我言"之间，"薪者"一词的反复等，也均为明显的联锦。以上所举陶诗，均为一韵到底诗，其转韵而使用联锦者，如《拟挽歌辞三首》（其三）一首两节之间"千年不复朝"一词的重现等。

以上所引数例主要为文人之辞，民间无名氏之作，而以联锦手法著称者，应首推《西洲曲》一首：

忆梅下西洲。折梅寄江北。单衫杏子红。双鬓鸦雏色。西

---

① 余冠英《汉魏六朝诗选》，人民文学出版社1978年版，第119页。

洲在何处。两桨桥头渡。日暮伯劳飞。风吹乌臼树。树下即门前。门中露翠钿。开门郎不至。出门采红莲。采莲南塘秋。莲花过人头。低头弄莲子。莲子青如水。置莲怀袖中。莲心彻底红。忆郎郎不至。仰首望飞鸿。鸿飞满西洲。望郎上青楼。楼高望不见。尽日栏干头。栏干十二曲。垂手明如玉。卷帘天自高。海水摇空绿。海水梦悠悠。君愁我亦愁。南风知我意。吹梦到西洲。

此诗为转韵诗,通篇共八节,每节四句,其中前两节间"西洲"一词的重现,第二、第三节间"树"一词的重现,第三、第四节间"采莲"一词的重现,第四、第五节间"莲"一词的重现,第五、第六节间"飞鸿"一词的重现,[①]第六、第七节间"栏干"一词的重现,第七、第八节间"海水"一词的重现等,也多为典型的联锦用法。以上数例,多数均发生于上节之末句与下节之首句,出现于一节之内数句之间的,如第三节四句间"门"的反复,第四节四句间"莲"的反复,第六节第二句与第三句间"楼"的反复,最后一节诸句间"梦""我"的反复等。

联锦手法经过五言诗的发扬,而后更是转移至七言诗,尤其是七言古诗身上,从而达到了发展的巅峰,相关情况请见后文。降及晚唐宋代,联锦手法,又进一步实现了从诗到词的拓展。就其渊源而言,可谓是五、七言诗联锦修辞的余绪。如词调《调笑令》一种,填此调者,除须遵守一定的平仄和用韵外,还应注意其中的叠词特色。试看以下两首:

调笑令　　韦应物

胡马,胡马,远放燕支山下。咆沙咆雪独嘶,东望西望路迷。

[①] 上节为"飞鸿",下节则倒为"鸿飞",这种颠倒重叠,也是联锦修辞手法之一,见后文。

迷路,迷路,边草无穷日暮。

调笑令　　王建

团扇,团扇,美人病来遮面。玉颜憔悴三年,谁复商量管弦。弦管,弦管,春草昭阳路断。

其中韦词前两句"胡马"之重叠,王词前两句"团扇"之重叠,即为联锦手法。此外,韦词第五、第六句"路迷"之倒叠,王词第五、第六句"管弦"之倒叠,与前见《西洲曲》"飞鸿"倒叠为"鸿飞"之联锦手法,也无不同。

又如《忆秦娥》一种,填此调者,除了须遵守一定的平仄和用韵规则之外,也应注意上下片第二、第三句间的叠词特色。试看以下两首:

忆秦娥　　万俟咏

天如洗。金波冷浸冰壶里。冰壶里。一年得似,此宵能几。

等闲莫把阑干倚。马蹄去便三千里。三千里。几重云岫,几重烟水。

秦楼月　　范成大

楼阴缺。阑干影卧东厢月。东厢月。一天风露,杏花如雪。

隔烟催漏金虬咽。罗帏暗淡灯花结。灯花结。片时春梦,江南天阔。

其中万词上片第二、第三句间"冰壶里"之重复,下片第二、第三句间"三千里"之重复,范词上片第二、第三句间"东厢月"之重复,下片第二、第三句间"灯花结"之重复,同样也属于典型的联锦手法。

二、不视为联锦的几种情况

本书所谓联锦,一般不包括以下两种:一是句内相连之叠字、叠词者。前者如骆宾王《艳情代郭氏答卢照邻》"迢迢芊路望芝田"之"迢迢","柳叶园花处处新"之"处处",王勃《滕王阁》"闲云潭影日悠悠"之"悠悠";王维《洛阳女儿行》"九微片片飞花琐"之"片片",崔颢《行路难》"万万长条拂地垂"之"万万";韩愈《赠侯喜》"尽日行行荆棘里"之"行行",白居易《长恨歌》"迟迟钟鼓初长夜"之"迟迟";李商隐《燕台四首·春》"风光冉冉东西陌"之"冉冉","香肌冷衬琤琤珮"之"琤琤",温庭筠《鸡鸣埭曲》"银河耿耿星参差"之"耿耿","濛濛御柳悬栖鸟"之"濛濛","十二金人霜炯炯"之"炯炯"等。后者如白居易《法曲(美列圣正华声也)》"法曲法曲歌大定""法曲"之重叠等。

二是句内相间或句内相连而不在同一节奏中之叠字者。如骆宾王《代女道士王灵妃赠道士李荣》"年去年来不自持","年"之重叠;"一心一意无穷已","一"之重叠;"投漆投胶非足拟","投"之重叠;"相怜相念倍相亲","相"之重叠等。又如李白《登金陵凤凰台》"凤凰台上凤凰游","凤凰"之反复;杜甫《哀江头》"春日潜行曲江曲","曲"之重出;《哀王孙》"长安城头头白乌","头"之蝉联;王维《寒食城东即事》"溪上人家凡几家","家"之重复;"落花半落东流水","落"之重复;韩愈《八月十五夜赠张功曹》"人生由命非由他","由"之反复。

以上两类重叠字词之所以不计为联锦。一则,这种重叠字词之手法,与前述联锦多为节句间之蝉联稍有不同。二则,也是更为重要的,如果将此类重叠字词也算为联锦,那么,其考察的对象和范围将大大地扩展,而举不胜举。

本文所谓联锦,也不包括上下句乃至上下节因对举而出现在相同位置的字词之重叠。如骆宾王《代女道士王灵妃赠道士李荣》"个时无数并妖妍,个里无穷总可怜","个""无"之对举;"寄语天上弄机人,寄语河边值查客","寄语"之对举;"此时空床难独守,此日别离那可久","此"之对举。卢照邻《行路难》"若个游人不竞攀,若个娼家不来折","若个"之对举;"谁家能驻西山日,谁家能堰东流水","谁家"之对举等。又如高适《燕歌行》"汉家烟尘在东北,汉将辞家破残贼","汉"之对举。杜甫《醉歌行》"汝身已见唾成珠,汝伯何由发如漆","汝"之对举;《去秋行》"遂州城中汉节在,遂州城外巴人稀","遂州城"之对举;《最能行》"小儿学问止论语,大儿结束随商旅","儿"之对举;《玄都坛歌寄元逸人》"故人昔隐东蒙峰,已佩含景苍精龙。故人今居子午谷,独在阴崖结茅屋","故人"之对举等。此类之所以不纳入联锦,原因无他,主要是因为对举之重叠字词颇类于对仗中的同字对,既为对仗,便有蓄气的作用,而与一般联锦之一气神行,宛转流走迥异。

有时也不包括以下两种。一是重叠字词,而间隔较远的。如韩愈《汴州乱二首》(其二)一首:

母从子走者为谁,大夫夫人留后儿。昨日乘车骑大马,坐者起趋乘者下。庙堂不肯用干戈,呜呼奈汝母子何。

其中虽有"母""子"之重叠,但前者位于诗篇之开端,后者位于诗篇之末尾,中间隔了四句,相距较远,故一般不视为联锦,至少是算不上典型的联锦。韩诗类似的例子还有《赠郑兵曹》等。

又如白居易《劝酒》一首:

昨与美人对尊酒,朱颜如花腰似柳。今与美人倾一杯,秋风飒飒头上来。年光似水向东去,两鬓不禁白日催。东邻起楼高百尺,璇题照日光相射。珠翠无非二八人,盘筵何啻三千客。邻家儒者方下帷,夜诵古书朝忍饥。身年三十未入仕,仰望东邻安可期。一朝逸翮乘风势,金榜高张登上第。春闱未了冬登科,九万抟风谁与继。不逾十稔居台衡,门前车马纷纵横。人人仰望在何处,造化笔头云雨生。东邻高楼色未改,主人云亡息犹在。

金玉车马一不存,朱门更有何人待。墙垣反锁长安春,楼台渐渐属西邻。松篁薄暮亦栖鸟,桃李无情还笑人。忆昔东邻宅初构,云甍彩栋皆非旧。玳瑁筵前翡翠栖,芙蓉池上鸳鸯斗。日往月来凡几秋,一衰一盛何悠悠。但教帝里笙歌在,池上年年醉五侯。

此诗为转韵诗,全诗共十节,其中第三节、第四节、第七节、第九节等各节间虽有"东邻高楼"或"东邻"之反复,但由于间隔较远,即使如第三、第四两节,虽为邻节,但第三节"东邻高楼"位于此节之首句,而第四节"东邻"则位于此节之尾端,中间相隔六句,距离也不近,因而也不是典型的联锦之制。

二是重叠字词,而多与题面有关系者。如韩愈《鸣雁》一首:

嗷嗷鸣雁鸣且飞,穷秋南去春北归。去寒就暖识所依,天长地阔栖息稀。风霜酸苦稻粱微,毛羽摧落身不肥。裴回反顾群侣违。哀鸣欲下洲渚非。江南水阔朝云多,草长沙软无网罗。闲飞静集鸣相和,违忧怀惠性匪他。凌风一举君谓何。

诗中第一句"嗷嗷鸣雁鸣且飞"、第八句"哀鸣欲下洲渚非"、第十一句"闲飞静集鸣相和"之"鸣",虽也有重出反复之效果,但大抵均为题面"鸣雁"之映射,与常见之联锦,实不甚同。

又如白居易《小童薛阳陶吹觱栗歌》一首:

剪削干芦插寒竹,九孔漏声五音足。近来吹者谁得名,关璀老死李衮生。衮今又老谁其嗣,薛氏乐童年十二。指点之下师授声,含嚼之间天与气。润州城高霜月明,吟霜思月欲发声。山头江底何悄悄,猿声不喘鱼龙听。翕然声作疑管裂,诎然声尽疑刀截。有时婉软无筋骨,有时顿挫生棱节。急声圆转促不断,轹轹辚辚似珠贯。缓声展引长有条,有条直直如笔描。下声乍坠石沉重,高声忽举云飘萧。明旦公堂陈宴席,主人命乐娱宾客。碎丝细竹徒纷纷,宫调一声雄出群。众音觥缕不落道,有如部伍随将军。嗟尔阳陶方稚齿,下手发声已如此。若教头白吹不休,但恐声名压关李。

此诗亦为转韵诗,通篇共十节,各节依次为两句、两句、四句、四句、四句、两句、四句、两句、四句和四句,其中第一节第二句,第三节第三句,第四节第二、第四句,第五节第一、第二句,第六节第一句,第七节第一、第三、第四句,第九节第二句,第十节第二句等"声"字之运用,也无不与题面"小童薛阳陶吹觱栗歌"关系甚密。

事实上,以上两种情况,在有些诗歌中,往往是兼而有之的。试看韩愈《芍药歌》一首:

> 丈人庭中开好花,更无凡木争春华。翠茎红蕊天力与,此恩不属黄钟家。温馨熟美鲜香起,似笑无言习君子。霜刀翦汝天女劳,何事低头学桃李。娇痴婢子无灵性,竟挽春衫来此并。欲将双颊一睎红,绿窗磨遍青铜镜。一尊春酒甘若饴,丈人此乐无人知。花前醉倒歌者谁,楚狂小子韩退之。

其中全诗第一句与第十四、十五句,虽有"丈人""花"之反复,但"花"乃芍药之花,且为"丈人"庭中之花,故而与题面"芍药歌"极为相近,且两处之重叠,均相隔甚远,一种为相隔十二句,一种为相隔十三句,几乎为篇首与篇末之别。因而,与一般的联锦,亦大有不同。类似的韩诗还有《寄卢仝》《石鼓歌》等。

三、七古联锦的形成和分类
——以卢骆诗为中心

七古使用联锦手法,最盛者莫过于初唐的骆宾王、卢照邻等人。

以下即以二子诗为中心,将古今七古联锦析为若干类,并适时与其他诗人之此类特点相对照,以明联锦形成之理。总的来看,古今七古联锦约可分为以下七大类。

第一,按字数分,七古联锦以两字之重叠最为常见。如骆宾王《帝京篇》第六、第七节节间"王侯"之重叠,卢照邻《长安古意》第五、第六节节间"鸦黄"之重叠等。类似的例子,可谓不胜枚举。如萧纲《乌栖曲四首》(其三)两节节间"倡家"之重叠,李峤《汾阴行》第二、第三节节间"河东"之重叠,王维《桃源行》第二、第三节节间"居人"之重叠,白居易《长恨歌》第三节中间两句句间"春宵"之重叠等。

其次为一字者,如骆宾王《艳情代郭氏答卢照邻》第七、第八节节间"别"之重叠,卢照邻《行路难》第五、第六节节间"家"之重叠等。类似的例子,还有王褒《燕歌行》第三节第二、第三句句间"城"之重叠;张说《时乐鸟篇》第三、第四节节间"天"之重叠,第五节中间两句句间"人"之重叠;杜甫《玄都坛歌寄元逸人》第二、第三节节间"屋"之重叠;韩愈《题西白涧》第三节前两句句间"溪"之重叠等。

三字之重叠,较为少有。卢骆诗无之。见于其他诗人者,如王勃《江南弄》最后两节节间"遥相思"之重叠,沈佺期《凤箫曲》第二节、第三节节间"昭阳殿""长信宫"之重叠等。类似的例子,还有汉乐府《平陵东》各节节间"劫义公""两走马""心中恻"之重叠,萧纲《江南弄三首》每首两节节间"光照衣""愿莫疏""香风起"之重叠,崔颢《渭城少年行》第四、第五节节间"长安道"之重叠等。

四字之重叠,更为少见。卢、骆诗无之。见于其他诗人者,如宋之问《寒食还陆浑别业》两节间"伊川桃李"之重叠,李白《白毫子歌》首节前两句句间"淮南小山"之重叠等。乃至有七字之重叠者,如杜甫《杜鹃行》第十四、第十五句"万事反覆何所无"之重叠等。

第二,按词类分,大抵以纯粹的名词居多。例子如前所举各例大部分均是外,又如庾信《燕歌行》第三、第四节节间"将军"之重叠,沈佺期《入少密溪》前两节节间"人家"之重叠，李白《金陵城西楼月下吟》两节节间"月"之重叠，白居易《长恨歌》第五节前两句句间"三千"之重叠等。

偶有联锦而为动词者，如骆宾王《代女道士王灵妃赠道士李荣》第七、第八节节间"寻思"之重叠等。类似的例子，还有江总《新入姬人应令诗》前两节节间"来"之重叠，第二节前两句句间"别"之重叠；杜甫《风雨看舟前落花戏为新句》前两节节间"吹"之重叠；白居易《长恨歌》第十五、第十六节节间"归"之重叠等。或为代词者，如刘希夷《死马赋》第二、第三节节间"君"之重叠，高适《秋胡行》第三、第四节节间"妾"之重叠等。

此外，还有"动词+名词"之组合者，如骆宾王《从军中行路难二首》（其二）前两节节间"连营"之重叠，萧纲《伤离新体诗》最后两节节间"登楼"之重叠等。"名词+动词"之组合者，如宋之问《明河篇》第五、第六节节间"雁飞"之重叠等。"代词+动词"之组合者，如白居易《哭师皋》最后两节节间"我知"之重叠等。"名词+动词+名词"之组合者，如上举萧纲《江南弄三首》第一首两节节间"光照衣"之重叠等。

第三，按通变分，重叠的字词，有不变和变化之不同。其不变者，例子甚多，不另举例。所谓变化者，或改易一两字，如骆宾王《帝京篇》第八、第九节节间"侠客""倡妇"与"倡家""游侠"之反复等。类似的例子，还有江总《内殿赋新诗》最后两节节间"织素""织女"之反复，陈叔宝《独酌谣四首》（其二）前两节节间"春月""初花"与"春花春月"之反复，卢思道《听鸣蝉篇》前两节节间"晚声""清露"与"晚风朝露"之反复，崔颢《孟门行》第二、第三节节间"谀谀"与"谀言"之反复，白居易《放旅雁》第三、第四节节间"人鸟""客"与"客鸟""客人"之反复等。

或增减一两字，如骆宾王《艳情代郭氏答卢照邻》第二、第三节节间"柳""园中花"与"柳叶园花"之反复,卢照邻《长安古意》前两节节间"树"与"碧树"之反复等。类似的例子,还有宋之问《寒食江州满塘驿》两节节间"吴洲草"与"吴洲春草"之反复,张若虚《春江花月夜》最后两节节间"斜"与"斜月"之反复,李白《侍从宜春苑奉诏赋龙池柳色初青听新莺百啭歌》第二节第五、第六句句间"春风情"与"春风"之反复等。

或语序上稍有颠倒,如刘希夷《代悲白头翁》第二、第三节节间"落花"与"花落"之颠倒反复,第四、第五节节间"白头翁"与"翁白头"之颠倒反复等。类似的例子,还有萧绎《春别应令诗四首》(其一)前三句之间"夜月""朝花"与"花朝月夜"之颠倒反复;李白《野田黄雀行》两节节间"逐炎洲翠"与"炎洲逐翠"之颠倒反复;杜甫《缚鸡行》后节第一、第三句句间"虫鸡"与"鸡虫"之颠倒反复等。

第四,按位置分,联锦可分为节间联锦与节内联锦两大类。节间联锦,从远到近,又可分为三小类:一是发生于节间,但非相邻之句者。如骆宾王《帝京篇》一首前两节节间"皇居"之反复等。类似的例子,还有王维《夷门歌》后两节节间"公子"之反复;李白《酬殷明佐见赠五云裘歌》前两节节间"谢朓"之反复等。

二是发生于节间的相邻句,但并非蝉联而下者。如骆宾王《艳情代郭氏答卢照邻》一首前两节节间"洛水"之反复,卢照邻《行路难》第二、第三节节间"娼家"之反复等。类似的例子,还有江总《宛转歌》最后两节节间"后来"之反复;李白《白鸠辞》前两节节间"白鸠"之反复等。

三是发生于节间的相邻句,且为蝉联而下者。一般所说顶针,即此之类。如骆宾王《代女道士王灵妃赠道士李荣》第十、第十一节节间"一心"之反复,卢照邻《长安古意》第四、第五节节间"双燕"之反复等。类似的例子,还有鲍照《拟行路难十八首》(其八)前两节节间"西家"之反复;高适《燕歌行》第二、第三节节间"山"之反复等。

一节之内①的联锦，从远到近，也可分为三小类：一是发生于一节之内，但并非相邻之句者。此种卢骆两人诗均未见。见于其他诗人者，如萧子显《春别诗四首》(其四)第二、第三句句间"花"之反复；张说《安乐郡主花烛行》第十节之首句与第四句"帐"之反复；李白《北风行》第十三、第十五句"箭"之反复等。

二是发生于某节相邻之句，但并非蝉联而下者。如骆宾王《畴昔篇》第十一节第五、第六两句句间"关山"之反复等。类似的例子，还有杨广《泛龙舟》第二、第三句句间"扬州"之反复；高适《邯郸少年行》前两句句间"邯郸"之反复；白居易《琵琶引》倒数第二节第二、第三句句间"浔阳"之反复等。

三是发生于某节相邻之句，且为蝉联而下者。一般所说的顶针，也包括此类。如骆宾王《艳情代郭氏答卢照邻》第四节第二、第三句句间"芳沼"之反复等。类似的例子，还有萧衍《河中之水歌》首节第二、第三句句间"莫愁"之反复等。

第五，按组合分，主要有单起单承、双起合承、双起双承、合起双承、三起三承等五类。其中单起单承最为常见，如骆宾王《帝京篇》第十五、第十六节节间"故人"之重叠，卢照邻《失群雁》前两节节间"帝台"之重叠等。类似的例子还有阮卓《赋得黄鹄一远别诗》前两节节间"离声"之重叠，王维《洛阳女儿行》第四节前两句句间"九微"之重叠等。

其次为双起合承，此类因语序、文词的不同，又各可分为两小类。就语序而言，实有顺叙与倒叙之别，顺叙如骆宾王《帝京篇》第四、第五节节间"平台""戚里"与"平台戚里"之重叠，卢照邻《长安古意》第三、第四节节间"比目""鸳鸯"与"比目鸳鸯"之重叠等。类似的例子，还有李白《西岳云台歌送丹丘子》第三、第四节节间"云""台"与

---

① 一韵到底而不分节者亦顺附于此。

"云台"之重叠,白居易《琵琶引》第九、第十节节间"嘈嘈""切切"与"嘈嘈切切"之重叠等。

倒叙如骆宾王《畴昔篇》前两节节间"玉馔""金丸"与"金丸玉馔"之重叠,卢照邻《长安古意》第八、第九节节间"北堂""南陌"与"南陌北堂"之重叠等。类似的例子,还有沈君攸《羽觞飞上苑》前两节节间"马""车"与"车马"之重叠;李白《捣衣篇》第五、第六节节间"宝幄""琼筵"与"琼筵宝幄"之重叠;白居易《琵琶引》第十、第十一节节间"泉""水"与"水泉"之重叠等。

就文词而言,则又有不变与微异之别,不变者如上举卢、骆四例者均是。又如骆宾王《代女道士王灵妃赠道士李荣》第十九、第二十节节间"宝骑""香轮"与"香轮宝骑"之重叠等,卢照邻《长安古意》第十一、第十二节节间"意气""专权"与"专权意气"之重叠等。微异者,如前举骆宾王《艳情代郭氏答卢照邻》第二、第三节节间"柳""园中花"与"柳叶园花"之重叠等。类似的例子,还有杨广《四时白纻歌二首·东宫春》两节节间"洛阳""桃花"与"花红洛水"之重叠等。

再次为双起双承,此类也可以根据语序和文词的不同,而各分为两类,为免繁琐,这里不再细分。如骆宾王《帝京篇》第八、第九节节间"侠""倡"各自之重叠,卢照邻《行路难》第四节节内数句间"枝""巢"各自之重叠等。类似的例子,还有陆厥《李夫人及贵人歌》两节节间"蘼芜""萎绝"各自之重叠,刘希夷《公子行》前两节节间"青云""绿波"各自之重叠,张若虚《春江花月夜》首节节内、前两节节间"江""月"各自之重叠,白居易《法曲(美列圣正华声也)》第四、第五节节间"乱""和"各自之重叠等。

再次为合起双承,此类颇为少见。如阳缙《侠客控绝影诗》前两节节间"游侠人"与"游侠""人"之重叠;杜甫《题李尊师松树障子歌》前两节节间"松障"与"障""松"之重叠;白居易《小童薛阳陶吹觱栗歌》第四节前两句"霜月"与"霜""月"之重叠等。

第九章 联锦

甚至还有一种为三起三承者,如骆宾王《帝京篇》第五、第六节节间"金""绣柱""玉"各自之重叠,崔颢《代闺人答轻薄少年》第三、第四节节间"马""陌上""花"各自之重叠等。

第六,按数量分,这里所说的数量,主要针对整首诗而言。其中有1处联锦者,如骆宾王《从军中行路难二首》(其二)前两节节间"连营"之反复,卢照邻《失群雁》前两节节间"帝台"之反复等。类似的例子,还有薛道衡《豫章行》前两节节间"楼"之反复,王勃《滕王阁》两节节间"云"之反复,王维《同崔傅答贤弟》前两节节间"扬州"之反复等。

有2处联锦者,如王勃《秋夜长》第四、第五句句间"遥相望"之反复,第十三、十四句句间"思自伤"之反复,刘希夷《公子行》前两节节间"青云""绿波"之反复,第二、第三节节间"娼家"之反复等。类似的例子,还有江总《宛转歌》首节节内第五、第六句句间"悲秋"与"秋悲"之反复,后两节节间"后来"之反复;崔颢《行路难》第三、第四节节间"看"之反复,第五、第六节节间"长信"之反复等。

有3处联锦者,如骆宾王《畴昔篇》前两节节间"玉馔""金丸"与"金丸玉馔"之反复,第四、第五节节间"文昌"之反复,第十节节内"关山"之反复;卢照邻《行路难》第二、第三节节间"娼家"之反复,第四节节内"枝""巢"各自之反复,第五、第六节节间"家"之反复等。类似的例子,还有杜甫《丹青引赠曹将军霸》第三、第四节节间"玉花"之反复,第四节前两句句间"榻上"之反复,第五、第七句句间"干"之反复等。

有4处联锦者,如萧综《悲落叶》首节节内"重叠"之反复,第二、第三节节间"乱日"之反复,第三节节内"春日""春风"之反复,第五节节内"落叶"之反复等。类似的例子,还有李白《吹凤笙曲》前两节节间"笙""凤"与"凤笙"之反复,"玉京"之反复,第二、第三节节间"别"之反复,第三、第四节节间"绿云"之反复等。

有5处联锦者,如宋之问《龙门应制》前两节节间"花柳"之反复,第二、第三节节间"凿龙"之反复,第三、第四节节间"山"之反复,第六、第七节节间"鸟"之反复,第八、第九节节间"骑"之反复等。类似的例子,还有李白《捣衣篇》第二、第三节节间"交河北"与"交河""北"之反复,第三、第四节节间"楼"之反复,第四、第五节节间"明月"之反复,第五、第六节节间"宝幄""琼筵"与"琼筵宝幄"之反复,最后两节节间"君"之反复等。

还有6处之联锦者,如骆宾王《艳情代郭氏答卢照邻》前两节节间"洛水"之重叠,第二节节内"帝"之重叠,第二、第三节节间"柳叶园花"之重叠,第四节节内"芳沼"之重叠,第七、第八节节间"别"之重叠,第十、第十一节节间"锦"之重叠等。类似的例子,还有白居易《长恨歌》第三节中间两句句间"春宵"之反复,第五节前两句"三千"之反复,第十五、十六节节间"归"之反复,第十六、十七节"芙蓉""柳"之反复,第二十三节节内"山"之反复,第二十九、三十节节间"钿""钗"之反复等。

甚至有7处之联锦者,如崔颢《渭城少年行》第二、第三节节间"驿使"之反复,第四、第五节节间"长安道"之反复,第五、第六节节间"秦川"之反复,第六、第七节节间"章台"之反复,第七、第八节节间"贵里"之反复,第八、第九节节间"渭桥"之反复,第九、第十节节间"家"之反复等。类似的例子,还有卢照邻《长安古意》等。此外,更有12处之联锦者,如骆宾王《代女道士王灵妃赠道士李荣》,限于篇幅,此处不再具体分析。

第七,按隐显分,一般来说,节间的联锦会比节内的联锦显豁。这主要与古今诗人有意将联锦多用于节间,并已形成一种惯例有关。如骆宾王《艳情代郭氏答卢照邻》一首,全诗虽有6处联锦,但仅1处出现于节内,其余均发生在节与节之间。再如卢照邻《失群雁》《行路难》《长安古意》三首,虽共有联锦11处,但无一不是发生于节间。

同是发生在节间者,又以相邻两句、蝉联而下的联锦最为明显,这样的例子很多,前举诗例多数均属于此类,不另举例。

其次,组合的联锦肯定要比单个的联锦显豁。如卢照邻《长安古意》一首,第三、第四节节间"比目""鸳鸯"与"比目鸳鸯"之组合重叠,第八、第九节节间"北堂""南陌"与"南陌北堂"之组合重叠,第十一、第十二节节间"意气""专权"与"专权意气"之组合重叠,较之同诗第四、第五节节间"双燕"之单个重叠,第五、第六节节间"鸦黄"之单个重叠,第七、第八节节间"娼家"之单个重叠,肯定要明显得多。

再次,就字数而言,二字以上的联锦肯定要比一字的联锦显豁。如宋之问《寒食还陆浑别业》两节节间"伊川桃李"之重叠,较之其《龙门应制》第二、第三节节间"凿龙"之重叠,肯定要明显。而《龙门应制》此处"凿龙"之重叠,肯定又比同诗第三、第四节节间"山"之重叠,第六、第七节节间"鸟"之重叠要显豁得多。

最后,就数量而言,一首诗里,如果使用联锦的数量愈多,在篇幅相去不远的情况下,联锦的特征相对也就较为明显,反之亦然。此种道理,较易理解,不另举例。

四、七古联锦的兴衰和特点

纵观晚唐以前七古联锦的发展历程,大致可以分为六个阶段,分别是南北朝之前、南北朝、初唐、盛唐、中唐和晚唐。其中六段中,以初唐为界,又可分为两大阶段,前一段自先秦始,到整个南北朝结束,为七古联锦发展之权舆,并日新月异,直至迎来初唐的大爆发。初唐之后,联锦在盛唐人手中,仍有一定的活力,不过随着中、晚唐的到来,其风光已逐渐不复往昔。

南北朝之前,七古联锦发展最主要的特点是,联锦绝大多数均见于杂言七古,而几不见于纯七古。如汉代郊庙歌辞《郊祀歌·日出入》"吾知所乐。独乐六龙。六龙之调"数句间"乐""六龙"之反复等。鼓吹曲辞《铙歌·思悲翁》"思悲翁。唐思。夺我美人侵以遇。悲翁但思"数句间"思悲翁"之反复等。《铙歌·战城南》后两节,即"梁筑室何南梁何北。禾黍而获君何食。愿为忠臣安可得。思子良臣。良臣诚可思。朝行出攻。莫不夜归",节间"忠臣"与"良臣"之反复,后节节内"良臣"之反复等。又如《铙歌·有所思》一首:

有所思。乃在大海南。何用问遗君。双珠玳瑁簪。用玉绍缭之。闻君有它心。拉杂摧烧之。摧烧之。当风扬其灰。从今以往。勿复相思。相思。与君绝。鸡鸣狗吠。兄嫂当知之。秋风肃肃晨风飔。东方须臾高知之。

其中第七句、第八句句间"摧烧之"之重叠,第十一、十二句句间"相思"之重叠,即均为联锦手法。而此诗,和上举三诗一样,也是一首杂言七古。

以上所举均为汉诗,魏晋诗的例子,如曹植《平陵东行》一首:

阊阖开。天衢通。被我羽衣乘飞龙。乘飞龙。与仙期。东上蓬莱采灵芝。灵芝采之可服食。年若王父无终极。

其中第三、第四句句间"乘飞龙"的重叠,第六、第七句"采灵芝"与"灵芝采"的颠倒重叠等,也均为联锦手法,而此诗同样是一首杂言七古。至于这一时期联锦为何少见于纯七古,不外有以下两个原因:一是此时纯七古的总量并不多,即鲍照出来之前,前代所创作的七言古诗,不过寥寥三十几首而已。其中无论是文人之作,如曹丕、陆机等人的《燕歌行》系列,还是民歌之什,如《白纻舞歌诗三首》等,除《白纻舞歌诗三首》(其一)有1处联锦之外,其余均无典型的联锦之制。二是从后世七古联锦的使用来看,主要以发生于转韵诗各节节间者居多。而此时的纯七古,不但总数不多,已如前述,且在总数不多的情况下,又以一韵纯七古为主,在这种双重的窘境下,纯七古联锦之稀有,大约是可以预见的。

南北朝初期,七古联锦的特点,大抵延续了前一个时期的特点,其中的代表人物是鲍照。鲍照现存七古约有 32 首,其中纯七古 10 首并无一首存在联锦,如《代白纻舞歌词四首》《代鸣雁行》《拟行路难十八首》(其一)(其三)等,均是其例。其余 22 首杂言七古,始偶有联锦之运用,如《拟行路难十八首》(其十一)前两节节间"人"之反复等。又如《拟行路难十八首》(其八)一首:

> 中庭五株桃。一株先作花。阳春妖冶二三月。从风簸荡落西家。西家思妇见悲惋。零泪沾衣抚心叹。初送我君出户时。何言淹留节回换。床席生尘明镜垢。纤腰瘦削发蓬乱。人生不得恒称意。惆怅徙倚至夜半。

此诗共两节,其中前四句为一节,后八句又为一节,两节节间"西家"一词的重叠,即为典型的联锦用法。

鲍照之后,至南北朝结束,七古联锦开始在纯七言古诗中崭露头角,并日益壮大,这是此期的最大特点之一。如萧衍《河中之水歌》首节第二、第三句"莫愁"的反复;吴均《行路难五首》(其一)第三、第四节节间"未央"的反复,《行路难五首》(其二)第三、第四节节间"长安"的反复;萧纲《乌栖曲四首》(其三)两节节间"倡家"的反复;萧绎《春别应令诗四首》(其一)前三句句间"夜月""朝花"的反复;沈君攸《羽觞飞上苑》两节节间"马""车"的反复;王褒《燕歌行》第三节节内"城"的反复,第三、第四节节间"胡笳"的反复;庾信《燕歌行》第三、第四节节间"将军"的反复等。其中较具代表性的诗人是江总。据考察,江总 19 首七古诗,存在联锦特点的约有 5 首,而这 5 首均为纯七古之作。如《宛转歌》一首第一节第五、第六句"悲秋"之反复,第三、第四节节间"后来"之反复;《新入姬人应令诗》前两节节间

"来"之反复,第二节前两句"别"之反复;《闺怨篇》(其二)后两句"故""新"之反复等。当然,以上特点的形成,主要与诸人所作七古,日渐以纯七言为主,也有一定的关系。如上举江总19首七古中,纯七古就有17首,而杂言七古仅有2首。

初唐一段是联锦发展的高峰期,此时七言古诗虽不多,但联锦的运用却十分频繁。这里所说的频繁,主要有两点表现:一是使用联锦的七古比例较高。如骆宾王今存七古5首,而5首,均有联锦之运用,分别是《从军中行路难二首》(其二)、《帝京篇》《畴昔篇》《艳情代郭氏答卢照邻》《代女道士女灵妃赠道士李荣》。卢照邻不计5首骚体七古外,余下的3首七古也均有联锦之运用,分别是《失群雁》《行路难》《长安古意》等。王勃8首七言古诗,也有6首涉及联锦的使用,分别是《秋夜长》《采莲曲》《临高台》《滕王阁》《江南弄》《落花落》等。刘希夷今存七言古诗11首,同样的,其中也有6首涉及联锦的使用,分别是《捣衣篇》《公子行》《代悲白头翁》《代秦女赠行人》《死马赋》《北邙篇》等。二是某些篇章中,尤其是长篇,联锦的分布可谓随处可见。如上举宋之问《龙门应制》一首,全诗共有42句,而联锦之运用共有5处,卢照邻《长安古意》一首,全诗共有68句,而联锦之运用也有7处,具体详见前文。又如骆宾王《代女道士王灵妃赠道士李荣》一首,全诗共有100句,而联锦之运用更是高达12处,分别是第二、第三节节间"凤"之重叠,第七、第八节节间"寻思"之重叠,第十、第十一节节间"一心""意"之重叠,第十一、第十二节节间"相怜"之重叠,第十六、第十七节节间"春"之重叠,第十八、第十九节节间"御沟"之重叠,第十九、第二十节节间"宝骑""香轮"之重叠,第二十、第二十一节节间"花"之重叠,第二十一、二十二节节间"众诸""长短"之重叠,第二十二、第二十三节节间"西邻""南陌"之重叠,第二十四、第二十五节节间"龙"之重叠,第二十五、第二十六节节间"上林"之重叠等。一般来说,后面这一特点的形成,往往与篇幅的长短关系较大,但也不能过于绝对化。如骆宾王《畴昔篇》一首,篇幅虽为其所有七古之最,在上举《代女道士王灵妃赠道士李荣》等之上,但联锦也不过3处而已,而远逊于后者。

时至盛唐,七古联锦的运用,虽略有下降,但仍有较为突出的表现。具体而言,此段诗人对于联锦的使用,约可分为三类。一是七古中几乎无联锦之运用者,以李颀为代表。据考察,李颀今共有七言古诗35首,这些诗虽一例为转韵之作,于联锦之使用本有更大的便利,但实际上,联锦的分布几无处可寻。如名作《古从军行》《琴歌》《送陈章甫》《听安万善吹觱篥歌》等,均是其例。二是使用联锦的七古较多,较频繁者,以崔颢、李白和杜甫为代表。如崔颢今存七古共有12首,而其中使用联锦者,就高达10首,分别是《行路难》《孟门行》《渭城少年行》《卢姬篇》《江畔老人愁》《邯郸宫人怨》《川上女》《雁门胡人歌》《代闺人答轻薄少年》《黄鹤楼》等。值得注意的是,崔、李、杜三人的七古,虽使用联锦均较多,但崔、李与杜甫之间也有一定的差异,即杜甫七古的联锦,多数均只有1处,且以一字联锦者居多。如《高都护骢马行》一首,全诗共四节,而联锦仅有1处,且为一字联锦,即前两节节间"功"之重叠。又如《哀王孙》一首,为一韵到底诗,通篇共28句,其中联锦也仅有1处,且为一字联锦,即第三、第四句句间"屋"之重叠。再看《风雨看舟前落花戏为新句》一首:

> 江上人家桃树枝,春寒细雨出疏篱。影遭碧水潜勾引,风炉红花却倒吹。吹花困癫傍舟楫,水光风力俱相怯。赤憎轻薄遮入怀,珍重分明不来接。湿久飞迟半日高,萦沙惹草细于毛。蜜蜂蝴蝶生情性,偷眼蜻蜓避百劳。

此诗为转韵诗,通篇共三节,其中联锦仅1处,且为一字联锦,即前两节节间"吹"之重叠。类似的例子还有《玄都坛歌寄元逸人》《乐游园歌》《徒步归行》等。与此不同,崔、李的七古联锦,则并不以1处一字为限。如前论崔颢《渭城少年行》一首,通篇不仅有7处联锦,且7处中,一字联锦,不过1处而已,即最后两节节间"家"之重叠,其余6处,或为二字联锦,如第二、第三节节间"驿使"之重叠,第五、第六节节间"秦川"之重叠,或为三字联锦,如第三、第四节节间"长安道"之重叠等。类似的例子还有《行路难》《江畔老人愁》《代闺人答轻薄少年》等。又如李白《飞龙引二首》(其二)一首:

> 鼎湖流水清且闲,轩辕去时有弓剑,古人传道留其间。后宫婵娟多花颜,乘鸾飞烟亦不还,骑龙攀天造天关。造天关,闻天语,长云河车载玉女。载玉女,过紫皇,紫皇乃赐白兔所捣之药方,后天而老凋三光。下视瑶池见王母,蛾眉萧飒如秋霜。

该诗为转韵诗,通篇共三节,其中联锦计有3处,有1处为二字联锦,2处为三字联锦,分别是第一、第二节节间"造天关"之重叠,第二、第三节节间"载玉女"之重叠,第三节第二、第三句句间"紫皇"之重叠等。类似的例子还有《吹凤笙曲》《捣衣篇》《西岳云台歌送丹丘子》等。三是对于七古联锦的运用,大抵介于上述两类之间,以王维、高适、岑参等为代表。约言之,这些诗人的七古,虽也使用联锦,但相关篇章并不多,且具体到某一首诗,多数为浅尝辄止,仅1处而已。如王维今存32首七古诗中,涉及联锦的约有7首,而其中绝大多数篇章所用联锦,均仅1处。如《洛阳女儿行》第四节前两句句间"九微"之重叠,《同崔傅答贤弟》前两节节间"扬州"之重叠等。

中唐时,七古联锦的发展,又经历了新的变化。一方面,联锦的使用,虽有一定的延续,但无论是涉及的篇章比例,还是具体到每首诗的运用次数,①均有不同程度的下降。如韩愈七言古诗虽有68首,但联锦使用较为明显者,不过八九首而已,且其中所用联锦大多以一

---

① 个别长诗除外,如白居易《长恨歌》等。

第九章 联锦

二处为限。如《题西白涧》一首，全诗共有7节，但联锦仅1处，即第三节前两句句间"溪"的反复。又如《和虞部卢四酬翰林钱七赤藤杖歌》一首，为一韵到底诗，通篇共22句，其中联锦亦仅有1处，即第二、第三句句间"滇"之反复。又如《桃源图》一首，全诗共有11节，其中联锦也不过2处，分别是第二、第三节节间"南宫"之反复，第三节第二、第三句句间"文"之反复等。类似的例子还有《赠侯喜》《八月十五夜赠张功曹》《雪后寄崔二十六丞公》等。另一方面，有些七古诗，表面上虽有字词之重叠，但诸如此类，多为题面之连带，实则并不典型。例子如前面第二部分所举韩愈《鸣雁》、白居易《小童薛阳陶吹觱栗歌》外，又如白居易《重题西明寺牡丹》一首，其中诸句间"花"之反复，即与题面"牡丹"有关，而"君"之反复，"往年""今年"与"明年"之反复，大抵也与题面或题注"时元九在江陵"等关系甚密。又如《花前叹》一首，全诗不过12句，而"花"一字就出现了5次，堪称贯穿全篇。而此种反复，显然也与题面"花前叹"之"花"有莫大的关系。再看《对镜吟》一首：

> 白头老人照镜时，掩镜沉吟吟旧诗。二十年前一茎白，如今变作满头丝。吟罢回头索杯酒，醉来屈指数亲知。老于我者多穷贱，设使身存寒且饥。少于我者半为土，墓树已抽三五枝。我今幸得见头白，禄俸不薄官不卑。眼前有酒心无苦，只合欢娱不合悲。

此诗为一韵到底诗，通篇共14句，其中前两句"镜"之反复，第二、第五句"吟"之反复，第三、第十一句"白"之反复，或与"对镜吟"有直接关联，或为"对镜吟"之引申，显然也与题面有密切关系。

到了晚唐，具备联锦的七古诗，就更加式微了。如李商隐今存20首七古诗，其中转韵诗共有15首，而联锦之运用，几乎无处可寻。诸如《燕台四首》（其一）（其二）这样的诗，前者第二、第三、第四节节间

"天""迷"之重叠,后者第四节两句句间"水清"之重叠,看似叠用了字词,实则并不明显。而像《河阳诗》《偶成转韵七十二句赠四同舍》这样的长篇转韵七古,联锦也难得一遇,即使将《河阳诗》前两句"天"之反复,《偶成转韵七十二句赠四同舍》最后两句"相"之反复,计为联锦,其特征也不算典型。反倒是李商隐的一韵七古,偶尔会展露出一点常见联锦的样子。如《韩碑》一首,其中"帝曰汝度功第一,汝从事愈宜为辞。愈拜稽首蹈且舞,金石刻画臣能为"数句间,"愈"之重叠,"表曰臣愈昧死上,咏神圣功书之碑。碑高三丈字如斗,负以灵鳌蟠以螭"诸句间,"碑"之重叠等,均可视为典型的联锦,尤其是后者。

和李商隐一样,温庭筠的七古诗也不以使用联锦著称。在其51首七古诗中,其中绝大部分均未见联锦之运用,例子如《鸡鸣埭曲》《夜宴谣》《莲蒲谣》《郭处士击瓯歌》《遐水谣》等。偶有使用联锦的,或大多点到为止,只有1处而已,或不甚典型。如《晓仙谣》一首首节前两句句间"月"之重叠,《生襟屏风歌》一首首节前两句句间"井"之重叠,《织锦词》一首前两节节间"锦"之重叠等。又如《锦城曲》一首:

蜀山攒黛留晴雪,簌笋蕨芽萦九折。江风吹巧剪霞绡,花上千枝杜鹃血。杜鹃飞入岩下丛,夜叫思归山月中。巴水漾情不尽,文君织得春机红。怨魄未归芳草死,江头学种相思子。树成寄与望乡人,白帝荒城五千里。

此诗为转韵诗,通篇共三节,其中联锦仅有1处,即前两节节间"杜鹃"一词之重叠即是。

五、小结

"联锦"一词,源于韦庄《杂体联锦》一题,是一种在节句间重叠字词的修辞手法。联锦的使用,虽以七古诗为最,但并非为七古所独有。其渊源,最早可追溯至《诗经》之《周南·关雎》《邶风·静女》《魏风·葛屦》《邶风·匏有苦叶》《秦风·驷驖》等篇。降至汉魏南朝,无论是曹植的《赠白马王彪诗》,陶渊明的《归园田居》(其二)(其三)(其四)、《拟挽歌辞三首》(其三),还是乐府民歌之《西洲曲》,均堪为七古联锦之先导。其中曹植一诗和民歌《西洲曲》对于联锦的使用,尤为突出。其余波,较近者,则可推至词作中某些词调的联锦手法,如《调笑令》一种前两句之重叠,第五句后两字与第六句之重叠,《忆秦娥》一种上下片第二句后三字与第三句之重叠等。

　　本文所谓联锦,一般不包括以下几类:一是句内连续之叠字而为一词者,如骆宾王《艳情代郭氏答卢照邻》"迢迢芊路望芝田","迢"之反复等。二是句内不连续之叠字,或连续叠字而不为一词者,前者如李白《登金陵凤凰台》"凤凰台上凤凰游","凤凰"之反复,后者如杜甫《哀王孙》"长安城头头白乌","头"之反复等。三是因对举而出现在相同位置的字词之重叠,如卢照邻《行路难》"若个游人不竞攀,若个娼家不来折","若个""不"之对举等。四是重叠字词,而距离较远者,如白居易《劝酒》诸节间"东邻高楼"或"东邻"等的反复等。五是重叠字词,而多为题面之映照者。如韩愈《鸣雁》第一、第八、第十一句"鸣"之反复,即与题面"鸣雁"关系甚深。

　　七古联锦的形成,大致可分为七类。一是按字数分,联锦有一字、二字、三字、四字甚至七字之别,而以二字者最为常见,其次为一字者。二是按词类分,主要以纯粹的名词居多,偶尔有动词、代词,以及"动词+名词""名词+词""代词+动词""名词+动词+名词"等组合。三是按通变分,大致有不变和变化两大类,而以不变者居多,变化者,或改易一两字,或增减一二字,或颠倒语序,不一而足。四是按位置分,主要有节间联锦与节内联锦两大类。两大类,依联锦距离的远近,又各可析为三小类,而以节间、节内之蝉联而下者最为典型。五是按组合分,主要有单起单承、双起合承、双起双承、合起双承和三起三承等五大类。六是按数量分,一首诗之联锦,则有1处至7处,乃至12处者,难可一概,而终以一二处居多。七是按隐显分,大抵以节间、组合、二字以上之联锦,最为显豁,同时一首诗的联锦愈多,其特征当然也就愈发明显,反之亦然。

纵观先秦迄晚唐,七古联锦的发展,大抵可分为六个阶段,分别是南北朝之前、南北朝、初唐、盛唐、中唐和晚唐。南北朝之前,七古联锦多见于以汉乐府为代表的杂言七古中,这主要与当时纯七古,尤其是转韵纯七古较少有关。南北朝前期,七古联锦的发展,大抵延续了上一期的特点,以鲍照为代表。此后,随着纯七古渐成主流,七古联锦也日益向纯七古转移。初唐时,七古联锦,无论是涉及联锦的诗篇比例,还是具体到某一诗歌使用的联锦数量,均有亮眼的表现,而以卢骆为代表。到了盛唐,七古使用联锦,虽略有回落,但仍有较为突出的展示,而以崔颢、李白、杜甫等人最为特出。此后,历经中、晚唐,七古对于联锦的运用,就日益式微了。大而言之,晚唐之前,七古联锦的发展,大抵可以初唐为界,其中初唐是巅峰,先秦至南北朝与盛唐至晚唐两段,则分居抛物线的两边,或爬升,或衰落,其进程均为渐进式的,而非相反。

第十章　上句末字用声

七古上句末字的用声特点，古今人论者寥寥。即有者，亦不免简单，如《诗问》里，王渔洋在答刘大勤之问时，就说过"七言古凡一韵到底者，其法度悉同。惟仄韵诗，单句末一字可平、仄间用；平韵诗，单句末一字忌用平声。若换韵者，则当别论"。[①] 其中，关于仄韵七古和平韵七古上句末字用声的描述，堪称目光如炬。只是，前人类似的批评大多三言两语，难免有不够晓畅之憾。试为论之。

一、概念界定、考察对象和体式渊源

所谓上句末字用声，主要是针对隔句押韵七古，尤其是隔句押韵纯七古而言的，一般考察的是这类诗每联当中上句末字的用声情况。不过，被考察的诗，如果是一首一韵到底押平韵，而首句入韵的诗，那么，所谓的上句末字用声，就不包括首句的末字。因为此处的用声，已经事先被规定了，自无考察的必要。姑举一例，如李白《别山僧》一首：

> 何处名僧到水西，乘舟弄月宿泾溪。平明别我上山去，手携金策踏云梯。腾身转觉三天近，举足回看万岭低。谑浪肯居支

[①] 王士禛等著《诗问》卷四，《诗问四种》本，齐鲁书社1985年版，第91页。

遁下,风流还与远公齐。此度别离何日见,相思一夜暝猿啼。

此诗为一韵到底隔句押平声齐部,首句即入韵,所谓上句末字用声,探究的就是这首诗除首句之外的每一联上句末字的用声情况,即考察"去""近""下""见"等处的用声。

上句末字用声既是主要针对隔句押韵七古而言的,因此,其考察对象往往不包括以下几类:一是不包括句句押韵七古,因为既为句句押韵,无论是一韵诗还是转韵诗,其上句末字的用声情况已事先确定,也就无考察的必要。如李贺《杨生青花紫石砚歌》一首:

端州石工巧如神,踏天磨刀割紫云。佣刓抱水含满唇,暗洒苌弘冷血痕。纱帷昼暖墨花春,轻沤漂沫松麝薰。干腻薄重立脚匀,数寸光秋无日昏。圆毫促点声静新,孔砚宽顽何足云。

此诗为一韵到底通押真文元部,共十句,为句句押韵,既为句句押韵,其上句末字的声调必已提前确定,且平仄与所用韵部声调相一致,故类似之诗,实无考察之必要。

二是,一般也不包括有连续押韵的七古,原因略同上。如温庭筠《七夕》一首:

鸣机札札停金梭,芙蓉澹荡生池波。神轩红粉陈香罗,凤低蝉薄愁双蛾。微光奕奕凌天河,鸾咽鹤唳飘摇歌。弯桥销尽愁奈何,天气骀荡云陂陁。平明花木有秋意,露湿彩盘蛛网多。

此诗为一韵到底押平声歌部,其中除首句入韵外,第三、第五、第七句的末字也均入韵,既入韵,声调已定,也就无所谓什么上句末字用声的考察了。以上主要是针对平韵七古诗(节)和大部分仄韵七古诗(节)来说的,事实上,由于平韵七古与仄韵七古遵循的上句末字用声规律不同,有一部分仄韵七古,虽有连押,但如果符合一定的条件,其上句末字用声情况依然可被考察,详参本章第二部分。

三是,不包括存在奇数句的七古,因为如果存在奇数句,诗中不能两两而成一联,必有一句或某几句无"上句"可言。因而,这类诗通常也无考察的必要。如王建《白纻歌二首》(其二)一首:

> 馆娃宫中春日暮,荔枝木瓜花满树。城头乌栖休击鼓,青娥弹瑟白纻舞。夜天曈曈不见星,宫中火照西江明。美人醉起无次第,堕钗遗珮满中庭。此时但愿可君意,回昼为宵亦不寐,年年奉君君莫弃。

此诗为转韵诗,全诗共三节,除前两节各为一个四句节外,最后一节为一个三句节。其中"年年奉君君莫弃"一句可视为奇数句,由于奇数句是单独存在的,并无上句可言,因此也就无所谓"上句末字用声"。实则,但凡存在奇数句的七古诗,一般也都是押韵较为稠密的诗歌,即不是句句押韵,便是连续押韵。具体到王建这首诗而言,就是一首连续押韵七古,其中不但最后一节为句句押韵,第一节也是句句押韵,通篇不过第七句未入韵而已。

四是,不包括某首诗中的二句节,这一点主要是针对转韵诗而言的。因为二句节仅有两句,押韵上势必都要入韵,既如此,此节的上句末字用声,业已提前确定,也就无考察的必要。如白居易《哭师皋》一首:

> 南康丹旐引魂回,洛阳篮舁送葬来。北邙原边尹村畔,月苦烟愁夜过半。妻孥兄弟号一声,十二人肠一时断。往者何人送者谁,乐天哭别师皋时。平生分义向人尽,今日哀冤唯我知。我知何益徒垂泪,篮舆回竿马回辔。何日重闻扫市歌,谁家收得琵琶伎。萧萧风树白杨影,苍苍露草青蒿气。更就坟前哭一声,与君此别终天地。

此诗为转韵诗,共四节,分别为二句节、四句节、四句节和八句节,其中应考察的主要是后三节的上句末字用声,至于第一节,因为是一个二句节,上句末字用声已定,故无烦考察。这种情况的极端,是一首诗均由二句节组合而成,倘如此,整首诗的上句末字用声,便均无考察之必要。如陈叔宝《东飞伯劳歌》一首:

> 池侧鸳鸯春日莺,绿珠绛树相逢迎。谁家佳丽过淇上,翠钗绮袖波中漾。雕轩绣户花恒发,珠帘玉砌移明月。年时二七犹未笄,转顾流盼鬟鬓低。风飞蕊落将何故,可惜可怜空掷度。

此诗为转韵诗,共五节,每两句一转,故而每节首句势必都得入韵,既入韵,其上句末字用声便已提前确定,故无额外考察的必要。

七古上句末字用声规则,平韵诗(节)与仄韵诗(节)实有区别。大抵而言,平韵七古的上句末字用声规则,除首句入韵[①]外,其余上句末字的声调则多用仄声。与此不同,仄韵七古上句末字的用声规则,则多以平仄交替[②]的形式呈现。以上两个规则的特点和分析详见本章第二、第三部分。在此,拟先讨论下以上两个规则的渊源。

平韵七古上句末字用声规律的渊源,最早可以追溯至相传为南朝沈约所创"四声八病"之"上尾",所谓上尾,《文镜秘府论》是这样解释的:

> 上尾诗者,五言诗中,第五字不得与第十字同声,名为上尾。诗曰:"西北有高楼,上与浮云齐。"如此之类是其病也。又曰:"可怜双飞凫,俱来下建章。一个今依是,拂翮独先翔。"又曰:"荡子别倡楼,秋庭夜月华。桂叶侵云长,轻光逐汉斜。"若以"家"代"楼",此则无妨。

[①] 首句如不入韵,其末字亦多用仄声。
[②] 此处说的平仄交替,既包括平、仄交替,也包括仄、平交替,对于七古而言,事实上,更多的是仄、平交替。

> 释曰：此即犯上尾病，上句第五字是平声，则下句第十字不得复用平声，如此病，比来无有免者。此是诗之疣，急避。①

以上所论，有三点值得注意：一是上尾之病乃指第五字不得与第十字同声。依此类推，第十五字与第二十字，第二十五字与第三十字，第三十五字与第四十字等，也不得同声。二是所谓同声，结合本书其它声病的解释，当指同为平上去入之声，即其中包括平声一种。三是如果诗篇前两句的末字，同为平声，但均入韵，则不算声病。因此，上文中说"荡子别倡楼，秋庭夜月华"中的"楼"若代以入韵的"家"字，即无妨。以上三点完美地解释了前述平韵七古的上句末字用声规律。

事实上，南朝以后，诗律虽不断发展和演变，但上尾之说，却完整地被平韵近体格律所继承和保留。因此，也不妨说，平韵近体格律也是平韵七古上句末字用声规律的渊源之一。姑举一例以见之，如杜甫《登高》一首：

> 风急天高猿啸哀，渚清沙白鸟飞回。无边落木萧萧下，不尽长江滚滚来。万里悲秋常作客，百年多病独登台。艰难苦恨繁霜鬓，潦倒新停浊酒杯。

此诗为七言八句律诗，其中除首句入韵可不计之外，其余上句末字，即"下""客""鬓"，均一例为仄声。单就平韵近体的这一局部特点而言，与前论平韵七古上句末字的用声规则并无不同。

至于仄韵七古上句末字用声规律的渊源，则可追溯至"四声八病"当中的另一种，即"鹤膝"，对此，《文镜秘府论》一书的解释如下：

> 鹤膝诗者，五言诗第五字不得与第十五字同声。言两头细，中央粗，似鹤膝也，以其诗中央有病。诗曰："拔棹金陵渚，遵流

---

① 卢盛江《文镜秘府论汇校汇考》第二册，中华书局2006年版，第931—932页。

背城阙。浪蹙飞船影,山挂垂轮月。"又曰:"陟野看阳春,登楼望初节。绿池始沾裳,弱兰未央结。"

释曰:取其两字间似鹤膝,若上句第五字"渚"字是上声,则第三句末"影"字不得复用上声,此即犯鹤膝。故沈东阳著辞曰:"若得其会者,则唇吻流易;失其要者,则喉舌塞难。事同暗抚失调之琴,夜行坎壈之地。"①

上面关于鹤膝的论述,也有两点值得注意:一是第五字与第十五字同声,谓之鹤膝,同理可推,第十五字与第二十五字,第二十五字与第三十五字,第三十五字与第四十五字等,如果同声,也属于鹤膝。二是所谓同声,当指同平上去入四声也,具体到上文,既包括同上声,也包括同平声,当然,也包括文中未提及的同去声和同入声。

对照之后,不难得知,从鹤膝说到仄韵七古的上句末字用声规律,两者之间虽有渊源,但也有不同之处:一是鹤膝说的基础是四声论,而仄韵七古上句末字用声规律的基础是平仄二元论。两者之间最大的区别,在于一个区分仄声当中的上去入声,另一个对此则不加区分。二是上文所举二例虽均为仄韵诗,但鹤膝说并未明显限定此一理论只能适用于仄韵诗,这一点与仄韵七古上句末字用声规律的大前提为"仄韵"也不一样。

同样的,仄韵七古上句末字用声规律也可以在近体当中的另一支,即仄韵近体中,找到更为相近的影子。关于仄韵近体上句末字的用声特点,笔者在博士论文上编第六章《仄韵近体格律考述》中,曾有这样一段话:

> 仄韵近体在篇式的组织上,也有与平韵不同的地方。除首句押韵外,平韵近体的上句末字通常以仄声结尾,按照正常的思

---

① 卢盛江《文镜秘府论汇校汇考》第二册,中华书局2006年版,第973页。

维,仄韵近体应该与此相反,①实际上却不如此。一个显著的特点是,仄韵近体的上句末字,更喜欢以平、仄或仄、平交替的形式出现。这种特点普遍存在于仄韵近体的各体诗中。②

相形之下,不难看出,前论仄韵七古上句末字用声规律,实则即出于仄韵近体的上句末字用声特点。在此,不妨略举二诗,以资参酌。如李峤《云》一首:

> 大梁白云起,氛氲殊未歇。锦文触石来,盖影凌天发。烟煴万年树,掩映三秋月。会入大风歌,从龙赴圆阙。

此诗为仄韵近体,通篇一韵到底押入声月部,其中上句末字,依次为"起""来""树""歌",属于严格的仄、平交替。又如张均《和尹懋登南楼》一首:

> 客来已两春,更瞻韶光早。花鸟既环合,江山复骈抱。楼形写北潭,堞势凌青岛。白云谢归雁,驰怀洛阳道。

此诗也是一首仄韵近体,通篇一韵到底押上声皓部,其中上句末字,依次为"春""合""潭""雁",属于严格的平、仄交替。由此可见,仄韵近体,无论首句是以平结尾,还是以仄结尾,上句末字大多均能严守平仄交替的规则,而仄韵七古的上句末字用声规则,实即导源于此。

二、一韵七古上句末字用声规律

纵观南朝至晚唐所有平韵七言古诗,其上句末字用声绝大部分

---

① 这种例子颇为少见,如陈子昂《酬晖上人夏日林泉》,全诗押上声"麌"部,而上句末字皆以平声字结尾。
② 参见拙文《近体诗律研究》上编第六章《仄韵近体格律考述》,博士论文,南开大学,2013年。

都有这样一个规律,即上句末字一例以仄声收结,但如果首句入韵的话,则不包括首句末字。前者唐之前的如朱超《咏独栖鸟诗》一首:

> 河水闻寒已成冻。塞草愁霜悬自衰。可念无端失林鸟。此夜逆风何处归。列网遮山不听度。悬冰绕树滑难依。细石似燕能随雨。片木作鸢犹解机。但令积风多少便。何患有翼不能飞。寄语故林无数鸟。会入群里比毛衣。

此诗为一韵到底押平声支微部,首句不入韵,其中上句末字分别为"冻""鸟""度""雨""便""鸟",一例以仄声收结,而能严守平韵七古上句末字用声规则。

唐人的如韩偓《残花》一首:

> 馀霞残雪几多在,蔫香冶态犹无穷。黄昏月下惆怅白,清明雨后寥猵红。树底草齐千片净,墙头风急数枝空。西园此日伤心处,一曲高歌水向东。

此诗为一韵到底押平声东部,首句也不入韵,其中上句末字分别为"在""白""净""处",一例以仄声收结,也能严守平韵七古上句末字用声规则。

事实上,平韵七古而首句入韵的例子更多。兹各举南朝、初唐、盛唐、中唐和晚唐各一例以见之。南朝如王融《努力门诗》一首:

> 豫北二山尚有移。河中一洲亦可为。精诚必至霜尘下。意气所感金石离。有子合掌修名立。时王权发美誉垂。昔来勤心少骞堕。何不努力出忧危。胜幡法鼓縈且击。智师道众纷以驰。有生无我俨既列。无明有我孰能窥。

此诗为一韵到底押平声支部,其中上句末字除首句入韵可不计外,其余上句末字均为仄声,即分别为"下""立""堕""击""列",而能严守平韵七古上句末字用声规则。

初唐如张说《遥同蔡起居偃松篇》一首：

清都众木总荣芬，传道孤松最出群。名接天庭长景色，气连官阙借氤氲。悬池旳旳停华露，偃盖重重拂瑞云。不借流膏助仙鼎，愿将桢干捧明君。莫比冥灵楚南树，朽老江边代不闻。

此诗为一韵到底押平声文部，其中上句末字除首句入韵可不计外，其余上句末字亦一例为仄声，即分别为"色""露""鼎""树"，因而也能严格遵守平韵七古上句末字的用声规则。

盛唐如杜甫《瘦马行》一首：

东郊瘦马使我伤，骨骼硉兀如堵墙。绊之欲动转欹侧，此岂有意仍腾骧。细看六印带官字，众道三军遗路旁。皮干剥落杂泥滓，毛暗萧条连雪霜。去岁奔波逐馀寇，骅骝不惯不得将。士卒多骑内厩马，惆怅恐是病乘黄。当时历块误一蹶，委弃非汝能周防。见人惨澹若哀诉，失主错莫无晶光。天寒远放雁为伴，日暮不收乌啄疮。谁家且养愿终惠，更试明年春草长。

此诗为一韵到底押平声阳部，其中上句末字除首句入韵可不计外，其余上句末字亦均能以仄声收结，即分别为"侧""字""滓""寇""马""蹶""诉""伴""惠"，因而同样能严守平韵七古上句末字用声规则。

中唐如韩愈《山石》一首：

山石荦确行径微，黄昏到寺蝙蝠飞。升堂坐阶新雨足，芭蕉叶大支子肥。僧言古壁佛画好，以火来照所见稀。铺床拂席置羹饭，疏粝亦足饱我饥。夜深静卧百虫绝，清月出岭光入扉。天明独去无道路，出入高下穷烟霏。山红涧碧纷烂漫，时见松枥皆十围。当流赤足蹋涧石，水声激激风吹衣。人生如此自可乐，岂必局束为人鞿。嗟哉吾党二三子，安得至老不更归。

此诗为一韵到底押平声微部，其中上句末字除首句入韵可不计外，其余上句末字均一例以仄声收结,分别为"足""好""饭""绝""路""漫""石""乐""子",因而能严格遵循平韵七古上句末字用声规则。

晚唐如崔珏《道林寺》一首:

> 临湘之滨麓之隅,西有松寺东岸无。松风千里摆不断,竹泉泻入于僧厨。宏梁大栋何足贵,山寺难有山泉俱。四时唯夏不敢入,烛龙安敢停斯须。远公池上种何物,碧罗扇底红鳞鱼。香阁朝鸣大法鼓,天宫夜转三乘书。野花市井栽不著,山鸡饮啄声相呼。金槛僧回步步影,石盆水溅联联珠。北临高处日正午,举手欲摸黄金乌。遥江大船小于叶,远村杂树齐如蔬。潭州城郭在何处,东边一片青模糊。今来古往人满地,劳生未了归丘墟。长卿之门久寂寞,五言七字夸规模。我吟杜诗清入骨,灌顶何必须醍醐。白日不照耒阳县,皇天厄死饥寒躯。明珠大贝采欲尽,蚌蛤空满赤沙湖。今我题诗亦无味,怀贤览古成长吁。不如兴罢过江去,已有好月明归途。

此诗为一韵到底通押平声鱼虞部,其中上句末字除首句入韵可不计外,其余上句末字也均能以仄声收结,而分别为"断""贵""入""物""鼓""著""影""午""叶""处""地""寞""骨""县""尽""味""去"等,因而同样能严守平韵七古上句末字的用声规则。

平韵七古的上句末字用声规则既如上所表,按一般的常识,会认为仄韵七古的上句末字用声规则当反其道而行之,即除首句入韵外,其余上句末字均应以平声收结。事实并非如此,据我们考察,仄韵七古上句末字用声,别有一套规则,已如前述,即其上句末字用声,往往以平仄交替的方式加以进行。此处说的平仄交替,既包括平、仄交替,也包括仄、平交替,其实更多的是后者,因为仄韵七古和平韵七古一样,首句也以入韵居多,既入韵,首句末字便必为仄声。以下仍分五个阶段,每段各以一诗证之。

第十章　上句末字用声

南朝如史万岁《石城山》一首：

> 石城门峻谁开辟。更鼓悟闻风落石。界天自岭胜金汤。镇压西南天半壁。

此诗为一韵到底通押入声昔锡部，其中上句末字依次为"辟"和"汤"，为严格的仄、平交替，因而能严守仄韵七古上句末字用声规则。

初唐如乔知之《折杨柳》一首：

> 可怜濯濯春杨柳，攀折将来就纤手。妾容与此同盛衰，何必君恩能独久。

此诗为一韵到底押上声有部，其中上句末字依次为"柳"和"衰"，亦为严格的仄、平交替，而能严格遵循仄韵七古上句末字用声规律。由于南朝和初唐几乎未见四句之上而又一韵到底隔句押韵的仄韵七古，以上二例的用声规则，表面看上去似与平韵七古有些相似，而为平韵七古之反，实则并非如此，且再看以下数例，即可晓然。

盛唐如高适《九日酬颜少府》一首：

> 檐前白日应可惜，篱下黄花为谁有。行子迎霜未授衣，主人得钱始沽酒。苏秦憔悴人多厌，蔡泽栖迟世看丑。纵使登高只断肠，不如独坐空搔首。

此诗为一韵到底押上声有部，其中首句虽未入韵，但各上句末字的用声依然能仄、平交替，而依次为"惜""衣""厌""肠"，故此诗同样能严守仄韵七古上句末字用声规则。

中唐如权德舆《奉送孔十兄宾客承恩致政归东都旧居》一首：

> 达人旷迹通出处，每忆安居旧山去。乞身已见抗疏频，优礼新闻诏书许。家法遥传阙里训，心源早逐嵩丘侣。南史编年著盛名，东朝侍讲常虚伫。角巾华发忽自遂，命服金龟君更与。白

云出岫暂逶迤,鸿鹄入冥无处所。归路依依童稚乐,都门蔼蔼壶觞举。能将此道助皇风,自可殊途并伊吕。

此诗为一韵到底押上声语部,其中上句末字依次为"处""频""训""名""遂""迤""乐""风",为严格的仄、平交替,因而亦能严守仄韵七古上句末字用声规则。

晚唐如韩琮《春愁》一首:

> 金乌长飞玉兔走,青鬓长青古无有。秦娥十六语如弦,未解贪花惜杨柳。吴鱼岭雁无消息,水誓兰情别来久。劝君年少莫游春,暖风迟日浓于酒。

此诗为一韵到底押上声有部,其中上句末字依次为"走""弦""息""春",亦为严格的仄、平交替,因而同样能严格遵守仄韵七古上句末字用声规则。

前文曾说明过,上句末字用声的考察对象,一般主要针对隔句押韵七古,但有一类特殊的仄韵七古,如果连续押韵的地方,恰好位于平仄交替之"仄"的地方,那么,这类诗也完全可以纳入考察范围之内。如中唐李贺《春怀引》一首:

> 芳蹊密影成花洞,柳结浓烟花带重。蟾蜍碾玉挂明弓,捍拨装金打仙凤。宝枕垂云选春梦,钿合碧寒龙脑冻。阿侯系锦觅周郎,凭仗东风好相送。

此诗为一韵到底押去声送部,首句入韵之外,虽然第五句"梦"也押韵了,为连续押韵,但各上句末字依然能严守仄韵七古上句末字用声规则,而为仄、平交替,即"洞""弓""梦""郎"。

又如晚唐李咸用《巫山高》一首:

> 通蜀连秦山十二,中有妖灵会人意。斗艳传情世不知,楚王魂梦春风里。雨态云容多似是,色荒见物皆成媚。露泫烟愁岩

上花,至今犹滴相思泪。西眉南脸人中美,或者皆闻无所利。忍听凭虚巧佞言,不求万寿翻求死。

此诗为一韵到底通押上去声纸寘部,其中除首句入韵外,第五句、第九句虽亦为入韵之句,但各上句末字所用声调仍然为仄、平交替,而依次为"二""知""是""花""美"和"言"。类似的例子还有杜甫《天边行》(8句)、《哀江头》(20句)、温庭筠《春晓曲》《东峰歌》《三洲词》(各8句)、李咸用《绯桃花歌》《塘上行》(各8句)等。

三、转韵七古上句末字用声规律

弄清了平韵七古和仄韵七古各自的上句末字用声规律,转韵七古上句末字用声规律也就一目了然了。大致而言,转韵七古上句末字用声规律,即为平韵七古和仄韵七古各自规律的叠加,也就是说,转韵七古中的平韵节,其上句末字用声规律一如平韵七古,仄韵节的上句末字用声规律也一如仄韵七古。以下仍分五个阶段,各举一例以证之。

南朝如庾信《燕歌行》一首:

代北云气昼昏昏,千里飞蓬无复根。寒雁嗈嗈渡辽水,桑叶纷纷落蓟门。晋阳山头无箭竹,疏勒城中乏水源。属国征戍久离居,阳关音信绝能疏。愿得鲁连飞一箭,持寄思归燕将书。渡辽本自有将军,寒风萧萧生水纹。妾惊甘泉足烽火,君讶渔阳少阵云。自从将军出细柳,荡子空床难独守。盘龙明镜饷秦嘉,辟恶生香寄韩寿。春分燕来能几日,二月蚕眠不复久。洛阳游丝百丈连,黄河春冰千片穿。桃花颜色好如马,榆荚新开巧似钱。蒲桃一杯千日醉,无事九转学神仙。定取金丹作几服,能令华表得千年。

此诗为转韵诗,全诗共五节,各节分别为六句、四句、四句、六句和八句,其中平韵节(前三节和最后一节)的上句末字用声,除首句押韵可不计外,其它均一例为仄声,如第一节的"水"和"竹",第二节的"箭",第三节的"火",最后一节的"马""醉""服"等;仄韵节的上句末字用声,则为仄、平交替,即第四节的上句末字依次为"柳""嘉""日",故而全诗无论是平韵节还是仄韵节均能严守转韵七古上句末字用声规则。类似的例子还有徐陵《杂曲》等。

初唐如卢照邻《长安古意》一首:

长安大道连狭斜,青牛白马七香车。玉辇纵横过主第,金鞭络绎向侯家。龙衔宝盖承朝日,凤吐流苏带晚霞。百丈游丝争绕树,一群娇鸟共啼花。啼花戏蝶千门侧,碧树银台万种色。复道交窗作合欢,双阙连甍垂凤翼。梁家画阁天中起,汉帝金茎云外直。楼前相望不相知,陌上相逢讵相识。借问吹箫向紫烟,曾经学舞度芳年。得成比目何辞死,愿作鸳鸯不羡仙。比目鸳鸯真可羡,双去双来君不见。生憎帐额绣孤鸾,好取门帘帖双燕。双燕双飞绕画梁,罗纬翠被郁金香。片片行云著蝉鬓,纤纤初月上鸦黄。鸦黄粉白车中出,含娇含态情非一。妖童宝马铁连钱,娼妇盘龙金屈膝。御史府中乌夜啼,廷尉门前雀欲栖。隐隐朱城临玉道,遥遥翠幰没金堤。挟弹飞鹰杜陵北,探丸借客渭桥西。俱邀侠客芙蓉剑,共宿娼家桃李蹊。娼家日暮紫罗裙,清歌一啭口氛氲。北堂夜夜人如月,南陌朝朝骑似云。南陌北堂连北里,五剧三条控三市。弱柳青槐拂地垂,佳气红尘暗天起。汉代金吾千骑来,翡翠屠苏鹦鹉杯。罗襦宝带为君解,燕歌赵舞为君开。别有豪华称将相,转日回天不相让。意气由来排灌夫,专权判不容萧相。专权意气本豪雄,青虬紫燕坐春风。自言歌舞长千载,自谓骄奢凌五公。节物风光不相待,桑田碧海须臾改。

昔时金阶白玉堂，即今唯见青松在。寂寂寥寥扬子居，年年岁岁一床书。独有南山桂花发，飞来飞去袭人裾。

此诗为转韵诗，全诗共十四节，诗中除前两节和第七节各为一个八句节外，其余均为四句节，其中平韵节（第一、第三、第五、第七、第八、第十、第十二、第十四节）的上句末字用声，除首句入韵可不计外，其余均一例为仄声，依次为第一节的"第""日""树"，第三节的"死"，第五节的"鬓"，第七节的"道""北""剑"，第八节的"月"，第十节的"解"，第十二节的"载"，第十四节的"发"等；仄韵节（第二、第四、第六、第九、第十一、第十三节）的上句末字用声，则一例为仄、平交替，依次为第二节的"侧""欢""起""知"，第四节的"羡""鸾"，第六节的"出""钱"，第九节的"里""垂"，第十一节的"相""夫"，第十三节的"待""堂"。可见，全诗无论是平韵节还是仄韵节，均能严格遵守转韵七古上句末字用声规则。类似的例子还有刘希夷《死马赋》等。

盛唐如崔颢《江畔老人愁》一首：

江南年少十八九，乘舟欲渡青溪口。青溪口边一老翁，鬓眉皓白已衰朽。自言家代仕梁陈，垂朱拖紫三十人。两朝出将复入相，五世叠鼓乘朱轮。父兄三叶皆尚主，子女四代为妃嫔。南山赐田接御苑，北宫甲第连紫宸。直言荣华未休歇，不觉山崩海将竭。兵戈乱入建康城，烟火连烧未央阙。衣冠士子陷锋刃，良将名臣尽埋没。山川改易失市朝，衢路纵横填白骨。老人此时尚少年，脱身走得投海边。罢兵岁馀未敢出，去乡三载方来旋。蓬蒿忘却五城宅，草木不识青骹田。虽然得归到乡土，零丁贫贱长辛苦。采樵屡入历阳山，刈稻常过新林浦。少年欲知老人岁，岂知今年一百五。君今少壮我已衰，我昔少年君不睹。人生贵贱各有时，莫见羸老相轻欺。感君相问为君说，说罢不觉令人悲。

此诗亦为转韵诗,全诗共六节,各节依次为四句、八句、八句、六句、八句和四句,其中平韵节(第二、第四、第六节)的上句末字用声,除首句入韵可不计外,其余上句末字均一例为仄声,依次为第二节的"相""主""苑",第四节的"出""宅",第六节的"说";仄韵节(第一、第三、第五节)的上句末字用声,则均为仄、平交替,依次为第一节的"九""翁",第三节的"歇""城""刃""朝",第五节的"土""山""岁""衰"等。足见,此诗通篇无论是平韵节还是仄韵节,也都能严格遵循转韵七古上句末字的用声规则。类似的例子,还有杜甫《严氏溪放歌行》等。

中唐如李贺《公莫舞歌》一首:

> 方花古础排九楹,刺豹淋血盛银罂。华筵鼓吹无桐竹,长刀直立割鸣筝。横楣粗锦生红纬,日炙锦嫣王未醉。腰下三看宝玦光,项庄掉箭栏前起。材官小臣公莫舞,座上真人赤龙子。芒砀云瑞抱天回,咸阳王气清如水。铁枢铁楗重束关,大旗五丈撞双镮。汉王今日颁秦印,绝膑刳肠臣不论。

此诗也为转韵诗,全诗共三节,除中间一节为八句节外,前后两节均为四句节,其中平韵节(第一、第三节)的上句末字用声,除首句入韵可不计外,其余上句末字均为仄声,依次为第一节的"竹",第三节的"印";仄韵节(第二节)的上句末字用声,则为仄、平交替,即为"纬""光""舞""回"。足见,此诗通篇无论是平韵节还是仄韵节,均能严格遵循转韵七古上句末字用声规则。类似的例子,还有白居易《哭师皋》等。

晚唐如秦韬玉《吹笙歌》一首:

> 信陵名重怜高才,见我长吹青眼开。便出燕姬再倾醑,此时花下逢仙侣。弯弯狂月压秋波,两条黄金阁黄雾。逸艳初因醉态见,浓春可是韶光与。纤纤软玉捧暖笙,深思香风吹不去。檀唇

> 呼吸宫商改,怨情渐逐清新举。岐山取得娇凤雏,管中藏著轻轻语。好笑襄王大迂阔,曾卧巫云见神女。银锁金簧不得听,空劳翠辇冲泥雨。

此诗亦为转韵诗,通篇共两节,分别为一个二句节和一个十六句节,其中平韵节,即第一节,因只有两句,故无须考察其上句末字用声;仄韵节,即第二节的上句末字用声,依次为"醑""波""见""笙""改""雏""阔""听",为严格的仄平交替。因此,全诗亦能严守转韵七古上句末字用声规则。类似的例子还有吴融《古别离》等。

和仄韵七古一样,转韵七古仄韵节的上句末字用声,偶尔也有因首句不入韵使用了平声,而以平、仄交替的方式进行者,如刘希夷《江南曲八首》(其八)一首:

> 忆昔江南年盛时,平生怨在长洲曲。冠盖星繁江水上,冲风摽落洞庭渌。落花两袖红纷纷,朝霞高阁洗晴云。谁言此处婵娟子,珠玉为心以奉君。

此诗为转韵诗,每四句为一节,第一节为一个仄韵节,其中上句末字用声依次是"时""上",为平、仄交替,而非一般的仄、平交替。类似的例子还有杜甫《题李尊师松树障子歌》等。

此外,和仄韵七古一样,有些转韵七古的仄韵节,虽存在连续押韵,但其上句末字用声依然能遵守上句末字用声规则。如陆龟蒙《五歌·刈获》一首:

> 自春徂秋天弗雨,廉廉早稻才遮亩。芒粒稀疏熟更轻,地与禾头不相拄。我来愁筑心如堵,更听农夫夜深语。凶年是物即为灾,百阵野兔千穴鼠。平明抱杖入田中,十穗萧条九穗空。敢言一岁困仓实,不了如今朝暮舂。天职谁司下民籍,苟有区区宜析析。本作耕耘意若何,虫豸兼教食人食。古者为邦须蓄积,鲁

饥尚责如齐籴。今之为政异当时，一任流离恣征索。平生幸遇华阳客，向日餐霞转肥白。欲卖耕牛弃水田，移家且傍三茅宅。

此诗亦为转韵诗，各节依次为八句、四句和十二句，其中第一节和第三节均为仄韵节，且均有连续押韵之处，即前者第五句"堵"入韵，后者第五、第九句"积""客"亦都入韵。虽然如此，两节上句末字用声依然能遵循规律，而为仄平交替，即前者依次为"雨""轻""堵""灾"，后者依次为"籍""何""积""时""客""田"。类似的例子还有顾云《池阳醉歌赠匡庐处士姚岩杰》等。

四、七古上句末字用声的发展和特点

七古上句末字用声的发展，大致可分为五个时期进行考察，分别是南北朝、初唐、盛唐、中唐和晚唐。考察时，主要以纯七古为主，必要时，也会兼及近七言古诗。

如前所言，上句末字用声考察主要针对隔句押韵七古诗，而鲍照之前，诸家所作几乎为清一色的句句押韵之作，故我们的观照，以南北朝为发端，是理所当然的。南北朝上句末字用声，以永明体的出现为界，大抵又可分为两个小阶段。第一个小阶段，大致相当于刘宋时期，以鲍照为代表。鲍照今存纯七古共10首，其中大半以上是句句押韵诗，隔句押韵者计有4首，其中平韵七古2首，为《拟行路难十八首》（其一）、《夜听妓诗二首》（其二），仄韵七古1首，为《拟行路难十八首》（其三），转韵七古1首，即《拟行路难十八首》（其十二），这首转韵七古，虽为转韵，但两节均为平韵节，比较特殊。从这些诗来看，鲍照的平韵七古，包括转韵而两节均用平韵的转韵七古，共3首，已均能严守上句末字用声规则。这一结果殊令人意外，因为此时声律说尚未风行，而上句末字用声，从本质上说，也是调声的一种。此外，鲍照唯一一首隔句押韵仄韵七古的上句末字用声,也颇有意味,诗中除首句押韵外,其余上句末字一例结以平声,似乎是平韵七古规则的翻转版。不过,由于这样的诗,毕竟只有1首,不管下何种结论,均嫌为时尚早。

第二个小阶段,约相当于齐梁陈隋时期,以江总为代表。江总纯七古共有17首,除《乌栖曲》《东飞伯劳歌》《梅花落》和《宛转歌》4首不在考察范围之内外,其中前三首为两句一转,后一首有连续押韵,其余诗歌的上句末字用声,主要有以下两个特点:一是无论是一韵诗,还是转韵诗,上句末字用声,多数均能符合前文介绍的上句末字用声规则。如平韵八句的《芳树》,除首句入韵可不计外,其余上句末字均为仄声,分别是"似""海""杂"。类似的例子还有《怨诗二首》《闺怨篇》(其一)等。又如《新入姬人应令诗》一首:

> 洛浦流风漾淇水。秦楼初日度阳台。玉轶轻轮五香散。金灯夜火百花开。非是妖姬渡江日。定言神女隔河来。来时向月别姮娥。别时清吹悲箫史。数钱拾翠争佳丽。拂红点黛何相似。本持纤腰惑楚宫。暂回舞袖惊吴市。新人羽帐挂流苏。故人网户织蜘蛛。梅花柳色春难遍。情来春去在须臾。不用庭中赋绿草。但愿思著弄明珠。

此诗为转韵诗,全诗共三节,每节六句,其中平韵节(第一、第三节)的上句末字用声,除第三节首句入韵可不计外,其余均一例以仄声收结,依次是第一节的"水""散""日",第三节的"遍""草";仄韵节(第二节)的上句末字用声,均能平仄交替,即为"娥""丽""宫"。故而全诗无论是平韵节还是仄韵节均能严守转韵七古上句末字用声规则。类似的例子还有《内殿赋新诗》《姬人怨》等。

二是个别不能遵守上句末字用声规则的诗歌,均出现于仄韵诗或四句之上的仄韵节,这样的诗,共有2首。前者即《闺怨篇》(其二)一首：

> 蜘蛛作丝满帐中。芳草结叶当行路。红脸脉脉一生啼。黄鸟飞飞有时度。故人虽故昔经新。新人虽新复应故。

此诗为一韵到底押仄韵诗，诗中不但首句不入韵，且全诗的上句末字均以平声收结，迥异于后世此类诗歌多以仄平交替为主者。后者即《秋日新宠美人应令诗》一首，其中第二节为一个仄韵六句节，其中除首句入韵上句末字用仄声外，其余两处则分别以平声收结，即"愁"和"香"。结合其他诗人的相关作品来看，此时仄韵诗（节）四句之上者的上句末字用声，似乎还不是很明朗。详见下文。

初唐时期，可供考察的纯七古约有 35 首，其中一韵诗皆平韵，共 5 首，均能严守上句末字用声规则，这一点并不稀奇。如刘希夷《独鹤》、张说《赠崔二安平公主乐世词》等。转韵诗，共有 30 首，除李峤《拟古东飞伯劳西飞燕》、王勃《寒夜怀友杂体二首》和乔知之《和李侍郎古意》4 首不在考察范围之内外，其中前三首为两句一转，后一首有连押，其余 26 首，能够严守上句末字用声规则者，共有 19 首。最典型的，如前举张说《遥同蔡起居偃松篇》、卢照邻《长安古意》等。又如刘希夷《死马赋》一首，此诗为转韵诗，共有 7 节，其中平韵节（第一、第三、第五、第七节）的上句末字用声，除首句用韵不计外，其余均一例为仄声，依次是第一节的"骨"，第三节的"月"，第五节的"影"，第七节的"矣"；仄韵节（第二、第四、第六节）的上句末字用声，均为仄平交替，依次为第二节的"道""迷"，第四节的"练""遥""别""知"，第六节的"失""年"。类似的例子，还有宋之问《明河篇》等。

不能严守上句末字用声规则的，共有 7 首，且均一例出现于这些诗的仄韵节。其中出现于六句节者，如上官仪《和太尉戏赠高阳公》一首的第二节"翠钗照耀衔云发，玉步逶迤动罗袜。石榴绞带轻花转，桃枝绿扇微风发。无情拂袂欲留宾，讵恨深潭不可越"，其中上句末字用声即非平仄交替,而为"发""转""宾"。类似的情况,还有卢照邻《失群雁》的最后一节等。出现于四句节者,如张说《城南亭作》的首节"珂马朝归连万石,槊门洞启亲迎客。北堂珍重琥珀酒,庭前列肆茱萸席",其中上句末字用声也非平仄交替,而为"石"和"酒"。类似的例子,还有刘希夷《公子行》的首节。

降及盛唐,纯七古的上句末字用声大致继承了前代的特点。一是以上句末字用声符合规则为主。二是即使有个别不合规矩者,也多发生于仄韵诗或仄韵节。这一时期的代表人物,主要是李白和杜甫,不过两人的表现又不尽一样。其中,李白今存51首纯七古,除去8首连续押韵或句句押韵之作,可论者共有43首。大致而言,其纯七古无论是一韵到底诗,还是转韵诗,绝大多数都能符合上句末字用声规则。一韵诗,如12句的《江上吟》一首,其中除首句入韵外,其余上句末字均以仄声收结,分别是"斛""鹤""月""岳""在";又如14句的《醉后答丁十八以诗讥余捶碎黄鹤楼》,其中上句末字也无一不是仄声,分别是"碎""帝""饰""客""子""兴""罢"。转韵诗,如《峨眉山月歌送蜀僧晏入中京》一首,全诗共四节,每节四句,其中平韵节(第一、第三节)的上句末字用声,除首句入韵外,均一例为仄声,依次是第一节的"海",第三节的"座";仄韵节(第二、第四节)的上句末字用声,也能平仄交替,依次是第二节的"白""君",第四节的"越""都"。类似的例子,还有《西岳云台歌送丹丘子》等。惟一不合上句末字用声规则的仅1首,即《对雪醉后赠王历阳》,其中首节为一个平韵四句节,首句不入韵,但却以平声结尾,即"鳞"。

至于杜甫,从大的方面来说,其135首纯七古之作,除去《饮中八仙歌》等26首连续押韵、句句押韵之作外,①尚有109首。其中绝大部分的诗歌均能符合上句末字用声规则,这样的诗共有97首,如《玄

---

① 不包括有连押,但连押处在特殊位置的《哀江头》一首。

都坛歌寄元逸人》等；不合或不尽符合用声规则者共有12首，如《骢马行》等。后者之不合者，均发生于仄韵诗或仄韵节，或以仄韵节为主导者。

分而言之，杜甫平韵隔押纯七古，共有45首，其上句末字用声，无一不符合上句末字用声规则，如8句的《去秋行》一首，其中除首句押韵不计外，其余上句末字均一例为仄声，分别是"处""在""哭"。又如12句的《释闷》一首，其中除首句押韵不计外，其余上句末字也一例为仄声，分别是"野""绝""走""辙""事"等。类似的例子，还有《阆山歌》《阆水歌》等。

仄韵纯七古12首，有6首完全符合上句末字用声规则，如8句的《悲陈陶》一首，其中上句末字的用声，即均能仄、平交替，而为"子""声""箭""啼"。又如《哀江头》一首，全诗共有20句，虽然其中有连押之处，但通篇上句末字用声，依然能严守仄平交替的规矩，而依次为"哭""门""苑""人""箭""云""在""深""臆""城"。同时，也有6首不尽能符合上句末字用声规则，如《湖城东遇孟云卿复归刘颢宅宿宴饮散因为醉歌》一首：

疾风吹尘暗河县，行子隔手不相见。湖城城南一开眼，驻马偶识云卿面。向非刘颢为地主，懒回鞭辔成高宴。刘侯叹我携客来，置酒张灯促华馔。且将款曲终今夕，休语艰难尚酣战。照室红炉促曙光，萦窗素月垂文练。天开地裂长安陌，寒尽春生洛阳殿。岂知驱车复同轨，可惜刻漏随更箭。人生会合不可常，庭树鸡鸣泪如线。

此诗为一韵到底押仄韵，全诗共18句，其中上句末字用声，分别为"县""眼""主""来""夕""光""陌""轨""常"，而不能严格遵守仄平交替。类似的例子，还有《悲青坂》《忆昔二首》（其二）等。可见，和前代大部分诗人一样，仄韵七古上句末字用声的不够统一，在杜甫身上也得到了应验。

转韵七古52首,其中绝大部分均能符合上句末字用声规则,但也有6首不尽能如此。如《最能行》一首,首节便是一个仄韵四句节,其中上句末字分别为"死""舸",并非平仄交替。又如《骢马行》一首,全诗共三节,每节八句,其中前两节均为仄韵节,而上句末字用声并未平仄交替,分别是第一节的"知""见""峷""悬",第二节的"下""毛""之""深"。这些诗有一个共同点,即如上面所述,其上句末字用声不合规者,大多均发生于仄韵节中,前举两首即是。有时也同时见于一首诗的仄韵节和平韵节中,而绝无单纯出现于某一首诗的平韵节。如《久雨期王将军不至》一首,此诗为转韵诗,共两节,每节十二句,首节为仄韵节,其中上句末字用声并未平仄交替,而分别为"屋""迟""云""狖""已""箭",次节为平韵节,其中上句末字也非一味以仄声结尾,即第五句末字为平声"千"。

时至中唐,韩、白两人纯七古的上句末字用声,较之前代亦无大的不同。一是绝大多数均能遵守上句末字用声规则,平韵七古的如韩愈《射训狐》、白居易《九日宴集醉题郡楼兼呈周殷二判官》等,仄韵七古的如白居易《晚秋夜》《答崔宾客晦叔十二月四日见寄》等,转韵七古的如韩愈《桃源图》、白居易《长恨歌》等。二是个别不能严格遵守上句末字用声规则的,多数均见于仄韵诗或转韵诗的仄韵节,而以前者居多。分而言之,韩愈仄韵纯七古6首,均不尽能遵守上句末字用声规则,如《寒食日出游》一首,全诗共有40句,其中上字末字用声即多未能仄、平交替,而分别为"病""归""梨""手""尘""繁""理""官""处""随""吏""人""之""和""哀""外""人""疵""深""醉"。类似的例子,还有《赠崔立之评事》《寄卢仝》等。白居易此类之作,亦有3首,如《花前叹》一首,全诗共12句,其中上句末字用声依次为"二""知""嫌""梅""劝""看",即第二、第三、第四字不能平仄交替。类似的例子,还有《和微之诗二十三首·和自劝二首》。不能严格遵守上句末字用声规则而发生于平韵七古的,仅见于韩愈《和虞部卢四酬翰林钱七赤藤杖歌》《石鼓歌》2首,与其他诗人相比,两首的篇幅相对较长。

到了晚唐,和前几段相比,其纯七古上句末字用声亦无大变化,尤其是李商隐。即李商隐今存纯七古,绝大多数均能严守上句末字用声规则,如《河内诗二首》《安平公诗》等。不尽能遵守者,主要见于仄韵诗中,如《无题四首》(其四),其中上句末字用声依次为"管""售""四""更",而不能平仄交替;或仄韵节中,如《无愁果有愁曲北齐歌》一首,末节为一个仄韵六句节,其中上句末字用声依次为"里""人""丝",也不能平仄交替。比较难得的是温庭筠,除去《太液曲歌》《七夕》《拂舞词》《春洲曲》《堂堂曲》等5首连续押韵之作外,其余的诗歌,无论是平韵七古,还是转韵七古,乃至仄韵七古,均能严守上句末字用声规律,尤其是3首仄韵七古,其中《东峰歌》《三洲词》二首虽有连押,但上句末字用声依然能严守平仄交替的规矩,前者依次为"水""长""齿""根",后者依次为"月""潾""发""离"。

以上简要回顾了南北朝到晚唐,纯七古上句末字用声的发展史,从中我们不难发现这样一个规律,即上句末字的用声规则,大抵以平韵七古为严,其次为转韵七古,仄韵七古的规则性最差。这一点是我们不得不承认的,前面所勾勒之发展史,屡次都证明了这一点。此外,窃以为,在了解、认识上句末字用声规则时,还应注意以下几点。

一是,转韵七古中,平韵四句节与仄韵四句节的上句末字用声,看似遵循了差不多一致的规则,实则不然。试看高适《封丘作》一首:

我本渔樵孟诸野,一生自是悠悠者。乍可狂歌草泽中,宁堪作吏风尘下。只言小邑无所为,公门百事皆有期。拜迎官长心欲碎,鞭挞黎庶令人悲。归来向家问妻子,举家尽笑今如此。生事应须南亩田,世情付与东流水。梦想旧山安在哉,为衔君命且迟回。乃知梅福徒为尔,转忆陶潜归去来。

此诗为转韵诗,全诗共四节,每节四句,其中第二、第四节的上句末字用声,除首句入韵不计外,其余均以仄声结尾,而依次为第二节的"碎",第四节的"尔"。反观两个仄韵节,即第一节和第三节,其中似乎也可以说,除首句入韵不计外,其余均以平声结尾,而依次为第一节的"中",第三节的"田"。事实上,这只不过是表象,仄韵节(诗)的上句末字用声别有法则,已如前所证。

二是,有些纯七古的上句末字用声虽不尽能符合规则,但不尽能,并不代表完全不能。因此,其中或有不合规则的地方,也多数只有一两处,这一点对于平韵七古和转韵七古来说尤其如此。如韩愈《和虞部卢四酬翰林钱七赤藤杖歌》一首:

> 赤藤为杖世未窥,台郎始携自滇池。滇王扫宫避使者,跪进再拜语嗢咿。绳桥栍过免倾堕,性命造次蒙扶持。途经百国皆莫识,君臣聚观逐旌麾。共传滇神出水献,赤龙拔须血淋漓。又云羲和操火鞭,暝到西极睡所遗。几重包裹自题署,不以珍怪夸荒夷。归来捧赠同舍子,浮光照手欲把疑。空堂昼眠倚庯户,飞电著壁搜蛟螭。南宫清深禁闱密,唱和有类吹埙箎。妍辞丽句不可继,见寄聊且慰分司。

此诗为平韵七古,其中上句末字用声虽未能严格遵循上句末字用声规律,但不合之处仅一处,即第十一句的末字"鞭"用了平声。转韵七古之例,如杜甫《洗兵马》一首,全诗共四节,每节十二句,其中第二节的上句末字用声,虽未能严守上句末字用声规则,而依次为"小""镜""出""鱼""入""备",但另外的三节,无论是两个平韵节,还是一个仄韵节,却都能严格遵循上句末字用声规矩。仄韵七古之例,如韩愈《赠崔立之评事》一首,全诗共五十句,其中上句末字第四、第五字虽连用了两个平声,即"供""言",但余下的二十几处,却无一不是严守规矩的。

三是,如前所述,仄韵七古上句末字用声规律并不稳定,是不是说,它还别有规则呢?比如,类似平韵七古一样的规则,即除首句入韵不计外,其余上句末字用声皆以平声收结?这一点,从仄韵七古上句末字用声在南北朝的表现来看,确实有点可疑。如前所述,鲍照惟一的一首仄韵七古,即《拟行路难十八首》(其十二)就符合这一规则。又如,前述江总2首不合上句末字用声规则的仄韵诗或仄韵节,也都与此暗合。当时类似的例子,还有萧绎《别诗二首》(其二)、高昂《从军与相州刺史孙腾作行路难》等。问题是,南北朝之后,仄韵七古上句末字用声的相关表现,变得越来越不利于这种假设了。其中,杜甫的相关创作,就很能说明这一点,即上文所论杜甫12首不尽合上句末字用声规则的仄韵诗或转韵诗中的仄韵节,便无一表现出这一规律,例子除了如上所举外,在此不妨再举一例,试看《忆昔行》一首:

忆昔北寻小有洞,洪河怒涛过轻舸。辛勤不见华盖君,艮岑青辉惨麽麽。千崖无人万壑静,三步回头五步坐。秋山眼冷魂未归,仙赏心违泪交堕。弟子谁依白茅室,卢老独启青铜锁。巾拂香馀捣药尘,阶除灰死烧丹火。悬圃沧洲莽空阔,金节羽衣飘婀娜。落日初霞闪馀映,倏忽东西无可。松风涧水声合时,青兕黄熊啼向我。徒然咨嗟抚遗迹,至今梦想仍犹佐。秘诀隐文须内教,晚岁何功使愿果。更讨衡阳董炼师,南浮早鼓潇湘柁。

此诗为一韵到底押仄韵诗,其中上句末字用声,分别为"洞""君""静""归""室""尘""阔""映""时""迹""师",虽不尽能符合仄、平交替的规则,但离上句末字一例以平声收结的假设,差距则更远。

五、小结

作为一种近体用律之遗，七古上句末字用声，考察的主要是七古诗，尤其是纯七古上句末字的用声分布特点。其考察对象侧重于隔句押韵七古，而不包括连续押韵、句句押韵、存在奇数句的七古，乃至转韵诗中的二句节部分。但是，如果一首（节）连续押韵的仄韵七古（仄韵节），其连续押韵之处刚好落在特殊的位置，那么，这类诗也在考察之列。前者如杜甫《哀江头》，后者如顾云《池阳醉歌赠匡庐处士姚岩杰》等。平韵七古与仄韵七古的上句末字用声规则差异较大。若论两者的渊源，前者可以追溯至齐梁时四声八病的"上尾"和后来更为成熟的平韵近体规则，后者可以追溯至同为齐梁八病之一的"鹤膝"和后来的仄韵近体规则。至于转韵七古上句末字用声之法的渊源，则不妨说是以上两种渊源的综合。

七古上句末字用声规则，平韵七古与仄韵七古实有区别。其中平韵七古上句末字用声规则，除首句入韵用平可不计外，其余上句末字均须以仄声收结，如王融《努力门诗》、张说《遥同蔡起居偃松篇》、杜甫《瘦马行》、韩愈《山石》、崔珏《道林寺》等。倘平韵七古首句不入韵，那么，首句末字也须出以仄声，如朱超《咏独栖鸟》、韩偓《残花》等。仄韵七古上句末字用声规则，则为上句末字多为平仄交替。这里的平仄交替，既包括仄、平交替，如高适《九日酬颜少府》、权德舆《奉送孔十兄宾客承恩致政归东都旧居》、韩琮《春愁》等，也包括平、仄交替，如杜甫《观公孙大娘弟子舞剑器行》等。实际上，绝大多数均为前者。至于，转韵七古上句末字用声的法则，则完全为平韵七古与仄韵七古规矩的叠加，相关例子如庾信《燕歌行》、卢照邻《长安古意》、李贺《公莫舞歌》等。

晚唐以前，七古上句末字用声的发展，大致可分为五个时期。其中南北朝以永明体为界，又可分为两小段，前段以鲍照为代表，其平韵七古的上句末字用声，除首句用韵外，已一例以仄声收结，转韵七古两节均用平韵者亦如此，惟仄韵七古上句末字用声，则均结以平声。此后到晚唐，关于平韵七古和转韵七古平韵节上句末字的用声，绝大多数作品均能遵守规则，例外屈指可数。而仄韵七古和转韵七古仄韵节的上句末字用声，虽以平仄交替为主流，但也有一些不尽能坚持者，这一点对于转韵七古中四句之上的仄韵节而言，尤其如此。可见，所谓七古上句末字用声规则，大抵以平韵七古为严，转韵七古次之，仄韵七古又次之。此外，对于七古上句末字用声规则的认识，还应注意以下三点：一是转韵七古中之四句平韵节与四句仄韵节，其用声法则，看似虽同，实则有异。二是有些七古虽不合上句末字用声规则，但不合者多数只是一两处，并非完全不合规则，这一点对平韵七古和转韵七古来说，尤其如此。三是仄韵七古和转韵七古仄韵节的上句末字用声是否别有规则，从南北朝为数不多的相关诗例来看，确有可疑，但从南北朝之后的相关诗例来看，呈现的则是一种无规则的状态。

第十一章　对仗

古今所谓七言古诗,除了真正的七言古诗之外,还包含了一些格律尚未完全成熟的新体和一些与近体相接近的律体,前者如江总《闺怨篇》、张说《遥同蔡起居偃松篇》等,后者如卢照邻《长安古意》、李白《捣衣篇》等,乃至还包含了一些不古不律的拗体,如崔颢《黄鹤楼》、杜甫《雨不绝》等。① 有鉴于此,本章在写作之初,就设定了两个目的:一是考察各家七古诗,对于对仗的容纳,或者说喜好程度。二是通过对仗并配合平仄,区分传统七言古诗所包含的真正的七古、七言一韵新体、七言转韵律体和七言拗体四大类。

一、七古对仗的存在、界定和位置

对仗并非近体诗的专利。仅就五古而论,如《古诗十九首》(其一)"胡马依北风,越鸟巢南枝"两句,便是骈偶之格。类似的例子,在以朴素著称的陶诗里,也时能一遇,如《形影神·影答形》"憩荫若暂乖,止日终不别"、《九日闲居》"露凄暄风息,气澈天象明""往燕无遗影,来雁有馀声""酒能祛百虑,酒为制颓龄""栖迟固多娱,淹留岂无成"等。再看著名的《归园田居五首》(其一)一首:

---

① 唐人所作七言拗体以七言八句最多,七言八句拗体又以杜甫最多,详见拙文《七律定型及其渊源新考》,《井冈山大学学报》,2017年第1期。

> 少无适俗韵,性本爱丘山。误落尘网中,一去三十年。羁鸟恋旧林,池鱼思故渊。开荒南亩际,守拙归园田。方宅十馀亩,草屋八九间。榆柳荫后檐,桃李罗堂前。暧暧远人村,依依墟里烟。狗吠深巷中,鸡鸣桑树颠。户庭无尘杂,虚室有馀闲。久在樊笼里,复得返自然。

此诗的对仗数量较之上列两首,更是有过之而无不及,而共有5处,分别是第三联、第五联、第六联、第七联和第八联。也就是说,中间8联,仅第一联、第三联、第九联未对而已。陶诗向以朴实自然闻名,其对仗之例,如前所列,尚不难觅,而雕琢刻绘如陆机、谢灵运等,骈偶之长篇累牍,更无烦多举。

和五古一样,七古中也不乏骈偶用例,这一点即使就纯粹一点的七言古诗来说,也是如此。如鲍照《拟行路难十八首》(其三)第一联"璇闺玉墀上椒阁,文窗绣户垂罗幕",最后一联"宁作野中之双凫,不愿云间之别鹤"等,即均为骈俪之格。再看鲍照《拟行路难十八首》(其三)一首:

> 奉君金卮之美酒。玳瑁玉匣之雕琴。七彩芙蓉之羽帐。九华蒲萄之锦衾。红颜零落岁将暮。寒光宛转时欲沉。愿君裁悲且减思。听我抵节行路吟。不见柏梁铜雀上。宁闻古时清吹音。

此诗对仗共有3处,分别是第二联、第三联和最后一联,其中第二联与前述"宁作野中之双凫,不愿云间之别鹤"一样,均属于带"之"的同字对,至于最后一联,则基本可归为宽对。

唐人之作,如韩愈《感春五首》(其一)中间两联"已呼孺人戛鸣瑟,更遣稚子传清杯。选壮军兴不为用,坐狂朝论无由陪"等,也均为骈俪之格。又如韩愈《赠崔立之评事》一首,其中第三联"朝为百赋犹郁怒,暮作千诗转遒紧"、第七联"勿嫌法官未登朝,犹胜赤尉长趋尹"、第八联"时命虽乖心转壮,技能虚富家逾窘"、第二十三联"晖晖檐日暖且鲜,槭槭井梧疏更殒"、第二十四联"高士例须怜曲蘖,丈夫终莫生畦畛"等,也均为对仗之例。

以上所举均为一韵七古中的对仗之格,转韵七古而具备对仗的,如鲍照《拟行路难十八首》(其十二)首节第一联"今年阳初花满林,明年冬末雪盈岑"、第四联"朝悲惨惨遂成滴,暮思绕绕最伤心",韩愈《桃源图》第四节后一联"嬴颠刘蹶了不闻,地坼天分非所恤"、第六节后一联"大蛇中断丧前王,群马南渡开新主"等,也都是较为纯粹的七古而存在对仗者。

不可否认的是,近体对仗与古体对仗也有不尽相同之处。事实上,此点前面隐约已有所指出。两者的区别,窃以为主要有以下两点:

一是近体诗一般不存在同字对,而古体诗则不妨有之。相关例证,五古如陶渊明《拟挽歌辞三首》(其二)"欲语口无音,欲视眼无光"。七古如上举鲍照两首诗"七彩芙蓉之羽帐。九华蒲萄之锦衾""宁作野中之双凫,不愿云间之别鹤"二例等。又如骆宾王《代女道士王灵妃赠道士李荣》"个时无数并妖妍,个里无穷总可怜""寄语天上弄机人,寄语河边值查客""此时空床难独守,此日别离那可久"。卢照邻《行路难》"若个游人不竞攀,若个娼家不来折""谁家能驻西山日,谁家能堰东流水"。杜甫《醉歌行》"汝身已见唾成珠,汝伯何由发如漆",《去秋行》"遂州城中汉节在,遂州城外巴人稀",《最能行》"小儿学问止论语,大儿结束随商旅"等。

二是近体诗之对仗,绝大多数均为工对,宽对极少,而古体诗之对仗,则不妨兼存之。相关例证,五古如上举陶渊明《归园田居五首》(其一)第五联"方宅十馀亩,草屋八九间"、第六联"榆柳荫后檐,桃李罗堂前"等,其中前者以"馀"对"九",后者以"后檐"对"堂前",均不甚工整。又如《归园田居》(其二)第五联"桑麻日已长,我土日已广",以"桑麻"俪"我土"也不甚工,其中上下句"日已"相对,还是同字对。七古如上举鲍照《拟行路难十八首》(其三)最后一联"不见柏梁铜雀上。宁闻古时清吹音",其中以"柏梁铜雀上"对"古时清吹音",也谈不上工整。又如李白《当涂赵炎少府粉图山水歌》首节第四联"洞庭潇湘意渺绵,三江七泽情洄沿",以"洞庭潇湘"俪"三江七泽",《峨眉山月歌送蜀僧晏入中京》第四节首联"我似浮云殢吴越,君逢圣主游丹阙",以"浮云殢吴越"俪"圣主游丹阙"等,同样不甚谨严。

综上,无非是想说明,本文对于七言古诗对仗的考察,除了一般近体诗认定的对仗外,还包括同字对和宽对两类,不过,在实际的统计中,类似的对仗其实并不多。

就对仗的位置和数量而言,近体诗的对仗大致可分为两类:一是硬性的对仗。二是富余的对仗。所谓硬性的对仗,指诗中按规定应该对仗的地方对仗了,至于富余的对仗,则指诗中按规定不需要对仗的地方也对仗了。如七律一种,众所周知,此体的中间两联往往需要对仗,而首、尾联则属于可对可不对,倘某一首七律的中间两联对仗了,那么这两联就属于硬性的对仗,倘这首诗的首、尾联也对仗了,那么这两联就属于富余的对仗。如杜甫《登高》一首:

风急天高猿啸哀,渚清沙白鸟飞回。无边落木萧萧下,不尽长江滚滚来。万里悲秋常作客,百年多病独登台。艰难苦恨繁霜鬓,潦倒新停浊酒杯。

此诗为七律,通篇四联均对仗,按七律的体式要求,中间两联本就应该对仗,故中两联的骈俪属于硬性的对仗,而首尾联本来可以对仗也可以不对仗,是有一定弹性的,但它们仍然对仗了,故属于富余的对仗。一般来说,关于近体对仗的考察,大多以硬性的对仗为主,下文将要讨论的七古对仗也是如此。

以近体对仗为参照,七古的对仗位置和数量也可分为硬性的对仗和富余的对仗两类。就硬性对仗而言，一韵七古与转韵七古的要求不尽一样，宜分开讨论。

先论一韵七古，其中四句者，仅有两联，故无对仗的硬性要求，但如有一处对仗的话，则多位于首联。六句者，有中间一联不对仗者，如岑参《醉后戏与赵歌儿》一首：

> 秦州歌儿歌调苦，偏能立唱濮阳女。座中醉客不得意，闻之一声泪如雨。向使逢着汉帝怜，董贤气咽不能语。

有中间一联为对仗者，如李白《送羽林陶将军》一首：

> 将军出使拥楼船，江上旌旗拂紫烟。万里横戈探虎穴，三杯拔剑舞龙泉。莫道词人无胆气，临行将赠绕朝鞭。

八句者，有中间两联均不对者，如温庭筠《东峰歌》一首：

> 锦砾潺湲玉溪水，晓来微雨藤花紫。冉冉山鸡红尾长，一声樵斧惊飞起。松刺梳空石差齿，烟香风软人参蕊。阳崖一梦伴云根，仙菌灵芝梦魂里。

有中间两联只对一联者，且这一联往往位于全诗的第三联，如崔颢《黄鹤楼》一首：

> 昔人已乘黄鹤去，此地空馀黄鹤楼。黄鹤一去不复返，白云千载空悠悠。晴川历历汉阳树，芳草萋萋鹦鹉洲。日暮乡关何处是，烟波江上使人愁。

有中间两联均对者。如杜牧《闻庆州赵纵使君与党项战中箭身死长句》一首：

> 将军独乘铁骢马，榆溪战中金仆姑。死绥却是古来有，骁将自惊今日无。青史文章争点笔，朱门歌舞笑捐躯。谁知我亦轻生者，不得君王丈二殳。

八句之上者,有中间数联均不对者,如韩愈《感春四首》(其四)一首:

> 我恨不如江头人,长网横江遮紫鳞。独宿荒陂射凫雁,卖纳租赋官不嗔。归来欢笑对妻子,衣食自给宁羞贫。今者无端读书史,智慧只足劳精神。画蛇著足无处用,两鬓霜白趋埃尘。乾愁漫解坐自累,与众异趣谁相亲。数杯浇肠虽暂醉,皎皎万虑醒还新。百年未满不得死,且可勤买抛青春。

有中间数联仅对一半者,如白居易《舒员外游香山寺数日不归兼辱尺书大夸胜事时正值坐衙虑囚之际走笔题长句以赠之》一首:

> 香山石楼倚天开,翠屏壁立波环回。黄菊繁时好客到,碧云合处佳人来。酡颜一笑夭桃绽,清吟数声寒玉哀。轩骑逶迟棹容与,留连三日不能回。白头老尹府中坐,早衙才退暮衙催。庭前阶上何所有,累囚成贯案成堆。岂无池塘长秋草,亦有丝竹生尘埃。今日清光昨夜月,竟无人来劝一杯。

此诗为一韵到底押平声灰部,中间六联用骈偶者,共有三联,分别是第二联、第三联和第七联,其余三联则均未对仗。

有中间数联几乎全对者,如高适《寄宿田家》一首:

> 田家老翁住东陂,说道平生隐在兹。鬓白未曾记日月,山青每到识春时。门前种柳深成巷,野谷流泉添入池。牛壮日耕十亩地,人闲常扫一茅茨。客来满酌清尊酒,感兴平吟才子诗。岩际窟中藏黯鼠,潭边竹里隐鹧鸪。村墟日落行人少,醉后无心怯路歧。今夜只应还寄宿,明朝拂曙与君辞。

此诗为一韵到底押平声支部,中间六联仅最后一联,即"村墟日落行人少,醉后无心怯路歧"未对仗。

有中间数联均对者,如沈君攸《桂楫泛河中》一首:

黄河曲注通千里。浊水分流引八川。仙查逐源终未极。苏亭遗迹上难迁。眇眇云根侵远树。苍苍水气合遥天。波影杂霞无定色。湍文触岸不成圆。赤马青龙交出浦。飞云盖海远凌烟。莲舟渡沙转不碍。桂楫距浪弱难前。风急金乌翅自转。汀长锦缆影微悬。榜人欲歌先扣枻。津吏犹醉强持船。河堤极望今如此。行杯落叶讵虚传。

再论转韵七古。讨论转韵七古的对仗之前,应该先弄清转韵七言律体对仗的位置要求。[①] 大抵而言,转韵七言律体各节的对仗位置规则,与多数一韵近体并无两样,主要的差异在于四句节。即对于一韵近体而言,四句的绝句并无对仗方面的硬性要求,而对于转韵律体而言,四句节除位于一首诗之篇末外,其它位置四句节的后一联,一般都必须对仗。特举一例以明之,如王维《洛阳女儿行》一首:

洛阳女儿对门居,才可容颜十五馀。良人玉勒乘骢马,侍女金盘鲙鲤鱼。画阁朱楼尽相望,红桃绿柳垂檐向。罗帏送上七香车,宝扇迎归九华帐。狂夫富贵在青春,意气骄奢剧季伦。自怜碧玉亲教舞,不惜珊瑚持与人。春窗曙灭九微火,九微片片飞花琐。戏罢曾无理曲时,妆成只是薰香坐。城中相识尽繁华,日夜经过赵李家。谁怜越女颜如玉,贫贱江头自浣纱。

此诗共有五节,每节四句,通篇 4 处对仗,无一例外,均位于前四节的后一联,只有最后一个四句节的后一联,即"谁怜越女颜如玉,贫贱江头自浣纱",因此节位于篇末,故可不对仗。

至于六句节、八句节和八句之上节段的对仗要求,与一韵近体并无两样。即这些节段中间不管有多少联,一般都需要对仗,惟二句

[①] 七言律体的对仗位置规则,详见拙文《论七言转韵律体的体制特征——兼及律体的判定标准》,《文学遗产》,2016 年第 2 期。

节,因为只有两句,因而并无对仗方面的硬性要求。以上特点,不妨再举一诗,作一个统一的说明。试看刘希夷《公子行》一首:

> 天津桥下阳春水,天津桥上繁华子。马声回合青云外,人影动摇绿波里。绿波荡漾玉为砂,青云离披锦作霞。可怜杨柳伤心树,可怜桃李断肠花。此日遨游邀美女,此时歌舞入娼家。娼家美女郁金香,飞来飞去公子傍。的的珠帘白日映,娥娥玉颜红粉妆。花际裴回双蛱蝶,池边顾步两鸳鸯。倾国倾城汉武帝,为云为雨楚襄王。古来容光人所羡,况复今日遥相见。愿作轻罗著细腰,愿为明镜分娇面。与君相向转相亲,与君双栖共一身。愿作贞松千岁古,谁论芳槿一朝新。百年同谢西山日,千秋万古北邙尘。

此诗为转韵诗,通篇共五节,各节依次为四句节、六句节、八句节、四句节和六句节。其中两个非位于篇末的四句节的后一联,即"马声回合青云外,人影动摇绿波里"和"愿作轻罗著细腰,愿为明镜分娇面",均为对仗之格。两个六句节的中一联,即"可怜杨柳伤心树,可怜桃李断肠花"和"愿作贞松千岁古,谁论芳槿一朝新",一个八句节的中两联,即"的的珠帘白日映,娥娥玉颜红粉妆。花际裴回双蛱蝶,池边顾步两鸳鸯",也均为骈偶之句。由此可见,前述关于转韵七言律体对仗位置的要求,实非空言。

如果以上述七言转韵律体的对仗位置要求为参照,转韵七古的对仗分布和种类将十分繁复而多样,为避琐细,这里就不再一一列举了。

在此顺便说一下富余的对仗。通过对晚唐以前所有七言古诗的考察,不难发现这样一个规律,即无论是骈偶风气盛行的南朝、初唐,还是骈偶已日渐被冷落的中、晚唐,无论所作为较为纯粹的七古,还是所作为接近近体的七言转韵律体,诸家所制之七古,如有对仗,通常都是硬性的对仗优先于富余的对仗。

如上举刘希夷《公子行》一首,其中首节的第一联,次节的首、尾联,第三节的末联,本可不对仗,但结果它们都对仗了,诸如此类,可称作"富余的对仗"。即使如此,相较该诗所有要求对仗的地方都对仗了而言,诗中仍有些富余的地方并未对仗,如第三节的前一联,第四节的前一联,第五节的首、尾联等。由此可见,硬性的对仗往往优先于富余的对仗。又如王维《洛阳女儿行》一首,要求对仗的四处,均一例为骈偶之格,属于可对可不对的其它六联,则无一处是对仗,事实就更是如此了。

不但初唐七古如此,对于骈偶已经十分疏离的晚唐七古,也能反映出这一规律。如李商隐七古中为数不多的对仗,即往往出现于规定对仗的地方,如《偶成转韵七十二句赠四同舍》一首,通篇共有四处对仗,而这四处对仗均出现于规定位置,即各个四句节的后联,分别是第八节的后联"湘妃庙下已春尽,虞帝城前初日曛",第十四节的后联"且吟王粲从军乐,不赋渊明归去来",第十五节的后联"廷评日下握灵蛇,书记眠时吞彩凤",第十六节的后联"青袍白简风流极,碧沼红莲倾倒开"。类似的李诗,还有《燕台四首·秋》《河内诗二首》等。

二、一韵七古对仗的历史发展

此部分拟以纯七言古诗为主要观照对象,将一韵七古对仗的历史发展,分为六个阶段,依次是南北朝之前、南北朝、初唐、盛唐、中唐和晚唐。考察时,大致以硬性的对仗为主,若有必要,也会兼及富余的对仗。

南北朝之前,一韵纯七古并不多,具备对仗特点的一韵纯七古,更是难觅踪影。不但曹丕、曹叡、陆机等人创作的《燕歌行》系列和著名的《白纻舞歌诗三首》(其三)等诗中,均找不到对仗的影子,就是不甚著名之篇章，如《魏鼓吹曲十二首·旧邦》《吴鼓吹曲十二首·克皖城》、傅玄《两仪诗》等，同样也都毫无骈偶之意。究其原因，大抵与此时纯七古多为一句一意之句句押韵诗有关，既是一句一意，也就不甚考虑两句之间的用辞搭配，这一点对于喜欢在五古中大量使用骈偶的陆机来说，也是如此。且看陆机《燕歌行》一首：

> 四时代序逝不追。寒风习习落叶飞。蟋蟀在堂露盈墀。念君远游常苦悲。君何缅然久不归。贱妾悠悠心无违。白日既没明灯辉。夜禽赴林匹鸟栖。双鸠关关宿河湄。忧来感物涕不晞。非君之念思为谁。别日何早会何迟。

此诗为一韵到底诗，通篇共十二句，句句押韵，其中并无一处为对仗之格。

南北朝时期，一韵七古的对仗发展，大致可分为两个阶段，其中前一个阶段主要以二谢和鲍照为代表，时间上约相当于刘宋时期。其中二谢的七言古诗，仍延续了上一个阶段之传统，而不以对仗为意，代表作是两人的《燕歌行》。转机主要是从鲍照一人开始的。正如本文第一部分所举，鲍照一韵纯七古，诸如《拟行路难十八首》（其一）（其三）等，并不缺乏对仗之句，其中前者共有3联对仗，后者也有2联对仗，已具于前。细究其原因，主要与隔句押韵纯七古的首次出现关系甚巨，而上举两首存在对仗的鲍诗，便是隔句押韵诗。

后一个阶段大致为齐梁陈隋时期，此时，随着隔句押韵纯七古的日益壮大，加上骈偶之风的盛行，一韵纯七古而用对仗者，真可谓遍地开花。其表现主要有二：一是要求对仗的地方，几乎无不为对仗。其中六句者，如张正见《赋得阶前嫩竹》中间一联"砌曲横枝屡解箨。阶前疏叶强来风"，虞世基《赋得戏燕俱宿诗》中间一联"欲绕歌梁向舞阁。偶为仙履往兰闱"等，均为骈俪之格。八句者，如庾信《乌夜啼》中两联"御史府中何处宿。洛阳城头那得栖。弹琴蜀郡卓家女。

织锦秦川窦氏妻",杨广《江都宫乐歌》中两联"风亭芳树迎早夏。长皋麦陇送馀秋。渌潭桂楫浮青雀。果下金鞍跃紫骝",也均是骈偶之格。八句之上者,如江总《闺怨篇》(其一)中间三联"池上鸳鸯不独自。帐中苏合还空然。屏风有意障明月。灯火无情照独眠。辽西水冻春应少。蓟北鸿来路几千",同样也是对仗之格。再看沈君攸《薄暮动弦歌》一首:

柳谷向夕沉馀日。蕙楼临砌徙斜光。金户半入蓁林影。兰径时移落蕊香。丝绳玉壶传绮席。秦筝赵瑟响高堂。舞裙拂履喧珠佩。歌响出扇绕尘梁。云边雪飞弦柱促。留宾但须罗袖长。日暮歌钟恒不倦。处处行乐为时康。

此诗为一韵到底诗,通篇共十二句,中间四联,除最后一联"云边雪飞弦柱促。留宾但须罗袖长"不对仗之外,其余三联也均是工整的骈偶。

二是不要求对仗的地方,也时以骈俪出之。如上举庾信《乌夜啼》首联"促柱繁弦非子夜,歌声舞态异前溪",江总《闺怨篇》(其一)首联"寂寂青楼大道边。纷纷白雪绮窗前",尾联"愿君关山及早度,念妾桃李片时妍",沈君攸《薄暮动弦歌》首联"柳谷向夕沉馀日。蕙楼临砌徙斜光",即均为对仗之句。又如江总七言六句诗《闺怨篇》(其二)一首"蜘蛛作丝满帐中。芳草结叶当行路。红脸脉脉一生啼。黄鸟飞飞有时度。故人虽故昔经新。新人虽新复应故",不但中间一联为骈偶之格,首、尾联也分别对仗了。再如,七言四句诗,前、后联本无须对仗,但此时的相关作品,往往也多有骈俪之意。其中首联对仗者,如庾信《代人伤往诗二首》(其一)首联"青田松上一黄鹤。相思树下两鸳鸯",《代人伤往诗二首》(其二)首联"杂树本唯金谷苑。诸花旧满洛阳城";尾联对仗者,如江总《怨诗二首》(其一)尾联"奈许新缣伤妾意。无由故剑动君心";两联均对仗者,如宇文招《从军行》"辽东烽火照甘泉。蓟北亭障接燕然。水冻菖蒲未生节。关寒榆荚不成钱"等。

初唐的一韵纯七古虽不多,但总的来看,其对于骈偶的态度,几乎完全承袭了上一个时期。其表现也有二:一是规定对仗的地方,绝大多数均能对仗。八句者,如刘希夷《独鹤篇》中间两联"秋风四起声切切,边心一听泪霏霏。嵩岳灵泉摇玉羽,蓬丘仙雾下金衣",阎朝隐《奉和圣制夏日游石淙山》中间两联"千种冈峦千种树,一重岩壑一重云。花落风吹红的历,藤垂日晃绿菆菣",均能以对仗出之。八句之上者,如张说《遥同蔡起居偃松篇》中间三联"名接天庭长景色,气连宫阙借氛氲。悬池的的停华露,偃盖重重拂瑞云。不借流膏助仙鼎,愿将桢干捧明君",也均为骈俪之格。再看,张说《赠崔二安平公乐世词》一首:

十五红妆侍绮楼,朝承握槊夜藏钩。君臣一意金门宠,兄弟双飞玉殿游。宁知宿昔恩华乐,变作潇湘离别愁。地湿莓苔生舞袖,江声怨叹入箜篌。自怜京兆双眉妩,会待南来五马留。

此诗为一韵到底押平韵尤部,通篇共十句五联,中间三联,也均是骈偶之格。①

二是不需要对仗的地方,也多以骈偶出之。如上举刘希夷《独鹤篇》的首联"西山日没人独归,东江月明鹤孤飞",阎朝隐《奉和圣制夏日游石淙山》的首联"金台隐隐陵黄道,玉辇亭亭下绛雰",即均为对仗之格。又如上举张说《赠崔二安平公乐世词》一首的首联"自怜京兆双眉妩,会待南来五马留",以"京兆"对"南来",虽不甚工,但整联看来,也不妨以宽对视之。值得注意的是,初唐段一韵纯七古之所

---

① 其中第四句"双飞"之"飞"、第七句"地湿"之"湿"均宜作名词看,如此,才能分别与"一意"之"意"和"江声"之"声"相俪。

以甚寥寥,主要与此时七言一韵诗大面积地向近体转移有关。此外,和前一个时期将七言绝句也纳入传统七古的考察范围不一样,此时之七言绝句,已经逐渐从各体中脱颖而出,并大体上能单独成体,故不再纳入传统七古的考察范围。总而言之,此一段,如果不考虑古今体的区分,那么,就一韵七言诗而言,从南北朝到初唐,其骈偶的风气并未因时间的疾驰而消歇。

时至盛唐,一韵纯七古的对仗运用,最大的特点是古、今并存,也就是说,其中既有上承初唐、南北朝后段的严格按要求对仗者,也有跨过初唐、南北朝后段,直追魏晋刘宋之风,而不以对仗为意者。前者如王维七言八句《听百舌鸟》中两联"亦有相随过御苑,不知若个向金堤。入春解作千般语,拂曙能先百鸟啼",高适七言八句《题李别驾壁》中两联"礼乐遥传鲁伯禽,宾客争过魏公子。酒筵暮散明月上,枥马长鸣春风起",李白七言八句《赠郭将军》中两联"平明拂剑朝天去,薄暮垂鞭醉酒归。爱子临风吹玉笛,美人向月舞罗衣",杜甫七言十二句《释闷》中四联"失道非关出襄野,扬鞭忽是过胡城。豺狼塞路人断绝。烽火照夜尸纵横。天子亦应厌奔走,群公固合思升平。但恐诛求不改辙,闻道鼙孽能全生",岑参七言六句《银山碛西馆》中一联"双双愁泪沾马毛,飒飒胡沙迸人面"等,无一例外,均为对仗之格。再看崔颢《雁门胡人歌》一首:

  高山代郡东接燕,雁门胡人家近边。解放胡鹰逐塞鸟,能将代马猎秋田。山头野火寒多烧,雨里孤峰湿作烟。闻道辽西无斗战,时时醉向酒家眠。

此诗为一韵到底押平声先部,通篇共有八句四联,其中中间两联均为骈偶之格,当无疑问。

后者如王维七言八句《赠吴官》中两联"空摇白团其谛苦,欲向缥囊还归旅。江乡鲭鲊不寄来,秦人汤饼那堪许";高适七言八句《行路难二首》(其一)中两联"五侯相逢大道边,美人弦管争留连。黄金如斗不敢惜,片言如山莫弃捐";李白七言十句《劳劳亭歌》中三联"古情不尽东流水,此地悲风愁白杨。我乘素舸同康乐,朗咏清川飞夜霜。昔闻牛渚吟五章,今来何谢袁家郎";杜甫七言二十句《哀江头》中八联"江头宫殿锁千门,细柳新蒲为谁绿。忆昔霓旌下南苑,苑中万物生颜色。昭阳殿里第一人,同辇随君侍君侧。辇前才人带弓箭,白马嚼啮黄金勒。翻身向天仰射云,一箭正坠双飞翼。明眸皓齿今何在,血污游魂归不得。清渭东流剑阁深,去住彼此无消息。人生有情泪沾臆,江水江花岂终极";岑参七言六句《酒泉太守席上醉后作》中一联"浑炙犁牛烹野驼,交河美酒归叵罗"等,均无一处为对仗。

事实上,盛唐时期,一韵七古的对仗情况除了以上两类外,还有一类介于两类之间者,即不尽按要求对仗者。这方面较为著名的篇章,七言八句者,有崔颢《黄鹤楼》、李白《鹦鹉洲》等两首,两诗的第二联虽均未对仗,但第三联即"晴川历历汉阳树,芳草萋萋鹦鹉洲"和"烟开兰叶香风暖,岸夹桃花锦浪生"等,却都是骈偶之格。又如王维《寒食城东即事》一首:

　　清溪一道穿桃李,演漾绿蒲涵白芷。溪上人家凡几家,落花半落东流水。蹴鞠屡过飞鸟上,秋千竞出垂杨里。少年分日作遨游,不用清明兼上巳。

此诗为一韵到底押上声纸部,通篇共八句四联,中两联的上一联虽非骈偶,但下一联,即"蹴鞠屡过飞鸟上,秋千竞出垂杨里",却不失为工整的对仗。类似的例子,还有一些,如上举高适《寄宿田家》等也属于此类,限于篇幅,就不一一细论了。

降至中唐,一韵七古的对仗发展,与前一阶段,既有相同的地方,也有差异。相同的地方是,此时一韵七古也大抵可分为三类:一是按

第十一章 对仗

要求对仗者。如韩愈七言八句《感春五首》(其一)中两联"已呼孺人戛鸣瑟,更遣稚子传清杯。选壮军兴不为用,坐狂朝论无由陪";七言八句《河南令舍池台》中两联"欲将层级压篱落,未许波澜量斗石。规摹虽巧何足夸,景趣不远真可惜";白居易七言八句《晚秋夜》中两联"花开残菊傍疏篱,叶下衰桐落寒井。塞鸿飞急觉秋尽,邻鸡鸣迟知夜永";七言八句《池上夜境》中两联"露簟清莹迎夜滑,风襟潇洒先秋凉。无人惊处野禽下,新睡觉时幽草香"等,均能按规定的位置对仗。

二是不按要求对仗者。如韩愈七言八句《天星送杨凝郎中贺正》中两联"正当穷冬寒未已,借问君子行安之。会朝元正无不至,受命上宰须及期";七言二十句《山石》中八联"升堂坐阶新雨足,芭蕉叶大支子肥。僧言古壁佛画好,以火来照所见稀。铺床拂席置羹饭,疏粝亦足饱我饥。夜深静卧百虫绝,清月出岭光入扉。天明独去无道路,出入高下穷烟霏。山红涧碧纷烂漫,时见松枥皆十围。当流赤足踏涧石,水声激激风吹衣。人生如此自可乐,岂必局束为人鞿";白居易七言十句《诏下》中三联"进退者谁非我事,世间宠辱常纷纷。我心与世两相忘,时事虽闻如不闻。但喜今年饱饭吃,洛阳禾稼如秋云";七言十二句《花前叹》中四联"岁课年功头发知,从霜成雪君看取。几人得老莫自嫌,樊李吴韦尽成土。南州桃李北州梅,且喜年年作花主。花前置酒谁相劝,容坐唱歌满起舞"等,并无一处为骈偶之格。

三是不尽按要求对仗者。如韩愈七言八句《感春五首》(其五)的第二联虽未对仗,但第三联"清晨辉辉烛霞日,薄暮耿耿和烟埃"却为骈俪之格;七言三十二句《谒衡岳庙遂宿岳寺题门楼》的第七联"紫盖连延接天柱,石廪腾掷堆祝融"虽为骈偶,但中间诸联的绝大多数并未对仗。白居易七言二十句《池上作》的第五、第七联,虽未对仗,但其余中间六联如"丛翠万竿湘岸色,空碧一泊松江心""浦派萦回误远近,桥岛向背迷窥临""澄澜方丈若万顷,倒影咫尺如千寻"等,却均是对仗的;七言十句《题灵岩寺》的第二联"二三月时何草绿,几百年来空月明"虽为骈俪,但第三、第四联却并未对仗。

不同之处,主要在于此时按要求对仗的诗歌数量,颇为寥寥,且主要限于七言八句者,而不按要求对仗和不尽按要求对仗者,数量更多,分布也更广。如就韩、白诗而言,两人共有一韵纯七言古诗58首,而按要求对仗者,不过6首而已,而不按要求对仗者则高达33首,不尽按要求对仗者也有19首。限于篇幅,就不一一列举了。

较之中唐,晚唐一韵纯七古的数量可以说是急剧下降。就此段现存七古诗较多的温、李二人而言,一韵纯七古,不过区区9首,其中李商隐3首,温庭筠6首。纵观这些作品,数量虽不多,但大抵也具备了对仗的三种情况:一是按要求对仗者,这样的诗,共有3首。如李商隐七言八句《二月二日》中两联"花须柳眼各无赖,紫蝶黄蜂俱有情。万里忆归元亮井,三年从事亚夫营";温庭筠七言八句《春晓曲》中两联"油壁车轻金犊肥,流苏帐晓春鸡早。笼中娇鸟暖犹睡,帘外落花闲不扫"等,均是对仗之句。二是不按要求对仗者,这样的诗最多,共有5首。如李商隐七言八句《无题四首》(其四)中两联"东家老女嫁不售,白日当天三月半。溧阳公主年十四,清明暖后同墙看";温庭筠七言八句《太液池歌》中两联"叠澜不定照天井,倒影荡摇晴翠长。平碧浅春生绿塘,云容雨态连青苍"等,均非骈偶之格。三是不尽按要求对仗者,这样的诗,仅有1首,为李商隐四十八句《安平公诗》,其中第十二联"仰看楼殿撮清汉,坐视世界如恒沙",第十五联"长者子来辄献盖,辟支佛去空留靴",第十七联"顾我下笔即千字,疑我读书倾五车"等,虽大抵可算为对仗,但其余中间十九联,则绝无骈俪之意。

三、转韵七古对仗的历史发展

此部分拟简要考察转韵七古对仗的历史发展,仍以纯七言古诗为考察对象,分为南北朝之前、南北朝、初唐、盛唐、中唐和晚唐六个阶段。考察时,也大致以硬性的对仗为主,必要时,再兼及富余的对仗。

南北朝之前,纯七言古诗很少,转韵纯七古更少,仅有7首而已。相关作品中,绝大多数均无对仗,惟晋代舞曲歌辞《白纻舞歌诗三首》(其二)一首,颇有些骈偶之意,试录如下:

> 双袂齐举鸾凤翔。罗裙飘遥昭仪光。趋步生姿进流芳。鸣弦清歌及三阳。人生世间如电过。乐时每少苦日多。幸及良辰耀春华。齐倡献舞赵女歌。羲和驰景逝不停。春露未晞严霜零。百草凋索花落英。蟋蟀吟牖寒蝉鸣。百年之命忽若倾。早知迅速秉烛行。东造扶桑游紫庭。西至昆仑戏曾城。

此诗为转韵诗,句句押韵,全诗共三节,各节依次为四句节、四句节和八句节。如果说,首节的第一联还只能勉强算为宽对的话,那么,末节的最后一联,即"东造扶桑游紫庭。西至昆仑戏曾城",则不失为工整的骈对了。不过,若参照以后世转韵七古对仗位置的常规标准,这两处都只能算是富余的对仗。

南北朝,转韵七古的对仗发展,可分为两小段,时间上,大约分别相当于刘宋时期和齐梁陈隋时期。其中第一小段,转韵七古也不多,仅有区区的6首,其中鲍照有3首。纵观这6首作品,约有一半的篇章涉及对仗的使用,骈偶之意已时见端倪。如前举鲍照《拟行路难十八首》(其十二)首节第一联"今年阳初花满林,明年冬末雪盈岑",第四联"朝悲惨惨遂成滴,暮思绕绕最伤心",即均为对仗之格。鲍照此诗为隔句押韵诗。又如南平王刘铄《白纻曲》末节最后两句"状似明月泛云河,体如轻风动流波",刘宋舞曲歌辞《白纻篇大雅》第二节的首联"琴角挥韵白云舒。箫韶协音神凤来",第三节的首联"文同轨一道德行。国靖民和礼乐成"和尾联"四县庭响美勋英。八列陛唱贵人声"等,均不失为骈偶之格。以上两首诗为句句押韵诗。联系上一个时期,惟一存在对仗的也是一首句句押韵诗来看,句句押韵诗虽不利于对仗的生成,但并非绝不可能存在对仗。

到了第二小段,即齐梁陈隋时期,转韵七古的对仗发展,可谓彻底大鸣大放了,而一如此段一韵七古的对仗发展。这种兴盛,同样的,主要也有两点表现:一是需要对仗的位置,少有不对仗的。如沈君攸《羽觞飞上苑》一首,全诗共两节,每节八句,其中首节中两联"石径断丝阑蔓草。山流细沫拥浮花。鱼文熠燫含馀日。鹤盖低昂照落霞",末节中两联"藤杯屡动情仍畅。翠樽引满趣弥深。山阳倒载非难得。宜城醇酝促须斟",即均为骈偶之格。又如徐伯阳《日出东南隅行》一首:

> 朱城璧日启朱扉。青楼含照本晖晖。远映陌上春桑叶。斜入秦家缃绮衣。罗敷妆粉能佳丽。镜前新梳倭堕髻。圆笼袅袅挂青丝。铁钩冉冉胜丹桂。蚕饥日晚暂生愁。忽逢使君南陌头。五马停珂遣借问。双脸含娇特好羞。妾婿府中轻小吏。即今来往专城里。欲识东方千骑归。蔼蔼日暮红尘起。

此诗共有四节,每节四句,其中前三节的后一联,亦均为对仗之格,惟最后一个四句节,因在篇末,故可不对仗。

二是不要求对仗的地方,往往也以骈偶出之。如上举沈君攸《羽觞飞上苑》一首的首节,不但中两联为骈俪,首联"上路薄晚风尘合。禁苑初春气色华"和尾联"隔树银鞍喧宝马。分衢玉轴动香车",也均对仗了。又如阳缙《侠客控绝影诗》一首,通篇共三节,其中首节六句的最后两句,即"园中追寻桃李径,陌上逢迎游侠人",本可不用骈偶,但还是对仗了。再如江总《内殿赋新诗》一首,全诗共三节,其中首节六句的首、尾联本无须用骈偶,但它们都对仗了,分别是"兔影脉脉照金铺。虬水滴滴泻玉壶"和"风高暗绿凋残柳。雨驶芳红湿晚芙"。

无需讳言的是,此时转韵纯七古的对仗,也有个别不尽能符合对仗位置要求。如庾信《燕歌行》一首,全诗共有五节,各节依次为六句节、四句节、四句节、六句节和八句节,按规定,其中首节的中一联,第二、第三节的后一联,第四节的中一联,末节的中两联,共有6处,均应以骈偶行之。结果是第二节的后一联"愿得鲁连飞一箭,持寄思归燕将书",末节的第三联"蒲桃一杯千日醉,无事九转学神仙",并非为对仗之格,且末节的第二联"桃花颜色好如马,榆荚新开巧似钱",以"颜色"俪"新开"也谈不上工整。类似的例子还有王褒《燕歌行》、徐陵《杂曲》等。

时至初唐,转韵七古的对仗发展,基本上延续了上一个时期的态势。一是绝大多数的诗歌均能按规定的位置对仗。如卢照邻《失群雁》一首,通篇共有五节,各节依次为四句节、六句节、六句节、二句节和六句节。按规定,其中第一节的后一联,第二、第三和第五节的中一联,均应对仗,而诗中相关各处,也确乎为骈偶之格,分别是"欲随石燕沉湘水,试逐铜乌绕帝台""先过上苑传书信,暂下中州戏稻粱""唯有庄周解爱鸣,复道郊哥重奇色""金龟全写中牟印,玉鹄当变莱芜釜"。类似的例子,还有王勃《滕王阁》、刘希夷《公子行》《代悲白头翁》、沈佺期《入少密溪》、宋之问《明河篇》、张说《时乐鸟篇》等。

二是这种崇尚骈偶的用心,有时还会漫溢到其它本不需要对仗的地方。如上举卢照邻《失群雁》一首,其中第二节的后一联"虞人负缴来相及,齐客虚弓忽见伤",第三节的后一联"惆怅惊思悲未已,裴回自怜中罔极",本无须对仗,但这里还是用了骈偶。又如沈佺期

《古歌》一首,全诗共三节,各节依次为四句节、二句节和六句节,其中末节的首、尾联本也无须对仗,但诗中还是用了骈偶,分别是"璇闺窈窕秋夜长,绣户徘徊明月光""北斗七星横夜半,清歌一曲断君肠"。类似的例子,还有刘希夷《洛中晴月送殷四入关》、宋之问《寒食江州满塘驿》等。

　　三是也存在个别不尽按要求对仗的诗歌。个中原因,难可一概。有因篇幅较长者,如骆宾王《代女道士王灵妃赠道士李荣》一首,全诗共有二十六节,其中大部分应该对仗的地方虽均为骈偶,但第十一节之四句节的后一联"只将羞涩当风流,持此相怜保终始"、第十六节之四句节的后一联"初言别在寒偏在,何悟春来春更思"等,均未能对仗。有受古体影响者,如刘希夷《江南曲八首》(其八)一首,共两节,每节四句,其中首节后一联"冠盖星繁江水上,冲风摽落洞庭渌",未能对仗,大概即因古体之沾溉。① 有因对仗欠工整者,如张说《城南亭作》一首,首节后一联以"北堂"对"庭前"、"珍重"对"列肆",第三节后一联以"天下"对"日饮",均不甚工整。

　　盛唐之前,转韵七古在对仗的运用方面,已有古体之影响,这种趋势到了盛唐就更加明显了。大而言之,盛唐转韵七古的对仗,基本也可分为三类,只是具体到各个诗人,又不尽相同。比如,其中王维更倾向于用骈句,岑参反之,而李白则介于上述两人之间。以下对盛唐时期三类对仗情况也略作介绍。一是按要求位置对仗者。如崔颢《代闺人答轻薄少年》一首,全诗共五节,每节四句,按规定,其中前四节的后一联均应对仗,而这四联也确乎为骈俪之格,分别是"本期汉代金吾婿,误嫁长安游侠儿""平明挟弹入新丰,日晚挥鞭出长乐""自矜陌上繁华盛,不念闺中花鸟阑""三时出望无消息,一去那知行近远"。又如王维《燕支行》一首,全诗共有三节,每节八句,按规定,

---

① 因为刘氏这组诗,多杂言古体,故有此推断。

每节的中间两联应该对仗,而诗中相关各处也确实为骈俪之制,分别是"万乘亲推双阙下,千官出饯五陵东。誓辞甲第金门里,身作长城玉塞中";"报雠只是闻尝胆,饮酒不曾妨刮骨。画戟雕戈白日寒,连旗大旆黄尘没";①"拔剑已断天骄臂,归鞍共饮月支头。汉兵大呼一当百,虏骑相看哭且愁"。类似的例子还有李颀《古从军行》、高适《古大梁行》等。

二是不尽按要求位置对仗者。如杜甫《题李尊师松树障子歌》一首,全诗共四节,每节四句,按规定,其中前三节的后一联均应对仗。结果是,诗中中间两节的后一联虽均为骈偶之格,分别是"阴崖却承霜雪干,偃盖反走虬龙形""已知仙客意相亲,更觉良工心独苦",但首节的后一联"握发呼儿延入户,手提新画青松障",却非对仗。又如岑参《送费子归武昌》一首,全诗共六节,每节四句,按规定,其中前五节的后一联均应对仗,但诗中用为骈偶的,也不过第一节的后一联"秋来倍忆武昌鱼,梦著只在巴陵道"和第五节的后一联"路指凤皇山北云,衣沾鹦鹉洲边雨"。至于其它三处,依次为"剑锋可惜虚用尽,马蹄无事今已穿""平生有钱将与人,江上故园空四壁""看君失路尚如此,人生贵贱那得知",则均非对仗之格。类似的例子,还有王维《夷门歌》、高适《人日寄杜二拾遗》等。

三是不按要求位置对仗者。如高适《秋胡行》,此诗共八节,每节四句,按规定,其中前七节的后一联均应对仗,结果是,相关各处均非骈偶之格,依次为"一朝结发从君子,将妾迢迢东鲁陲""蕙楼独卧频

---

① "白日",《全唐诗》(全十五册)误为"百白",见《全唐诗》(全十五册)第二册,中华书局1999年版,第1257页。当依《全唐诗》(全二十五册)、陈铁民《王维集校注》、赵殿成《王右丞集笺注》三书作"白日"。详见《全唐诗》(全二十五册)第四册,中华书局1960年版,第1257页;陈铁民《王维集校注》,中华书局2018年版,第26页;赵殿成《王右丞集笺注》,上海古籍出版社1998年版,第96页。又同书此首第十七句"麒麟"误为"麒麒",依据并出处同上。

度春,彩阁辞君几徂暑""道逢行子不相识,赠妾黄金买少年""愿言行路莫多情,道妾贞心在人口""劳心苦力终无恨,所冀君恩即可依""相看颜色不复言,相顾怀惭有何已""如何咫尺仍有情,况复迢迢千里外"。又如岑参《临河》一首,此诗共三节,每节四句,按规定,其中前两节的后一联均应对仗,事实是,此两处均非骈偶之格,分别是"河边酒家堪寄宿,主人小女能缝衣"和"邑中雨雪偏著时,隔河东郡人遥羡"。类似的例子,还有李颀《爱敬寺古藤歌》、崔颢《长安道》等。总的来看,此一时期,转韵七古的对仗情况已经大有向后两类发展的趋势了。

  降及中唐,诗人们所作转韵纯七古,对于骈偶,已有明显的疏离。以韩、白两人诗而言,其表现主要有二:一是按要求对仗的诗歌,近乎无有,而仅有寥寥的1首,即白居易《和钱员外答卢员外早春独游曲江见寄长句》一首:

  春来有色暗融融,先到诗情酒思中。柳岸霏微裛尘雨,杏园澹荡开花风。闻君独游心郁郁,薄晚新晴骑马出。醉思诗侣有同年,春叹翰林无暇日。云夫首倡寒玉音,蔚章继和春搜吟。此时我亦闭门坐,一日风光三处心。

此诗共有三节,每节四句,其中前两节的后一联,均为对偶之格,符合转韵七古的对仗位置要求。

  二是绝大多数均为不按要求或不尽按要求对仗的诗歌。其中,前者共有18首。如韩愈《丰陵行》一首,全诗共两节,两节依次为四句节和十六句节,参照七言转韵律体的对仗位置标准,其中首节的后一联,后节的中间六联,均应对仗,但这几处,却并无骈偶之意,分别是"群臣杂沓驰后先,宫官穰穰来不已","清风飘飘轻雨洒,偃蹇旗斾卷以舒。逾梁下坂笳鼓咽,嶙峋遂走玄宫间。哭声訇天百鸟噪,幽坎昼闭空灵舆。皇帝孝心深且远,资送礼备无赢馀。设官置卫锁嫔妓,供养朝夕象平居。臣闻神道尚清净,三代旧制存诸书"。又如白居易《东墟晚歇》一首,全诗共三节,每节四句,按对仗位置要求,前两节的后一联均应对仗,事实是,这两处也均无偶对之意,分别是"绕冢秋花少颜色,细虫小蝶飞翻翻""晚从南涧钓鱼回,歇此墟中白杨下"。

不尽按要求对仗的诗歌,共有 8 首,且其中仅有 1 首按要求对仗的数量超过全诗一半者,即白居易《哭师皋》,其余 7 首,则均为对仗的数量不及要求对仗的一半,有些甚至差得很远。如韩愈《桃源图》一首,全诗共十一节,除了第二和最后两节为二句节外,其余一例为四句节,按要求,八个四句节的后一联均应对仗,但诗中出以骈俪的,不过第四节的后一联"嬴颠刘蹶了不闻,地坼天分非所恤"和第六节的后一联"大蛇中断丧前王,群马南渡开新主",其余六处则均非对仗之格。

进入晚唐以后,在转韵七古中,诗人们对于骈偶的态度就更为陌生了。以李商隐、温庭筠两人诗而言,其表现主要有二:一是按要求对仗的诗歌,也只有 1 首,且为八句之短篇,即温庭筠《西陵道士茶歌》一首。很难说,像这样的诗,首节后一联"涧花入井水味香,山月当人松影直"之所以为对仗,没有一定的偶然因素。二是绝大多数的诗歌,均为不按要求对仗或不尽按要求对仗者。其中不按要求对仗者,共有 40 首,比例约为温、李相关作品的五分之四。如李商隐《燕台四首·冬》一首,全诗共四节,每节四句,按要求,其中前三节的后一联,均应对仗,结果是,这三联均非骈偶之格,分别是"青溪白石不相望,堂中远甚苍梧野""浪乘画舸忆蟾蜍,月娥未必婵娟子""当时欢向掌中销,桃叶桃根双姊妹"。又如温庭筠《织锦词》一首,全诗共三节,每节亦四句,按要求,其中前两节的后一联,均应对仗,事实是,这两处也均非骈偶之格,分别是"簇簇金梭万缕红,鸳鸯艳锦初成匹""此意欲传传不得,玫瑰作柱朱弦琴"。不尽按要求对仗者,共有 10

首。其中绝大多数对仗的数量均不及要求对仗的一半。如李商隐《河内诗二首》、温庭筠《春江花月夜词》等。

四、七古对仗与平仄的照应关系
——以李白诗为例

深谙平韵近体的人,应该知道,近体需讲究平仄和对仗,其中平仄包括律句、对和粘三方面,对于近体的判定具有更大的决定性,对仗的话,四句以下的平韵近体可对可不对,四句之上的平韵近体,则不管其中间有多少联,一般情况下均须对仗。对仗对于近体的判定主要起辅助作用。通常而言,平仄和对仗在一首平韵近体里,往往是统一的,相辅相成的。这样的例子,可谓举不胜举。如人们所熟知、所见到的五律,绝大部分应该都符合中间两联对仗和律句、对、粘等平仄规则。因此之故,学者们在探求某种平韵近体的平仄句式或声律演进,不能事先指定某些诗为某种平韵近体的情况下,往往就以是否符合对仗规则为初步的判断依据。① 应该说,这种方法是有据可依,客观而科学的。

事实上,据笔者观察,对仗和平仄的统一性,即符合对仗规则的诗歌,其平仄水平往往越高这一规律,不但广泛地存在于平韵近体中,对于传统七古来说,也具有同样的适用性。以下,我们拟以李白七古为例,对这一规律作一个全面的证明。其中平仄水平,也就是声

---

① 如赵昌平《初唐七律的成熟及其风格溯源》一文在择取七律时,就曾以"一般中二联对仗"为其条件之一。详见赵昌平《初唐七律的成熟及其风格溯源》,《中华文史论丛》,1986年第4辑。又如拙文《近体律句考——以唐五律为中心》一文,在确定平韵五律的文本范围时,也曾以"中两联对仗"为其条件之一。详见拙文《近体律句考——以唐五律为中心》,《文学遗产》,2013年第3期。

律水平,侧重考察各诗的律句或非律句比例。原因无他,因为传统七古的声律水平总体并不高,在非律句较多的情况下,谈论对和粘不啻于一种奢望。此外,本章之所以选择李白诗作为考察对象,主要基于以下几点考虑:一是李白是唐代,甚至可以说是古今七古诗的双子星之一,在中国七古史上具有举足轻重的地位。二是李白的七古数量较多,在唐代仅次于杜甫。三是,也是最重要的一点,即李白身处古今体交替、变化最关键的时代,其所作七古既有趋新的一面,也有复古的一面,体式样貌较为丰富、多样。

一韵七古与转韵七古对仗与平仄的照应关系,不尽一样,宜分开讨论。李白诗,主要是纯七古,当然也不能例外。欲弄清李白一韵纯七古对仗与平仄的照应关系,首先应该对李白这类诗的对仗情况,作一番系统的梳理。就硬性的对仗而言,李白 15 首一韵纯七古的对仗大致可分为三类:

一是按要求对仗者,这类诗计有 4 首。如《送羽林陶将军》一首,全诗共 6 句,按要求,诗歌中间一联应该对仗,而这一联也确实为骈俪之格,即"万里横戈探虎穴,三杯拔剑舞龙泉"。又如《赠郭将军》一首:

> 将军少年出武威,入掌银台护紫微。平明拂剑朝天去,薄暮垂鞭醉酒归。爱子临风吹玉笛,美人向月舞罗衣。畴昔雄豪如梦里,相逢且欲醉春晖。

此诗共八句,按要求,诗歌中间两联应该对仗,而这两联也确实对仗了。类似的例子还有《酬宇文少府见赠桃竹书筒》《题东谿公幽居》等。

二是不尽按要求对仗者,这类诗计有 3 首。如《江上吟》一首,全诗共有 12 句,参照以七排的标准,中间四联应该对仗,但事实上,对仗的只有第三、第四和第五联,第二联,即"美酒尊中置千斛,载妓随波任去留"却非骈俪。类似的例子还有《鹦鹉洲》《别山僧》,其中前者共有 8 句,第二联并未对仗,后者共有 10 句,虽然第三、第四联对仗了,但第二联也非骈俪之格。

三是不按要求对仗者,这类诗最多,共有 8 首。其中大部分连富余的对仗也没有,惟《山鹧鸪》一首的首联,为富余的对仗。如《劳劳亭歌》一首,全诗共有 10 句,但中间三联,即"古情不尽东流水,此地悲风愁白杨。我乘素舸同康乐,朗咏清川飞夜霜。昔闻牛渚吟五章,今来何谢袁家郎",均非对仗之格。类似的例子还有《赠潘侍御论钱少阳》《金陵酒肆留别》《送族弟绾从军安西》等。

应该说明的是,不按要求对仗的 8 首里,《荆州歌》和《白纻辞三首》(其三)两首,篇幅一首为 5 句,一首为 7 句,均存在一定的奇数句,风格逼近古风,如果将它们摒弃在对仗考察范围之外,也无不可。总的来看,李白一韵纯七古的对仗与不对仗,大抵各有一半,可谓旗鼓相当。①

仔细观察和比较李白上述一韵纯七古的两大类对仗情况,其中按要求对仗与基本按要求对仗为一类,不按要求对仗为另一类,不难发现这样一个事实,即总的来看,能按规则对仗的诗歌,其声律水平往往也就较高。如上举李白《赠郭将军》一首,共 8 句,通篇仅有 1 句非律句,即"将军少年出武威",且无其它非正式律句。② 又如《题东溪公幽居》一首:

杜陵贤人清且廉,东溪卜筑岁将淹。宅近青山同谢朓,门垂碧柳似陶潜。好鸟迎春歌后院,飞花送酒舞前檐。客到但知留

---

① 其中第二类,虽为不尽按要求对仗者,但缺乏的对仗数量毕竟较少,而且都集中在传统有之的第二联,因此,此类实近于按要求对仗者。
② 七古律句和非正式律句的界定和范围,参见本书第十二章第一部分《七古平仄的声律标准和统计方法》。

一醉,盘中只有水晶盐。

如前所述,此诗属于能按位置要求对仗者,即中间两联均为骈偶之格,而其声律水平也确实较高,即通篇亦仅有1句非律句,即"杜陵贤人清且廉",且无其它非正式的律句。

再看《别山僧》一首:

何处名僧到水西,乘舟弄月宿泾溪。平明别我上山去,手携金策踏云梯。腾身转觉三天近,举足回看万岭低。谑浪肯居支遁下,风流还与远公齐。此度别离何日见,相思一夜暝猿啼。

如前所述,此诗的第二联虽未对仗,但第三、第四联却不失为工整的骈偶,因此可归在基本按要求对仗一类中。返观这首诗的声律水平,确实也不低,即全诗并无一句非律句,且也无一句非正式律句,通篇只是第二联略有失对和最后两联略有失粘而已。

反之,不按要求对仗者,其声律水平则往往不高。如《送族弟绾从军安西》一首:

汉家兵马乘北风,鼓行而西破犬戎。尔随汉将出门去,剪虏若草收奇功。君王按剑望边色,旄头已落胡天空。匈奴系颈数应尽,明年应入蒲萄宫。

此诗为一韵到底押平声东部,全诗八句,中两联并未对仗,属于上述不按要求对仗者。返观整首诗的声律水平,其中除有3句非正式律句外,依次是第一、第六和第八句,尚有2句非律句,分别是"鼓行而西破犬戎"和"剪虏若草收奇功"。

又如《金陵酒肆留别》一首:

风吹柳花满店香,吴姬压酒唤客尝。金陵子弟来相送,欲行不行各尽觞。请君试问东流水,别意与之谁短长。

此诗为一韵到底押平声阳部,全诗共六句,中间一联未对仗,也属于上述不按要求对仗者,其中非律句共有 3 句,分别是"风吹柳花满店香""吴姬压酒唤客尝"和"欲行不行各尽觞"。总之,其声律水平并不高。

为了尽可能地减少偶然性因素,我们对上述两类对仗情况的声律水平,作了一个更为全面的统计。即按要求或基本按要求对仗的诗歌共有 7 首 58 句,其中非律句计有 5 句,非正式律句计有 6 句。如果不计非正式律句的话,其非律句的比例约为 5/58 = 8.62%。如果计入非正式律句的话,其非律句的比例也仅为 11/58 = 18.97%。另外,不按要求对仗的诗歌共有 8 首 70 句,其中非律句计有 17 句,非正式律句计有 20 句。如果不计非正式律句的话,其非律句的比例约为 17/70 = 24.29%。如果计入非正式律句的话,其非律句的比例则为 52.86%。由此可见,无论是哪一种算法,按要求或基本按要求对仗者的声律水平差不多都是不按要求对仗者的三倍。这种差距不可谓不明显。

李白 36 首转韵纯七古的对仗情况,也约可分为三类:

一是按要求对仗者,这类诗共有 8 首。如《采莲曲》一首,全诗共 8 句,四句一转,按要求,其中第一个四句节的后一联应对仗,而这一联也确为对仗之句,为"日照新妆水底明,风飘香袂空中举"。又如《凤吹笙曲》一首,此诗共四节,每节四句,按规则,其中前三节的后一联均应对仗,而诗中这三联也确乎为骈俪之格,分别是"始闻炼气餐金液,复道朝天赴玉京""欲叹离声发绛唇,更嗟别调流纤指""重吟真曲和清吹,却奏仙歌响绿云"。此外,第三节的首联也对仗了,且为同字对,为富余的对仗。类似的例子还有《捣衣篇》《流夜郎赠辛判官》等。

二是不尽按要求对仗者,这类诗共有 6 首。如《峨眉山月歌送蜀僧晏入中京》一首,全诗共四节,每节四句,按规则,其中前三节的后一联应对仗,但最终对仗的只有第三节后一联,即"黄金狮子乘高座,白玉麈尾谈重玄",另两处则未对仗。又如《当涂赵炎少府粉图山水歌》一首,全诗共三节,首节二十二句,后两节各四句,按规则,首节的中间九联和次节的后一联应对仗,但最终如此者,也仅有首节的第四联"洞庭潇湘意渺绵,三江七泽情洄沿",且属于宽对,其余九处则均未见对仗。应该说,此类诗与前述一韵纯七古之第二类虽同属不尽按要求对仗者,却有程度轻重之别。此处的一类,显然属于较为严重的一类,例子除前举 2 首外,还有《驾去温泉后赠杨山人》《把酒问月》《侍从宜春苑奉诏赋龙池柳色初青听新莺百啭歌》等。① 总之,此类虽名为不尽按要求对仗者,但事实上多数更近于下面一类。

三是不按要求对仗或无对仗者,这类诗共有 22 首。如《西岳云台歌送丹丘子》一首,全诗共六节,其中前四节每四句为一节,按规则,此四节的后一联均应对仗,但诗中这四处并非骈俪之格。又如《金陵歌送别范宣》一首,全诗共五节,四句一转,按规则,前四节的后一联也均应对仗,但诗中这四处显然也非对仗句。此类所谓"无对仗者",主要指的是《乌夜啼》《乌栖曲》和《思边》三首,因为三首均为短诗,且多两句或三句一转,按规则,并无对仗的需求。因此,严格来说,它们并不属于"不按要求对仗者"。

仔细观察和比较李白上述转韵纯七古的两大类对仗情况,其中按要求对仗者为一类,不按要求或基本不按要求对仗者为另一类,同样的,也不难发现这样一个事实,即总的来看,能按规则对仗的诗歌,其声律水平往往也越高。如《采莲曲》一首:

> 若耶溪傍采莲女,笑隔荷花共人语。日照新妆水底明,风飘香袂空中举。岸上谁家游冶郎,三三五五映垂杨。紫骝嘶入落

---

① 此首由于存在奇数句,因而风格也更接近古风。

花去,见此踟蹰空断肠。

此诗为转韵诗,共两节,每节四句,其中首节后一联为严整的对仗句,全诗属于上述能按要求对仗者。返观其声律水平,仅有 1 句非律句,即"若耶溪傍采莲女",且无其它非正式律句,因此,声律水平确实不低。

又如《凤吹笙曲》一首:

> 仙人十五爱吹笙,学得昆丘彩凤鸣。始闻炼气餐金液,复道朝天赴玉京。玉京迢迢几千里,凤笙去去无穷已。欲叹离声发绛唇,更嗟别调流纤指。此时惜别讵堪闻,此地相看未忍分。重吟真曲和清吹,却奏仙歌响绿云。绿云紫气向函关,访道应寻缑氏山。莫学吹笙王子晋,一遇浮丘断不还。

此诗亦为转韵诗,全诗共四节,每节四句,其中前三节的后一联均能按要求对仗,通篇亦仅 1 句非律句,即"玉京迢迢几千里",且无其它非正式律句,声律水平同样也不低。

反之,不按要求或基本不按要求对仗者,其声律水平往往则不高。如《走笔赠独孤驸马》一首:

> 都尉朝天跃马归,香风吹人花乱飞。银鞍紫鞯照云日,左顾右盼生光辉。是时仆在金门里,待诏公车谒天子。长揖蒙垂国士恩,壮心剖出酬知己。一别蹉跎朝市间,青云之交不可攀。倘其公子重回顾,何必侯嬴长抱关。

此诗亦为转韵诗,全诗共三节,每节四句,其中前两节后一联并未能按规定对仗。返观其声律水平,也确实不高,即其中共有 3 句非律句,分别是"香风吹人花乱飞""左顾右盼生光辉""青云之交不可攀"。

又如《驾去温泉后赠杨山人》一首:

少年落魄楚汉间,风尘萧瑟多苦颜。自言管葛竟谁许,长吁莫错还闭关。一朝君王垂拂拭,剖心输丹雪胸臆。忽蒙白日回景光,直上青云生羽翼。幸陪鸾辇出鸿都,身骑飞龙天马驹。王公大人借颜色,金璋紫绶来相趋。当时结交何纷纷,片言道合惟有君。待吾尽节报明主,然后相携卧白云。

此诗亦是转韵诗,全诗共四节,其中第二节后一联"忽蒙白日回景光,直上青云生羽翼"虽为骈偶之格,但第一、第三节的后一联并未能按要求对仗。再看整首诗的声律水平,同样也不高,即其中除有5句非正式律句外,尚有6句非律句,分别是第一、第五、第六、第十、第十一和第十三句。

为了更为客观地反映上述两类对仗情况在声律水平方面的差距,我们又作了一个全面的统计。总的来看,李白转韵纯七古按要求对仗者共有8首110句,其中非律句计有11句,非正式律句计有7句。如果不计非正式律句的话,其非律句的比例约为 11/110 = 10%。如果计入非正式律句的话,其非律句的比例也仅16.36%。不按要求对仗者共有28首342句,其中非律句计有87句,非正式律句计有69句。如果不计非正式律句的话,其非律句的比例约为 87/342 = 25.44%。如果计入非正式律句的话,其非律句的比例则高达45.61%。由此可见,按要求对仗者的声律水平,仍然是不按要求或基本不按要求对仗者的2.5至3倍左右。其中差距,同样也是较为明显的。

事实上,不仅李白七古的对仗与平仄存在着这样的照应关系,唐代,甚至古今大部分诗人的七古作品,也无不适用这一法则。如李颀、王维、高适、岑参等七古名家的作品,大抵亦均可执此而求之。

五、小结

对仗并非近体诗的专利。七古之前,五古用骈者,已时有所见,如古诗十九首、陶渊明诗等,均是其证。五古以后,七古用骈更是不乏其例。五、七古对仗,与近体对仗的区别主要有两点:一是前者不妨兼用宽对。二是前者不妨兼用同字对。就对仗的位置和数量而言,对仗可分为富余的对仗和硬性的对仗两类。所谓硬性的对仗,指诗中按规定应该对仗的地方对仗了。就对仗位置要求而言,一般来说,一韵近体不管中间有多少联,通常均须对仗。转韵律体各节如为四句之上者,其对仗位置要求与一韵近体并无不同,惟四句节一种,如非在篇末,其后一联也均须对仗。参照以上标准,一韵七古与转韵七古的对仗分布情况,将十分多样。其中一韵七古有中间数联均对者,有中间数联全不对者,有中间数联近乎全对者,有中间数联仅对一处者。转韵七古因为节数较多,就更为纷繁了,不过大致仍可分为按要求对仗、不按要求对仗和不尽按要求对仗三类。

从先秦到晚唐,一韵纯七古的对仗发展,大致可以分为六个阶段。其中南北朝之前,一韵纯七古基本不以骈偶为意。南北朝时期,骈偶的运用,以鲍照为发端,此后便一发不可收拾。其表现主要有二:一是要求对仗的地方,少有不对仗者。如张正见《赋得阶前嫩竹》、杨广《江都宫乐歌》、沈君攸《薄暮动弦歌》等。二是不要求对仗的地方,也时以骈俪出之。如庾信《乌夜啼》、江总《闺怨篇》(其二)等作。时至初唐,一韵纯七古虽不多,但在使用骈偶这一点上,仍延续了上一期的传统。降及盛唐,一韵纯七古骈偶使用的最大特点是古、今并存,其中既有延承南北朝后段和初唐的严格按要求对仗者,也有上追刘宋、魏晋之风,而不以对仗为意者,更有介于上述两类之间,所谓不今不古者。盛唐之后,中、晚唐一韵纯七古的对仗情况,类别上虽亦有如盛唐之三类者,但整体已转向更为纯粹的古体。

和一韵纯七古一样,转韵纯七古的对仗发展也可分为六个阶段。其中南北朝之前,转韵纯七古用骈之意,已初露端倪。南北朝时期,

第十一章　对仗

转韵纯七古的对仗情况，可略分为两小段，其中刘宋时期用骈大抵延续了上一时期，而略有发展。此后到南北朝结束，使用骈偶则变成了一种风气，不但规定对仗之处往往以骈俪出之，而且时而还漫溢到其它不要求对仗的地方。到了初唐，转韵纯七古喜好偶对的风气，并没有因为时间的急驰而消歇。降及盛唐，和一韵纯七古对仗出现的分化一样，此时转韵纯七古，大致也可分为按要求对仗、不按要求对仗和不尽按要求对仗三类。只是各个诗人的表现并不一样，其中王维更倾心于按要求对仗者，岑参刚好与之相反，李白等人则介于上述两人之间。中晚唐以后，转韵纯七古，类别上虽同样具备盛唐的三类情况，但相较而言，其中的不按要求对仗和基本不按要求对仗者，更甚于一韵纯七古，而总体向较纯粹的古体转移了。

一韵近体，尤其是平韵近体的对仗和平仄表现，往往是相辅相成的，即按要求位置对仗的诗歌，其声律水平往往越高，反之亦然。通过对李白所有纯七言古诗的全面考察和分析，不难发现，其诗中的对仗与平仄表现，也同样存在着这样一种照应关系。即李白纯七古，无论是一韵纯七古，还是转韵纯七古，诗歌能按要求或基本按要求位置对仗者，其声律水平往往较高，前者如《题东谿公幽居》《别山僧》，后者如《采莲曲》《凤吹笙曲》。反之，诗歌不按要求或基本不按要求位置对仗者，其声律水平往往较为低下，前者如《送族弟绾从军安西》《金陵酒肆留别》，后者如《走笔赠独孤驸马》《驾去温泉后赠杨山人》等。事实上，不仅李白七古的对仗与平仄存在着这样的照应关系，古今大部分七古诗人，也无不适用这一法则。如李颀、王维、高适、岑参等七古名家的作品，大抵亦可执此以求。

第十二章　平仄

古今有关七古声调的探讨并不多。按理说,既为古体,便可不拘声律,而无所谓"平仄"可征。事实是,一则,古今所说的七古,即传统七古,往往混杂着一些新体、拗体,乃至律体之作。因此,对于这类七古而言,确有声调值得探讨。二则,即使是较为纯粹的七古,倘能以常说的诗律为参照,考察相关诗人的声律分布,进而窥视其有意无意的创作特点,也不失为一种有效的研究途径。七古声调研究是一项细微而宏大的课题,篇幅所限,本章拟先对先秦迄晚唐的七古声调作一个全景式的检阅。检阅之前,必有一定的声律标准以衡之,否则,恐有差之毫厘,谬以千里之病。最后还想就古今有关七古声调的研究,择要谈几点看法。至于其它更为全面而系统的剖析,只有俟之将来了。

一、七古平仄的声律标准和统计方法

先说声律标准。所谓"七古平仄"或"七古声调",最主要的是考察七古单个句子的合律与否,而暂不宜涉及对和粘。因为对和粘是基于律句基础之上更高级别的联、篇结撰方式的要求。本章的七言律句标准,主要依据拙文《近体律句考——以唐五律为中心》一文中的考定结果。① 文中所论虽为五言八句,但基本适用于所有平韵近

---

① 详参拙文《近体律句考——以唐五律为中心》,《文学遗产》,2013年第3期。

体。具体到七言,则可在五言的前头,相应地加平头或仄头。大致来说,七言的律句范围,首先有以下四种律句类型:

平⃝平仄⃝仄平⃝平仄(甲)

仄⃝仄平平仄⃝仄平(乙)

平⃝仄⃝平平仄⃝仄仄(丙)

仄⃝平平⃝仄仄平平(丁)

其中乙种类型,第三字之所以不标以可平可仄,主要是为了规避孤平,即"仄⃝仄仄平仄仄平"一种;丁种类型,第五字之所以不标以可平可仄,主要是为了规避古今所谓的三平或尾三平。具体而言,四种类型,还各可析分出来若干平仄句式,其中甲种类型,共可析分出来8种平仄句式,分别是"平平仄仄平平仄""平平平仄平平仄""平平仄仄仄平仄""仄平仄仄平平仄""仄平平仄平平仄""仄平平仄仄平仄"和"仄平仄仄仄平仄";乙种类型,共可析分出来4种平仄句式,分别是"仄仄平平仄仄平""仄仄平平平仄平""平仄平平仄仄平"和"平仄平平平仄平";丙种类型,也可析分出来8种平仄句式,分别是"平仄平平仄仄仄""平仄平平平仄仄""平仄仄平仄仄仄""平仄平平仄仄仄""仄仄平平仄仄仄""仄仄平平平仄仄""仄仄仄平仄仄仄"和"仄仄平平仄仄仄";丁种类型,也可析分出来4种平仄句式,分别是"仄平平仄仄平平""仄平仄仄仄平平""平平平仄仄平平"和"平平仄仄仄平平"。以上共可得符合律句标准的七言平仄句式24种。

其次,七言的律句范围,还应包括以下两种律句类型:

仄⃝仄仄平平仄平(乙补)

平⃝仄平⃝平仄平仄(丙替)

其中,上列第一种可视为前述乙种类型的补充式,前面之所以不包括这一种，主要是为了防止出现孤平，因而将这一种本来可用的律句，也一起规避了。第二种可视为前述丙种类型的替代式，其格律特征虽不符合传统说的二四六分明，但由于为平韵近体所常用，故必须在此补列出来。两种类型中，乙补类型，还可析分出来2种平仄句式，分别是"仄仄仄平平仄平"和"平仄仄平平仄平"；丙替类型，还可析分出来4种平仄句式，分别是"平仄平平仄平仄""平仄仄平平仄仄""仄仄平平仄平仄"和"仄仄仄平平仄仄"。以上又可得符合律句标准的七言平仄句式6种。

此外，还有以下三种平仄类型，也应予以充分的注意：

⊕平⊗仄⊕仄仄（甲非正式）
⊗平⊕仄平仄平（丁非正式之一）
⊗平⊕仄平平平（丁非正式之二）

其中第一种平仄类型，唐人偶有用之，至宋代还是如此，如陆游七律《夜泊水村》第五句"一身报国有万死"等，不过，用武之地毕竟极少，因而本文暂不将其纳入正式的律句之中。至于第二、第三种平仄类型，今人或无视之，或将第三种平仄类型与孤平同列为严重的声病。实则，据笔者所考，从齐梁到初盛唐，这两种平仄类型，诗人们虽不常用，但有时并不严加避忌，尤其是尾三平，它们的逐渐消失是中晚唐以后的事。① 有鉴于此，本文统一将上述三种平仄类型称之为"非正式的律句"。不过，为了审慎起见，在具体的声律统计中，仍会将它们与其它常规的正式的律句有所区分。具体而言，甲非正式类型，还可析分出来8种平仄句式，分别是"平平仄仄平仄仄""平平平平仄仄仄""平平平仄仄仄仄""平平仄仄仄仄仄""仄平仄仄平仄仄""仄平平仄平仄仄""仄平仄仄仄仄仄"和"仄平仄仄仄仄仄"；丁非正式之

---

① 拙文《近体律句考——以唐五律为中心》，《文学遗产》，2013年第3期。

一类型,还可析分出来4种平仄句式,分别是"仄平平仄平仄平""仄平仄仄平仄平""平平平仄平仄平"和"平平仄仄平仄平";丁非正式之二类型,也可析分出来四种平仄句式,分别是"仄平平仄平平平""仄平仄仄平平平""平平平仄平平平"和"平平仄仄平平平"。以上共可得七言非正式律句16种。

应该说明的是,据拙文《仄韵近体格律考述》所考,仄韵近体的律句范围与平韵近体的律句范围实不尽相同。其区别主要有两点:一是仄韵近体除了可用平韵近体范围之内的律句之外,还可以使用上述孤平,即"仄仄仄平仄仄平"和丁非正式之一,即"⃝平⃝仄平仄平"两类。二是平韵近体对于上述甲非正式,即"⃝平⃝仄⃝仄仄"和丁非正式之二,即"⃝平⃝仄平平平"的使用,往往有一定的前提条件,但在仄韵近体里,却完全没有这种限制。① 由于传统七言古诗中,一韵到底七古,既包括平韵七古,也包括仄韵七古,转韵七古中,既有平韵节,也有仄韵节,所以,以上不得不对仄韵近体的律句范围有所交待。即使如此,为了不使以下的平仄统计显得过于复杂、纷繁,甚至混乱,本文仍决定对于平韵近体和仄韵近体的律句范围暂不作区分。事实上,通过本文前面对"非正式律句"三种的处理,两者的差距已经变得极小,它们之间最大的区别,主要在于对于孤平一种的处理上,所幸,在实际的统计中,孤平这种平仄句式并不多。综上,不区分平、仄韵(节)七古的话,共可得七言正式律句30种,七言非正式律句16种。

次说平仄统计方法。先看一首杜诗,即七律《闻官军收河南河北》一首:

　　剑外忽传收蓟北,初闻涕泪满衣裳。却看妻子愁何在,漫卷

---

① 拙文《仄韵近体格律考述》,《文学遗产》网络版,2014年第1期。

诗书喜欲狂。白日放歌须纵酒,青春作伴好还乡。即从巴峡穿巫峡,便下襄阳向洛阳。

其中第三句第二字"看",虽是一个平仄两读字,且平仄两读与其词性和表义均无关系,然而,只要是稍微懂得点格律知识的人,都会将这里的"看"断为平声。原因无他,因为其所落位置,正是必平之处。也惟有如此,这首诗才能成为一首声律严整的七律。类似的例子,比如李颀七律《送魏万之京》一首,诗中第三句"鸿雁不堪愁里听"末字"听",从全诗的格律来看,此处之"听"应断为仄声;李商隐七律《杜工部蜀中离席》一首,诗中第五句"座中醉客延醒客"第六字"醒",从全诗的格律来看,此处之"醒",则更宜断为平声。

与上不同,七古对于类似平仄两读字的声调判断,就没有这种便利了。因为绝大部分的传统七古并无严谨的格律。有鉴于此,我们在这里为那些为数不多无关词性、词义的平仄两读字,如看、听、望、忘、醒、漫、叹、瞑等,设计了一个优先系列。即如果遇到类似的字,对所在的句子而言,首先优先统计为律句,其次优先统计为非正式律句,最后才是非律句。兹姑以杜甫七古诗为准,略举数例,如杜甫《久雨期王将军不至》"数看黄雾乱玄云",其中"看"优先计为平声,"时听严风折乔木",其中"听"优先统计为仄声。由此,两句也便都成了律句。同理,杜甫《哀江头》"血污游魂归不得",其中"污"优先统计为仄声,"欲往城南忘南北",其中"忘"也优先统计为仄声。事实上,今人在统计七古声律时,对于这种关系到统计结果的事项,往往阙而不表,这是相关文章的一大弊病。

最后,拟以两首不同时期的七言古诗为例,对上述七古平仄的律句标准和统计方法,作一个统一的示范。首先,是南朝江总《宛转歌》一首:

七夕天河白露明。八月涛水秋风惊。楼中恒闻哀响曲。塘

第十二章　平仄

上复有辛苦行。不解何意悲秋气。直置无秋悲自生。不怨前阶促织鸣。偏愁别路捣衣声。别燕差池自有返。离蝉寂寞讵含情。云聚怀情四望台。月冷相思九重观。欲题芍药诗不成。来采芙蓉花已散。金樽送曲韩娥起。玉柱调弦楚妃叹。翠眉结恨不复开。宝鬈迎秋度前乱。湘妃拭泪洒贞筠。笑药浣衣何处人。步步香飞金薄履。盈盈扇掩珊瑚唇。已言采桑期陌上。复能解佩就江滨。竞入华堂要花枕。争开羽帐奉华茵。不惜独眠前下钓。欲许便作后来薪。后来瞑瞑同玉床。可怜颜色无比方。谁能巧笑特窥井。乍取新声学绕梁。宿处留娇堕黄珥。镜前含笑弄明珰。蔷蔽摘心心不尽。茱萸折叶叶更芳。已闻能歌洞箫赋。讵是故爱邯郸倡。

此诗为转韵诗，通篇共四节38句，其中正式的律句共有23句，分别是第一、第六、第八、第九、第十、第十一、第十二、第十四、第十五、第十六、第十八、第十九、第二十、第二十一、第二十四、第二十五、第十二六、第十二七、第三十一、第三十二、第三十三和第三十四句。非正式的律句，共有4句，其中属于尾三平的，即"仄平平仄平平平"，有1句，为"盈盈扇掩珊瑚唇"，属于"仄平平仄平仄平"有3句，分别是"欲题芍药诗不成""后来瞑瞑同玉床"和"可怜颜色无比方"。其余未表的11句，则一例属于非律句。上述统计，有两句在方法上值得注意：一是"云聚怀情四望台"，其中，"望"是一个平仄两读字，在此优先将此句计为正式的律句，故"望"当断为仄声。二是"后来瞑瞑同玉床"，①此处的"瞑"，也是一个平仄两读字，此句不可能是正式的

---

① 《广韵》"瞑"有平去两读，其中平声释为"寐也""禽目也"等，去声释为"瞑眩"，分见《宋本广韵》，中国书店1982年版，第115、388页。考之唐诗，其实，表"合目"等义时，亦有用作仄声者，李商隐五排《有感二首》（其二）第十三句"谁瞑衔冤目"等可证。

律句,因而优先将其计为非正式的律句,故"瞑"当断为仄声。

再看中唐韩愈《雪后寄崔二十六丞公》一首:

蓝田十月雪塞关,我兴南望愁群山。攒天嵬嵬冻相映,君乃寄命于其间。秩卑俸薄食口众,岂有酒食开容颜。殿前群公赐食罢,骅骝蹋路骄且闲。称多量少鉴裁密,岂念幽桂遗榛菅。几欲犯严出荐口,气象硉兀未可攀。归来殒涕掩关卧,心之纷乱谁能删。诗翁憔悴劚荒棘,清玉刻佩联玦环。脑脂遮眼卧壮士,大弨挂壁无由弯。乾坤惠施万物遂,独于数子怀偏悭。朝歍暮唶不可解,我心安得如石顽。

此诗为一韵到底诗,通篇共22句,其中正式的律句计有4句,分别是第九、第十一、第十三、第十五句。非正式的律句计有10句,其中属于"⑪平⑫仄平仄平"的有2句,分别是"骅骝蹋路骄且闲""我心安得如石顽";属于"⑪平⑫仄平平平"的有4句,分别是"我兴南望愁群山""心之纷乱谁能删""大弨挂壁无由弯"和"独于数子怀偏悭";属于"⑫平⑪仄⑫仄仄"的有4句,分别是"秩卑俸薄食口众""脑脂遮眼卧壮士""乾坤惠施万物遂"和"朝歍暮唶不可解"。余下未表的9句,则属于非律句。上述统计过程中,有2句值得留心:一是"我兴南望愁群山","望"本为平仄两读字,此处优先计为非正式律句,故"望"当断为仄声。二是"朝歍暮唶不可解","歍"亦为平仄两读字,①在此亦优先计为非正式律句,②即属于上述说的"⑫平⑪仄⑫仄仄",故"歍"当断为平声。

---

① "歍"字,《广韵》有平去两读,平声释为"歔也",去声释为"歔歍",分见《宋本广韵》,中国书店1982年版,第45、341页。验以唐诗,此字之平仄两读,盖与词性、义项等均无关,而一如"看""望"等字。其用平声者,如杜牧《杜秋娘诗》"闻之为歔歍",用仄声者,如杜甫《羌村》"感叹亦歔歍"。

② 以上两句不可能成为正式律句,故才优先统计为非正式律句。

二、一韵七古的平仄演变

一韵七古与转韵七古的平仄发展进程有不尽一样的地方,宜分开讨论。此部分拟先以一韵纯七古为例,简要回顾一下一韵七古的平仄演变。大致来说,从先秦迄晚唐,一韵纯七古的平仄发展,大致可分为南北朝之前、南北朝、初唐、盛唐、中唐和晚唐六个阶段。

南北朝之前,纯七古甚少,此时,声律说尚未兴起,所作七古无不是以自然声调为之。此期的平仄特点,从较为有名而可靠的《燕歌行》系列和晋代舞曲歌辞《白纻舞歌诗三首》(其三)等相关作品来看,可注意者,主要有以下几点:

一是同一作者的作品,合律程度并不一致。如曹丕《燕歌行》(其一)一首,通篇共15句,其中即使不计1句非正式律句,非律句也有12句,分别是"草木摇落露为霜""群燕辞归鹄南翔""念君客游思断肠""慊慊思归恋故乡""君何淹留寄他方""贱妾茕茕守空房""忧来思君不敢忘""不觉泪下沾衣裳""援琴鸣弦发清商""短歌微吟不能长""明月皎皎照我床""尔独何辜限河梁"等。而同题另外一首共有13句,除有1句非正式律句外,非律句就相对较少了,而只有8句,分别是"别日何易会日难""郁陶思君未敢言""寄声浮云往不还""谁能怀忧独不叹""展诗清歌聊自宽""耿耿伏枕不能眠""飞鸧晨鸣声可怜""留连顾怀不能存"。可见,两诗的非律句比例,还是有一定差距的。

二是不同时段的作品,随着时间的推移,合律程度并未有明显的提高,而是呈现出一种无规律的波动。如曹丕之后,曹叡所作之《燕歌行》,虽仅5句,但其中并无一句是律句,而一例为非律句。陆机同题之作,全诗共12句,除有1句非正式律句外,非律句也有11句,分别是"四时代序逝不追""寒风习习落叶飞""蟋蟀在堂露盈墀""念君远游常苦悲""君何缅然久不归""贱妾悠悠心无违""白日既没明灯辉""夜禽赴林匹鸟栖""双鸠关关宿河湄""忧来感物涕不晞""别日何早会何迟"。

三是如果不考虑以上差异,这些诗也有一个重要的共同点,即合律率相当低。据统计,5首诗歌共有55句,其中非律句计有41句,非正式律句计有6句,也就是说,正式的律句仅8句,非律句的比例高达74.55%,如果把非正式律句几种也计入非律句的话,那么,其比例将更高,而达到85.45%。

南北朝,平仄的发展可略分为两个小阶段。第一个小阶段,大致相当于刘宋时期,以鲍照为代表。从鲍照现存7首一韵纯七古来看,其中有合律程度稍高一些的,如《拟行路难十八首》(其三),此诗共10句,除有1句非正式律句外,非律句仅4句,分别是"璇闺玉墀上椒阁""中有一人字金兰""人生几时得为乐""宁作野中之双凫",且无其它非正式律句,律句已俨然居有一半。也有合律程度略低一点的,如《拟行路难十八首》(其一)一首:

奉君金卮之美酒。玳瑁玉匣之雕琴。七彩芙蓉之羽帐。九华蒲萄之锦衾。红颜零落岁将暮。寒光宛转时欲沉。愿君裁悲且减思。听我抵节行路吟。不见柏梁铜雀上。宁闻古时清吹音。

此诗为一韵到底诗,通篇共10句,其中正式的律句仅3句,而非律句则共有7句,分别是第一、第二、第四、第六、第七、第八、第十句,非律句比例仍有70%。综合来看,鲍照一韵纯七古,共有7首52句,其中非律句计有20句,非正式律句计有13句,如果不计后者的话,其非律句的比例约为38.46%,如果计入后者,比例则为63.46%。可见,无论是哪一组数据,其合律率均是高于上一个时期的。

第二个小阶段,约略相当于齐梁陈隋时期。江总是唐之前今存纯七古最多的诗人,加上其由梁入陈,时间上约处于此段的中间,因而颇具代表意义。总的来看,江总一韵纯七古,有声律水平较高的,如《怨诗二首》(其一),此诗共4句,其中除有1句非正式律句外,即"采桑归路河流深",并无一句非律句;也有声律水平偏低的,如《闺怨篇》(其二),此诗共6句,而非律句就有4句,分别是"蜘蛛作丝满帐中""芳草结叶当行路""红脸脉脉一生啼"和"新人虽新复应故"。更多的是声律水平介于两者之间者,即差不多4—5句始有1句非律句的,如《闺怨篇》(其一)一首,全诗共10句,其中除有1句非正式律句外,非律句仅2句,分别是"愿君关山及早度""念妾桃李片时妍"。类似的例子,还有《怨诗二首》(其二)《芳树》等。综合而言,江总一韵纯七古共有5首32句,其中非律句计有9句,非正式律句计有3句,如果不计后者的话,非律句的比例约为28.13%,如果计入后者的话,比例也仅37.5%。可见,其声律水平,较之前的鲍照,又有了不小的进步。

进入初唐,由于七言绝句的独立成体和大部分七言一韵诗进化为完全合律或近乎完全合律的近体,此时的一韵纯七古并不多。在我们的考察范围之内,仅有5首,分别是刘希夷《江南曲八首》(其七)《独鹤篇》、阎朝隐《奉和圣制夏日游石淙山》、张说《赠崔二安平公乐世词》《遥同蔡起居偃松篇》。总的来看,这些诗固然存在着一定的声律问题,或对仗不甚符合要求,或失粘,或有非律句等。但整体而言,它们的合律率仍然不低,其中张说两首,皆不过略有失粘而已,而无非律句之病。值得注意的是刘希夷《独鹤篇》一首,此诗共8句,中间两联按要求用了对仗,表面上看,非律句虽仅有1句,即"东江月明鹤孤飞",但非正式律句的数量和比例却颇高,而共有3句,分别是"西山日没人独归""秋风四起声切切""自怜流落烦岁暮"等。结合刘希夷古意颇浓的《江南曲八首》来看,这首大抵也受到了古体的影响。即使如此,上述5首诗共44句,其中非律句仅2句,非正式律句也只有3句,如果不计后者,非律句的比例约为4.55%,如果计入后者,比例也才11.36%。可见,其声律水平是领先于上一个阶段的。

降及盛唐,一韵纯七古的平仄发展,最大的一个特点是出现了古、今体的分化和并存,只是,具体到各个诗人,比例不尽相同而已。如王维一韵纯七古中,既有《寒食城东食事》《听百舌鸟》《辋川别业》这种声律水平相对较高之作,其中第一首不存在非律句,后两首仅各有1处非律句;也有声律水平偏低的,如《赠吴官》之什:

> 长安客舍热如煮,无个茗糜难御暑。空摇白团其谛苦,欲向缥囊还归旅。江乡鲭鲊不寄来,秦人汤饼那堪许。不如侬家任挑达,草屩捞虾富春渚。

此诗为一韵到底诗,全诗虽仅8句,但非律句就有4句,分别是"空摇白团其谛苦""欲向缥囊还归旅""江乡鲭鲊不寄来"和"不如侬家任挑达"。

又如高适一韵纯七古,既有声律水平较高的《寄宿田家》等,此诗通篇共16句,而非律句仅有1句,即"田家老翁住东陂"。也有声律水平偏低的,如《行路难二首》(其一)一首:

> 长安少年不少钱,能骑骏马鸣金鞭。五侯相逢大道边,美人弦管争留连。黄金如斗不敢惜,片言如山莫弃捐。安知憔悴读书者,暮宿灵台私自怜。

此诗为一韵到底诗,通篇共8句,其中除有3句非正式律句外,即"能骑骏马鸣金鞭""美人弦管争留连""黄金如斗不敢惜",尚有非律句3句,分别是"长安少年不少钱""五侯相逢大道边""片言如山莫弃捐"。

此外,也有个别诗人的一韵纯七古,更偏向于古体的,如岑参《敦煌太守后庭歌》一首：

> 敦煌太守才且贤，郡中无事高枕眠。太守到来山出泉，黄砂
> 碛里人种田。敦煌耆旧鬓皓然，愿留太守更五年。城头月出星
> 满天，曲房置酒张锦筵。美人红妆色正鲜，侧垂高髻插金钿。醉
> 坐藏钩红烛前，不知钩在若个边。为君手把珊瑚鞭，射得半段黄
> 金钱，此中乐事亦已偏。

此诗为一韵到底句句押韵，从押韵方式来看，已颇逼近古体。此外，其声律水平，也足以说明这一点，即全诗共有 15 句，除有 6 句非正式律句外，分别是第一、第二、第四、第七、第八和第十三句，尚有非律句 6 句，分别是"敦煌耆旧鬓皓然""愿留太守更五年""美人红妆色正鲜""不知钩在若个边""射得半段黄金钱"和"此中乐事亦已偏"。

如上一章第四部分所述，盛唐时期，李白无论一韵纯七古还是转韵纯七古，对于古、今体均有所染指，其代表性不言而喻。大抵而言，李白共有一韵纯七古 15 首 128 句，其中非律句计有 22 句，非正式律句计有 26 句，非律句的比例约为 17.18%，如果将非正式律句也计入非律句的话，那么，非律句的比例将达到 37.5%。可见，较之初唐，这一时期的合律率已有明显下降，不消说，这正是古、今体交融的结果。

时至中唐，一韵纯七古的平仄发展，最大的特点是对纯粹七古的全力追求，而以韩愈、白居易等人为代表。此时，一韵纯七古中，虽有个别类似盛唐人的拗体之作，如韩愈的《感春五首》（其一）、《河南令舍池台》，其中前者中两联均对仗，后者除了中两联外，首尾联也一并以骈偶行之，但即使是如此，两诗的合律率也不高。如《河南令舍池台》一首，全诗共 8 句，其中除有 2 句非正式律句外，尚有非律句 3 句，分别是"灌池才盈五六丈""景趣不远真可惜""已有蛙黾助狼籍"。而《感春五首》（其一）一首，全诗亦 8 句，非律句更是高达 6 句，分别是"辛夷高花最先开""青天露坐始此回""已呼儒人戛鸣瑟"

"更遣稚子传清杯""坐狂朝论无由陪""还有诗赋歌康哉"等。

更多的则是，不以骈偶为意，声律水平也较为低下的作品。如《和虞部卢四酬翰林钱七赤藤杖歌》一首：

> 赤藤为杖世未窥，台郎始携自滇池。滇王扫宫避使者，跪进再拜语嗢咿。绳桥拄过免倾堕，性命造次蒙扶持。途经百国皆莫识，君臣聚观逐旌麾。共传滇神出水献，赤龙拔须血淋漓。又云羲和操火鞭，暝到西极睡所遗。几重包裹自题署，不以珍怪夸荒夷。归来捧赠同舍子，浮光照手欲把疑。空堂昼眠倚牖户，飞电著壁搜蛟螭。南宫清深禁闱密，唱和有类吹埙篪。妍辞丽句不可继，见寄聊且慰分司。

此诗为一韵到底诗，通篇共22句，其中即使不计3句非正式律句，非律句的数量也高达17句，分别是第一、第二、第三、第四、第六、第八、第九、第十、第十一、第十二、第十四、第十六、第十七、第十八、第十九、第二十、第二十二句等。类似的例子还有《刘生诗》《送区弘南归》《陆浑山火和皇甫湜用其韵》等。可以说，韩愈这种有意背离声律的表现是鲍照以后几百年以来的一大奇观。

事实上，中唐的这种取向，不但表现在韩愈身上，就是对表面上文从字顺的白居易来说，也大抵是如此，虽然其中有程度轻重之别。如白居易《诏下》一首，全诗共10句，其中即使不计2句非正式律句，非律句的数量也有4句，分别是"昨日诏下去罪人""今日诏下得贤臣""更倾一尊歌一曲""不独忘世兼忘身"等。又如《池上作》一首：

> 西溪风生竹森森，南潭萍开水沉沉。丛翠万竿湘岸色，空碧一泊松江心。浦派萦回误远近，桥岛向背迷窥临。澄澜方丈若万顷，倒影咫尺如千寻。泛然独游邈然坐，坐念行心思古今。菟裘不闻有泉沼，西河亦恐无云林。岂如白翁退老地，树高竹密池塘深。华亭双鹤白矫矫，太湖四石青岑岑。眼前尽日更无客，膝

上此时唯有琴。洛阳冠盖自相索,谁肯来此同抽簪。

此诗为一韵到底,通篇共20句,其中即使不计5句非正式律句,非律句也有9句,数量上已经逼近全诗的一半。这9句,分别是诗中的第一、第二、第四、第六、第八、第九、第十一、第十三和第二十句。

为资前后对比,在此不妨再提供几组数据。其中韩愈共有一韵纯七言古诗33首776句,其中非律句计有357句,非正式律句计有173句,非律句的比例约为46.01%,如果算上非正式律句,那么,非律句比例更是高达68.30%。白居易共有一韵纯七言古诗25首414句,其中非律句计有122句,非正式律句计有77句,非律句的比例约为29.47%,如果将非正式律句也计为非律句,那么,非律句的比例将高达48.07%。综合以上两人的数据来看,中唐一段,一韵纯七古的非律句比例约为40.25%,计入非正式律句的话,则高达61.26%。显而易见,这种声律水平,已与声律未开,刘宋时的鲍照等人相仿佛了。

到了晚唐,一韵纯七古的声调发展,则呈现出多元化的特征,其中最富特色的为李商隐和温庭筠二人。就李商隐而言,在其为数不多的一韵纯七古创作中,既有追步杜甫拗体的《二月二日》,也有心驰韩愈体的《安平公诗》。其中,前者的声律水平颇中规中矩,不高也不低,而后者的合律率则急转直下,通篇共48句,其中即使不计8句非正式律句,非律句也高达27句,分别是"丈人博陵王名家""怜我总角称才华""高声喝吏放两衙""送我习业南山阿""仲子延岳年十六""陈留阮家诸侄秀""逦迤出拜何骈罗""麟角虎翅相过摩""击触钟磬鸣环珂""东风开花满阳坡""踊跃鞍马来相过""坐视世界如恒沙""面热脚掉互登陟""一百八句在贝叶""遣我草诏随车牙""顾我下笔即千字""呜呼大贤苦不寿""时世方士无灵砂""五月至止六月病""遽颓泰山惊逝波""宅破子毁哀如何""隙光斜照旧燕窠""古人常叹知己少""况我沦贱艰虞多""岂得无泪如黄河""沥胆咒愿天有眼"

"君子之泽方滂沱"。全诗由此而深深地打上了韩愈式的声调印记。综合来看,李商隐一韵纯七古的体式取径,虽较为多元,但相较《二月二日》等小诗而言,《安平公诗》的篇幅更为广大,所以其一韵纯七古最终的合律率是严重偏向《安平公诗》的,而为45.31%,如果再算上非正式律句,这一比例将达到62.5%。

与李商隐不同,温庭筠的一韵纯七古,则表现出强烈的用律倾向,而直逼初唐诸子。如果说,诸如《太液池歌》《经西坞偶题》《七夕》这样的诗,用律之意还算一般的话,其中前两首均8句,且各有1句非律句,依次是"二十八宿朝玉堂"和"日影明灭金色鲤",后者10句,有2句非律句,分别是"莺咽鹤唳飘摇歌""天气骀荡云陂陁"。那么,像《东峰歌》《三洲词》《春晓曲》这样的诗,用律之意,就很显豁了。试看《三洲词》一首:

> 团圆莫作波中月,洁白莫为枝上雪。月随波动碎潾潾,雪似梅花不堪折。李娘十六青丝发,画带双花为君结。门前有路轻别离,唯恐归来旧香灭。

此诗为一韵诗,共8句,但并无一句为非律句,通篇不过存在几处失粘而已。而《春晓曲》一首,全诗更是仅有一处失粘,即位于此诗的最后两联。综合来看,温庭筠一韵纯七古共6首50句,其中非律句计有4句,非正式律句计有12句,非律句的比例仅约8%,如果将非正式律句也计为非律句,那么,其比例将达到32%,而与南朝江总等人相埒。

三、转韵七古的平仄演变

从先秦迄晚唐,转韵七古的平仄发展,也可分为南北朝之前、南北朝、初唐、盛唐、中唐和晚唐六个阶段。六个阶段的考察,仍主要以转韵纯七古为例。

南北朝之前,转韵纯七古与一韵纯七古一样,也表现出三个较为典型的特点:一是合律程度的高低,并不以时间为转移而呈现出明显的演进轨迹。如较早的汉乐府《鸡鸣歌》一首,全诗共 6 句,除有 1 句非正式律句外,非律句仅有 2 句,分别是"东方欲明星烂烂""汝南晨鸡登坛唤"。也就是说,诗中合律句的比例,至少已经达到了一半。不过,这种表现,毕竟只是现象级的,且看晋代杂歌谣辞《陇上为陈安歌》一首:①

  陇上壮士有陈安。躯干虽小腹中宽。爱养将士同心肝。䯀骢父马铁锻鞍。七尺大刀奋如湍。丈八蛇矛左右盘。十荡十决无当前。战如三交失蛇矛。弃我䯀骢窜严幽。为我外援而悬头。西流之水东流河。一去不还奈子何。

此诗为转韵诗,共 12 句,其中即使不计 1 句非正式律句,非律句也高达 10 句,分别是诗中的第一、第二、第三、第四、第五、第七、第八、第九、第十和第十二句。

  二是同一个诗人或同一组诗,作品的合律程度,有时差异甚大。如晋代《白纻舞歌诗三首》(其一)一首,全诗共 16 句,除有 3 句非正式律句外,非律句仅 7 句,分别是"高举两手白鹄翔""宛若龙转乍低昂""随世而变诚无方""质如轻云色如银""爱之遗谁赠佳人""丽服在御会佳宾""四座欢乐胡可陈"。但另一首,情况就完全不同了,且看《白纻舞歌诗三首》(其二)一首:

  双袂齐举鸾凤翔。罗裙飘遥昭仪光。趋步生姿进流芳。鸣弦清歌及三阳。人生世间如电过。乐时每少苦日多。幸及良辰

---

① 此诗有两个版本,兹取第一种。参见逯钦立《先秦汉魏晋南北朝诗》上册,中华书局 1983 年版,第 781 页。

耀春华。齐倡献舞赵女歌。羲和驰景逝不停。春露未晞严霜零。百草凋索花落英。蟋蟀吟牖寒蝉鸣。百年之命忽若倾。早知迅速秉烛行。东造扶桑游紫庭。西至昆仑戏曾城。

此诗为转韵诗,亦有 16 句,其中虽无非正式律句,但非律句却高达 15 句,即除律句"东造扶桑游紫庭"一句之外的其它 15 句,均为非律句。

三是,综合来看,这一阶段转韵纯七古的合律程度是各个阶段最低的。当然,这与此时声调尚处于一种纯任自然的状态有关。据统计,南北朝之前,共有转韵纯七古 7 首 65 句,其中非律句计有 44 句,非正式律句计有 6 句,非律句的比例为 67.69%。如果将非正式律句也纳入非律句,那么,这个比例将会更高,而为 76.92%。相较一韵纯七古而言,此时转韵纯七古的合律程度,要稍好一些,不过,这一点并未能改变其合律率极低的事实。

南北朝,转韵纯七古的声律情况,仍可大致分为刘宋和齐梁陈隋两个小阶段。其中第一个小阶段,仍以鲍照为代表。相对来说,其转韵纯七古的合律程度要略逊于一韵纯七古。如《代鸣雁行》一首,全诗共 6 句,其中除有 1 句非正式律句外,非律句尚有 3 句,分别是"中夜相失群离乱""留连徘徊不忍散""辛苦风霜亦何为"。又如《拟行路难十八首》(其十二)一首,全诗共有 12 句,不计 2 句非正式律句外,非律句也有 7 句,分别是"今年阳初花满林""执袂分别已三载""迩来寂淹无分音""暮思绕绕最伤心""蓬首乱鬓不设簪""徒飞轻埃舞空帷"和"粉筐黛器靡复遗"。当然,由于此时的转韵纯七古不多,这种比较难免存在一定的偶然性。综合来看,鲍照转韵纯七古共有 3 首 27 句,其中非律句计有 13 句,非正式律句计有 5 句,非律句的比例约为 48.15%。如果把非正式律句也计为非律句的话,其比例将高达 66.67%。

第二个小阶段,也仍以江总为代表。大致而言,江总的转韵纯七

古,虽有个别诗歌声律水平较低者,如《内殿赋新诗》一首:

> 兔影脉脉照金铺。虬水滴滴泻玉壶。绮翼雕甍迩清汉。虹梁紫柱丽黄图。风高暗绿凋残柳。雨驶芳红湿晚芙。三五二八佳年少。百万千金买歌笑。偏著故人织素诗。愿奏秦声采莲调。织女今夕渡银河。当见新秋停玉梭。

此诗为转韵诗,全诗共12句,其中虽无非正式律句,但非律句却有5句,分别是第一、第二、第七、第九、第十一句。在江总的相关诗歌中,这种声律水平算是偏低的。

也有个别诗歌声律水平略高者,如《新入姬人应令诗》一首:

> 洛浦流风漾淇水。秦楼初日度阳台。玉轶轻轮五香散。金灯夜火百花开。非是妖姬渡江日。定言神女隔河来。来时向月别姮娥。别时清吹悲箫史。数钱拾翠争佳丽。拂红点黛何相似。本持纤腰惑楚宫。暂回舞袖惊吴市。新人羽帐挂流苏。故人网户织蜘蛛。梅花柳色春难遍。情来春去在须臾。不用庭中赋绿草。但愿思著弄明珠。

此诗亦为转韵诗,全诗共18句,其中并无非正式律句,非律句也仅有2句,分别是"本持纤腰惑楚宫""但愿思著弄明珠",在江总众诗中,其声律水平是相对偏高的。

不过,总的来看,其转韵纯七古的声律水平,大多均能维持在上述两类之间,即全诗3—4句始有一句非律句。如《东飞伯劳歌》一首,全诗共10句,而非律句仅有3句,分别是"谁家可怜出窗牖""宝镜玉钗横珊瑚""风花一去杳不归"等。又如《杂曲三首》(其一),全诗共8句,而非律句仅有2句,分别是"织素那复解琴心""夫婿何在今追房"。再如《杂曲三首》(其二)一首,全诗共16句,除有2句非正式律句外,非律句也仅有4句,分别是"殿内一处起金房""曲中唯闻张女调""定有同姓可怜人""妾门逢春自可荣"等。

综合而言，江总转韵纯七古共有12首180句，其中非律句计有51句，非正式律句计有13句，非律句的比例约为28.33%。如果将非正式律句也纳入非律句，那么其比例将为35.56%。显而易见，以上两项数据，较之鲍照已有明显的提升，这当然主要是永明体以后诗歌声律化的功劳。

较之南朝后一段，初唐转韵纯七古的声律化进展，更是有过之而无不及。其中固然也有个别声律水平较为低下的，如刘希夷《死马赋》一首，全诗共32句，其中即使不计4句非正式律句，非律句也有8句，分别是"良马本代君子劳""愿君回来乡山道""道傍青青饶美草""希君少留养疲老""上林日明踪迹遍""楚王兴歌苦征战""妆楼画眉宁记日""高门待封杳无期"等。又如乔知之《和李侍郎古意》一首，全诗共24句，即使不计6句非正式律句，非律句也有8句，分别是"姜家巫山隔汉川""君度南庭向胡宛"①"夜如何其夜未央""三十曾作侍中郎""北陵青青女萝树""三星差池光照灼""北斗西指秋云薄""调丝独弹声未移"。类似的例子，大多都受到了古体的沾染，从乔氏一首题面之"古意"，便足一窥其中消息。

但是，更多的则是声律水平相对较高的，如卢照邻《失群雁》一首，全诗共24句，而非律句仅2句，分别是"裴回自怜中罔极""玉鹄当变莱芜釜"。又如骆宾王《代女道士王灵妃赠道士李荣》一首，全诗虽高达100句，但除有2句非正式律句外，非律句亦仅5句，分别是"二人容华识少选""寄语天上弄机人""尺素绝鳞去不还""此时空

---

① 末字《全唐诗》（全十五册）作"苑"，当误，见《全唐诗》（全十五册）第二册，中华书局1999年版，第874页。从此节的用韵看，宜依《唐诗品汇》作"宛"，见高棅《唐诗品汇》上册，上海古籍出版社1982年版，第274页，其题为《古意和李侍郎》。

床难独守""千回鸟信说众诸"。又如张说《城南亭作》一首,全诗共16句,而除有1句非正式律句外,即"正逢天下金镜清",并无一句是非律句。而像王勃《滕王阁》这样的诗,不但不存在非律句,连非正式的律句也没有。类似的例子还有刘希夷《洛中晴月送殷四入关》、宋之问《军中人日登高赠房明府》等。

综合来看,此段考察范围之内的纯七言古诗共有30首602句,其中非律句计有56句,非正式律句计有31句,非律句的比例约为9.30%。如果非正式律句也计入非律句,那么,此项的比例也才14.45%。足见,是时转韵纯七古声律水平之高。

降及盛唐,转韵纯七古的声律进程又发生了新的变化。其中最主要的一点,与此时的一韵纯七古并无两样,即发生了古、今体的分流和共存。其中有偏于用古者,如岑参《白雪歌送武判官归京》一首,全诗共18句,即使不计2句非正式律句,非律句也有6句之多,分别是"千树万树梨花开""将军角弓不得控""愁云黪淡万里凝""胡琴琵琶与羌笛""轮台东门送君去""山回路转不见君"。又如《醉题匡城周少府厅壁》一首,通篇虽仅8句,但即使不计1句非正式律句,非律句也高达4句,而占有全诗之一半,分别是"妇姑城南风雨秋""妇姑城中人独愁""数日不上西南楼"和"玉壶美酒琥珀殷"。类似的例子还有《太白胡僧歌》《送韩巽入都觐省便赴举》《江行遇梅花之作》等。

也有偏于用今者,如王维《燕支行》,全诗共24句,除有3句非正式律句外,非律句仅有2句,分别是"拔剑已断天骄臂""汉兵大呼一当百"。又如《同崔傅答贤弟》一首,全诗共16句,而非律句仅有1句,即"兰陵镇前吹笛声"。同样的,《洛阳女儿行》一首,全诗虽有20句,非律句也仅有1句,即"洛阳女儿对门居"。再如《桃源行》一首:

渔舟逐水爱山春,两岸桃花夹去津。坐看红树不知远,行尽青溪不见人。山口潜行始隈隩,山开旷望旋平陆。遥看一处攒云树，近入千家散花竹。樵客初传汉姓名，居人未改秦衣服。居人共住武陵源，还从物外起田园。月明松下房栊静，日出云中鸡犬喧。惊闻俗客争来集，竞引还家问都邑。平明闾巷扫花开，薄暮渔樵乘水入。初因避地去人间，及至成仙遂不还。峡里谁知有人事，世中遥望空云山。不疑灵境难闻见，尘心未尽思乡县。出洞无论隔山水，辞家终拟长游衍。自谓经过旧不迷，安知峰壑今来变。当时只记入山深，青溪几曲到云林。春来遍是桃花水，不辨仙源何处寻。

此诗虽有32句之多，但除了有1句非正式律句外，即"世中遥望空云山"，非律句更是影踪难寻。也就是说，此诗只不过存在几处失对或失粘而已，如首节四句之失粘，第三节前两句之失对等。

还有古、今兼容的，如李颀《送陈章甫》一首，全诗共18句，即使不计3句非正式律句，非律句也有5处，分别是"陈侯立身何坦荡""虬须虎眉仍大颡""腹中贮书一万卷""东门酤酒饮我曹""长河浪头连天黑"。又如《缓歌行》一首，即使不计3句非正式律句，非律句也有7句，分别是"小来托身攀贵游""结交杜陵轻薄子""谓言可生复可死""一沉一浮会有时""男儿立身须自强""十年闭户颍水阳""文昌宫中赐锦衣"等。类似这种声律水平较低的例子，还有《送王道士还山》《送刘四赴夏县》等。

反观李颀转韵纯七古中的另一类，如《送康洽入京进乐府歌》一首，全诗共16句，其中除有1句非正式律句外，即"朝吟左氏娇女篇"，并无任何非律句。又如《同张员外諲酬答之作》一首：

洛中高士日沉冥，手自灌园方带经。王湛床头见周易，长康传里好丹青。鹖冠葛屦无名位，博弈赋诗聊遣意。清言只到卫家儿，用笔能夸钟太尉。东篱二月种兰荪，穷巷人稀鸟雀喧。闻道郎官问生事，肯令鬓发老柴门。

此诗共有12句,其中不但无任何非律句,连非正式的律句也没有。也就是说,全诗仅在第二节稍有失粘而已。此外,更有通篇无任何非律句且对、粘均合的诗歌,如《古从军行》。

如果此段仍以李白相关作品的声律水平为代表,那么,相关数据可简列如下:即李白转韵纯七古共有36首452句,其中非律句计有98句,非正式律句计有76句,非律句的比例约为21.68%。如果将非正式律句也纳入非律句的范围,那么,此项的比例则将上升到38.50%。

中唐时期,转韵纯七古的声调发展与一韵纯七古不尽一样。其中,就韩愈而言,其转韵纯七古的声律水平,虽略高一韵纯七古,但并未改变韩愈七古声律整体低迷的事实。如韩愈《桃源图》一首,声律水平虽还说得过去,即全诗共38句,除有10句非正式律句外,非律句仅有6句,分别是"神仙有无何渺茫""南宫先生忻得之""异境恍惚移于斯""嬴颠刘蹶了不闻""岁久此地还成家""群马南渡开新主"等。但是诸如《李花赠张十一署》一首,全诗共19句,即使不计6句非正式律句,非律句也有8句,已迫近全诗的一半,分别是"江陵城西二月尾""波涛翻空杳无涘""群鸡惊鸣官吏起""照耀万树繁如堆""欲去未到先思回""后日更老谁论哉""力携一尊独就醉""不忍虚掷委黄埃"等。又如《赠刘师服》一首:

> 羡君齿牙牢且洁,大肉硬饼如刀截。我今呀豁落者多,所存十馀皆兀䫜。匙抄烂饭稳送之,合口软嚼如牛呞。妻儿恐我生怅望,盘中不饤栗与梨。只今年才四十五,后日悬知渐莽卤。朱颜皓颈讶莫亲,此外诸馀谁更数。忆昔太公仕进初,口含两齿无赢馀。虞翻十三比岂少,遂自惋恨形于书。丈夫命存百无害,谁能点检形骸外。巨缗东钓倘可期,与子共饱鲸鱼脍。

此诗共20句,即使不计2句非正式律句,非律句也有15句之多,分别是第一、第二、第三、第四、第五、第六、第八、第九、第十一、第十三、第十五、第十六、第十七、第十九、第二十句。其声律水平之低，显而易见。而这种声律表现，与前述韩愈一韵纯七古的有意疏离声律，本质上并无不同。虽然，前者的合律率，事实上要比后者高一些。据统计，韩愈转韵纯七古共有 16 首 343 句，其中非律句计有 125 句，非正式律句计有 92 句，非律句的比例约为 36.44%。如果将后者也计入，那么，这项比例的数据仍将高居六成之上，即为 63.27%。

白居易转韵纯七古与一韵纯七古的声律表现，实不尽相同。其中原因，暂时还不易说清。大抵而言，白居易转韵纯七古的声律水平并不低。其诗中，固然也有合律率较低者，但例子毕竟不多。如《琵琶行》一首，通篇共 88 句，即使不计 16 句非正式律句，非律句也有 27 句，分别是"浔阳江头夜送客""主人下马客在船""举酒欲饮无管弦""别时茫茫江浸月""主人忘归客不发""琵琶声停欲语迟""千呼万唤始出来""低眉信手续续弹""轻拢慢捻抹复挑""初为霓裳后六幺""大弦嘈嘈如急雨""嘈嘈切切错杂弹""大珠小珠落玉盘""此时无声胜有声""铁骑突出刀枪鸣""四弦一声如裂帛""老大嫁作商人妇""绕船月明江水寒""我闻琵琶已叹息""我从去年辞帝京""黄芦苦竹绕宅生""春江花朝秋月夜""往往取酒还独倾""岂无山歌与村笛""呕哑嘲哳难为听""今夜闻君琵琶语""如听仙乐耳暂明"。

更多的，则是声律水平相对较高的，如《长恨歌》一首，通篇共 120 句，其中除有 13 句非正式律句外，非律句仅 12 句，分别是"回眸一笑百媚生""春从春游夜专夜""三千宠爱在一身""遂令天下父母心""渔阳鞞鼓动地来""千乘万骑西南行""翠华摇摇行复止""旌旗无光日色薄""梨园弟子白发新""梨花一枝春带雨""蓬莱宫中日月长""七月七日长生殿"。类似的例子，还有《东墟晚歌》《和微之诗二十三首·和雨中花》等。

综合来看，白居易转韵纯七古共有 12 首 402 句，其中非律句计有 73 句,非正式律句计有 70 句,非律句的比例约为 18.16%。如果算上非正式律句的话,这项比例将达到 35.57%。

时至晚唐,转韵纯七古的平仄发展,又发生了全新的变化,其中最重要的一点,是声律化回暖的影响。也就是说,此时转韵纯七古的声律水平,在盛唐的分化和中唐的用古而逐渐转向低迷之后,又重新有了提高,而与初唐相接近。如李商隐的转韵纯七古,其中固然有声律水平较低的,如《无愁果有愁曲北齐歌》一首,全诗共 14 句,即使不计 1 句非正式律句,非律句也有 3 句,分别是"中含福星包世度""骐骥踏云天马狞""十番红桐一行死"。但是,类似的作品,毕竟只是个例,更多的则是像《河内诗二首》(其二)《燕台四首·春》这样的例子。两诗中,前者共 10 句,其中除有 1 句非正式律句外,非律句仅 1 句,为"轻身奉君畏身轻"。后者,全诗共 20 句,其中除有 2 句非正式律句外,并无任何非律句。综合来看,李商隐转韵纯七古共有 12 首 252 句,其中非律句计有 25 句,非正式律句计有 49 句,非律句的比例约为 9.92%。如果非正式律句也计入非律句,比例则将提高到 29.37%。

相比李商隐而言,温庭筠转韵纯七古的合律水平,更是青出于蓝。其中固然有些声律水平较低者,但只是极少数。如《照影曲》一首,全诗共 8 句,即使不计 1 句非正式律句,非律句也有 2 句,分别是"黄印额山轻为尘""曾为无双今两身"等。更多的则是,不存在任何非律句,而偶有非正式律句的,如《织锦词》《莲蒲谣》《遐水谣》《锦城曲》《舞衣曲》等。试看《雉场歌》一首:

> 茭叶萋萋接烟曙,鸡鸣埭上梨花露。彩仗锵锵已合围,绣翎白颈遥相妒。雕尾扇张金缕高,碎铃素拂骊驹豪。绿场红迹未相接,箭发铜牙伤彩毛。麦陇桑阴小山晚,六虬归去凝笳远。城头却望几含情,青苜春芜连石苑。

此诗共 12 句,其中除有 1 句非正式律句外,即"碎铃素拂骊驹豪",其余11句并无任何一句为非律句。综合来看,温庭筠转韵纯七古共有39首492句,其中非律句计有13句,非正式律句计有104句,非律句的比例约为2.64%。如果将非正式律句也算为非律句,这一项的比例将高达23.78%。

总的来说,晚唐转韵纯七古的声律使用,虽有向初唐回归的意向,但终不能与初唐相提并论。原因有二:一则,非正式律句一项的数量和比例,晚唐时,无论是李商隐还是温庭筠,均高于初唐。而所谓"非正式律句",据我们所考,即使是在看似正规的近体里,也不过是偶一用之,而温李的使用频率显然过高了,对于他们来说,将三种非正式律句归为非律句,尤其是后两种,或者更为合适。二则,初唐的转韵纯七古,总体上是较为纯粹的律体。因此,在一首诗里,他们往往并不仅仅讲究单句的合律与否,有时还会兼顾对和粘的运用。而这一点,对于温、李来说,显然是有点强人所难了。

四、古今七古声调论反思

古今有关七古平仄的探讨,殊为寥寥。相关理论,大抵起于清人王士禛,此后,赵执信、翁方纲、翟翚、董文涣等人,亦时相切磋,而颇有发明。今人偶涉这方面的研究,主要见于蒋寅《韩愈七古声调之分析》、①王次梅《杜甫七古声调分析》②二文。总的来看,以上关于七古声调的研究,可谓有得有失。其得,如王士禛谈七古声调时,对于一韵七古和转韵七古的鉴别,而一韵七古中,平韵七古与仄韵七古又

---

① 蒋寅《韩愈七古声调之分析》,《周口师范高等专科学校学报》,2002年第1期。
② 王次梅《杜甫七古声调分析》,《文学遗产》,2002年第5期。

第十二章 平仄

有所区分等。① 又如蒋文对于韩愈七古反律化倾向的关注,同时将它们分为四类,具体而微地考察其中的律句比例和声调类型,并在此基础上得出了一些令人信服的结论,如韩愈七古声调的典型性,韩愈七古声调运用的非规则性等。毋庸讳言,古今七古声调研究,也存在着不少失当之处,限于篇幅,在此只能择要谈几点。

一是,立论颇多以偏概全。如据传为王士禛所著的《王文简古诗平仄论》开篇便云"七言古自有平仄。若平韵到底者,断不可杂以律句。其要在(下句)②第五字必平","(下句)第五字既平,第四字又必仄",并证以韩愈《谒衡岳庙遂宿岳寺题门楼》和欧阳修《啼鸟》二诗。经核验,以上两诗确有王氏说的"第五字既平,第四字又必仄"这一特点,如欧阳修一首的入韵句,依次是"穷山候至阳气生""百物如与时节争""撩乱红紫开繁英""日暖众鸟皆嘤鸣""绵蛮但爱声可听""百舌未晓催天明""舌端哑咤如娇婴""深处不见惟闻声""戴胜谷谷催春耕""雄雌各自知阴晴""草深苔绿无人行""劝我沽酒花前倾""异乡殊俗难知名""每闻巧舌宜可憎""把盏常恨无娉婷""醉与花鸟为交朋""鸟劝我饮非无情""惟恐鸟散花飘零""离骚憔悴愁独醒",其中每句第四、第五字的用声,确乎无一不为"仄声"和"平声"。不过,类似的特点并不足以推而广之。事实是,更多的平韵七古并不符合这一规律。即就韩诗而言,如《山石》一首,其中入韵句"以火来照所见稀""疏粝亦足饱我饥""安得至老不更归"三句的第四、第五字,便均不符合"仄平"的声调。又如《杏花》一首入韵句"居邻北郭古寺

---

① 翁方纲《王文简古诗平仄论》,《清诗话》本,上海古籍出版社1978年版,第224—242页。
② 王氏这一理论主要针对平韵七古下句而言,但如果诗歌的首句入韵,也当包括首句。概言之,如果说,王氏这一观点实就平韵七古的入韵句而发,当无大错。以上王氏之意,并未明示,特为拈出。

空""杏花两株能白红""才开还落瘴雾中""看此宁避雨与风"等四句的第四、第五字,《感春四首》(其二)一首入韵句"皇天平分成四时""春气漫诞最可悲""自外天地弃不疑"等三句的第四、第五字,也都不符合"仄平"的声调。

以上所举平韵七古均为隔句押韵之作,如果不局限于这一用韵方式,那么,平韵七古入韵句第四、第五字之不用"仄平"者,正复不少。且看《送区弘南归》一首:

穆昔南征军不归,虫沙猿鹤伏以飞。汹汹洞庭莽翠微,九疑镵天荒是非。野有象犀水贝玑,分散百宝人士稀。我迁于南日周围,来见者众莫依俙。爰有区子荧荧晖,观以彝训或从违。我念前人譬葑菲,落以斧引以纆徽。虽有不逮驱騑騑,或采于薄渔于矶。服役不辱言不讥,从我荆州来京畿。离其母妻绝因依,嗟我道不能自肥。子虽勤苦终何希,王都观阙双巍巍。腾蹋众骏事鞍鞿,佩服上色紫与绯。独子之节可嗟唏,母附书至妻寄衣。开书拆衣泪痕晞,虽不敕还情庶几。朝暮盘羞恻庭闱,幽房无人感伊威。人生此难馀可祈,子去矣时若发机。鼍沉海底气升霏,彩雉野伏朝扇翚。处子窈窕王所妃,苟有令德隐不腓。况今天子铺德威,蔽能者诛荐受祎。出送抚背我涕挥,行行正直慎脂韦。业成志树来顾顾,我当为子言天扉。

此诗为平韵到底句句押韵七古,其中入韵句而第四、第五字非为"仄平"声调的共计26句,分别是诗中的第一、第二、第三、第四、第五、第七、第八、第十、第十一、第十二、第十六、第十七、第二十一、第二十二、第二十三、第二十五、第二十六、第二十七、第二十八、第二十九、第三十、第三十一、第三十四、第三十六、第三十七、第三十八句。综上,足见王士禛等人此种主张之不可信。

这种武断之意,也体现在王士禛对七古用韵方式与律句多寡关系的理解上。虽说七古用韵方式与律句的多少,在某些诗人的作品中,确有些区别,但这种区别却不能无限的扩大,乃至绝对化。如王士禛以为七古"平韵到底者,断不可杂以律句""若仄韵到底者,间似律句无妨""若换韵者,已非近体,用律句无妨"。事实上,和平韵七古一样,转韵七古也有合律率极低的。要之,当以人别之。如韩愈《记梦》一首,为转韵七古诗,全诗共有28句,即使不计6句非正式律句,非律句也有14句之多,已占有全诗的一半,分别是"罗缕道妙角与根""挈携陬维口澜翻""百二十刻须臾间""舍我先度横山腹""我徒三人共追之""神完骨蹻脚不掉""石坛坡陀可坐卧""天风飘飘吹我过""六字常语一字难""我以指撮白玉丹""行且咀嚼行诘盘""绰虐顾我颜不欢""乃知仙人未贤圣""我能屈曲自世间"。又如《丰陵行》一首:

> 羽卫煌煌一百里,晓出都门葬天子。群臣杂沓驰后先,宦官穰穰来不已。是时新秋七月初,金神按节炎气除。清风飘飘轻雨洒,偃蹇旗旆卷以舒。逾梁下坂笳鼓咽,嶻嶪遂走玄宫间。哭声旬天百鸟噪,幽坎昼闭空灵舆。皇帝孝心深且远,资送礼备无赢馀。设官置卫锁嫔妓,供养朝夕象平居。臣闻神道尚清净,三代旧制存诸书。墓藏庙祭不可乱,欲言非职知何如。

此诗亦为转韵七古诗,通篇共两节20句,其中即使不计5句非正式律句,非律句也有10句,同样占有全诗的一半,分别是第四、第五、第七、第八、第十、第十一、第十二、第十四、第十六、第十八句。此外,如前所举韩愈《赠刘师服》一首,也是一首转韵七古,全诗共20句,而非律句更有15句之多。从性质上来看,诸如此类有意违反声律的用心,与韩诗一韵七古之不入律,实在并无多大的不同。

反过来,平韵七古(不包括混入传统七古中的拗体、新体等)的合律程度,也不见得都如上述韩诗《谒衡岳庙遂宿岳寺题门楼》等一样低迷。这一点,同样要因时因人而异地看,而不可拘于一时一人。如杜甫《饮中八仙歌》一首,全诗共有22句,即使不计非正式律句,常规的律句也有10句之多,分别是"知章骑马似乘船""汝阳三斗始朝天""恨不移封向酒泉""举觞白眼望青天""苏晋长斋绣佛前""醉中往往爱逃禅""长安市上酒家眠""天子呼来不上船""自称臣是酒中仙""张旭三杯草圣传"。又如杜甫《瘦马行》一首:

> 东郊瘦马使我伤,骨骼硉兀如堵墙。绊之欲动转欹侧,此岂有意仍腾骧。细看六印带官字,众道三军遗路旁。皮干剥落杂泥滓,毛暗萧条连雪霜。去岁奔波逐馀寇,骅骝不惯不得将。士卒多骑内厩马,惆怅恐是病乘黄。当时历块误一蹶,委弃非汝能周防。见人惨澹若哀诉,失主错莫无晶光。天寒远放雁为伴,日暮不收乌啄疮。谁家且养愿终惠,更试明年春草长。

此诗为一韵到底押平声阳部,通篇共有20句,其中即使不计1句非正式律句,常规的律句也有12句之多,已经超过全诗的一半,分别是诗中的第三、第五、第六、第七、第八、第九、第十一、第十五、第十七、第十八、第十九和第二十句。再如杜甫《岳麓山道林二寺行》一首,通篇共有32句,其中即使不计7句非正式律句,常规的律句也有17句之多,仍然超过了全诗的一半,分别是"五月寒风冷佛骨""地灵步步雪山草""僧宝人人沧海珠""塔劫宫墙壮丽敌""金榜双回三足乌""悬圃寻河知有无""暮年且喜经行近""春日兼蒙暄暖扶""飘然斑白身奚适""傍此烟霞茅可诛""潭府邑中甚淳古""富贵功名焉足图""久为野客寻幽惯""细学何颙免兴孤""山鸟山花吾友于""宋公放逐曾题壁""物色分留与老夫"。如果王士禛等人的理论主张可据,那么,类似之杜诗,不就失去了存在的理由?

二是,据以统计的律句标准,或不尽可靠,或时有牴牾。如前引王士禛以为平韵近体,断不可杂以律句,并以韩愈《谒衡岳庙遂宿岳

第十二章 平仄

寺题门楼》、欧阳修《啼鸟》二诗为证。事实上，韩愈一首的常规律句虽不多，但也有7句，依次是"须臾静扫众峰出""紫盖连延接天柱""粉墙丹柱动光彩""庙令老人识神意""窜逐蛮荒幸不死""夜投佛寺上高阁""猿鸣钟动不知曙"。欧阳修一首的常规律句虽同样不多，但也有6句，分别是"花深叶暗耀朝日""谁谓鸣鸠拙无用""其馀百种各嘲哳""春到山城苦寂寞""身闲酒美惜光景""可笑灵均楚泽畔"。王氏之所以坚称两诗中无律句的原因，不外乎有二：一是其所认定的律句范围，事实上，被人为缩小了。据笔者所考，王士禛《律诗定体》所主张的五言律句仅有12种，而不包括并不罕见的"平平仄仄"和"仄平平仄平"，这种观点当然是不妥的。① 具体到七言，则不包括"平仄平平仄仄仄"和"仄仄仄平平仄平"等，而上述所举韩、欧二诗13句中的"窜逐蛮荒幸不死""春到山城苦寂寞""可笑灵均楚泽畔"，显然，即属于"平仄平平仄仄仄"这种律句类型。二是其所认定的律句范围有双重标准之嫌，或者说其所认定的律句范围不乏矛盾之处。如据笔者所考，王士禛《律诗定体》主张的12种五言律句，就包括"平平仄平仄"和"仄仄仄平仄"两类，具体到七言，则为"仄仄平平仄平仄"和"平平仄仄仄平仄"。问题是，上举韩、欧诗13句中的"紫盖连延接天柱""庙令老人识神意""谁谓鸣鸠拙无用"，即均属于"仄仄平平仄平仄"这种类型，而余下的7句"须臾静扫众峰出""粉墙丹柱动光彩""夜投佛寺上高阁""猿鸣钟动不知曙""花深叶暗耀朝日""其余百种各嘲哳""身闲酒美惜光景"，则又一概属于"平平仄仄仄平仄"这种类型。

蒋先生《韩愈七古声调之分析》一文的律句标准，同样也有类似的问题。其律句标准，据其文中所述，为"律句与非律句的区别主要

---

① 详见拙文《近体律句考——以唐五律为中心》，《文学遗产》，2013年第3期。

以声眼(二、四、六字)用字为准,凡声眼不误而仅第五字不谐的,如'嗟哉吾党二三子'(《山石》)'分曹决胜约前定'(《汴泗交流赠张仆射》)之类皆为律句"。结合蒋文中韩愈七古诗的统计结果来看,以上交待,看似简明扼要,实则问题不少。其中最大的问题,便是以声眼用字为准,而武断地将"仄仄平平仄平仄"这种颇为常见的律句类型拒之门外。也正因此,文中各项统计数据的失准,是可以想见的。

如据笔者统计,韩愈《杏花》一首,当有3句律句,分别是"浮花浪蕊镇长有""岂如此树一来玩""今旦胡为忽惆怅",而依蒋文所考的结果是2句,其中显然是漏计了属于"仄仄平平仄平仄"的1句,即"今旦胡为忽惆怅"。又如《感春四首》(其四)一首,据笔者统计,当有4句律句,而蒋文所定仅有2句,显然也是漏掉了属于"仄仄平平仄平仄"的"独宿荒陂射凫雁""今者无端读书史"2句。再如《赠崔立之评事》一首,据笔者统计,当有29句律句,而蒋文所定仅有22句,其中所少的7句,有6句当为属于"仄仄平平仄平仄"的"暮作千诗转遒紧""往往蛟螭杂蝼蚓""莫学庞涓怯孙膑""窜逐新归厌闻闹""岂有闲官敢推引""有似黄金掷虚牝"。类似的例子,可谓不胜枚举。其实,关于所谓的"二四六分明"口诀,熟知格律的人都知道,此语不能尽信,也就是说,这一口诀至少不应该包括"仄仄平平仄平仄"这种类型,有时,也不包括"平平仄平仄仄"。

退一步讲,即使不专治格律的人,也应该知道,"平平仄平仄"(五言)或"仄仄平平仄平仄"(七言)是绝对不能摈弃于律句范围之外的,否则,我们所熟知的《唐诗三百首》大量的五、七言律诗,将因此失去近体的身份。以五律而言,如唐玄宗《经鲁祭孔子而叹之》"今看两楹奠"、张九龄《望月怀远》"情人怨遥夜"、王勃《杜少府之任蜀州》"无为在歧路"、骆宾王《在狱咏蝉》"无人信高洁"、宋之问《题大庾岭北驿》"明朝望乡处"、李白《赠孟浩然》"红颜弃轩冕"、《渡荆门送别》"仍怜故乡水"、《听蜀僧濬弹琴》"客心洗流水"、《夜泊牛渚怀古》"登舟望秋月"、"明朝挂帆去"、杜甫《月夜》"遥怜小儿女""何时倚虚幌"、《春宿左省》"明朝有封事"、《至德二载甫自京金光门出间道归凤翔乾元初从左拾遗移华州掾与亲故别因出此门有悲往事》"无才日衰老"、《天末怀李白》"凉风起天末"、《奉济驿重送严公四韵》"江村独归处"、《别房太尉墓》"他乡复行役"、《登岳阳楼》"昔闻洞庭水"等,①诸如此类,即无一不属于"⊙平仄平仄"这种律句类型。类似的例子,书中还有不少,恕难一一。五言如此,七言可以概见,不另举。

蒋文中律句标准第二个比较大的问题是,虽然其文中声称"凡声眼不误而仅第五字不谐的……皆为律句",但在实际操作中,却不包括并不怎么罕见的"⊙平仄仄仄",此为五言,七言则为"⊙仄⊙平仄仄仄"。如据笔者统计,韩愈《古意》一首的律句当有 5 句,而蒋文所定仅 3 句,显然是攘除了属于"⊙仄⊙平仄仄仄"的"我欲求之不惮远""安得长梯上摘实"2 句。又如《寄卢仝》一首,据笔者统计,律句当有 24 句,而蒋文所定仅 18 句,其中所少的 6 句,有 3 句当属于"⊙仄⊙平仄仄仄"的"犹上虚空跨绿駬""苗裔当蒙十世宥""嗟我身为赤县令"。再看《雉带箭》一首:

> 原头火烧静兀兀,野雉畏鹰出复没。将军欲以巧伏人,盘马弯弓惜不发。地形渐窄观者多,雉惊弓满劲箭加。冲人决起百余尺,红翎白镞相倾斜。将军仰笑军吏贺,五色离披马前堕。

此诗为转韵诗,据笔者统计,通篇律句当有 4 句,而蒋文所定仅 1 句,其中当是少了属于"⊙仄⊙平仄平仄"的"五色离披马前堕"1 句和属于"⊙仄⊙平仄仄仄"的"野雉畏鹰出复没""盘马弯弓惜不

---

① 衡塘退士编,陈婉俊补注《唐诗三百首》,中华书局 1984 年版,第 107—122 页。

发"2 句。

　　事实上,无论是"⊕平仄仄仄"(五言),还是"⊕仄⊕平仄仄仄"(七言),正规的五、七言律诗里,也不乏它们的身影,尤其是前者。兹仍以《唐诗三百首》五律为例,略举数例,以窥一斑。如杜审言《和晋陵陆丞早春游望》"云霞出海曙"、王湾《次北固山下》"潮平两岸阔"、李白《听蜀僧濬弹琴》"蜀僧抱绿绮"、杜甫《春宿左省》"星临万户动"、王维《送梓州李使君》"山中一夜雨"、《终南别业》"兴来每独往"、孟浩然《宴梅道士山房》"童颜若可驻"、《宿桐庐江寄广陵旧游》"风鸣两岸叶"、《留别王维》"只应守寂寞"、《早寒有怀》"迷津欲有问"等。① 诸如此类,也无一不属于"⊕平仄仄仄"这种律句类型。五言如此,七言可以类推。单以谨严著称的杜甫七律而言,如《南邻》"秋水才深四五尺"、《寄杜位》"逐客虽皆万里去"、《送韩十四江东觐省》"此别应须各努力"等,即皆为尾三仄之例。②

　　以上只是择要讨论了古今七古声调研究的几个问题,其他方面的缺点,当然还有一些。比如,《王文简古诗平仄论》就有不少声调误注或漏注的,前者如将苏轼《武昌西山》第八句第二字的"衣"误注为仄声,后者如于苏轼《自金山放船至焦山》第三句第五字"有"旁,漏注仄声等。蒋文中,误断字声也偶能一见。如文章倒数第二段举为六平之例的"搜于歧阳骋雄俊"一句,实非六平,而是五平,其中"骋"和"俊"均为仄声字;又如同处举为七仄之例的"世俗乍见那妨哂"一句,也非七仄,而是五仄,其中的"那"有平仄两读,在此应读"平

---

① 衡塘退士编,陈婉俊补注《唐诗三百首》,中华书局 1984 年版,第 111—130 页。
② 又,杜甫著名的《咏怀古迹五首》组诗,其中第二首第四句"怅望千秋一洒泪"也是尾三仄,只是此诗前两联失粘了。

声"，①而"妨"古今均只读平声；再如，同处举为六仄之例的"疏粝亦足饱我饥"②一句，同样也不是什么六仄，而是五仄，其中的"疏"③和"饥"均为平声。

五、小结

依《近体律句考——以唐五律为中心》一文的考定结果，并类推到七言，七言的律句范围，首先应有以下几种律句类型："(平)平(仄)仄(平)平仄""(仄)仄平平(仄)仄平""(平)仄(仄)平(平)仄仄""(仄)平(平)仄仄平平"；其次又有如右两种替代式或补充式："(仄)仄仄平平仄平""(平)仄(平)平仄平仄"，其中第一种可视为上面第二种的补充式，第二种可视为上面第三种的补充式。以上六种类型，共析得七言律句平仄句式30种。这些平仄句式，可统一看作正式律句。此外，还有以下三种类型："(平)平(仄)仄(平)仄仄""(仄)平(平)仄平平平""(仄)平(平)仄平平平"，也值得注意，而不宜一概视为非律句。相较近体而言，七古对于某些无关词性、词义之平仄两读字的处理更为棘手。为此，本书设计了一个优先方法，即首先优先计为常规律句，若不然，则以非正式律句计之，再不然，即为非律句矣。

一韵纯七古的平仄发展，大致可分为六段。其中南北朝之前为

---

① "那"表疑问时，读平声，"无那"之"那"等方读仄声。可参王力《汉语诗律学》，上海教育出版社1979年版，第139页。
② 此句首字，蒋文中原误为"蔬"，当依《全唐诗》《韩昌黎诗系年集释》《韩昌黎诗编年笺注》等书作"疏"。分见《全唐诗》（全十五册）第五册，中华书局1999年版，第3790页；钱仲联《韩昌黎诗系年集释》，上海古籍出版社1994年版，第145页；方世举《韩昌黎诗编年笺注》，中华书局2012年版，第75页。
③ 疏，表稀疏时，读平声，表书奏等名词时，方读仄声。可参王力《汉语诗律学》，上海教育出版社1979年版，第136页。

发轫期,此时七古声调纯为自然之响,表现有三:一是前后作品平仄并无演进之迹;二是同作者或同组作品合律程度时有参差;三是合律率为各段之最低。南北朝时,鲍照的七古平仄较之上一段,已有提升。这种趋势,历经齐梁以后江总等人的声律化,最终在初唐到达巅峰,其成果,实不限于张说等人5首稍有瑕疵的半古半律诗。降及盛唐,一韵七古最大的变化是古、今体共存,其中固然有个别诗人偏于用古,如岑参,但更多的则是像王维、李白、高适这样的,徘徊在古、今体之间。与此不同,中唐韩、白等人所作一韵纯七古则全面转向更为纯粹的古体,而与鲍照等人相颉颃。晚唐以后,温李二人的相关创作颇为多元,其中李受韩愈影响较大,与声律殊多格格不入,温则反之。

转韵纯七古的平仄发展,也可分为六段。南北朝之前,转韵纯七古殊寥寥,其声律表现与一韵纯七古正无不同,而以自然为宗。南北朝时,鲍照之作合律率稍有进步。此后,随着声律说的风行,七言平仄渐有突飞猛进之势,江总为其代表。迄于初唐,南朝以来七言的声律化,此时并未稍有消歇,而是将这类诗的合律率提升至后人所不能及者。盛唐以来,由于汉魏风骨的召唤,和此时一韵纯七古一样,转韵纯七古,也从初唐的较为纯粹的律体,而一分为二,乃至为三。其中,诗人或偏用古,如岑参,或偏用今,如王维,或介于两者之间,如李白、李颀。到了中唐,转韵纯七古则偏向用古一路,韩愈乃其中佼佼者,白居易之作,虽不甚避律,但已不复李白《捣衣篇》、李颀《古从军行》之用心。晚唐温李二人的转韵纯七古,大致走的是白居易的路子,而与韩愈迥异。

古今七古声调研究不多,其中《王文简古诗平仄论》七古部分和蒋寅《韩愈七古声调之分析》一文较具开创意义。诸家理论,有得有失。就其失言,最主要的有以下两点:一是立论颇多以偏概全。如王士禛以为平韵七古第四、第五字必为"仄平",便不足以推而广之,即以韩诗中之矫矫者而论,亦多有未合。又如古代平韵七古、仄韵七古与转韵七古的合律率确有不同,三类诗的合律与否,实因时因人而转移,不可武断地以为律句之可用与否及用之多寡。二是据以统计的律句标准,或不尽可凭,或时相矛盾。如王士祯所主张的律句范围就过于狭窄,且持有双重标准之嫌。蒋先生一文中的律句标准,不包括古今较为常用的"⊕仄⊕平仄平仄",是其一大弊端,此为不足凭。同时,也不包括古今并不罕见的"⊕仄⊕平仄仄仄",是其又一缺陷,此为相牴牾。

主要参考文献

一、总集、别集

[1] 逯钦立《先秦汉魏晋南北朝诗》,中华书局1983年版。
[2] 朱东润《中国历代文学作品选》,上海古籍出版社2002年版。
[3] 程俊英、蒋见元《诗经注析》,中华书局1991年版。
[4] 蒋天枢《楚辞校释》,上海古籍出版社1989年版。
[5] (宋)郭茂倩《乐府诗集》,中华书局1979年版。
[6] 俞绍初《建安七子集》,中华书局2005年版。
[7] (宋)李昉《文苑英华》,中华书局1966年版。
[8] (清)彭定求《全唐诗》,钦定四库全书本。
[9] (清)彭定求《全唐诗》(全二十五册),中华书局1960年版。
[10] (清)彭定求《全唐诗》(全十五册),中华书局1999年版。
[11] (元)方回选评,李庆甲集评校点《瀛奎律髓汇评》,上海古籍出版社2005年版。
[12] (明)高棅《唐诗品汇》,上海古籍出版社1982年版。
[13] 余冠英《乐府诗选》,人民文学出版社1953年版。
[14] 余冠英《汉魏六朝诗选》,人民文学出版社1978年版。
[15] (清)王夫之《古诗评选》,上海古籍出版社2011年版。
[16] (清)沈德潜《古诗源》,中华书局1963年版。

[17]（清）沈德潜《唐诗别裁》，岳麓书社1998年版。
[18]（清）衡塘退士编，陈婉俊补注《唐诗三百首》，中华书局1984年版。
[19]马茂元《唐诗选》，人民文学出版社1960年版。
[20]（三国魏）曹丕撰，夏传才、唐绍忠校注《曹丕集校注》，河北教育出版社2013年版。
[21]（三国魏）曹植撰，赵幼文校注《曹植集校注》，中华书局2016年版。
[22]（南朝宋）鲍照著，钱仲联增补集说校《鲍参军集注》，上海古籍出版社2005年版。
[23]（北周）庾信撰，（清）倪璠注《庾子山集注》，中华书局1980年版。
[24]（唐）卢照邻、杨炯撰，徐明霞点校《卢照邻集杨炯集》，中华书局1980年版。
[25]（唐）沈佺期、宋之问撰，陶敏、易淑琼校注《沈佺期宋之问集校注》，中华书局2001年版。
[26]（唐）李颀著，王锡九校注《李颀诗歌校注》，中华书局2018年版。
[27]（唐）王维撰，（清）赵殿成笺注《王右丞集笺注》，中华书局1961年版。
[28]（唐）王维撰，陈铁民校注《王维集校注》，中华书局1997年版。
[29]（唐）李白撰，（清）王琦《李太白全集》，中华书局1977年版。
[30]（唐）李白撰，郁贤皓校注《李太白全集校注》，凤凰出版社2015年版。
[31]（唐）杜甫撰，（清）钱谦益笺注《钱注杜诗》，上海古籍出版社1979年版。
[32]（唐）杜甫撰，（清）仇兆鳌注《杜诗详注》，中华书局1979年版。

［33］（唐）杜甫撰，（清）浦起龙著《读杜心解》，中华书局1961年版。

［34］（唐）岑参撰，廖立笺注《岑嘉州诗笺注》，中华书局2004年版。

［35］（唐）刘长卿撰，储仲君笺注《刘长卿诗编年笺注》，中华书局1996年版。

［36］（唐）韩愈撰，钱仲联集释《韩昌黎诗系年集释》，上海古籍出版社1994年版。

［37］（唐）韩愈撰，方世举笺注，郝润华、丁俊丽整理《韩昌黎诗编年笺注》，中华书局2012年版。

［38］（唐）刘禹锡撰，卞孝萱校订《刘禹锡集》，中华书局1990年版。

［39］（唐）刘禹锡撰，陶敏、陶虹雨校注《刘禹锡全集编年校注》，岳麓书社2003年版。

［40］（唐）白居易撰，谢思炜校注《白居易诗集校注》，中华书局2006年版。

［41］（唐）元稹撰，周相录校注《元稹集校注》，上海古籍出版社2011年版。

［42］（唐）李贺著，吴企明笺注《李长吉歌诗编年笺注》，中华书局2012年版。

［43］（唐）李商隐撰，刘学锴、余恕诚集解《李商隐诗歌集解》，中华书局1998年版。

［44］（唐）温庭筠撰，刘学锴校注《温庭筠全集校注》，中华书局2007年版。

［45］（唐）韦庄撰，聂安福笺注《韦庄集笺注》，上海古籍出版社2002年版。

二、诗话、诗格、诗律

［1］（梁）刘勰著，范文澜注《文心雕龙》，人民文学出版社1958年版。

[2](日)弘法大师编撰,王利器校注《文镜秘府论校注》,中国社会科学出版社1983年版。

[3](日)遍照金刚撰,卢盛江校考《文镜秘府论汇校汇考》,中华书局2006年版。

[4](日)遍照金刚撰,卢盛江校笺《文镜秘府论校笺》,中华书局2019年版。

[5]张伯伟《全唐五代诗格汇考》,江苏古籍出版社2002年版。

[6](宋)严羽撰,郭绍虞校释《沧浪诗话校释》,人民文学出版社1983年版。

[7](明)吴讷著,于北山校点《文章辨体序说》,《文章辨体序说·文体明辨序说》本,人民文学出版社1962年版。

[8](明)王世贞著,罗仲鼎校注《艺苑卮言校注》,齐鲁书社1992年版。

[9](明)胡应麟《诗薮》,上海古籍出版社1979年版。

[10](明)许学夷著,杜维沫校点《诗源辨体》,人民文学出版社1987年版。

[11](明)胡震亨《唐音癸签》,上海古籍出版社1981年版。

[12](清)王士禛《律诗定体》,丁福保编《清诗话》本,上海古籍出版社1978年版。

[13](清)王士禛等著《诗问》,周维德笺注《诗问四种》本,齐鲁书社1985年版。

[14](清)陈仅《竹林答问》,周维德笺注《诗问四种》本,齐鲁书社1985年版。

[15](清)赵执信《声调谱》,丁福保编《清诗话》本,上海古籍出版社1978年版。

[16](清)翟翚《声调谱拾遗》,丁福保编《清诗话》本,上海古籍出版社1978年版。

［17］（清）翁方纲《赵秋谷所传声调谱》，丁福保编《清诗话》本，上海古籍出版社1978年版。
［18］（清）翁方纲《王文简古诗平仄论》，丁福保编《清诗话》本，上海古籍出版社1978年版。
［19］（清）钱良择《唐音审体》，丁福保编《清诗话》本，上海古籍出版社1978年版。
［21］（清）刘熙载《艺概》，上海古籍出版社1978年版。
［20］（清）董文涣《声调四谱》，广文书局1984年版。
［22］（宋）陈彭年《宋本广韵》，中国书店1982年版。
［23］（清）周兆基《佩文诗韵释要》，上海古籍出版社1982年版。

三、今人专著

［1］王力《汉语诗律学》，上海教育出版社1962年版。
［2］启功《诗文声律论稿》，中华书局1977年版。
［3］徐青《古典诗律史》，青海人民出版社1980年版。
［4］郭绍虞《照隅室古典文学论集》，上海古籍出版社1983年版。
［5］施蛰存《唐诗百话》，上海古籍出版社1987年版。
［6］沈玉成、曹道衡《南北朝文学史》，人民文学出版社1991年版。
［7］王锡九《唐代的七言古诗》，江苏教育出版社1991年版。
［8］何伟棠《永明体到近体》，广东高等教育出版社1994年版。
［9］邝健行《诗赋与律调》，中华书局1994年版。
［10］刘跃进《门阀士族与永明文学》，生活·读书·新知三联书店1996年版。
［11］佟培基《全唐诗重出误收考》，陕西人民教育出版社1996年版。
［12］王力《诗词格律》，中华书局2000年版。
［13］王力《诗词格律十讲》，商务印书馆2002年版。

[14]王力《诗词格律概要》,北京出版社2002年版。
[15]郑临川《笳吹弦诵传薪录——闻一多、罗庸论中国古典文学》,上海古籍出版社2002年版。
[16]程千帆、莫砺锋、张宏生《被开拓的诗世界》,《程千帆全集》本,河北教育出版社2002年版。
[17]赵昌平《赵昌平自选集》,广西师范大学出版社2002年版。
[18]王运熙《汉魏六朝唐代文学论丛》,复旦大学出版社2002年版。
[19]郭芹纳《诗律》,商务印书馆2004年版。
[20]钱志熙《魏晋南北朝诗歌史述》,北京大学出版社2005年版。
[21]王运熙《乐府诗述论》(增补本),上海古籍出版社2006年版。

四、论文

[1]郑先朴《声调谱阐说》,《中国学报》1913年第9期。
[2]陆志韦《试论杜甫律诗的格律》,《文学评论》1962年第4期。
[3]赵昌平《初唐七律的成熟及其风格溯源》,《中华文史论丛》1986年第4期。
[4]袁行霈《百年徘徊——初唐诗歌的创作趋势》,《北京大学学报》(哲社版)1994年第6期。
[5]葛晓音《初盛唐七言歌行的发展——兼论歌行的形成及其与七古的分野》,《文学遗产》1997年第5期。
[6]林心治《歌行含义的衍变兼论歌行之体格——唐歌行诗体论之三》,《渝州大学学报》1998年第2期。
[7]蒋寅《韩愈七古声调之分析》,《周口师范高等专科学校学报》2002年第1期。
[8]王次梅《杜甫七古声调分析》,《文学遗产》2002年第5期。
[9]李中华、李会《唐代七古、七言歌行辨体》,《光明日报》2003年11

［10］王运熙《七言诗形式的发展与完成》，载《乐府诗述论》(增补本)，上海古籍出版社 2006 年版。

［11］葛晓音《中古七言体式的转型——兼论"杂古"归入"七古"类的原因》，《北京大学学报》2008 年第 2 期。

［12］吴淑玲《慎用"转韵律体"概念》，《文学遗产》2017 年第 4 期。

［13］张培阳《近体律句考——以唐五律为中心》，《文学遗产》2013 年第 3 期。

［14］张培阳《近体诗律研究》，博士论文，南开大学，2013 年。

［15］张培阳《仄韵近体格律考述》，《文学遗产》网络版 2014 年第 1 期。

［16］张培阳《南北朝至大历七言一韵歌行体制演变通论》，《中国诗学》第 18 辑。

［17］张培阳《李白"以古行律"表微》，《河南师范大学学报》2015 年第 1 期。

［18］张培阳《论七言转韵律体的体制特征——兼及律体的判定标准》，《文学遗产》2016 年第 2 期。

［19］张培阳《七律定型及其渊源新考》，《井冈山大学学报》2017 年第 1 期。

［20］张培阳《近体押邻韵不限于首句论》，《中国诗学》第 24 辑。

［21］张培阳《鲍照七古体制特点述论——兼及鲍照七古的体式意义》，《南都学坛》2019 年第 4 期。

［22］张培阳《〈诗章中用声法式〉合律情况试论——兼及小西甚一的若干误解》，《数字人文》2023 年第 1 期。

附　录：论七古绝句五十首并序

　　丙申冬，予曾撰有《论词绝句五十首并序》一种，彼时意犹未尽，因思来日当再赋论先秦至唐诗绝句数十首，因循未就，光阴如水，不待回首，则如岑嘉州所云"看君马去疾如鸟"，并彼时之所思所想亦无从追索矣。今年春间，因研习唐前七古诗，得览古今诸家之作，观其声气情韵，仿佛若有人，濡染稍久，遂不能无所感矣。六日以来，复积得五十之数，聊偿夙志，于意已足，古语曰"识曲听其真"，诚亦予之所深望焉。戊戌四月二十日张培阳叙于卧龙岗寓中

　　长空一雁欲何之，身世微茫不自知。岂敢多情歌绝句，杜鹃心事半成疑。（开篇）

　　风云际会共推移，魏晋先秦代有辞。或问众中滋味者，为君拈出七言诗。（七言诗）

　　林中百鸟韵啁啾，仿佛清泉石上流。若准文章有前世，还应追梦到西洲。（体性一）

　　白波九道走红尘，大翼如云生我身。万里骁腾久无敌，嗟哉夫子有何神。（体性二）

　　银鞍玉勒绣螯弧，络纬衰灯啼已枯。难述心中无限事，为移海水遣天吴。（体性三）

　　其源有自未全迷，风雅骚人句欲齐。流至大风垓下后，犹闻太白

一声啼。(渊源)

　　文帝燕歌明远辞,中间靡靡软于丝。高岑王李歌都罢,太白少陵韩退之。(大流)

　　绝抛兮些辟荒芜,铸此倾城倾国姝。谢客阿连皆有和,如何常侍梦全无。(曹丕《燕歌行》)

　　向上一途由此开,丈夫生世事多哀。死生变化非常理,铜雀柏梁安在哉。(鲍照一)

　　拔剑东门去几时,且将美酒饰金卮。参军家数吾能说,气俊辞华加险奇。(鲍照二)

　　太白参军置不餐,少陵歌短愈光寒。十年霜刃何曾试,别有人间行路难。(剑诗四首)

　　乌栖曲与伯劳歌,昔唤无双今若何。织就屏风银屈膝,偏安不觉畏风波。(梁朝诸帝)

　　江南草长恨萋萋,杨柳河边乌夜啼。曾几何时烽火足,一杯犹得醉如泥。(庾信)

　　桃李佳人吹短箫,金羁翠盖木兰桡。其人英拔其文艳,夜夜笙歌上鹊桥。(江总)

　　王杨卢骆竞新声,古意帝京皆有名。何故桐花万里路,盈川喑哑子安鸣。(初唐四杰)

　　捣衣公子白头翁,岁岁年年人不同。纵得明年春草绿,谁家犹在洛城东。(刘希夷)

　　铮铮风骨撼全唐,合着黄金铸子昂。退士先生诚爱惜,怆然涕下一登堂。(陈子昂)

　　一贬南中剩自怜,明河寒食韵悠然。仙家亦有人间地,为我长吟少密篇。(沈佺期、宋之问)

　　无穷花月送春江,通体琉璃五色光。人世纷纷夸作手,孤篇此足压全唐。(张若虚《春江花月夜》)

为人不识李东川,读尽唐诗也枉然。世上如公人有几,伟才仅得姓名传。(李颀一)

上界有心开盛唐,新乡沥胆吐辉光。欲知沉壮同坚老,一取南风大麦黄。(李颀二)

何须费力驾东川,七古其人擅自然。洛女燕支均少作,伤心不独爱逃禅。(王维一)

门前五柳罢干戈,怒目渊明摩诘何。试拂铁衣如雪色,老翁七十为君歌。(王维二)

桃源之事有何凭,宾客右丞皆欲行。更有中兴好事者,火轮飞出客心惊。(桃源三篇)

太白如云自卷舒,少陵布阵似孙吴。山人少室言何妄,强拆歌行分有无。(李白、杜甫)

白云千载自悠悠,崔颢题诗在上头。黄鹤不知何处去,空传鹦鹉凤凰游。(李白一)

骑鹿仙人覆酒杯,银河倒挂九天来。秋霜飒飒飞何处,到地如听万壑雷。(李白二·写瀑)

日照香炉生紫烟,青莲不得上青天。他年我若为王母,报与桃花一处眠。(李白三·求仙)

江草烟波催白头,子规啼血不曾休。李侯与尔同生死,一饮能消万古愁。(愁与酒)

常侍雄浑兼老成,嘉州峭骨有奇声。一川碎石大如斗,何若军前半死生。(高适、岑参)

倚剑悲歌有大梁,世情欲付水流长。宁堪作吏风尘下,族贵将军兵且强。(高适一)

朱绂诗人高达夫,秋来不寄一行书。杜公书剑风尘老,何不相携起孟诸。(高适二)

若个前溪子夜郎,吟成十五嫁王昌。天公要汝窥风骨,且与安排

戎旅装。（崔颢）

病马犹思战斗天,饥鹰独出矫无前。瞿塘滟滪何人过,为我一听幽咽泉。（杜甫一）

老病孤舟惟此身,江头青坂化为尘。人生失意无南北,一度思君一怆神。（杜甫二）

大匠应知鬼斧工,将军迥立满长风。途穷千载谁淘洗,凡马从来一扫空。（杜甫三《丹青引》）

叶大芭蕉支子肥,火山云厚鸟难飞。好奇一样开新境,心寄何如身历微。（岑参、韩愈好奇）

男儿自古好纵横,几度轮台送客行。读到孤云随马去,始知春草有离情。（岑参一）

愁云凝冻火山烧,塞北中天夜寂寥。李杜以来一人也,孤峰欲上插云霄。（岑参二）

忽忽无因乐此生,人间有累气难平。一杯相属君当饮,重唤颖师弹数声。（韩愈一）

汴州何短鼓何长,笔力谁人可独扛。李杜文章高万丈,退之一刺泄天光。（韩愈二）

风花雪月看还生,临海香山缓辔行。中有楚狂韩吏部,人间蹭蹬逞其鸣。（七古长篇）

乐府张王旧有名,时将古语造新声。娇弦残角无论矣,何事篇终气不平。（张籍、王建）

一篇长恨有风情,别有琵琶幽怨生。老妪不遗俱浪说,怜他叙次最分明。（白居易）

连昌长恨演深宫,情事当时如画中。写出古题十九首,试看相傅决雌雄。（元稹）

千里酸风射眼回,寒蟾老兔泣天开。迢迢不断如清泪,似有杯中海水来。（李贺）

义山学杜得藩篱,偶有韩碑神武姿。一吐斯文若元气,句奇语重笔淋漓。(李商隐)

琵琶遮面久相猜,七宝楼台此已开。一李其源一不及,两人千古共冤哉。(温庭筠)

诸子如江去不还,东坡山谷亘其间。而今一识喆庵老,此去云峰犹可攀。(后势)

吟罢南来已五年,对门不复见青山。无端更渡桑乾水,明月何时照我还。(结章)

后　记

我对于七古体制及其发展历程的关注,大概缘于十几年前博士论文《近体诗律研究》的写作,彼时为了考察七律、七排、七绝等七言近体的声律演变和定型,不得不对南北朝至大历七言一韵诗的体制因革作一番系统的梳理和观照,而其中所谓七言一韵诗,实际上就包括后来与七言近体裂土分疆的七古诗。也就是在这段时间里,我还意外地发现了一直以七古面目示人的七言转韵律体的存在。

本书自2015年立项后,一度因对曲律、骈体兴趣较浓,精力有所转移,进展缓慢。书稿文字十之七八,皆完成于2020年的上半年,并于当年六月提交结项。惟前此唐以前众多七古诗之搜罗、校对、排比、统计,工作量较大,花费时间不少。限于时间和体例,此次成稿,未能广泛搜罗古代各家有关七古体制的论断,并予以回应,虽如此,读者仍可持本书各章节所得结论以较之,或许会有别样的收获。

古代有关七古体制的论断,大多只言片语,其中虽不乏要言不烦,真知灼见者,终是不成体系。近代以来,七古体制研究,虽较详尽,或重在体制,而分类不全,或首推家数,而略无源流。拙著将七古体制要素分为十二种,并以之为纲目,以时段、诗人为经纬,分门别类,讨源溯流,试图提供若干不同的视角和结论。其中所涉数据、图表甚多,而异乎一般文学研究之辞以情发者,此种方法,是否得当,将来还可以讨论。

当年书稿结项,专家的反馈意见有两种看法较为典型,殊可珍视。其中一种指出拙稿未能完全将七古体制的历史演变置于宏观社会文化发展的大背景下,缺乏"流变为什么""体制不同为什么"的深层次研究。这一建言,从理论上来说,确属学术研究中较为理想的状态。不过,据我所知,体制演变虽不能自绝于社会文化发展之外,但两者的关联毕竟十分有限。这与一般文学内容、风格的探讨有别,而不尽能从"文变染乎世情"的角度加以考察。

另一种看法,认为拙稿还有进一步提升的空间,即应该专列一章,系统论述从先秦到唐代七古体制的发展和演变历史,以提高"整体感"。这一建言,实为高屋建瓴,也具备操作性。我在阅改书稿清样时,本有意添加"结束语"一章,以使全书各章如百江入海,有个归所,并且心中已初步谋划好此章的架构、材料和写法。遗憾的是,此想最终因为他事而耽搁了下来,至今未能补上,姑且只能心中暂藏之了。

拙稿原题为"传统七言古诗体制及其演变研究",各章之后本有"传统七古体制及其演变研究之一"等副标题,进入出版程序后,承蒙书局罗华彤主任指教,特省去书名"研究"二字并各章之副标题。如此改动,不致于产生歧义,眉目也更清爽,深契我意。书稿在近两年的审校往返过程中,责任编辑陈乔女史,认真细致,匡我不逮。出版费用,除国家社科基金的资助外,鄙人所在学院也提供了一部分。合而表之,以示不忘。

二四年十月二十日张培阳跋于卧龙岗寓中